e 路 行

——陕西大学生原创网络散文集

李小聪　黄迪民　主编

西北工業大學出版社

图书在版编目(CIP)数据

e路行:陕西大学生原创网络散文集/李小聪,黄迪民主编.—西安:西北工业大学出版社,2012.12

ISBN 978-7-5612-3558-4

Ⅰ.①e… Ⅱ.①李…②黄… Ⅲ.①散文集—中国—当代 Ⅳ.①I267

中国版本图书馆CIP数据核字(2012)第304141号

出版发行: 西北工业大学出版社
通信地址: 西安市友谊西路127号 **邮编:** 710072
电　　话: (029)88493844 88491757
网　　址: www.nwpup.com
印 刷 者: 陕西向阳印务有限公司
开　　本: 727 mm×960 mm 1/16
印　　张: 22.75
字　　数: 405千字
版　　次: 2012年12月第1版 2012年12月第1次印刷
定　　价: 45.00元

序

青春无不是好诗

陕西大学生在线成立以来，共举办过四次征文。我荣幸地阅读了几乎所有的作品，并给予评价。2012 年 11 月 26 日黄昏，陕西大学生在线的工作人员张亚男女士把获奖作品集交给我，说："这就是我们的收获！"让我为之作序。

我熟悉这些作品，不过还是浏览了一遍，以唤起我当初的感受。按惯例，征文全是命题，是要确保它的亮度，思想积极，格调向上，有时候还要结合一些形势。由于命题征文或多或少是有限制的，往往尽兴不得，难成极致。

可喜的是，大学生多有生花之笔，总能使自己的文章出彩。他们或以才华胜，或以激情胜，或以见解胜，或以形式胜，有的是以父母对自己之爱和社会对自己之助所产生的感动的抒发，催我涕淋泪溅。他们的文章，尤其可贵在无拘无束，挥霍潇洒，某些观点真具初生牛犊不怕虎的强势。

以完美的标准苛求大学生是迂阔的。只要从他们的文章中发现赤子之心、希望之心、雄心、爱心，或孟子所指出的恻隐之心、羞恶之心、辞让之心、是非之心，文章就优秀了。当然，大学生也应该如此，因为青春无不是好诗！

陕西大学生在线设在西北工业大学确实是选对了地方，这里的领导开明而民主，善于运筹，合作起来让吾辈常生愉快之感。实际上这也是陕西大学生之福。

朱鸿

2012 年 11 月 30 日于窄门堡

目 录

2012·文化 西安

一等奖

二等奖

三等奖

优秀奖

2011·我看西安世园会

一等奖

二等奖

三等奖

2010·感恩家乡 爱我中华

一等奖

二等奖

三等奖

2009·中国心 校园情

一等奖

二等奖

三等奖

优秀奖

2012

文化 西安

一等奖

八水润长安

西北工业大学　魏　猛

千里莺啼一线缘，此行虽短意难言。
钟鼓律吕相合和，车鸣人言不等闲。
月傍皇城灯火明，日斜秦岭苍山远。
玉辇龙颜固难在，汩汩八水润长安。

一首自作的诗，献给我深爱的城市——西安。两年多的苦苦追恋，又岂能读懂她六千多年的深厚积淀？西安，长安；长安，西安。这里有太多的故事，太多的惊喜，更有连绵不绝的吸引力，好似一个历尽沧桑的历史老人，又宛若一个窈窕婀娜的妙龄少女。"秦州自古帝王都"，她荣耀过；"城春草木深"，她也曾衰败过。但她始终巍然屹立在这富饶的关中盆地，坚韧地完成着不同时期历史赋予她的神圣使命。

初　识

一本崭新的书，打开着，被压在了一张破旧的书桌上，中午的阳光从窗户的细缝中斜射过来，打在了书上，明晃晃的使眼睛隐隐作痛。可是我仍不知疲倦，一种奇妙的欢愉充溢着我的灵魂，对母亲催促吃饭的声音竟没听见。正是此时从这本《中国古代历史》中我见到了终生难忘的名字——长安。

突然，书上的插图仿佛动了起来，我隐隐听到生活在旧石器时代的蓝田猿人制作石器的敲击声，天生的神力让石屑不停地迸溅，微风起处吹动着胡须随着杨柳翩翩起舞，清澈的湖水里倒映着一张凝重而又欣喜的脸。我又隐约看到了周文王威严地坐在一辆疾驰的马车中，周围贴满了侍卫，放眼望去，敌人旗靡辙乱，溃散而逃。待尽剿敌军，只听一声令下，数万民众在沣河两岸建起了丰镐二京。转瞬间，秦始皇步步逼近，忽然大喝一声，惊我一跳，数万精兵齐声应了一声“诺”，不计其数的竹筒一起被抛进了熊熊烈火中。火烧得更旺了，炙热得让人无法呼吸，我不禁感慨，唏嘘不已。正凝神间，远处传来了一阵阵雄浑的歌声：大风起兮云飞扬，威加海内兮归故乡，安得猛士兮守四方……刘邦笑盈盈地走来，忽又眉头紧蹙，显得很焦灼的样子，背着双手在军帐中踱来踱去，良久未停，倏尔转过身，惊慌而又诚恳地问道：“子房，且为之奈何？”我一怔，然后说道：“主公莫急，后世有“文景之治”藏富于民，又有汉武大帝拓我边疆，番外之人可由丝绸之路与我往来，我大汉帝国是当之无愧的世界帝国！”

那长带飘飘、满脸笑容地峭立在船头不停抚捋胡须的可是李太白么？那形容枯槁、颠颠歪歪地骑在瘦马上唉声叹气的可是杜工部么？李隆基的琵琶弹得已是炉火纯青了吧，杨玉环的霓裳舞竟是这样的美轮美奂！

长安，你是世界的中心，是伟大的中华民族不朽的奇迹。泾渭河中流淌的是你纯真朴素的爱情，汉赋中吟唱的是你惊天动地的故事，唐诗里浅诵的是你无与伦比的荣耀，还有那一份弥足珍贵的民间疾苦情，你就是我心中的理想之城！

相　见

夕阳西下，金黄色的余晖洒满了这座厚重的古城，金灿灿的犹如她自己挥洒出来的一般，让人觉得异常兴奋。空中时有一行鸟缓缓地飞过，尽显这座古城的安详与亲和。当它们移到落日的旁边时，就好像一幅出自名家的日落黄昏画，令人不禁想起“落霞与孤鹜齐飞，秋水共长天一色”的绝句。路上行人熙熙攘攘，摩肩接踵但又井然有序，一千多年前的长安城是否就是这般景象？一声清脆的汽笛声划破长空，把我的思绪强拉了回来，形形色色的大小车辆穿梭在林立的现代化高楼下，仿佛时时刻刻提醒着人们：这是一个高度现代化的西安！

闲庭信步于古城墙上，手轻轻抚摸着岁月留给它的痕迹，淡淡的一个吻，淡淡的一个微笑，不停地想象着它所见证的一切，心神荡漾不已。宽阔的护城河两岸树木成行，芳草茵茵，“山路元无雨，空翠湿人衣”，登高而望，两条绿色的景观带紧紧地抱着这座古城。城墙上矗立着一座座楼阁，威严中带着几分亲近，严密地守卫着城池。城墙内的古典楼阁和现代化高楼交相结合，错落有致，别具一格。处处可见与大唐盛世相关的招牌，一派欣欣向荣的景象。

向左望去，不禁怦然心动：一位年轻美貌的女子正像我一样凭“墙”而立，脸上微微浮现甜蜜的笑容，痴痴地看着城墙下来往的人群和车辆。金色的阳光镶嵌在她身上，时时有几缕被她衣上的装饰反射回来，闪闪发亮。在微风的轻抚下，衣裙悠悠地摆起，又悠悠地摆下，在空阔的金色天空映衬下，仿佛是仙女下凡一般。从未遇见一位女子如此美丽，也从未想过一位女子能够如此美丽，我痴痴地看着，一时竟找不到用什么诗句来描述。“一枝红艳露凝香，云雨巫山枉断肠”显得太过苍白无力，“我见青山多妩媚，料青山，见我应如是”却是万万不敢想的了。

爱上一座城市，是因为这里住着你爱的人，或者，曾经发生过一段刻骨铭心的故事。我想是的，“唯有相思似春色”，我是爱上这里的意境了……

迷 恋

我疯狂地游览西安的各个景点，沉浸在它们带给我的种种触动之中。我曾驻足于陕西历史博物馆中，看着那些已经成为历史的器件，编造着它们可能的经历和时间，尽情地享受这种蜿蜒曲折的美，这里的每一个奇特的符号，每一个古老的瓦罐，每一尊生动的雕像，都让我动容；我也曾流连于大雁塔的广场前，低吟着灯饰上雕刻的古人的万语千言，却无暇顾及炫彩夺目的音乐喷泉，而饰品店里的青纱、彩灯、花伞，无不让人喟叹。巧夺天工的大明宫，玉砌雕栏的大唐芙蓉园，飘香十里的回民街，哪一个不值得迷恋？

好想再听一曲高昂激越的秦腔，再听几句亲切直爽的陕西方言。我钦佩着这里人耿直爽朗、慷慨好义的性格，感受着这里淳朴敦厚、勤劳勇敢的民风。嚼一口肉夹馍，再喝一碗羊肉泡馍汤，抬头远望着崇山峻岭，不禁要大赞一声：好地方！

回到学校，独自静坐在启真湖旁。微风送来缕缕清香，沁人心脾，充斥着我的胸膛。岸边的垂柳随风微微飘动，擦在脸上，痒痒的有种说不出的舒服。湖面上微微泛起阵阵涟漪，连倒映在湖面的蔚蓝色天空也微微舞动。不远处的秦岭被一层淡淡的薄雾笼罩着，山头上升起缕缕的云烟，恍若人间仙境，又恰似一幅臻于仙境的水墨画。不时飞来的一群群鸟儿，唱着，跳着，好像在为莘莘学子送上衷心的祝福：为西安争光，做祖国栋梁！这里群英汇集，鸟语花香，怎一个“人杰地灵”了得！

长安！长安！你向世界展示了文明中国所拥有的自信、开放、大气、包容、向上的民族精神，铸造了炎黄子孙永远为之自豪的华夏文化，吸引了全世界各地的人民，创造了这“八水润长安”的辉煌局面；而今的西安，在注重保护传统文化的同时，正加快现代化建设的步伐，引进了四面八方的资金，同时又吸引了五湖四海的优秀人才，“八水润长安”正在以新的姿态展现在人们眼前。地理上的“八水绕长安”，软实力上的“八水润长安”，必将使西安成为一个拥有雄浑厚重历史文化底蕴的国际领先的大都市！西安，我爱你！爱你深厚的文化，爱你的历史，爱你透露出的新气息，爱你的一切！

生活在西安城中村的人们

陕西铁路工程职业技术学院　李　超

“城中村”又称“都市里的村庄”，居住的大部分是外来打工族和原住民。关于西安，我知道的不多，父母在西安打工，我在渭南上学，隔一周就回到父母身边一次，每次都会听到、遇到一些让我记忆犹新的事，所以我对西安城中村中生活的人们有一些了解。在西安三环以内，城区共有“城中村”292处，分为两种类型：一种是处于高楼大厦的包围中，即将面临拆迁的，这种占大多数；另一种处于郊区，城市要发展，它们就得消失，同样在一两年内面临拆迁。

父母所在的“城中村”位于西安北郊未央区赵村。这里分布着各种大大小小的工厂、库房、物流公司……村庄由密密麻麻的三层或四层楼房组成，一层往往由原住民居住，楼上则租给来自四面八方的外来务工人员，他们有的拖家带口，有的则为了养家糊口只身来到这座充满机遇的城市，为城市的繁荣贡献他们不可缺少的力量。赵村只有一条街，道路由沙石和泥土混合铺成，一到下雨天便泥泞不堪。街区分布着商店、饭馆、麻将馆、黑网吧、山寨手机店等。廉价服装店成天放着时下流行的音乐。街区后面的村巷里随处可见奔跑嬉戏的狗，原住户几乎家家养着狗，家家门前有小车。他们在不久后将会分到巨额的拆迁费和崭新的大房子，摇身一变成为市民。村巷里隔几处就有一个支起的麻将桌，这是最受村民和农民工欢迎的娱乐方式。隔几户，门前就有三五个妇女坐在一起，有的手里拿着针线活，有的手里端着中午要吃的菜在摘洗，有的怀里抱着婴儿，撩起衣襟给孩子喂奶。为了方便，村口便是生活垃圾堆放处，每一位进出村巷的人都会闻到刺鼻的气味。任谁也不会将这里与有着几千年文明的十三朝古都——西安——联系在一起。

与垃圾堆放处一墙之隔便是一家生产塑料建材管的工厂。去年高考完我在这家工厂打工近两个月，一想起这段经历我的脑海里便浮现出七月毒辣的太阳和那些与我一起挥汗如雨的工友们，他们的故事让我感动。

有天上夜班，车间里的机器轰鸣声震得人心痒，忙完手中的活我们立刻冲出车间。选平、雷雷、小蔡、老汉，我们五个人坐在货堆上，月明星微稀，风拂面，车间的机器声顿时小了。老汉掏出十块钱扔给我说：“眼镜，去买五瓶啤酒。”（厂里男工只有我一个戴眼镜）我说：“买四瓶，我不喝。”

老汉说："少废话，买去。"我不知道老汉姓什么，五十几岁的人了，干起活来像二十岁的小伙。老汉人大方，爱喝酒，抽烟总是十五块钱的"黄鹤楼"。老汉一月工资两千块，抽烟喝酒就得七八百块。我抱了一堆酒回来，一瓶一瓶启开，小蔡吹了一大口望着雷雷说："还是老汉大方，雷雷两口子会过日子得很（雷雷媳妇也在厂里上班），细得能掐断，屁里面都想寻屎渣，一月工资只花掉零头，还没我儿子奶粉钱多。"雷雷媳妇过来在雷雷屁股上踢了一脚，斜着眼睛说："一个大男人，挣那点还叫钱?"雷雷不言传只是笑。其实雷雷是厂里普通工人里面工资最高的——三千块，干的活也是最吃力的——拌料，每天和各种有毒的化学粉末打交道，一下班走出车间像从面缸里面爬出来的人。听说以前有个拌料的工人得肺病死了。后来在我快离开厂的那几天，雷雷总是说："等眼镜走了，我接眼镜的班——拉车，不拌料了，不就是一月少赚一千元嘛，身体要紧么!"然后头偏一下立刻又转过来说，"还是拌料吧！一天干六个小时，一百元就到手了。"老汉抿了一口酒，从兜里掏出"黄鹤楼"散了一圈，小蔡不要。小蔡今年二十五，人瘦脸白，没长胡子，怎么看也不像个做父亲的人，倒像个学生。我问小蔡干这么重的活怎么不抽烟。小蔡说，他以前烟抽得很凶，儿子出生后他愣是把烟戒了，儿子一桶奶粉就得上百块钱，自己穷命，不能让儿子输在起跑线上。小蔡又问我今年高考咋样，准备报啥学校。我说，上不了本科，报专科，学铁路。小蔡说："多念点书好，打工一辈子是穷人，我家穷，十五岁就来西安打工，跟建筑队干过、开过电葫芦（搅拌机）、喷过漆、当过装卸工，下了将近十年苦。挣下的钱，结个婚生个娃就没了。"说完摇摇头呵呵一笑。听着这些话，我鼻子一阵一阵发酸。

几个酒瓶见底了，车间的机器声格外刺耳。选平从货堆上拾起身子说："眼镜，走，车子满了。"雷雷媳妇不知道为什么又踢雷雷屁股，雷雷还是笑。我和选平推着满满一车塑胶管朝货堆走去，厨子小张养的大狼狗在堆货区乱跑，怪吓人。我问选平，雷雷为啥那样害怕媳妇?选平说，雷雷以前在老家贩蔬菜，一次天下雨，拉了一车菜，他爸在车厢坐着，结果出了车祸，他爸死了，车还把人撞住院了，埋了他爸，给人看好了病，欠了一屁股账，现在连家都不敢回。媳妇要闹离婚，又不忍心孩子没妈，没离成。听完选平的话，我一声没吭，点上老汉刚给的烟，猛吸两口，把车子上的货狠劲往货堆上摔。

工厂后面是一个仓库区，由于离市中心远，租金便宜，近五十亩的仓库区遍布着各种仓库，储存着市民会用到的各种货物，陶瓷、汽车配件、防盗门、食品、水果，各种库房一家挨一家。毫不夸张地说，这里是城市的"粮仓”。每天拉货送货的车辆络绎不绝，小到三轮车，大到十几米长的半挂车，简易的沙石路面被货车碾得坑坑洼洼，面目全非，整天尘土飞扬。库区有大量的装卸工、仓库管理员、拾荒者。我父亲就在一家陶瓷库房当管理员。

那天是周末，我从学校回来了，下午库房来了一车瓷砖，将近二十吨，我和父亲还有两个装卸工搭伙卸。这样的活装卸工都抢着干，不到半天时间，一车货就卸完了，每人上百块钱就到手了。但这样的钱确确实实不好挣，一箱瓷砖，最轻的也有六十斤，二十吨的重量要从手中一份一份过去，劳动强度是惊人的。装卸工的手一个个像树皮一样，他们是真正凭力气吃饭的人，一车货卸下来，每人要出几身水。

货快卸完了，每个人都灰头土脸，满身淌黑水。老赵手里捏着一个鸡蛋从库区大门进来了。老赵负责看库区大门，并在库区门口开了一家小卖部。他边走边用脚踢一个小铁罐，脚一踢有响声，捡在手里摇摇，还是响，抠开铁罐，里面是一个细细短短像木棍又像人参的东西。老赵把鸡蛋放在桌上，把铁罐里面的东西用开水泡上，过一会尝了一口，跟中药一样苦，又骂骂咧咧地倒在门口。老赵把鸡蛋捏在手里，越看越小，又要去小吃店换个大的。

货卸完后，车太长怎么也倒不出去，结果把库区大门侧墙的上几片瓷砖撞掉了。老赵正好手里拿着一个大点的鸡蛋回来，冲到车跟前，一把把车门拽开，把司机拉下来说，这墙重砌好最少也得花两千，你给一千块就行，要不然就走不了。司机是外地人，被老赵缠住没办法，最终讨价还价给老赵八百块才把车开走，至少这趟白跑了。老赵下午去诊所拔了两颗坏掉的牙，换了新的，晚上提了瓶酒和一份凉菜，关了库门就进小卖部了，只字不提重新修墙的事。第二天来库区拉货送货的车排起了长队，库区大门还是紧锁着，小卖部门也关着。把门撬开后，老赵在床上躺着，满嘴满床是血，能有半脸盆，桌上放着没喝完的小半瓶白酒。老赵一个人住小卖部，昨晚喝了酒后胃出血发作了，昨天还在为鸡蛋大小计较的人就这样没了，如果睡在自己家会发生这样的事吗？

西安有上百个城中村，其中有成千上万个“雷雷、小蔡、老赵”；中国有成千上万个城中村，有无数人生活在其中，生活在城市的最底层。他们为城市建起了无数座高楼大厦，为市民的衣食住行各方面服务，换来的不过是微薄的薪水。“城市，让生活更美好”丝毫没有在他们身上体现。

在城市飞速发展的今天，很多现状还是无法改变的。西安举办了举世瞩目的“世园会”，建起了全亚洲规模最大的喷泉，修起了地铁……同时，也在为这些生活在城市最下层的人们努力着，民工讨工资再也不用爬上塔吊了；工作条件在改善，晚上再也不用睡帐篷了；事故赔偿制度也在完善；过年回家，火车票也好买了……我坚信，“雷雷，小蔡，选平”的日子会过得更好！

如果说城市也有性别，西安一定是女性。她用宽广富饶的土地承载着百万人口，她高龄却不苍老，不施脂粉却魅力十足。我想起了许巍《故乡》的歌词：总是在梦里，看到自己走在归乡路上，你站在夕阳下面容颜娇艳，那是你衣裙漫飞，那是你温柔如水。

二等奖

607上的忧伤

西安交通大学 王茜瑶

那天坐607路公交车从城墙南边过，下着雨，扭头望向城墙，忽然想到，明年的今天我会怎样。

来西安已经两年，不得不说这两年我一直是保持着“局外人”的心态。大一那年，看着学长学姐们拍毕业照，多希望自己也快点离开这个城市，早早去到我想去的地方。大二再见又一届的学长学姐毕业，看到网上传着各种各样充满离愁的状态，很是不解，甚至怀疑他们是否夸大了这种伤感。可是，进入大三的头一个星期，在城墙面前，我也突然有了一种即将离开的忧伤，莫名地，想起了这座城市两年以来所给予我的关怀和体谅。

已经记不起是听谁说的“在西安不会担心迷路，西安人都特别热情”了。于是，我想起在刚来西安那天晚上，在公交车和出租车都挤不上的情况下，我和妈妈决定步行回学校。只是记得学校在友谊东路，于是一路上向人们打听友谊东路，小店阿姨告诉我方向是对的，继续往前走，迎面的老大爷告诉我再过两个路口，报刊亭大叔告诉我还有三站，马上就到。见到学校大门的那一刻我差点哭了，只是因为心中还记着阿姨、大爷、大叔为我指路时脸上的关切，只是因为这份陌生的熟悉。

西安的路四四方方，很整齐，很好判断方向，这是第一次在西安坐出租车时司机大叔告诉我的。他说从南门迎接客人表示对客人的尊重，于是硬是要从南门进送我到钟楼。在车上听着大叔的介绍，虽然不是完全了解他说的每个地方，可是还是好感动。西安的路确实是规规矩矩，路边的树也一一整齐排列，很有历史的厚重感，或者说，是几千年沉淀下来的文化氛围所带给我的安全感。

第一次去大雁塔，在学校南门坐34路车，至今还记得当时站牌前长长的队伍带给我的那份惊讶。很整齐的一列，没有鲁莽，没有凌乱，静静地等待，从容地上车。以后的日子，在火车站的603站台，在钟楼的602站台，经常会见到一列人在排队等车，每每见到此景，总会觉得无比温馨。

在西安，第一次知道有一种付钱的方式叫“自己拿”，那是在买煎饼果子的时候。钱盒子放在靠近顾客的地方，自己找零。从来没见过这种付钱方式的我愣愣地看了好久，终于明白“自己拿”这三个字中包含了西安人对这个世界的多少信任。

圣诞节的晚上跟着同学去钟楼，看到古老的楼阁在夜空中闪烁，瞥见纷扬的雪花在行人肩头驻足。一个个高高擎起的气球宣示着大家的喜悦，一阵阵节日狂欢的浪潮激荡起心中的温暖。我凝神好久，这是这个城市展现给我的大气，感动于这份大气，感动于这古朴中所蕴含的活力。

大一那年在城墙上参加“千人拍墙”的活动，透过垛口，用相机记下了这一小角之中所能见到的风景。看到了古老的屋顶青瓦，苍翠的柳枝藤蔓，也看到了远处高高拔起的大楼，路上疾驰而过的小车，忽然觉得历史和现实就在这一刹那间交融，分不清是古是今。

世园会的时候做志愿者，15 天的志愿服务是我今生都难以忘怀的经历。“送你一个长安”，178 天在整个园区回荡，将西安人的豪爽与豁达表现得淋漓尽致。也正是这首歌曲，总能勾起我对那里全部的眷恋。长安塔至今仍在广运潭边耸立，每次坐火车经过灞桥看到它，总会很激动地向身边的人讲述这一段故事。这是西安向世界展示风采的见证，一塔坐镇，心中便觉无限踏实。

寻味西安，无论是佛教胜地大雁塔、千古美景曲江池，还是历史瑰宝兵马俑、人间奇绝险华山，都只是它众多迷人之处的一点。景美情深，这个城市所拥有的朴素与华丽，深沉与活泼，憨厚与热情，深深地吸引着来到这里的每一个人。

古老西安，文化西安，魅力西安。

是这样。

在 607 上遥望城墙，细细的雨中飘着淡淡的忧伤。忽然发现，其实这两年，全是美美的回忆。

长安·明时关

西安体育学院　张雪莹

关·序

我爱西安，爱她身为千古之都的知性，爱她十三朝建都的荣耀，爱她享誉世界的知名，爱她被历代文人墨客熏陶出的风雅，爱她绝佳的地理位置，爱她温和的四季分明。我自负地认为西安是最好的城，没有别他。

而日复一日年复一年静默守护这一城繁华的，是明城墙。

历史的兴衰演变为西安留下让其他城市望尘莫及的古迹遗址，可是我们对它们总有种无法逾越的距离感。碑林里的石碑高傲地立在展柜里，我们和那些笔走龙蛇的书法被玻璃冷冷地隔开；兵马俑中的军队也是肃穆地站在展示区，你不能零距离地去拥抱那些人俑。好像唯有明城墙，雄伟气派却不盛气凌人，才能妥妥帖帖地放进我们的世俗生活。

关·墙

内为黄土外为青砖，厚度大于高度的城墙稳固如山，走在城墙角下莫名地安心。

抚着墙面，青砖温热的温度渗入掌心。它们早被时光磨平了棱角，不再硌手，只有厚重的感觉。墙身有些许斑驳，甚至裂痕。我仰头看着，着实地为她曲折的命运唏嘘。

明代她从唐时的遗骸中复生，屹立于长安，沉默而忠心地守护满城数千年的积淀。历经数百年的冷雨凄风和外来敌军的刀弓箭弩，又在革命的战火中几经重创。万幸的是她在新中国的和平建设中躲过一劫，没有像北京城墙那样无声地毁于人们的愚昧中，成为了中国现存最完整的古代城垣。

垛墙上悬的红灯笼为这庞然大物的庄重雄伟平添了一份柔和，给青灰的调调中添了几丝活力，砖瓦们也随着红灯笼的摇摆开始一同呼吸。

悬挂灯笼的支架有的是凤凰造型，有的为猛兽造型，上面插的旗帜随着历史的惊涛骇浪不知换了多少面。敌楼几经血洗早已习以为常，它们淡然地看着风云变幻，不语。

敌楼是建得很精致的，我不禁感叹古人为何能将用于战事防守的器物也造得美轮美奂。敌楼的飞檐下藏着雕梁画栋，一层绿、一层红、一层蓝的底色，上面用金色描着祥云纹路，也许设计它们的人也由衷地希望永世不要有战争，可以晨钟暮鼓、安宁祥和地度完这一生吧。飞檐下齐齐整整地排着红绿色各半的大角梁，像鸟的羽毛。

就是这朴实无华的墙，挨过枪，沾过血，只为换来一城的平安。

关·门

十八座城门，无论是从名字还是模样上来说，我都最爱安远门。

安远，城门名听起来宁静淡泊，倒有陶潜的风格。

作为正门，不同于永宁门的雍容华贵，她却是沉郁厚重的样子，可能是在1911年她的城楼毁于战火给她增添了一层沧桑吧。安远门的城头只剩下了箭楼。

箭楼向北这一面有横十二竖四，一共四十八个一模一样的窗户，全无雕饰。飞檐下梁的颜色甚至不如敌楼鲜艳，暗黄的底色，用简单的白色圆形图案作装饰，下面是蓝色和白色的六边形和细致的祥云图案。飞檐下的里昂却是别致的，一环扣一环，再轻轻拢住。

就是这种朴素与残缺，让安远门有一种忧郁的美。我喜欢在黄昏时分站在安远门外去欣赏她的侧影。傍晚的天色和安远门流露出的气韵十分相衬，夕阳里划过归鸟的影子。

城墙也记载着古都的沉浮衰兴。城门名中就可以看出，从唐朝延续使用的朱雀门，为求妙笔生花的文昌门，缅怀辛亥革命先烈井勿幕的勿幕门，纪念冯玉祥将军解西安城之围的玉祥门……由城门名衍生的路名在长安城中缓缓铺开，把古时雅士们的情调都蔓延在空气中。

西安的历史随着时间一点一点地渗入明城墙的一墙一楼，甚至砖缝中都满满塞着长安城的悲欢歌哭。

关·人

一代代和城墙做伴，把自己生命与这座城联系在一起的士兵们早已成为一抔抔黄土，不知明城墙会不会寂寞。我相信那些士兵是真心爱她的。她保护着他们，他们也保护着她。

如今上吊桥过护城河，抚雉堞观敌楼的已是游客，不再有兵器戎装。城墙脚下是生活闲适的人群必不可少的社交场所，乒乓球声、健美操乐、嬉笑怒骂混杂在一起，和城墙放在一起显得有些不协调，但有种平和俗艳的温暖。

现在的快节奏生活将人们压得喘不过气来，上下班高峰的堵车长龙是每个城市的困扰。上班族们难免会抱怨这老古董的存在阻碍了他们的生意、他们的订单、他们的会议，其实我想在这个时候那些披着秦时明月的砖瓦也在无声地嘲讽我们空虚急躁的人生。

关·愿

说来惭愧，我在这个城市生活了二十年，对于眼前的明城墙却了解得太少太少。不了解她的泪，她的痛，没有静下心去谛听唐土明砖的吟唱。

作为被她庇佑过的长安人的后代，我们应该抽个空，细细地看看她的容颜，感受她的坚忍。走上去，给这长安城的御前侍卫一个深情的拥抱。

风韵曲江

西安工程大学　刘诗萌

与曲江池的相遇，并不能说是刻意。

那天夜晚，闲来无事，随处走走。结果，就碰见了曲江池。

关于她的来历，我是无从知道的。脑中关于她的，零零散散的也只是“宜春苑”和“上林苑”这两个词罢了。自己亦无意去深究她究竟有什么样的身世。她的静谧，已经足够将我吸引得驻足欣赏了。

虽然是夜晚，但恰好是因为夜，灯光仿佛是镀在整个曲江池身上一般。那种沉淀下来的安静祥和，竟然刻意和夜间柔和的灯光那么融洽。我不得不惊叹曲江池的包容性，即便是千百年前的妆容，到了现在，仍然不会为科技的发展而蹙眉退让。

信步走了些许的路程，便到了鲜有人迹的地方。我一直觉得，这种少了喧嚣的地方，最容易看到意想不到的美丽。果不其然，只是一个小的转弯，就到了一个浅滩。不足丈宽的小溪，仿佛是曲江池华衫上的束腰。配上水面上灯光倒影的点缀，轻轻的一个勾勒，就将曲江池的妩媚诠释得无二。道旁的柳树虽然没有了夏时的鲜绿，却如同褪下了少女的羞涩，而改用深沉的颜色来体现自己对岁月的理解。这些，与曲江池的文化沉淀居然不谋而合，实在让人觉得惊喜。

仅仅只是一个腰身居然都可以让我如此欣喜，对于曲江池的面容是如何，便更是期待了。结果转了几个曲折，仍然只能看到她的背影，而得不到她的一眸，只得缓下脚步。突然听到岸边有些长辈在谈论曲江，于是就停下来，侧耳倾听。

原来最初秦始皇在这里修筑了离宫，“宜春苑”就是曲江池最初的名字。而到了汉武帝时，曲江池被归入上林苑。正因其水曲折，所以才更名叫了曲江。后来到了唐玄宗开元年间，又对曲江大加兴修，从终南山义谷口的黄渠引河水入池，使它变成了一个南北长、东西短、弯曲有致、水波荡漾的大湖池，并恢复曲江池的原名。曲江池汪在长安城南，每逢桃花出芽，春雨渐多之时，整个长安城内，所有人都喜欢泛一只小舟，在湖面上荡漾起春波。且当年的京兆尹也曾留有彩船，除中和、上巳两节供宠臣泛舟赐宴外，平时还向外出借，进士及一些高官家族都有泛舟曲江的福分，一般市民也可租借小船泛舟曲江。可惜经安史之乱和唐末战乱后，曲江池畔的宫殿楼阁皆被毁坏，流水断绝，渠道干涸，曲江池便衰败下来。

听到这些，我不禁发出一声叹息，原来，曲江池居然有过这些不堪回首的过去。那么现在的她，已经重生的她，在面庞上，会不会有太多的沧桑。

不禁问了那些长辈，是否自此以后，曲江就再也没有美丽的时候。

一位老者对我说："虽然曲江被破坏过。可是有诗为证，《同水部张员外籍曲江春游寄白二十二舍人》里说，'漠漠轻阴晚自开，青天白日映楼台。曲江水满花千树，有底忙时不肯来。'那是安史之乱之后，韩愈回长安重游曲江之证。"见我点了点头，又对我说，"你看湖那边的雕塑，不就是当时情景的再现吗？"

顺着老者的目光看过去，我看到了老者所说的雕塑。虽然在夜里，可是仍然可以从他们的肢体语言里读到风流倜傥的模样。那么，曲江当时一定是美的，否则怎会让人展现出如此雅致的气质。

又不知走了多久，在池岸的草坡上，我看到了《元白胜会》的雕塑。那似乎说的是元稹先后找到了返回长安的白居易等人，齐聚曲江池，饮酒赋诗。雕塑上几人，一琴一曲一壶酒，虽然动作各不相同，却也将文人的雅趣和书生情怀表现得淋漓尽致。可是，我已经没有太多时间去关注他们。我更想知道的是，曲江池，经历了这么多荣辱兴衰之后，究竟是什么样子。

突然，看到了一条小路，蜿蜒向高处，却是通向曲江池的外围。我想，是不是离开曲江的光环，才可以将她看得更加清楚。于是就没有再多的犹豫，小步跑上石阶。

眼前阅江楼灯火通明，湖中画舫在彩荷灯中游曳，我一下愣住了。

离我有些许距离的曲江池，竟然华美得胜过雨后的虹。

虽然只是夜，即使只是夜，即使只有暗黄色的灯光，可是，就是这单调的昏黄，仿佛是曲江池身上的华服，透着一种皇族的气势。这一切轻而薄，却不失隆重。而一座满是灯光的拱桥，就是她华服的束带。整个湖水静谧着，似乎说明着，即使面对比从前更严峻的事态，她依然可以安然不动。而远处的曲江亭，是她的发簪。只是寥寥几个明亮的点缀，一切，似乎都顺理成章了。

一阵清风吹来。

湖波荡漾。

这时我才看到了曲江的面庞。身旁有一群唐代丽人乘着锦车，或抱琵琶，或吹古箫，喜笑颜开从身旁款款走过，有仙乐袅袅，自天外吹来：轻移莲步跃罗衫，回眸，伊人笑颜未曾变……

守住一座城的心安

长安大学　马　瑶

终于要去拜访老人的那个午后，气候正走在由秋入冬的间隙中。秋季分外多雨的西安却在彼时连阴雨骤停，夕阳悄至，地面投下的整座城在未干的水中隐隐跃动。不过是一个多雨的季后，尘埃在光束里飞舞，却成全了这座城市不可多得的安宁。

那是一个毕生的枝叶都长在秦腔里的老人。从年轻时的戏迷到后来的戏骨，熬过了政治上极为敏感的几个时期，经历了人生大大小小的悲喜，挺着脊梁骨走到了这无人不敬仰的今天。

那是一条再醇的酒香也飘不出的老巷子。从未央区北的繁华街市淡出，迂迂绕绕地从青石板路上消失性延伸。巷子尽头是老人守了一辈子的简居，如今门前稀稀疏疏种了大片竹。偏北是一条羊肠小径，尽了是古朴却略显气派的屋子。屋子里的陈设简单得直到现在我能记得的也只是那句闲适惬意的诗："矮纸斜行闲作草，晴窗细乳戏分茶。"遒斥刚劲的字体无半点蝇营狗苟的虚利，满是屋主人豁达健朗的仙风道骨。

二十年前，老人收了想却不能的孩子们在此学戏，学费和生活费只字不提。三年前政府闻言，斥资建了一座专业化的戏曲学院，老人的二十六名学生被接到了学院所在的未央南。老人拒绝了以方便为由提出的迁居，虽自此往来奔忙，却每念及此都眉眼弯弯。

老人躺在屋外偏角的凉椅上，手捧茶壶悠悠地饮。风沙沙吹过竹林，竹上的雨滴混着风的嘶响发出淅淅的声音。老人这时闭眼长舒一口气，眉目间自由安详的辽阔超越了手中茶曾生长的明净天地。

寒暄和拉了些家常后，我带歉意表明并非学戏而是来请教秦腔文化的本意。老人只一笑说没什么，我带着被大方理解的忐忑说，其实母亲很喜欢秦腔，所有旦角的戏家里几乎都有，《夺锦楼》和《三娘教子》等段子也是经常在嘴边唱，自己虽未学也不会唱，但对《红灯记》等片段也是十分喜欢。老人笑得眉目深邃，放了心似的躺进凉椅，那早在夏末就该被收进仓库的椅子在此时点头似的微晃，却连一声吱呀也未曾发出。问及老人行善举的渊源，他没说什么，只得问及收第一个弟子的年月。

"记不清具体时间啦，那时你可能都还不认识陕西西安这四个字哩！"略带了喜悦的表情，老人慢慢啜了一口茶，望向尚未全覆的夜色里，目光悠远，呼吸平静。后来我才知道，老人那表情哪里是喜悦，那分明是一种在岁月的砥砺下穿梭却依旧棱角分明的坦荡和提及前尘往事时的欣然踏实。也辗转得知，第一个弟子为老人奉敬师茶的时候，我的父亲母亲也在一座戏台底下的人群中偶遇，而那时还未存在的我，说不上识字，最多也只是有了认识这四个字的契机罢了。这于我近二十年，于老人数不清的日夜里，他是怎样勤勤恳恳地培养着浇灌这片土地的人，而我又是多幸运才遇到了老人和他这一段不只是时间能记录的故事。

冷秋入寒冬，恰是四季里最分明的时候。那些你来我往的脚印周围氤氲着的秋高气爽都在此时化为浓而闷的厚重，空气里带着雀跃感吵吵嚷嚷的喜悦也慢慢收了头尾，藏进了地缝。风向转北，送来的风带了凛冽的味道，一路追着扫那一层层连叹息都还未发出的落叶。土生土长的西安树尽管除了光秃秃的树枝树干一无所有，都还是带了倔强静立在季节转换的聒噪和不安中。那青瓦灰墙冒着腾腾的气默默地站在城中，清新干净。城墙上的灯笼亮成一道明亮安静的风景。西南角的脚手架空着，那是不久前工人在维护城墙、专家在讨论修缮工作细节的见证。人群散去后，整座城被城墙拢着，安睡如幼婴。

在后来很长的一段时间内我都在困惑，在一个年岁青黄不接的萧瑟惶惶时节，这座城市和城市里的人们，为什么在漆黑的夜里也能留几盏灯就安然沉睡？为什么不恐惧古风古韵会被时光的脚印踩碎？为什么不担心失控的光阴会掩埋沉静如斯的文明？

再去拜访老人已是来年的草长莺飞。春暖花开的样子让单调的巷子也喜笑颜开。年关已过，老人的三个儿女带了子孙却迟迟未走。

那一个秋末冬初，老人带着自责愧疚和无奈说起被他逼着学戏的大女儿，捣蛋闯祸的二儿子和骄纵任性的小女儿。

旧时场景再现，老人动容地一一说着那带有负罪感的过去，却还是在满心的物是人非里忠于了现时。岂料如今的温馨却也是来自那段不堪提及和不肯轻易触碰的往事，来自所有人的言不由衷和隐忍承受。老大虽曾一哭二闹，但终成名角，舞得一手行云流水的水袖；老二去了加拿大工作，在那里娶妻生子；小女儿嫁去上海，家庭和睦。桃李芬芳，子孙多福，老人到底是等来了自己不成想的一份安稳。竹子高了些，柔韧依旧。放凉椅的地方换上了石桌石凳，石桌上放了盘春卷，在花树掩映的斑斓春光里香气阵阵。房间里放着陕西脍炙人口的《断桥》，老人说这是儿媳给买的，她一进门就拉着大姐教她女儿唱秦腔。大姐那从小养在北京的儿子用标准的西安话对他的小姨喊："我要吃锅盔！还要吃羊肉泡馍！"老三的女儿甚至边啃春卷边荒腔走板地唱着《虎口缘》。看着连金发碧眼的儿媳在内的大人们在里间用西安人才懂的话亲切交流，三个孩子在那些旺盛生长的竹子前嬉笑顽皮，时光从“不堪回首忆旧游”的戏词中静静流过，现世祥和。

去时走了一段没走过的路，也依旧是沿着对街的城墙前行。那些裹着整座城的逶迤墙体在恢宏的天空下势如铁骑。曾经功成名就的英雄们对着千军万马在运筹帷幄间谈笑风生，那万千兵马持戈曳戟地从眼前呼啸而过奔赴疆场，那大军未动却已先行的官马粮草在皑皑白雪中消失在峰回路转处，那曾在这方圆出现的或成王或败寇和他们的传奇在抖落臆想后都远去不见，而留给我们可供接触的那一座堡垒，却在风吹雨打中屹立得愈发挺直。它周围的人们在小心翼翼地让它安住后，依然顺应四季白昼的变换规律继承和创造，千百年来没有容许这片土地被埋于历史的沙尘中。

城墙西侧的数字电视上很巧正放着对老人大女儿的采访。那里的她笑容温婉、语调柔和地说着那些以为遥不可及的梦想和始料未及的现实，说着曾经的排斥和如今舞袖时的感动，说着父亲唱戏半辈子、爱戏一生的执着和自己后知后觉的幡然醒悟，说着继承父业在别人眼中的大器和自己认为的责任义务。

她说了一句话，那句话让现在的我想来也觉得分量举足轻重。她说，我们对待文化的态度才是这个城市最宝贵的文化。若是守不住一座城，让它在浮华的变动中惶惶不安，那真是没了礼节，没了本真，没了我们的根。

那时夕阳正从文化馆的楼层后暗下去，重重的影子被折叠拉长，整座城的人们都面带春风，谈笑自如。对整条街的喧闹恍若未闻，我站在街口，想起那些因为自以为是而无中生有的可笑观念和荒唐逻辑。

曾经以为文化不过是轰轰烈烈毁灭后的残骸，以为文化旅途不过是在城市中心观望几眼那城楼上的飞檐走壁，以为文化守护不过是一场盛大的烟花表演，要么在一时的绚烂后灰飞烟灭，要么死守着让它凄清惨淡。而现在看来，千千万万的人在这座城里即使内心翻涌也不动声色守护的成功，的确使得西安和它的文化在人事难分的争端中稳稳生根，并且在发芽生长的过程中不留一丝让它被蚕食的余地。尊古重今，默默守护怕西安人都觉得不够，他们潜意识里的守护和时刻都在的自觉才使这座城根基永固。

夕阳越来越低，那些被潜心保护的文化载体待在摩天大楼的影子里，夸大失真，却无半点无所适从。

终于想明白那些困扰我多时的问题，也终于想起那个深秋夜里无与伦比的强烈感受，那是一种叫心安的感觉，一种一座城市被牢牢守护从此不怕急风骤雨的心安，一种牢牢守护了生命土壤从此不再让它贫瘠惊惶而自己放心到骨子里的心安。

那些苍茫的愿景恍惚淡去，一种最真实的心意浮现。于是我拿起电话拨通了老人女儿的手机。

阿姨，您好。我想跟您学戏，嗯，十分想学。

趁这里的风土和我们的守护还未变故，从我的世界的心安起，守住一座城，守住一座城市。

西安，不动声色

西安文理学院　刘薛薇

这是一个不胜坚硬的城市。

因为站立得太久，因为记忆太长，因为，那些流淌在血液中的无法割断的家族气质。

“咸阳古道音尘绝，音尘绝，西风残照汉家陵阙。”咸阳古道和汉家陵阙或许是世人对长安最直接的印象，一个是历史的厚重，一个是岁月的繁华。两千两百年前秦灭六国统一天下，定都咸阳，筑垒阿房。咸阳古道从此开始了它承载历史风尘的绵延岁月，印证了它“四面皆阳”的喻言。有人翻阅史料希望考证“咸阳古道”的具体地点，希望为预言书写结局。其实大可不必，预言和历史总是不离不弃，一个人成就不了往事，一座孤城成就不了岁月。若是隔离了历史去看那些事，那些人，那些地方，便犹如生产后遗落的胎盘，毫无意义。或许咸阳古道的真实意思是：历史在这条路上走过，这儿叫咸阳。咸阳古道是属于历史的，历史也是属于咸阳古道的。

我喜欢“汉家陵阙”这个词，因为我是长安人。长安人对汉家总是怀有特殊的情愫，这样的感情更多的也许是源自于那个十六岁登基，二十七岁挥军横扫匈奴的帝王，源于那一年阴山下的三军号角，源于那一年汉家女儿不再流离。北方男儿并不甚温润，他们尚戎马，重血性，心性粗犷豪迈。许多秉承温良恭俭让的饱学之士在谈起南北民风时常常讲：北方人缺少农耕民族的温顺平和，多了些粗野之气，宜军不宜儒。他们说的对与不对，历史都不会计较，青史长册，不过渺记尘中客。但作为尘中过客的老秦人，史册上有这样的记载：“秦部族原居西戎之地，与戎狄杂居，以畜牧业养马为主。秦襄公时，以马匹护送周平王有功，遂赐以岐周之地。平王迁都于洛邑（今洛阳），称东周，秦从此据有关中之地，为诸侯国。”你们看见了，老秦人原本居住在比长安更北的土地上，民风淳朴而强悍，他们原本可以世世代代做一个温顺的游牧民族，但他们最终选择了一条穿越北方的黄沙漫天和寒风凛冽走向灭六国的道路，他们一路直达历史的最深处并在那里扎下根来，然后被岁月铭记。被岁月铭记，这就叫做历史，无人辩驳的历史。没人知道，是谁为他们指引了这条通往历史的遍地荆棘之路。老秦人是长安的祖先，在数百年的坎坷路途中老秦人把自己心的淳朴和生的强悍变作记忆写入了子孙的血液。长安在记忆的牵绕下，开始书写属于自己的那一卷历史，开始为自己即将出世的孩子撰写记忆。

世人皆叹长安繁华“玉辇纵横过主第，金鞭络绎向侯家。”江山多娇，为了梦想中金碧辉煌的生活，无论是文人墨客还是工匠技师都一路摇着朝圣的旗风尘仆仆奔向长安，为长安歌咏，同时也为自己吟唱，每一个人都希望在长安的锦绣记忆中留下自己的姓名。长安望着远处马蹄一路溅起的烟尘沉默不语，他静静地看着世人痴痴笑笑，等待烟尘自己散去。历史总是红色的，红尘俗世大多只是惹了寂寥。对于那些狂热的追随者，长安并没有告诉他们这些。

“长安陌上无穷树，唯有垂柳道离别。”淡漠的长安同样拥有一腔柔情，只是漫漫风尘让长安习惯了目如苍鹰，身似铁骨；习惯了沉默不语，静观变迁。情长缘苦，常离殊途，青史长册，尘中过客，十三朝浮沉，十三朝变幻，长安记得自己的父亲叫做老秦人，长安记得自己祖居西戎之地，长安记得，自己的家族如何用双脚划过荆棘走进历史。长安目睹的太多，明白的太多。所以他忍将痴情散作灞柳飞雪，豪情换了骊山晚照，所以长安成了长安。不是经历过人生的女子注定做不了长安的知己，一生清笛长歌的女子要怎么明白相忘于江湖？

也许作为长安的儿子，西安一如所愿地秉承了父亲的性格，沉默，坚毅，不苟言笑，沿着家族的血脉之气走下去。西安总是让我联想起将军之子，父亲半生戎马，百战黄沙，一生站在权利的巅峰，却是一生的孤家寡人。在这样一位严父的目光下成长，西安自然不似旧家公子，关于呷戏歌姬，风花雪月。西安熟悉的是世间的纷纷扰扰，熟悉的是无人能参透的盛衰兴败。西安的身上不可避免地有些沧桑和厚重的气息，虽不至颓废却让人有逃脱不掉的悲怆之感，犹若鸿鹄之鸣。这样的气质浸染了西安的一草一木，于是西安的草木总是一岁一枯荣；于是外人很难理解西安的太阳为什么总是带着些戾气，西安的黄土为什么有刺目的千沟万壑；于是西安人很难离开自己的故乡。

有人说西安的日子走得有些艰难，因为西安同时谙熟于头顶风云变幻的历史和脚下千年不变的法则。西安更像是被废黜的王子，既无法按照他熟悉的方式生活下去，也丢不掉与生俱来的高傲和倔强。于是西安每一步都走得小心翼翼，在历史的变迁中他学会了用一种不动声色的方式完成自己的修行，他学会了在寻常人家的日子里坚守自己的高贵。西安没有忘记自己的祖父，父亲写在自己身上的记忆，西安依旧睥睨人间，在大雁塔的塔尖，在历代皇陵的纵横交错里你都能看到西安倔强而孤傲的目光。

西安是一个需要用时光滑过砖墙的缓慢心情解读的城市，匆匆忙忙的游人以目光掠过的方式来了解西安往往会失望。西安就像是存在了千年的老房子，里面装满了代代相承的记忆。破碎的瓦砾，残旧的户牖，一道道刻痕写满了古老的文字，你若不花些时间和主人细细交谈几句便很难读懂其中的故事，读懂那些只属于西安的，人世沧桑的变幻。

三等奖

月下 长安

西北大学 罗逸轩

黟色尽染
秦岭横跨千年
烟尘与雾霭遮住了历史
这是夜的长安

汉唐被风雨洗礼 墨痕斑斑
刻入古城墙的体肤

明月贯穿古今
投射出深沉的阴影
这漆黑里聚集着一切
一切的记忆印象
一切的诗词曲赋

人们追寻着回响与河流
溯流而上
流水中夹杂的声音
诉说着过往的深沉——
八条丝带缠绕着玉盘
缠绕住文字与歌咏
荡荡乎相背异态
成为大河的底蕴

月色被烟云遮盖
却遮不住亘古的清冷
同一片苍穹下

风声在轻轻地呢喃
这是秋夜的长安

千载的金戈铁马、帝王将相
甲胄与刀剑碰撞出火花
鼎文中泛出青铜的气息
一切的呐喊与言语
在凋零中渐渐荒芜
沉淀成古色的土壤
从木头到橡胶 车轮转动着
在积淀上留下 从古至今的车辙

或许一切都会朽烂
但仍有不变的陶俑
守护着属于过去的回忆
在贯穿古今的月色下
雁塔和骊山静静地耸立着
怀揣着属于各自的故事
默默无言

云霭拂过冷寂的古城
包容着过往与现在
烛光与灯景
星星点点的火焰
点亮五千年的黑夜

在历史的回眸中
我与长安默默地对视
月色不改 秦岭仍在
见证岁月变换
我缓缓而行
穿过竹色的长廊
顾视周遭的大地

在静谧中
这是月下 秋夜的长安

长安西安无数山

陕西师范大学　原煜媛

作为一名陕西人，我曾经并不能体味这片土地的厚重。年少时，一心想逃离生活了二十年的地方，甚至想从骨子里摆脱黄土地烙下的印记。于是包袱款款头也不回地奔去了那个传说中最安逸的天府之都。可笑我读了多年书，却忘了天府这个词最早是形容哪里的了。还记得车出秦岭时回头一望，重重山岭后是我的家乡。

到成都的第三个月，我就开始想念街边的肉夹馍和油泼面，想念坊上的小酥肉和八宝粥。站在十八层写字楼上向北看，是闲暇时的消遣。可惜一眼望去，只有层峦叠嶂挡住视线，遮住西安。直到这时，我才能真正理解了一句古诗："西北望长安，可怜无数山。"千年之前，辛弃疾用这一句诗表达半壁山河沦陷的悲伤，我则用这一句诗领悟离开家乡的辛酸。

关中人安土重迁，很少出去闯荡，不曾留下闯关东、走西口的传说，甚至连闺女都很少外嫁。这片土地自有肥沃，足以靠天吃饭，也图一个平稳。祖祖辈辈辛勤耕作，面朝黄土背朝天为的也不过是吃饱穿暖。大多数人都未曾想过走出这固若金汤的城池，去寻找另一片天。即使有人走出去，也为的是衣锦还乡，最终还是留在这座城。

在成都的生活其实并不安逸，每天忙忙碌碌过着普通白领的日子。夜深时，会因想家而哭泣。同从西安来的同事一个又一个地回去了，能一起怀念家乡的人越来越少。我最终下定决心考研，穿过群山回到故乡。复习的生活枯燥又乏味，每当坚持不下去时，我总会看看北方，看看我来的地方。而现在，我站在学校的宿舍楼向南看，那里是白云缥缈的青峰。

这一重重的山峦，如同巨大的屏障，隔断了关中人的视线。汉唐时，多少士人不畏蜀道之难，翻山越岭来到这里。他们为名利而来，为功业而来。这里的繁华，世界上少有能敌。蜀道难，并不能停下他们追梦的脚步。无数山在这时只是帝国中心的妆点，是长安傲慢的为难，是名利功业对士人的考验，可惜这繁华终究失去了。"天街踏尽公卿骨，内库烧成锦绣灰"，战火耗尽了帝国的荣耀，它慢慢地沉默了，显出一种内敛与沧桑的姿态。到了宋代这山峦之后的废都已被异族控制，稼轩的诗句里，早已不见唐人说起长安时那种骄傲与向往的口吻，他说"可怜无数山"，没错"可怜"。可怜这昔日的繁华之地沦为异域，可怜收复国土的铁马冰河之梦难圆。

其后的岁月里，长安早已退到了华夏舞台的边缘。他龟缩在西北一隅里，残喘疗伤。秦岭和黄河用一种沉默的姿态，保护着这个满身疮痍的旧日王公。在一次次的动荡里，让他少受了不少罪。他孤独地退守，看着蒙古铁骑踏到崖山，看着朱明王朝的日升日落，看着清立清亡、辛亥革命，看着日本入侵，看着五星红旗的升起。他仿佛在秦岭与黄河的怀抱里睡着了，再醒来时连曾经的渔村华亭都能让他一边干笑，一边悄悄地将磨破的衣袖藏在身后，有种捉襟见肘的尴尬。这一重重的山峦，早已不是傲慢的为难，成了阻碍脚步的屏障。隔断了视线，遗忘了时间，看不到别人的成功，仍然沾沾自喜地做着帝国首都的故梦。

所幸西安的梦并未做得太久，从2008年离开到2011年返乡，不过三四年的光阴西安仍带给了我许多惊喜。还记得读大学时，搭一趟600路公交车如同打仗，现在坐个地铁很快就能纵贯南北。2011年世园会召开，沉寂千年的帝都重新敞开怀抱，迎接四方来客。西安展现它曾有的盛唐气象，兼容并包、怀纳天下，高耸威严的丹凤门再一次昭示了长安曾有的盛唐荣耀。曲江的繁华、大明宫遗址公园的建成、世园会的召开，就是一座城市重新崛起的全部么？并不是这样。西安的崛起，更有待观念的转变与文化的创新。

2010年一部《大秦岭》，让人们的视线停留在了西安南方的重重山峦上，它不再仅仅是保护与屏障，秦岭本身的文化意蕴与丰富的物质资源开始为人们所了解。仿佛一夜之间，《大秦岭》《大明宫》《大秦帝国》一系列的影视作品，让西安这座城市站在了文化最前沿。关中人意识到没有沿海优势，没有特殊矿物，我们还有文化可以挖掘，还有历史可以发扬。文化与旅游产业，让这座西京旧都上的尘垢被慢慢地擦拭，渐渐散发出应有的光辉。

走在曲江，你打马而过看尽长安花；行在城墙，你一步一景赏遍十三朝。生活在西安更像生活在史书里，信步一处都有长长的历史可讲。中国人所眷恋的古风古韵，在这里有着最直观的印记。秦时横扫天下、汉代意气风发、唐朝气象万千，你都能从这片土地读出。如今的西安，更是座让人来了就不想走的城市。回到这里，我不曾后悔。他乡虽好，故土更好，我更愿意将光与热贡献给我深爱的土地。

读研的学校就在秦岭脚下，远处的山峦在不同的天气里，总会呈现出不同的意境。时而青山苍翠、远山含黛，时而山岚缭绕、仙气飘飘。这无数山，见证了繁华，经历过战火，饱尝了岁月的沧桑与世事的艰辛。如今它含笑而立，更像是在守护，守护这方土地的安宁与繁荣。长安千年，繁华未尽，无数山后，是我深爱的故乡。

恋上一个名，爱上一座城

长安大学　范小玉

我是一个地地道道的南方人，就是那种经常不会分辨鼻音和边音、视辣如命的南方人。生活安逸、性情温和的我们是不愿意离开南方的地域而居的。但对于我而言，或许是因为在一个地方待得越久就越想逃离，尝试一种完全不同的生活。就好像命中注定一样，西安，作为秦岭—淮河以北的古城，成了我的不二之选。

爱上西安这座城市之前，我是先爱上她的前身——长安，一个多美的名字，素雅文静，深厚沉稳，在我心里她值得也应该以其厚重的文化底蕴而骄傲。两年前爸爸送我来西安上学，一出火车站，便见着眼前高高的城墙，“果然也只有西安才有这种墙喽！”爸爸不由自主地感叹道，后来在和爸爸的交谈中才知道，原来爸爸也是这么地欣赏这个城市。

身边的好多同学到这以后都开始抱怨，坚定地说毕业以后一定要离开这个地方，我说要么回家，要么留西安。回家，是因为我是女生，我需要稳定；留下，是因为我爱这座城，我把自己交给了她，我妈开玩笑说我就是认定西安了。

如果说爱上一座城，如同爱上一个人，会带给你恋人般心动的感觉，时刻被牵挂着的感觉，甚至是有一种归属感。那么，西安可以当作我的暗恋，甚至称得上我的初恋。只有来到西安，你才会知道什么是一个十三朝古都的风韵；只有来到西安，你才会知道什么是三秦大地的大度；也只有来到西安，你才知道什么是热血汉子的气量。西安，不用什么宣传就能让人们铭记，因为她的名字——长安，就是一个最好的品牌。

基本上从接触古诗开始，我们总会不可避免地碰到含有“长安”的诗句。“长安陌上无穷树，唯有垂柳道离别”。“一为迁客去长沙，西望长安不见家。”我们国家的盛世曾经在这里，这里曾经是世界瞩目的中心。多少文人立志能在这片土地上立足，又有多少士人因离开这片土地而挥泪惆怅。有梦想的人想到这里圆梦，而生活在这里的人也不想离开。张季鸾曾经说过：“人生处变处常，本应态度无二。”这句用于评价人生的话其实也可以用来说西安，无论她怎样变化，人们对她喜爱的态度总是不变的。

喜欢在秋天去爬骊山，去看那满山遍野的石榴果子结成的特别“花海”；

喜欢在人少的时候去看兵马俑，仔细观摩每个俑的长相；喜欢在晚上八点半等在大雁塔广场，看着喷泉随着音乐的高低而上下起伏；喜欢和同学成群结队地骑着自行车，从另一个角度看这个城市；还喜欢在周末逛着回民街，感受这个城市最独特的魅力。种种的喜欢，只是因为我在这个城市，只因她是西安。

每个城市都有自己独特的标签，西安如此，西安的人民亦是如此。他们勤劳、善良、纯朴、踏实，男子刚劲，女子温柔。西安从来不乏有才之人，出去游玩时，我们总能看到一些西安人自己做的书画、剪纸，可谓巧夺天工。西安人很有血气，他们会团结起来为自己的球队打气，会用标准的陕西方言充斥着全场。西安人身上仿佛有着魔力般，我身边的西安同学总能很容易地和别人交流，得到新朋友的同时还能同时加固老友谊，这是我们很多人所欠缺的。

我认识的一个德国朋友曾这样说过，“你们的上海就像我们的慕尼黑，你们的西安就像我们的汉诺威，西安给我的感觉很 nett（亲切）”。这大概是很多国际友人来西安的感觉，或许也是西安正一步步走向国际化大都市的形象定位。用我们南方一个城市的广告语来说，“西安，一个你来了就不想走的城市。”

我恋上一个长安的名字，却爱上了一座叫西安的城。

半坡的秦腔地儿

陕西科技大学 吴 沐

半坡一直是一个安静的地方。

只有夏季，参观遗址的游客结群而至时，才会变得热闹些；而到了附近村子里一年一度的年会时节，吃的、穿的、用的、大棚歌舞、杂耍闹市，摊子从村头摆村尾，从小巷堵大街，这时的半坡俨然就成了一老碗稠乎乎的燃面，滋啦啦的油泼辣子打破了平日里的清静。人们再也不能在家里憋着啦，全家出动，逛他个会，淘几个宝，就连平时蔫着不说话的、不爱出门的宅人们也不例外。等到人们吃饱逛好，心满意足后，会也就识相地稀稀拉拉地散去了。这时，半坡又回到了往常一样的安静。

却不知道什么时候开始，半坡突然吵闹起来。原来，每到周末吃过晚饭的时间，半坡博物馆门口的大杨树下总是聚集着一群人，吹拉弹唱，唱若嘶吼，声音之高、音量之大能把碎娃吓哭，能把玻璃震碎，这该是秦腔了。说起秦腔，我们家因为不是本地人，都不太能接受，而我向来是极恶秦腔的，不仅旋律难听，词剧不懂，最要命的是吵得人直头疼。

我家原住在半坡十字北沿儿，前两年要改建，家里本是主张搬去北郊的——时逢政府新迁，北城房市大起。但最终还是原地转了一圈，住进了新小区，名曰丽水花都，房子的窗户正好对着半坡博物馆大门。至于缘由，现在分析起来，大概一家常年客居于此，难免对半坡土地产生依恋之情，况半坡乃是大站，东郊交通枢纽也，道路纵横、四通八达，想去哪儿都很方便；再者就是父亲搞文化的，怎得离开这文化和历史气息浓浓的半坡地儿呢？半坡虽偏，却有北依浐灞河、南靠白鹿原，远居秦皇兵俑、近邻纺织女工，脚下踩的更是数千余年的遗址，陆上活的即是三秦大地上地地道道的原生态男女叟童！这儿的人，他们吃凉皮、夹馍、燃面，喝胡辣汤、苞谷糁、冰峰；吃啥都是要油要葱要蒜，搁醋搁酱搁辣，少了哪一点儿都不舒服。

“老板！辣子多来一点儿咿！”然后端上来的那一碗，满是油红色，你光是看到，舌头似乎就瞬间辣得溃烂，我是从来不敢去尝试的。且终有一次，鼓起勇气，要挑战挑战，方吃了几口，便觉得咽下的是一团火炭，滚烫滚烫的，嘴巴、舌头、喉咙，甚至肠胃都烫得翻腾起来，眼泪、鼻涕一把接一把，这才算是领教了吃“辣”。再看看旁边的人，个个水桶的腰、黄土皮肤、辣子红的脸，眼睛直对着碗里的红猛放光，越是辣，脸越红，脸越红就越酣爽。我对他们是佩服之至了。

我不仅望“红”而逃，还闻声而避。这不，好不容易到了周末，舒舒服服地窝在躺椅上听歌上网，偏偏要唱秦腔！关键窗户正对着呢，前后直线距离还不足半百米，一个滚雷就这么轰轰隆隆地滚了过来，那穿透力，那杀伤性，一堵石墙也挡不住。有时心里没准备，便会吓得一身冷战，所以我是万恶了秦腔的了。我视其为“万恶”之一，理所当然地不想去接近，周末每经过听秦腔的人群，必然是绕得远远的，从不围观，更不细看，就这样与“万恶”保持着距离。但一来二去，心里总有一个疑问，他们都在听什么呢，有什么好听？

恰有一回，周末和同学去塬上的学校踢球，回来时听戏的人已是一片黑压压，公交车无奈在人群前停下。我下了车，左推右搡地挤进人堆，钻进一个小空子一探究竟，到底这帮子人听个什么劲呢？还没来得及扎稳脚跟，“哇——哈啊——啊啊啊啊——啊……”一声运用假音的高音频长叫，我就给震得起了一身鸡皮疙瘩。再看，唱戏的是一中年妇女，眉头紧锁，身旁搭啦着一个站立式麦克风；其他表演者，神态自若，手里拿着板胡、二胡，各种胡，勾锣、呆锣，各种锣，还有叉子、梆子、小鼓子、扬琴子，什么玩意都有，匡匡锵锵，噼里啪啦！伴着唱的人一声高一声低，往往是一声叫完要停顿一下，像是有意地等着伴奏的人秀附音呢，一问一答的节奏，尽都是唱出的问题听不懂，作答的音乐也弄不明。虽然心里排斥，但看他们个个神情认真严谨，表演也是有板有眼，加之现场的气氛又盛，我也是难说一个 no 字，就这样听了许久。话说回来，这秦腔，好家伙，不得了！现场听和电视上放还真不一样，感染力怎一个强字了得！听上一会儿，身体就自作主张地跟上他们节奏了，脑袋才从右边看唱戏者，下一句就条件反射地提前偏向了左边去看那拉胡敲锣的。这几来几回，头便成一个拨浪鼓，和谐地加入到了秦腔的队伍当中。

我看了一会，找到一个空子，偷偷地瞅一眼周围听戏的人。这一眼，确让我大是吃惊，这脸孔、这身形，怎么这么眼熟？个个水桶腰身，老柴火棍子眉毛，黄土皮肤，脸上极为红润。原来，竟是那些个和辣子、吃捞面的人！人群里男的有抠脚汉、女的是纺织工，还有带蛤蟆镜的老爷儿，就连打着毛衣的老婆子也都要一品秦腔；两个老汉，很专业的，抱着碗蹲在石台上，一边听戏一边吃面呢，吃面时发出的“噗呲喽喽”声音，吃出了民以食为天的喜悦，香得很。

“哇吼吼吼啊——啊——”又是一声，足足拖够了十七八个音，注意力又被抓了过去……那晚是我第一次正儿八经地听秦腔，听了多久也记不得了，尽管到最后，除了叹声，我还是一句都没弄明白唱的什么内容。我只记得放纵着自己，很投入地伴着唱戏的人，悲伤的段子跟着摇头晃脑，神情肃重，喜乐的部分则是嬉皮笑脸，怡然自得。人群头上的那颗老杨树，他是最能懂秦腔了的，平日里沉默寡言，听腔时他从来不吝惜他的手掌，总是哗啦啦地响个不停。我突然明白了一件事，这天、这地、这人、这树、这老腔，还有这辣子、这老碗，简直是半坡的与生俱来，这就是秦人的秦韵，专属于他们自己的语言，黄土的语言、老碗的语言、辣子的语言！唯其如此才是滚滚黄尘和混沌秦川以及大秦人口的生命本质。

以前为什么万恶？那是我还没有真正地融入半坡地儿，我想我以后会从中汲取生命的营养！

隐匿着的长安城

西北农林科技大学　胡文涛

以往多次来西安，无非就是去大雁塔、大唐芙蓉园等一系列景点随意逛逛，或者是来西安的东大街购物。看到的西安是由一个个凌乱的点组成的，没有感受到古城西安的整体魅力。于是总感觉西安只是一个大城市而已，拥挤、繁忙的印象刻在脑海里。可是最近偶然的一次机会，在古城墙上观看了西安，让我发现了这个隐匿着的长安城。

在酷暑的七月，西安是十分炎热的，很少会有人在西安的街道上悠闲地游走，一般都是一波波快速移动的人群。但碰巧我这次来西安正逢阴雨天，小雨时下时停，天气甚是凉爽。一个朋友不经意间的提议让我们走上了西安的城墙，刚上城墙就给人一种豁然开朗的感觉。

信步于宽阔高大的城墙上，没有下面街市的喧嚣，没有匆忙行走的人群，没有那种急于逃离的烦躁。是视野上的开阔，是悠闲漫步的自得，是内心解脱般的平静。在城墙上看城内外的风景与在街市上的急忙浏览是截然不同的。城墙上的每一步移动都是西安城内外的整个画卷在流动，既可以回顾身后的景象，又可以展开眼前的画面。这种动态的画面远比立在人群中得到的静态镜头壮观得多。在小雨中，漫步于西安城墙上，眼前流动的画面把人带到了众多文人墨客笔下的繁盛长安。

城内各个主街道上都是车水马龙的场面，各式各样的交通工具在这个四方城的马路上行驶着，各种商铺的门前人流攒动着，街边的国槐也在这繁荣的景象衬托下充满了生机。就在注视人群的一瞬间，我仿佛回到了盛唐时的长安城，看到整个东西大街被买卖双方所占据着，琳琅满目的商品呈现在眼前，一片繁荣的商业景象。我们所熟悉的“买东西”中的“东西”就是由于在古长安城的东西大街买卖所形成的概念。回到现在的西安，一个个时尚的专卖店分布于西安的大街小巷，人们喧闹的交易景象与盛唐长安时的相比是有过之而无不及。也许有人说西安城内过于破旧，但这却是时代的印迹。城内保存着一些古建筑，遍布着二十世纪九十年代的居民楼、不是很高的商业楼，城外则是一幢幢拔地而起的高楼大厦。正是这城内外的鲜明对比，才能彰显出西安随着时代的变化。我们的时代是向前进的，但我们也应保留历史的痕迹。每一种建筑都体现着几代人的生活方式，从古人的土木结构建筑，到民国初期的仿洋阁楼，再到上个世纪末的小居民楼格局，直到现在钢筋水泥的高楼大厦。这些建筑在西安由内向外地呈现着，印证着西安在这一代代的更新中与时俱进的发展。

在城墙上观看西安的风景时，忽然被一片喧嚣声所惊醒。寻声看去，是市民们在傍晚闲暇之时进行着文化娱乐活动。沿城墙外的一长条空地上，青年人进行着各种球类运动，上了年纪的老人们在草地旁散步聊天，还有一些票友们演奏着乐器，唱着戏曲。看到这种场景，我就不得不提一下我眼中的西安人了。刚接触西安人的时候，由于陕西话很有特点，基本是听不懂的，但是感觉发音很好玩。譬如“我”的发音，在陕西话中念“è”。但是在陕西久了，发现西安人是十分朴实的，也是相当悠闲的。他们身上没有是盛唐后裔的架势，到处都是真切朴实的印记。记得人说西安人很懒，在我看来那是一种可爱。西安并没有因为这种“懒”而落后，反而是与时俱进地迅速发展着。可见这种“懒”并不是不勤劳，那是一种会享受生活的态度。可不要忘了，古时富裕的关中正是他们的先祖所创造的。其实，我感觉陕西话也是西安的一大特色，有时候和西安的朋友聊天，他们偶然的一句陕西话会让在场的很多外地人争相模仿。在西安人眼中古城就是美得很。

朋友几人沿着城墙走了一段时间，发现耳边不时会听到外文，有许多外国游客也和我们一样在城墙上观赏西安。我在想这是不是由于马可波罗写的中国传记对外国人影响的结果，不经意间把想的说出了口。朋友回应说，西安附近有震惊世界的兵马俑，西安又是十几个王朝的都城，早就蜚声海外了。朋友说的也对，我们美丽而又富有古韵的西安的确吸引着众多海外游客的目光。平时在西安的街道上行走，见到经商和旅游的外国友人是十分正常的事情。自盛唐长安以来，这块关中腹地就是一个国际商旅的集结地了。现在的西安依然保持着盛唐长安的繁华景象，交通发达、经济繁盛。除此之外，由于其在中国历史上悠久的古都地位，强势的旅游业也正在蓬勃发展着。

西安的古韵或许在许多人的眼中已不在了，但这次在城墙上欣赏西安，我发现古长安的文化底蕴已深深渗透到了新西安的灵魂中。古时的长安集结着各国的商旅，呈现着各国文化的精华，现在的西安依旧有着发达的国际贸易、繁荣的多元文化。若非要给现代的西安加上新的名词来描述，我认为“创新”再好不过了。秉承古长安的文化精神，跟随着时代的脚步而发展前进，彰显着西安这个国际大都市前所未有的魅力。

长安，你的隐匿，被我发现了。

南望长安，难忘长安

延安大学　郭嘉伟

这不是我第一次离家远行，却是我离家最久的一次。而现在，我在延安南望，却怎么也难忘家乡——西安，尤是那用时间积淀孕育出来的文化气息。

沉重的旅箱，斜跨肩包，繁琐却又必要的行李，随着我的脚步跨越大半个关中平原，再穿过五十九条或长或短的漆黑隧道，然后，到站——延安。匆忙的适应后，这座完全陌生的城市却总会偶然间带给我一丝丝熟悉的味道，然后我不禁南望，遥想那座相隔三百公里的城市。

“滚滚延河水，巍巍宝塔山”，静静地在烽火台上瞰望，南侧是夕阳余晖里的宝塔，身前则是被延河水穿连起的城市，如此相似的场景，如此令人怀念长安——“秦川八水绕长安，汉家五陵空崔巍。”

八水具体都有哪些条河流我现在都不知道，只记的最为熟识的灞河、浐河和渭河，不仅因为它们紧靠着西安，也更因为它们所孕育出的八水文风。长安自古有八景——“雁塔晨钟”“咸阳古渡”“太白积雪”“华山仙掌”“骊山晚照”“草堂烟雾”“曲江流饮”，而末者便是“灞柳风雪”。八景虽是长安景色奇绝之地，但也对应着一个时代或一批文人迁客的悲喜情怀，“灞柳风雪”所寄寓的，更是一代“灞桥折柳诗”的兴衰。“箫声咽，秦娥梦断秦楼月。秦楼月，年年柳色，霸陵伤别”，太白的情殇在箫声瑟瑟中迷离在灞桥风雪夜中；“灞岸晴来送别频，相偎相倚不胜春。自家飞絮犹无定，争解垂丝绊路人”，罗隐的惜别之情在灞桥烟柳的浮动中渐渐散去；“城外春风吹酒旗，行人挥袂日落时。长安陌上无穷树，唯有垂杨管别离”，刘禹锡的醉意在长安城外，灞河桥边化为浓浓诗意。几多年后，我踏足灞桥岸边，早已寻不见那前人折柳悲寂的痕迹，只见得凫鸭四起，灞水空流。再吟诵起那诗词文章，感受着其中或隐或显的离情，即便是一腔快意，也不禁地探问：“年华随风，何处愁情？”

相去灞水不远的渭河，亦是包含着一个已经逐渐走远的时代。试问当年，渭水河畔，骊山山麓，是谁焚香而沐身，解绸丝罗袜，巧笑嫣然，醉伴君王一笑？是谁贫困潦倒，破车瘦骡，过朱门而不顾，掩口鼻而弃唾，用烂笔破纸划出一个睥睨时代的问句？又是谁在月圆落泪，感长恨不能长生，蘸满浓墨的狼毫，在渭水河边写下对爱情既矛盾却又推崇备至的质疑？大唐盛世的赞歌丧曲，少不了渭河边的故事，更少不了渭河水的沁渍！

"仁者乐山，智者乐水"，长安故都的山脉奇势亦属不凡，道家学说中所讲的"秦岭龙气"承载起了十三个王朝的沉重历史。至今西安市郊仍有地方以此而名，北郊的龙首村相传便是因长安龙气荫聚之地而得名。姑且不论其迷信科学与否，长安周边的山脉的确在这座城市的政治、经济、文化等多方面展现了其独有的承载力。孟浩然的"试登秦岭望秦川，遥忆青门春可怜"萦绕耳畔，白居易"望秦岭上回头立，无限秋风吹白须"隽永诗篇，杜子美"秦岭愁回马，涪江醉泛船"千古绝唱，哪一首不是秦岭山所承载的诗篇，又有哪一首不是大长安文化气息的凝练？摩诘在此三进三出，最终在世俗功名和山水田园间选择了秦岭山川；玄奘法师在长安和天竺间奔走多年，最终却选择了秦岭作为一代佛学的皈依之地；而盛唐历史上赫赫有名的终南诗派的诞生与命名岂不正是秦岭文化载体的一种体现？

山水之间，回望故都西安，难不得要感叹："半城山水，一城神仙"。

山水萦绕长安，也许，围绕的并不是一座城市或是一个地域，那是一个时代的气息，一种文化的聚集。

遥望长安已近有一年，期间漫步圣地的山间巷陌，流连着清凉山脚万佛洞的壮阔，子长摩崖石刻的恢弘，巍巍宝塔的耸立依旧，都让我想起古都长安——"花萼楼前雨露新，长安城里太平人。"

除却山山水水，长安城引人注目的便是那些举不胜举的文化遗迹、历史遗址。那些老西安们习以为常的建筑景物，在外乡游客看来却是那么地带给人震撼力。家居东门，窗外车水马龙，穿过几条街便是古都的象征——古城墙。儿时便在这里嬉戏，几家的孩子在这用历史堆砌起的恢弘建筑旁旁若无人地大吵大闹，半百的老人们会相聚在一起，或在戏棚里要壶浓茶，和着板胡二弦的调调哼着"奉旨雒州把任上，路遇妖怪把父伤。你母亲驾云从天降，宝莲灯救父出祸殃"的经典唱段。这字正腔圆、浑厚有力的秦腔长调透过坚实的古城墙，可以传遍整个西安古城的角落，因为这声音本就是长安人本土文化的一种心理认同感的体现。慈恩寺砖瓦的年轮细数来丝毫不弱于古城墙的墙砖，大雁塔静静地伫立在那里显现出不动如山的巍峨，与南稍门的小雁塔遥相呼应的同时，也将佛文化的气魄彰显无遗，人说"南朝四百八十寺，多少楼台烟雨中"，殊不知长安城大小林立的寺庙有那"薄暮空潭曲，安禅制毒龙"的气魄和浑然天成的王气。佛文化的体现不单单是在其精深，也更在其所具有的包容性。谁能想象到，单单一座城，便有本土小乘、藏传密宗、印度大乘等多种佛法。单一佛教便是如此，其他宗教文化不惶多论。"海纳百川，有容乃大"的文化气魄彰显无遗。而西安碑林、大明宫、兵马俑、曲江遗址等大大小小数百景点遗址所内含的历史文化和艺术文化就更加不胜枚举。

但在西安，也许你可以不知道秦腔，可以不知道宗教文化，但是有一种文化无论你来自哪里，无论你身在何方，想必你都不会忘记，那便是两千多年来长安独特的饮食文化。钟鼓楼旁回民巷的食香和着这腔调则更显得别有风情，饮食文化则是长安文化的一种另类体现。细细数来，这片土地上的小吃可毫不逊色于其他地方的美食。从早点到午饭，再到茶市夜宵，除开驰名中外的羊肉泡馍、粉蒸肉，单单是那些分布在城郊巷陌的馆子和家常饭，就足以看出老陕的食文化可不一般。

如果说，单一的文化是其精深的体现，那多重精深的文化重叠交替，便不只是一种精深，更是一种时间的孕育，一种博大文化的传承。

南望长安，是对家的留恋；难忘长安，是对一种文化的归属之感。

无法割舍的“西安情结”

西安医学院 龙 洋

喜欢西安，从清晨的第一缕阳光开始，当它冲破黑夜的束缚，洒在青色的城墙上，我知道，那是太阳对他温柔的呼唤，呼唤着睡眼惺忪的古城。你看，连太阳都喜欢这里，我们又怎能不动情？

喜欢西安，从正午斑驳的树影延续，夏日的阴影中卖凉茶和凉糕的老爷爷，也许是孩子们最不能忘怀的记忆。你看，连树影都喜欢这里！它闪烁了多少人对西安最美丽的记忆，我们又怎能忘怀？

我并不是土生土长的西安人，或许正因为这样，才得以免去“不知庐山真面目”的遗憾，才能在此山中感受西安与其他城市相异的气质。

这个美丽的城市，有掩不住的辉煌历史。它是中国建都最早、建都最久、建都朝代最多的城市。从西周王朝的奴隶制社会、大秦帝国的大统一、盛世王朝西汉一直到封建制度顶峰的唐朝，西安留下了太多的回忆，它代表着华夏民族的发展史，是每个国人心中的归属地。

但是我喜欢西安的初衷，并不是因为这历史的沉重，而恰恰是与这份沉重不符的西安人身上的轻松与坦然，“八百里秦川尘土飞扬，三千万儿女齐吼秦腔，调一碗燃面喜气洋洋，没有辣子嘟嘟囔囔”正是这种生活的写照。这个城市发展得很快，从很多方面来说，都在接近北京、上海这种一线城市。奇怪的是，这里的生活节奏很慢，慢得有时你会忘了你自己的存在，忘了你身在何地。在西安的早晨，只要有公园，就可以看到大爷大妈在悠闲地打太极，做早操；只要有菜市场，就可以看到形形色色的人们在挑选蔬果。他们表情的那种安然，讨价还价时的从容，你在别的国际化都市里，绝难见到。在这里生活过的人，肯定会对“慢生活”感触颇深，现在很多人倡导这种生活方式，认为这样可以更好地认识自己的心灵，了解自己的需求，从而更好地生活。我很认同这种观点，西安的人们却早早践行了。可能此地的关中人在这个一直繁华的城市里生老病死，见惯了光怪陆离的发展，大家大概都去追求心灵的本真了。这或许正是西安的大智慧吧！

有一个同学这样跟我感慨，“西安有一个别的城市没有的好处，无论你在哪，只花十块钱就可以吃到好多美味。”提到西安，它的美食总令“食色性也”的我们兴奋不已。从早上的油茶麻花、胡辣汤、牛肉饼，到牛羊肉泡馍、凉皮肉夹馍、柿子饼、绿豆糕、蜂蜜凉糕、冰峰汽水、酸梅汤，一直到晚上夜市摊子里的麻辣羊蹄、炒米、串串，样样都让人欲罢不能。外地的游客要是想在短时间内吃遍西安特色小吃，回民街绝对是不二的选择。古色古香的街道，隐藏在小巷中的食物不仅地道，价格也很亲民，不过大家悠着点，可别撑坏了自个。除了满足自己的口腹之欲，在这还能买到包装好的特产，送给亲朋好友是再合适不过了。这些西北风情浓郁的美食，绝对会让你的味蕾都跳跃起来，也想学学杨贵妃“不辞长作岭南人”的钟情，自此赖在西安再不肯离开。

有嗜吃如命的你我愿意为了这一城美食不思乡，自然也有人为了这满地历史的印记留恋沉迷。远有危峰兀立的华山，它近乎九十度的天梯，吸引着喜欢挑战的勇士；近有位于市中心的钟鼓楼，它俯瞰城市的淡定从容，让再怯懦的人也想一呼胸中的豪气；往南有中国第一个全方位展示盛唐风貌的大型皇家园林式文化主题公园——大唐芙蓉园，还有自秦王朝起，就已是皇家“上林苑”“御花园”的翠华山景……

这样的城，既有灿若星辰的古文明，也有丰硕的现代化建设成果；既有秦腔这样古老的艺术经久不衰，也有电影这种时尚的媒体繁荣发展；既有亲民的小吃，也有高级的餐厅；既有兵马俑的叹为观止，也有华山、骊山的俊秀挺拔……

每座城都是有生命、有性格的，西安尤其是，每个人眼里都有自己的西安，就像有一千个读者就有一千个哈姆雷特。它有时看起来像老去的婆婆，娓娓道来她传奇的经历；有时看起来像正值壮年的硬汉，坚韧地担着从未卸下的历史责任；有时又像正值花季的翩翩女子，即将拥抱幸福的人生。立体的西安正在为居住其中的人们、慕名而来的游客带来不同的启示、不同的收获。我喜欢西安，也想发出贾平凹先生那样的呐喊——“我生不在此，死却必定在此，当百年之后躯体焚烧于火葬场，我的灵魂随同黑烟爬出了高高的烟囱，我也会变成一朵云游荡在这座城市的上空的。”

西安已成为我内心的一种情结，我已无法，甚至不忍再割舍了。我想把根扎在西安，从此与这座热爱的城休戚相关。哪怕真变成游荡于上空的一朵云，也要俯视着来来往往的人们为西安痴迷沉醉，流连忘返。

菡萏清河，文明历史

西安科技大学 张 甜

黑暗——浓墨阒黑的一片，全是阴谋算计，无边无际，没有一丝诚恳做留白。

寂静——空洞无痕，满是私利物欲的翕语，连脉搏的跳动也被禁喑。

茫然——眼睛呆滞着睁着，愣愣地将死灰般的视线搭在前面，没有高瞻远瞩的谋略，没有兼济天下的抱负，没有肝胆相照的歃血情谊，无可奈何地沦落在这个物欲横流的巅顶之地。

沉沦——已然木讷的神经只感受着这墨水的负重，不作任何反抗。菡萏无河必死，河无菡萏必浊。沉沦……

蓦地！黑暗被一束光撕裂开，兀自波展开来——淡淡芙蕖，婷婷出水，玉珠流转，不吝羞红，清水涟涟，幻映佳人。

"菡萏——"夺口而啸，倏地欠起身，额头上的冷汗顺着苍白的脸面汩汩滑落，打在墨绿色的毛毯上。悸动惊惶拨弄着心里那根长久紧绷的弦，下意识中毛毯被攥得紧紧的。"菡萏无河必死，河无菡萏必浊……"嘴巴翕动，飘出轻轻的语音，眼神依旧孤寂空洞，像一潭激不起任何涟漪的死水。"文明没有历史只是浮光掠影，历史没了文明也只能是嗜血悲剧……"脸上掠过一丝震怒，而后平静地抬起头，拉开毛毯，踩在冰冷的地板上，一步步走向房门……

人流车海，交错相织，川流不息的匆匆过客终于在视线上化成一道道白光，踽踽独行中，意识也开始一点点复苏，一遍遍地念着："菡萏……菡萏……"小心翼翼地叩开记忆，思念，思念……于是，一曲《菡萏》缓缓升起，幽邃空凌的古琴声附和着从悠远的大地款款飘来。

馨馨菡萏，在淇水置。芳泽悠悠，吾心求之。
月玥陨顿，浮世虚繁。漫漫淇水，葳蕤白蘋。
智微且险，道岖且长。寤寐思君，锥心断肠。
袅袅水芝，在澧水植。素颜怜怜，吾心往之。
田恬精裳，碧水涤衣。潺湲澧水，不浸污泥。
深交且远，乞随且远。寤寐忧卿，庸心怨远。
淡淡芙蕖，在沅水止。皓华莹莹，吾心恋之。

婷婷出水，玉珠流转。脉脉沅水，不吝羞红。
相依且阻，相伴且碍。寤寐忆子，心缱意哀。
幽幽泽芝，阴霾阻之。依稀倩影，恍如素织。
宇为桎梏，宙作囚牢。逡巡思服，梦断泪扰。
故水涟涟，幻映佳人。含情凝睇，依依缱绻。
汩汩清流，溯洄千行。鲲鹏北海，遥遥弥望。
菡萏踽踽，二月期守。旋归佳好，执子之手。
浊浪涛涛，不复子衿。断禁寻之，与子偕老。

“君上，两千五百年易逝，君上琴技不减当年。”拱手作揖，深深鞠躬，“世界第八大奇迹”内熙熙攘攘，人头攒动。抬起头，环视周围，山势层峦叠嶂，林木盎然抖擞，各种生灵吸纳着帝王的英气，吐露出千年前的丰功伟业，向世人昭示着一种伟岸，也在警醒子孙传承一种不朽。“君上……”蹲下来，默默低语，思念化作汩汩清泪浸入厚厚的墓土，传递着生者的仰慕与歉意。

“清河！”肩膀上按下一只稳健的手。

“呃！”悲伤被迫惊折，扭头。“呃……”一双已然崩泪的眼蓦地止住了，“商君……”顷刻间，周围的遗址变换，宫墙垒起，楼台陡立，廊腰缦回，秦国复立。“呃……”那只棱角分明的手伸过来，不需言语，厚重的情愫只在两手相握的那一刻了然于胸。顺着他睿智的目光便看到了寻觅已久的人。李斯、蒙恬等所有大将百官围立在秦王身边，谏言献策，攻城略地，经世建国，各抒己见。

“君上！”迈出一步就可以摘得菡萏。只是这一步提得太缓，落得太慢……

君上瞪着浑浊的眼睛，双手不甘心地伸着想要抓住一切，嘴里念着“吾儿扶苏……吾儿扶苏……”却远抗挣不了死神的扼喉，挽救不了即将来临的悲剧。在菡萏愈加枯萎之时越感讽刺，“菡萏竟败于同根相煎啊！”无可奈何地含着血泪离开了这个世界。偌大的皇陵内依旧军阵威严，容纳百川勇士智者，傲视东方，矢志不渝地等待着下一个继承者，定要再次驰骋战场，荡平四海，统一华夏。

濯濯清流，没了菡萏的净化也逃不过枯竭的宿命。

“嬴政强，在于其胸怀。吾刘邦虽是泗水亭长，但也能海纳百川。清河浊浊，水芝植之。”手臂被这个其貌不扬举止粗俗的地痞抓起，推搡着向前走。兴乐宫虽然毁了，但残垣断壁还是不失当年的辉煌，重新敕造为长乐宫，安定四方。他有始皇的胸襟，还有始皇所没有的容忍气度。长安城内外，城墙巍峨，西安门迎进了一批又一批的有志之士，见证是非功过，洗礼子孙后代，传承伟人的信念，也传递着祖先的祝福。

水芝依旧冰清玉洁，只是这世间太纷乱，昆明池被毁了，又没了容身之所，几百年的辉煌全被一个王莽小人玷污了。

这一次践踏，整座长安城体无完肤，建章宫烧尽了，长乐宫砸光了，未央宫也塌了，又是一无所有，又是孑然一身。狼烟四起，烽火灼天。没了水芝的影子，每个人都在生与死的边缘辗转。谁来解救这段历史，谁来拯救这片大地。

“吁——”一声勒马令后，一匹枣红马高高地撩起半个身体，长长地嘶叫一声，马背上的人低头看了一眼，高兴地喊着：“清河！上马，朕带你去游历山水！”

“呃！”没有被马匹的嘶叫恐吓到，却被这个声音惊扰到了。“李世民……”他的身后矗立着高大富丽、金碧辉煌的太极宫，平整光滑的石板一望无际，一列列警卫侍兵穿着皮革铠甲，威武庄严，警惕四方。

多想和这位贤明的帝王走出宫门，可惜他又被赶上来的魏征大骂一顿，满腹委屈地折返回两仪殿。脸被气得铁青，心里恨得咬牙切齿，却还是不对魏征横眉冷对，只找来慈眉善目的房玄龄痛斥一顿宣泄不满。

昆明池被重新修浚了一遍，牛郎织女终得相会，情意缠绵缱绻。石鲸怒嚎，鬐尾摇动，风调雨顺。几百年血腥风雨之后，终于有了一隅栖身之所。蓄一池清水，只植一株芙蕖。莹莹皓华，玉珠流转，顺着粉白的脸面落入水中，漾出层层涟漪。好安逸的美丽，好幸福的温暖，似乎一切文明都将延绵到无穷无尽，却不知，当这个泱泱大国需要君主向一个宦官委曲求全时，芙蕖已经开始走向腐烂。

终于有一天，她剥落下一片又一片萎黄的荷瓣，哀怨地低低哭泣，浊浊的腐流上飘动着她枯瘦的残骸。“芙蕖……”忧郁的目光中，只印出她凄楚的脸面，一点点溅出细碎的光，一点点……一点点……“哗——”喑喑的支裂声中，她的尸骨碎成了粉尘，用尽全力双手握住她，定要挽留住这最后的一份执着。冷风袭过，连那一片悲悯也被带走，“芙蕖——”绝望无助的呐喊之后，只剩下孤苦无依的伶仃漂泊。

“芙蕖……芙蕖……”淤泥沉底，早已移不动这座腐山，颓废的只剩下这具伤痕累累的皮囊。

“清河！”那一厚实的手按在肩上，空虚的体内立即注满泓流，“嗖——”周围的宫殿苑囿在视线上迅速扭曲旋转，最后化作一道道光芒，割裂开后唐的虚伪与奢靡。

眼前大慈恩寺残迹犹存，大雁塔却已然倾斜，傲然屹立于华夏千年不倒，却独为这片污浊折腰。镌刻了无数帝王文人的精神文明却在一场世界大战中完全风化，子孙满堂，早无一人秉承遗训。

“清河，还在找芙蕖吗?”还是那一个声音。轻轻地拨弄起水面，终于漾起一层涟漪。

“嗯。”回头看了他一眼，便又失落地埋下头。

“大唐再辉煌也已经过去了，留着这些古迹是为了铭记文明，以史为鉴向前开拓，可不是让你徒添困扰的啊!”另一个人豪迈地挽起这双颓废的肩膀，狂放地笑着：“我可是正宗的陕西人啊!”熟稔的乡音猛激起内心好一阵波澜。

“经历那么多，早都变成泽芝了，兄弟。”粗犷的手按在耷拉着的脑袋上，揉搓着那一缕缕死气沉沉的头发，暴着方言，高嗓破喉地喊着：“老板，这就是那个建筑师清河，为他跟我长跑大半个中国，一点不亏。才高八斗，气盖萧何，就是脾气臭了点，刚把老板炒了。”

“闭嘴!”本性作祟，体内立即翻江倒海，热血汹汹，一发不可收。

“本人爱才如命，绝不会对人才动粗，如果清河惹了我，我找你撒气不就完了嘛。”完全不拘一格，另一只手挎住那个人的肩，推搡着向前走。

“啊！又骂啊!”

“走！该我们创造文明了！哈哈——”

优秀奖

走街串巷

西北大学 林叶子

在西安生活着的人，比如我，早已经去遍了所谓的名胜古迹，已经被历史的深沉积淀熏陶得有些麻木了，在这种现状下，反而是那些贴近生活的简单情趣可以勾起心底出行的欲望。所以，“走街串巷”便成了我一直以来都想做的一件事。

穿过湘子门，再往前走就到德福巷了，来来往往有许多背包客，他们的身体被各式各样的旅行包包围着，脖子上挂着相机，手上拿着矿泉水瓶，步伐稳健，表情淡然，很是乐在其中，丝毫没有辛苦之感。这样抛开一切，身心完全专注于眼前景色的精神，让我对接下来的行程充满了向往，因为只有好的风景才能带给游人最舒适的感受。

当眼前出现“德福天下”四个大字时，我知道我找对地方了。这里就是德福巷，被西安人俗称为咖啡一条街。地上铺的是半新的石板路，眼里望见的全是欧式的建筑。毫无过渡地，将人们从盛世长安一下拉到浪漫的欧洲小镇。

看到眼前的景色，我不自觉地想起了以前去过的一家咖啡店。它叫做“花时间”，简单而富有深意的名字，让你不自觉地就想花时间进去坐一坐，喝喝咖啡，看看书。我至今还记得那些苦涩的咖啡，那个长满胡子并不友好的老板，那些我爱不释手的已经空了的洋酒瓶，还有那本我来不及看完讲述三毛之死的书。我去过很多咖啡店，但除了像星巴克这样人人皆知的咖啡店以外，其他小店的名字我实在是很难记住，它们都很风雅，却又太雷同，只有“花时间”，我怎么都忘不了。可见，一个咖啡店的名字真的很重要，所以我把目光放在了眼前这些形形色色的咖啡店的门牌上，努力地去寻找。伽利略，新天地，节奏，时光，拉菲，老亨利，美度。这些富有现代色彩和欧洲风情的名字努力地想把这条街的色彩调和得更加西式，更加浪漫，可是西安人古朴的灵魂并不是一个杰出的调色师，这些名字就好像是从一些老电影里面搬出来的，似乎少了些新意，少了点情趣，让人少了些坐下来喝杯咖啡的欲望，这不免让我有些失望。

于是我只能将希望寄托于别处。可能是出来得太早，早上应该不是喝咖啡的时间，路边的桌椅都是空荡荡的，几乎没有人光顾。既然说了“几乎”，便不是完全没有人，角落里有一张桌子就挤满了人，还甚是热闹，我远远就听到了那里传来的喧闹声，就算是朋友聊天儿也不至于这么大声响呀。在好奇心的驱使下，我小跑两步过去看个究竟，结果竟然是，老板一家子在包饺子。在咖啡店门口包饺子，这绝对是我今天的新闻头条了。

古旧的店名，半新的石砖，包饺子的老板。我霎时间好像踩上了这条街的节奏，它没有太多浪漫的欧洲元素，却充满了生活情趣，与整个城市的气质相和谐，演绎了一段只有在古都西安才能听到的美妙乐章。

走出德福巷，穿过粉巷，隔着南大街，对面就是书院门。这条人们口中的书画一条街，我以前从没来过，只是在公交车上听过站名而已。

没有什么特别的建筑或标语，当你看到“书院门”三个大字，你就已经到了书院门步行街了。路的两边全是砖砌的房子，虽然我不知道这些房子是什么年代修建的，但它一定有些年头了。这里卖得最多的就是书法工具，宣纸啦，毛笔啦，砚台之类的，对这些东西我不是特别感兴趣，走马观花地看看也就过去了。当然，书画一条街要是光有些书画用品那也太单调了。这里还有很多有风俗气息的小玩意儿，剪纸啦，乐器啦，还有皮影。说到皮影，我是非常喜欢的。小的时候喜欢看古装剧，很多古装剧都能看到皮影表演，虽然动作有些呆板，却能给人们带来无限的快乐。所以我总觉得皮影这东西不但演绎了历史，更是见证了历史，它包含了中国人从古至今的诸多感情，很是让人难以割舍。一见到皮影，一定是要上去看看的，以前觉得回民街的皮影不错，到了书院门一看，这里的也并不逊色，只是这门手艺渐渐失传，让人可惜，不知道以后还有没有机会看到。

伴随着一首《葬花吟》，我走出了书院门，也不知道是谁再在吹埙，可能是哪家老板在招揽生意吧。拐了个弯，就到了顺城路，就是顺着城墙的一条路。街的左边还是些书画小摊位，右边却是大大小小的咖啡店，就像是德福巷和书院门步行街的结合体。这里的摊位相比较刚才的就显得萧条多了，几乎没什么客人。我看很多老板吃了饭闲来无事就站在那里写字或是画画，还有几个头发花白、留着胡须的老爷爷在那里摆弄笔杆，看上去很是超脱。我想这就是所谓的文化效应，这个地方一定藏了许多民间的文人和艺人，肯定也包括刚才吹埙的那个老板。来来往往有许多背着书包的小朋友，估计都是来这里学艺的，希望他们能坚持下来，泼墨挥洒自己的人生。

出了巷口，形形色色的现代建筑，来来往往的车辆一下子把我拉回到了现实。我想西安这座城之所以这么有魅力，就是在于它将历史与现代结合得如此和谐。在这其中，既能找到有关过去的回忆，又能体会新时代的激情生活。在这样的城市里，真可谓是一种幸福。

和我一起走街串巷吧，去寻找平易近人的美丽。

我·双面·西安

西北大学　周翔宇

“春风得意马蹄疾，一日看尽长安花。”这是孟郊在登科后的得意慨叹，而我则因考场失利来到了古城西安开始了自己的大学生活，根本不忍看到这带有吉兆的长安花，对我来说西安似乎是人生中的失意之城。从未想过生于长江岸边的我会与远在西北的西安有一场长达四年的人生邂逅，带着略微落寞的心情，在那漫长而拥挤的地下通道内行走，压抑的气氛中也孕育出更多的对西安的期待。不曾想，一走出火车站，西安就给了我一个巨大的惊喜，一道恢弘的城墙跃入我的眼帘。“好一个古城西安!”是我此时心中最大的感慨，而火车站外那人群拥挤得都让我不知道往哪里落脚，这也恰恰彰显了西安那无与伦比的巨大魅力。

城墙是我认识西安的起点，但绝非终点，西安的深度恰似那城墙长度，绵延数十里。而我在西安这一年的学习时间中，也在不断领略着她独特的文化内涵。

“古”是大多数人对西安最简洁精练的概括，钟鼓楼、大雁塔、永定门……时刻向你展现着中华浩浩五千年的巍巍气象。而西安最吸引我的就是那埋藏在古老外表下的永恒文化内涵。作为一个宗教研究爱好者印象最深刻的就是大慈恩寺遗址公园，行走在那断壁残垣间，感受着每一块砖石的呼吸，在这一片婆娑圣境中，与玄奘大师进行跨越千年的沟通。回想他破除万难，不畏艰险，从天竺取回真经，推动了佛教在中国的传播与发展。西安市内的大兴善寺、青龙寺亦颇有远名，远郊还有著名的道教名观楼观台，宗教文化撑起了古城文化的一片天。

随后漫游曲江，映入眼帘的是一大片仿唐建筑，在这里感受千年前长安城那万国来朝、富商巨贾往来贸易的盛世景象。而书院门的仿古街市中，所见皆是皮影、剪纸、埙和文房四宝等文化商品。虽然有着很浓厚的商业气息，但丝毫不能遮掩住商品本身的文化魅力。其实商业文化本身也是西安文化的一部分。

这背后，我看到的是西安人为保存汉唐气象所做的努力。在这里，我看到了西安对中国传统文化的坚守，这或许就是古城主动承担起的一份责任。

随着我对西安认识的更加深入，才发现西安不仅仅是一座拥有几千年历史的古城，更是一座放眼未来的国际化现代化都市。有一件事让我印象特别深刻，那天我走在人行道上，无意中看到了一个满头金发蓝眼睛的外国妇女骑着一辆自行车从我身旁经过，前面的篓子里放着一个小书包，后面坐着一个长得像洋娃娃似的小女孩。看着母女俩的脸上洋溢着幸福的笑容，我的心中感慨万千。这个妇女大概是接女儿放学回家吧，她们一家应该在中国定居了。外国人能在西安定居，过着平和幸福的日子，充分展示了西安作为国际化城市的魅力。外国人的涌入，也势必将增强西安文化的丰富性和包容性。而鳞次栉比的摩天高楼，现代科技的蓬勃发展，是来自五湖四海的积极进取的西安人共同用汗水描绘出的西安现代化的天际线。

此刻，我才认识到，西安的文化不仅仅是固守着八百里秦川大地孕育出的传统关中文化。进入21世纪，西安的文化融汇了新的时代精神，变得愈加国际化和现代化，散发出属于新的历史阶段的文化风采，进取是今日西安的主题。

大一不知不觉中就如白驹过隙般逝去，西安对我来说也是一个愈加熟悉的城市，刚刚到来时的郁闷与落寞也被西安的双面文化冲刷个干净。在这里，我与过去告别，朝着未来迈着坚定的脚步前行。一轮秋冬春夏的奋斗，也被记录在西安那斑驳的城墙上。西安的进取文化让我走出了低谷，引领我继续攀登。

在这近一年的时间中，“古城西安”早已不是我对西安的定义。旧与新是西安的两面，这两面并不是如黑与白般彼此割裂的两面，而是一个事物中的两面，古老文化与现代文化在西安交融成一体。西安自身的双面文化，也促成了我的双面转变。昨日悠久的历史风采依旧不减当年，今日全新的现代文化正不断兴盛。我渐渐懂得文化与人也是西安的两面，两者和谐共生，方显天人长安本色。

我爱双面西安！

长安，长安

西北农林科技大学 王 旭

如果不是年岁渐长，阅历平增，以及求学之路的既定，我还想不到自己与这城市什么时候才会有交集。即便事实真是这样，刚想出这句话后还是有些悔意，一来生性散漫，酷爱旅行，不愿受着地理和规矩的羁束；二来造化这东西谁也说不清楚，就像李白与杜甫的一见如故，惺惺相惜，就像盛唐的长安城看不见自己衰落的前景。

反正想着纵使不入此地求学，总有一日是会来到这里的。

我生不在秦地，只是后来求学于此。家乡距离西安却也有不远不近的一段距离。

对于西安，只记得几个喊不上名字的亲戚，一碗凉皮、一个肉夹馍，还有夜市老板一口地道的陕西话。这便是最初的印象。但记忆犹深的是夜间的古城墙和火车站，每次乘车旅行或者省亲总是要从这里启程的，列车徐徐开动，广播里介绍着窗外的华灯初上的城市，它渐渐退去，灯光逐渐稀暗，坐在窗前竟生出一丝留恋故地的情愫。

我喜欢在内心将它叫做长安，一如盛唐时的人们。

古朴，亲近，极具东方的内敛与美，又不失开放和兼容并包的大国态度。更为重要的，它蕴藏着那时当权者和老百姓的好的愿景，一句长安便是永恒。

偶一日听老师讲到这里，说为牵制刘邦，项羽将陕西的关中和陕北一分为三，分别封给原秦朝的三位降将：章邯为雍王、董翳为翟王、司马欣为塞王。说这就是“三秦”的由来。项羽刘邦的故事不需再讲，只是一想起这三位秦王，三名降将，就暗暗觉得自己的直觉是对的。这座城池，这块大地上除了那十三朝的遗迹外，还有一种隐忍和蓄势在流动，随着时间慢慢融进了人们的骨子里。

八百里秦川尘土飞扬，三千万老陕齐吼秦腔。

西安又是我所钟爱的现代城市。性格所致，我是独喜欢摇滚的，许巍在这里，郑钧和张楚也在这里。摇滚和秦腔，似乎有着并不牵强的什么关系：同样是用吼，用嗓子和生命在吼；同样是在向这世界昭示自己的态度，自由、和平还有独立；同样在发泄已经积淀到满溢出来的情绪。摇滚者多为浪子，或凯旋归来，或客死异域。“心中那自由的世界，如此的清纯高远，盛开着永不凋零，蓝莲花。”这是许巍写给玄奘法师的，也是写给每一个自我的。只不过那时的玄奘还算不上法师，只能说是个取经的和尚。一路艰辛只是向着理想、向着自由，青春就在这旅途中永不老去。郑钧也唱：“寒夜常梦见，你鹤发童颜，此去几千年，谁将你陪伴，一路西行一路唱，尝尽了心中的悲凉。”于是我想，是从来没有什么能够阻挡这些探索着世界和生命的行者的。

大雁塔的音乐喷泉并不如一座玄奘雕像更能吸引我。站着或坐着，仰望一抹夕阳洒落为其平添一件华裳的三藏法师，时间早已停滞于此，没有风声，没有鸟语，没有那亚洲最大喷泉的水音，一声悠远的钟鸣，荡涤心魂，余音不绝。就这般了此余生似乎都不会后悔。

说来惭愧，大唐芙蓉园我不曾去过，但于我内心并不觉这样。这里的历史厚重绵长，即使全盛的大唐也仅是一隅。商业的渲染着眼某个时间有其道理或者利益所在，便不去评述。正如年夜饭上一桌好菜，举著不定之后往往只能选一两道自己尤为喜欢的大快朵颐而已。而我最钟爱的两道菜，便是文化和美食了。

说起美食，食中亦是有讲究，有文化在的。

早年就知道好吃的凉皮和肉夹馍，只是今日已难寻当时的滋味。所以就难免想到必须珍惜每一个当下的日子、每个身边的亲人和朋友这样的简单道理来。暑假刚刚读过《穆斯林的葬礼》，对民族的东西我很早就有兴趣，文化美食云者。回民街的回回（旧时称回民）于我来讲又如大雁塔之喷泉，这么说虽然缺得人情味儿，但我的胃是不会说谎的。对于这些美食的缔造者我是喜欢又尊敬的，他们算得上生活的艺术家。当然了，对于食客，对于鉴赏者，美食和艺术品总是排第一位的。

大盘鸡、柿子饼还有清真的牛肉拉面、羊肉泡馍，当然也免不了两瓶啤酒，一把维族巴郎的烤肉。人生如此，夫复何求？

每个人的视角不同，我所关注的便是这生活中的长安了。这里还有历史，还有内陆港，还有大学城。有每个都市都会有的车和奢侈品，但它并不会因这些共有的标配的东西而特殊起来。

秦砖汉瓦，始皇陵墓，兵马俑，文人将士，秦腔，摇滚，原是这些堆砌出了一个长安。

粗略想来，这便是我视角下、生活中的长安——西安——了。它的文化和美已经深入了生活，平白的修辞和语句很难道尽，也道不尽。它如一条河流守护着城池，滋养着这里的男人女人，老人小孩，滋养着不仅仅一个大唐。只是，我的朋友，人们说的十三朝古都，你可知道，是哪十三个呢？

古韵新声

长安大学　钱　蕾

一个从烟雨江南走出来的孩子，自然不会忘记故乡的乌镇，那斑驳坑洼的青石板和静谧河水上的乌篷船。若是在撑起油纸伞的雨天，远远地就可以听见木质的摇橹声，和河水被激起的缠绵的轻吟，只是那雾蒙蒙的，独不见船只的影儿。

辗转游过古城凤凰、云南丽江，觉着她们和乌镇一样儿的都是沉浸在古韵里的，在炸臭豆干的香气里萦绕着亘古久远的味道。现代人在都市的浮华里活得乏了，便会来这里暂时地褪去铅华。可是，我终究觉得，她们都少了点什么。

2011 年夏，我带着行囊来到了古都长安。于钟楼远眺，在感受到这古代、现代融合交织的景象的时候，我豁然开朗：与西安相比，乌镇也好，凤凰丽江也罢，她们少了的，是都市的繁华。那种溢于十三朝沉淀之中的、安静而不浮躁的质朴的繁华。

放眼望去，仍见：复道交窗作合欢，双阙连甍垂凤翼，绣户文窗雕绮栊，悬铃檐角串灯笼。这不得不让人去想象千年前房屋的式样。如是灯珠的华彩换作了曳曳烛火，精细的机械换去了木匠布满老茧的双手，去雕刻龙飞凤舞。钟楼所在的区域，是西安最繁华之所在，小吃街香飘千里，购物街商铺林林总总，各种商品应有尽有。人们充分享受着经济全球化带来的便捷与时尚。

钟楼下来便有一家星巴克，简欧式的棚顶点缀于这古色之中，有一种说不出的韵味。叫一份慕斯甜点，品着卡布奇诺坐一下午，看行人络绎不绝，有拿着单反留恋的，有夹着公文包行色匆匆的；汽车急急驶过，带起薄薄的一层烟气。这是多么的气定神闲，如赏云卷舒。我忽而想起长安古道的青牛白马七香车，五辇纵横，金鞭络绎，驰往帝王将相家。

令人欣羡的不仅是地面上的繁华，更是脚下的西安 Metro。它无疑是西安交通与国际顶尖技术的接轨。西安地铁通南北，是一场穿越 3100 年的旅程。行经市图书馆、大明宫、安远门、钟楼、体育场……如一只梭子般地穿古往今，感受一座城市的前世今生，享受前所未有的人文之旅。地铁的运行更预示着一个低碳时代的到来，缓解了路面的拥堵，让行人感受快捷舒适、从容惬意的都市交通，提高了现代化西安城的幸福指数。

总是行走于西安大街小巷的人会发现，这都市的每一段文化，都是中国古典元素与新现代旋律的交响。就好像古筝和电吉他的合奏，在柔美中有蓬勃的生机。在寺庙上香叩拜，沿袭炎黄子孙千年的礼数，却是才出寺门不过几步路，便看见立交错纵，高楼群耸，车辆如织；与友人逛街，总在不经意间发现掩藏的古祠，悬着古旧的匾额，坐落于古老的树下，祠里有武帝太宗或是李白杜甫的题词诗句。

听得编钟，买得陶埙试吹，音域虽是不大，却可吹出一曲长安情。那呼呼回荡于埙内的韵韵古声，让人不禁想起桂宫里吹箫向紫烟的宫廷乐章。可是今日的西安非往昔的京兆，雁塔旁的喷泉伴随着水柱翩然起舞，踏浪而来的是交响乐章。提琴的弦乐、木管、铜管一齐演奏的是千年前的大唐，千年后的盛世。在大唐芙蓉园一片仿唐的建筑群里，竟承办了现代音乐节，电视剧剧组从这里选景拍摄，音乐棚的机器总是运转不停。而体育馆、音乐厅总是举行各式演唱会、歌剧、话剧，迎接来自全世界的明星，每每人山人海，门票供不应求。可见西安的音乐文化在不知不觉中已深深地渗入了国际化的现代的流行元素，摇滚、爵士、蓝调、美国的乡村音乐、苏格兰高地的民族风情……这些被“80后”“90后”所热烈追逐的音乐时尚，将与编钟、秦腔、笛箫一道，继续传承下去。

说到文化，不得不提及“吃”这门艺术。回民街的羊肉泡馍、腊汁肉夹馍、秦镇凉皮，道道工艺，力求精细，唇齿留香。这些小吃满街儿的比比皆是。可若要是寻得正宗的，却远没有寻找肯德基必胜客等西洋吃食来得方便了。这些西洋快餐是为了适应都市快节奏发展而引进并不断扩大的产业，它们就像是从西方远飘而来的蒲公英种子一样牢牢地扎根于中国的土地，给上班族带来了方便美味与温馨。更别提那种坐在西式餐厅里喝咖啡看报，独赏一份宁静的小资情调。

《史记》记载，西安乃“金城千里，天府之国”。今日的西安，在金城天府的美名上，更是朝着国际化大都市的标准发展，所以才给世人呈现了这样一首古韵新声交错的盛世之歌。

看见·西安

西北大学　刘安琪

奶奶还是不愿从塬上搬到塬下，她每天清晨都会蹒跚着走向村口那棵皂荚树，坐在石砌的台上，望着塬下纵横的阡陌和整齐排列的崭新的民房，延续她几十年的习惯。

我慢吞吞地向塬上走去，累得气喘吁吁，鞋上落满黄土。因为父亲的工作原因，我没有在西安长大，直到考上大学，才有机会时常去看望奶奶。她似乎没有看见我，怀里的收音机嘶吼着秦腔，震得我耳朵发麻。"我不搬！"她看见我，立刻像个小孩一样把头扭到一旁。"再不搬就只剩您一个喽。"我故意逗她。"张家的，还有隔壁的李家，我们说好了，都不搬，搬下去有个啥意思！"她瞪着我，皂荚树里供奉的财神好像也瞪着我，他的香火越来越少得可怜。

六岁那年第一次到西安，大巴驶入长安县，一望无际的麦苗使我兴奋，"好大的草坪！"我惊呼，引来车上一阵哄笑。那时我对塬还没有概念，只觉得它是个山坡，我上下狂奔，黄土飞扬，村口的皂荚树下，男女老少聚在一起，"乡党回来咧！"一个抽旱烟的老大爷向父亲打招呼。拐进一个巷道，老家就出现在眼前，简陋的四合院，屋顶保持着秦砖汉瓦的低调。我钻进厨房，奶奶正在拉风箱，"呼呼"的声音伴随着浓郁的麦香从蒸笼逸出。我见过灶炉，却没见过风箱，我吼叫着"我要拉！我要拉！"就乐此不疲地抽拉着，觉得风箱真是个好玩又顶用的机器。晚上，奶奶把我放在炕上，在下面点起火来，这使我惊恐万分，哭着让她弄灭。"这是炕，暖和得很，还可以治风湿，你们陕南没有的。"奶奶说着，自己也爬上来。这个炕砌得很高，上面铺着一层竹席，角落里还堆了些杂物，和床的概念完全不同。奶奶给我找个小枕头，自己却搬来一块方方正正的石头枕起来。也许因为时间太久了，它被奶奶的头磨得滑溜溜的，泛着淡淡的油光。只见她朝头下一放，就舒适地躺下来，"不会硌吗？不会头疼吗？"我问。奶奶打开老收音机，秦腔飘进耳膜，"舒服得很呐！"她笑着说。我狐疑地闭上眼睛，感觉到被巨大的温暖包围，它们自下而上，吞吐着柔和的气流，竹席则把温度调和得正适宜。我侧着脑袋，不知道收音机里的人在吵什么，就甜甜地睡了。第二天早上，被"呼呼"的风箱吵醒，奶奶已经起床，我把头移到那石枕上，又冰又硬，真不知道奶奶为什么说它舒服。

十八岁的我再一次在西安站下车时，繁华铺天盖地地涌来，这一次我细致地揣度他，城墙、钟鼓楼、大小雁塔、兵马俑、碑林、省博……我在楼宇间摸索着这些历史，感觉每一条道路都承载着一种血脉，川流不息地构建出有血有肉的西安。回民街弥漫着粗犷的西北风情，赤胳的汉子吃胡辣汤时满头大汗，贾三的灌汤包滋润了多少挑剔的食客，大爷们慢条斯理地掰着泡馍，一旁的老外们则对皮影啧啧称奇。我从回民街出来，看见成千上万只燕子在鼓楼上盘旋，在夕阳的映照下，我突然被凝固在一种古朴宁静的氛围中。如果说在故宫面前我感受到历史的宏伟与自我的渺小，此种图景下，我能触摸到盛世王朝的祥和大气与生命存在的尊严。因为朋友们常来西安，我去过很多次兵马俑，却从未感到厌腻，每次拾级而上，明知等待自己的是什么，还是忍不住期待那种奇迹。当我们踏完最后一个阶梯，宏伟的泥像跃入眼帘时，我依旧会像第一次见它们那样，瞪大眼睛，心跳加速，对古人的智慧顶礼膜拜。而每个周末，我又会坐上公交，向西安的乡村开进，在那里，奶奶依旧过着馒头稀饭的清淡生活。我从柳青广场下车，逛着他笔下的皇甫村，到老家已是下午，奶奶在爷爷的灵位前摆着刚炒的菜，还斟了一杯酒。爷爷去世的场景我已经记不清了，只知道搭了戏台，老旦花旦统统上场，吼声震天。我在厨房拉着风箱，外面人影攒动，老人去世讲究热闹，村里的人跟着哼唱秦腔，凉菜热菜摆了几桌，最后的花馍供不应求，我对着五颜六色的花馍却舍不得吃掉。在那里逗留的几日，我见识了细狗追野鸡的惊心动魄。我对狗一向恐惧，对细狗更是小心，杂芜的荒原上，野草里稍微有点动静，它们就狂奔而去，可怜的野鸡还没飞起来就被咬断了脖子。细狗凶残却很听话，乖乖地把猎物交给主人。一位叔叔拔下漂亮的鸡尾送给我，我视若珍宝，藏在奶奶的炕上。现在塬上的人家陆陆续续搬走了，只剩下奶奶和几个老人。偶尔会看见调皮的孩子，他们拿着小铲子在黄土崖边刨啊刨，说能在这里刨到古钱币，村子里几乎每家都有古币，在这座帝王之城，已经见怪不怪了。我常常走在荒芜的沟壑里，想着关于狼、野狗和鹿的传说，当年的防空洞像一颗颗眼睛在山上睁开，静静地看着春去秋来。

大唐芙蓉园里游客如织，纺织城艺术区藏着许多神秘的艺术家。我在人民剧院里为话剧流过眼泪，也闲看过书院门里的小孩在地上练书法，走在喧嚣的东大街时我会忽然想起王曲的庙会，两种形态的繁华构成我脑海里的两个西安。这边是城墙，那边是黄土崖；这边是现代化的都市，那边是原生态的乡村。两者可以在一片土地上共同繁荣，这是许多大都市无法包容的。我想，一定是汉唐盛世的气度融在了这个城市的根里，他才会如此大气谦和，风度翩翩。

"望三娘念东人下世早，只留下这一根苗，必须要轻打轻责，饶恕他一遭，下次不饶……"再次来黄土塬，已是空空如也，隔壁村的秦腔依旧热烈。在亲戚们的软磨硬泡之下，奶奶终于同意搬走，告别她生活几十年的黄土塬，只是她有两个条件，一是新房要盘炕，二是要她的石枕头。

西安·初遇

西安交通大学 张春霖

从机场大巴上下来，她深深吸了一口气，这里便是西安了吧。清晨微凉的空气驱散了一路舟车劳顿的疲惫，她用力嗅了嗅，好似能吸入这座钟灵毓秀的历史古城的一丝精华。特殊的习惯，她爱用视觉、听觉和嗅觉一起完成对事物的初次定位。

“这一带是钟楼地区，位于城墙内。”她喃喃自语着在家查阅的资料，同时双眸也以一种极其夸张的方式东张西望着。眼前的景致确是太不同了。初踏上这片土地便感觉到他的悠然自得。清晨路人还未如织，三三两两散着步，衣着也甚是随意。楼房虽多却不高，不显逼仄，大不同于上海动辄就几十层的林立大厦。

她是地道的上海姑娘，皮肤白皙，眸子清澈，一口吴侬软语。出生在还算殷实的小康之家，她生性温顺、学习出众，博览群书而言语甚寡，十九年来按照父母的规划恬淡地生活着，没有顽劣的童年，也不见冲撞的青春期。生活如湖，波澜不惊。

上海姑娘拖着行李继续前行，她均匀的步子也透着一股温柔的气息。附近打不到车，她想行李还算简单，走一走路也好。迈着不紧不慢的步子，她打量着眼前的陌生城市。天空显得低垂，仿古建筑随处可见，街道马路经年实用但依然平整。走在这片古老安详的土地上，她内心的激动慢慢苏醒。习惯悲喜不外露，但她终究也禁不住深情起来。眼前这一切来得如此不易，每一寸光影都值得珍惜。大学的选择是她初次违逆父母的旨意。孤身西行，数千里距离，风土气候异于家乡。父母不曾料到他们温顺乖巧的幼女已有了这般执拗的性子，打翻父母精心规划的平坦生活，拒绝在上海读书，拒绝父母辛苦安排的安逸工作，执意踏上这一片陌生的土地求学。

陌生这个词汇在此处显得如此尴尬而有失精准。这虽是她与西安初次邂逅，但他已然不陌生。多少次百转千回的梦中，她听到来自西北远方的隐约召唤。仿佛注定般她要在有生之年亲历一番西安的生活，不是潦草行走的路人，而是结结实实绑在一起的一份子。像是嵌在城墙里的一方青砖，像是杂草丛中高奏繁乐的一只蛐蛐，像是街头荫凉下老汉手中的一把蒲扇，她要将自己彻底融入西安的节奏中，直到被秦腔吼得耳鸣目眩，被辣子呛得面红耳赤，才会忘情离去。

她何尝不曾爱过上海的精致生活，老旧弄堂的曲折幽密，新天地的慢摇情调，徐家汇的教堂白鸽。但突如其来的一瞬，她意识到这一切都是轻的。当注视着一件历经朝代更迭身披斑斑锈迹的古青铜器时，她发现自己更钟情于生命更有力更厚重、更古老更本真的证据。她开始想象巨大的坑洞里兵马俑该是怎样的恢弘壮阔，会不会也有一位骁勇善战的将士有着与她相似的眉眼；她开始想象汉阳陵里西汉景帝墓冢的安详与静谧，墓上的萋萋芳草使满载荣耀的灵魂安息；她开始想象碑林里的青松古柏和缱绻墨香，古人书文时该是怎样的专注模样。她打算一安顿下来就开始拜谒历史古迹，满足自己对亲临历史现场的渴望与幻想。

家里的客厅里也悬着一幅字，父亲的好友相赠，是当地小有名气的书法家，字也算是苍劲有力，但撇捺之间总有卖弄之嫌。她思忖着定要在碑林买幅拓片回去。装裱起来置于书房，既是陶冶又是点缀。书房里有很多书，都梁的《血色浪漫》是她和表哥都爱读的。她想起来钟跃民、郑桐他们几个也曾踏上过她脚下的这片土地，只是又北上了些。来陕西前，这几个高干子弟也是什刹海一霸，青春的躁动无处安放。他们放肆张扬，不知何为敬重，生命的激情与力量将在他们玩世不恭的生活态度下消失殆尽。但庆幸，他们来到了陕西，踏上了这片黄土地。面对着那夹杂着沙粒而泛出土黄的空气，那有着龟壳一样沟壑的土地，那对面土坡上唱着悠扬嘹亮的民谣的姑娘，这些北京什刹海旱冰场上的顽主们震撼了。这并不是他们的地狱，而是炼狱。人生即炼狱，我们无处可逃。那段岁月里，漫眼浊黄的天地一下把人的思想扯得遥远、开阔又孤独。他们开始思考人生，为梦想定位。而当地人忙碌、充实有时甚至空虚简单的生活状态也让他们认识到了最原始最简单的美丽。这些土生土长的陕北人从不奢求，情感炽烈，他们浓浓的陕北口音在这些城里青年的耳朵里就如同天籁，清澈地不含一点杂质。后来，知青们走了，带着黄土高原赐赠的湿润的感情、坚强的外衣。如今，上海姑娘来了，穿着素色衣衫，却饱含着斑斓的情绪，赤是她的热忱，蓝是她的深情，白是她的敬畏，而那一片空地，是她期待西安完成对她性格的最后一笔勾勒。

想着想着，她竟出了神。当目光重新聚焦，她看到一位司机师傅已将车减速行在她身旁，正示意她上车。她快步走过去，细声问道："师傅，西安交大去吗?"师傅打量了她一下，"哈哈"憨厚地一笑："女子来额们这上学的吧，走吧!"师傅仄声去音的西安方言让她感觉不习惯却又惊喜而新鲜。她把行李放在后备箱就坐上车去。师傅显然是位热情的当地人："女子第一次来西安吧，额们这儿好，老城，住着安闲，活得简单。"她也笑着应答："第一次来，不过一直很喜欢这里。"如果说上海的司机师傅们都是潜在的金融分析师，能跟你从最近的热门股探讨到道琼斯指数走势，那么眼前的这位师傅一定是位一等一的历史学家，正史野闻无不通晓。已是上班时间，路上车辆行人渐渐多了起来，古城从晨曦中苏醒，喧嚣热闹饱含生机。师傅说这里是大差市，清代那会儿的名字了，一直用着，就是集贸市场的意思。他又建议姑娘去书院门转转，沾染些文人墨客的儒雅祥瑞之气，大学也必定成绩优异。姑娘一直微笑着，饶有兴趣地听师傅闲聊。师傅侃侃而谈，接着说到吃食上来："女子你一定要尝尝额们这儿的羊肉泡，赵太祖钦点的，肉烂汤浓，无人不喜爱啊！还有凉皮，肉夹馍啊。年轻的人们爱到回民街上转，那儿小吃多着呢。"南方的饮食偏淡，以米为主，姑娘想着此后以面食为主的生活就觉得期待。"面食易胖，我大概也会变胖些，好博得一些把自己照顾得很好的称赞。"她暗暗调侃着自己。

到了学校门口，她向师傅道过谢，便拖着行李走向学校。不止一次看到的校门，这却是初次嗅到她的气息。端庄古朴的校门风韵犹存，彰显着百年老校的积淀。她提目远望，校园里参天的梧桐绿荫如盖，这大概是最适合梦想成长的土地了吧。她走进校园，长长舒了一口气。她在想新的人生就要开始了。

"一切定会与众不同，因为这即我向往之地。"梧桐东道上，一个素色的身影渐渐融到了深深的绿荫里去。

长安一梦

西北工业大学　史婧雯

我缓慢地行走在碑林的各座石碑之间，一遍遍地用指腹摩擦过细腻的石料，凹处凸处承载着关于那些个时代的金戈铁马，三千繁华。我静默轻叹，唯恐发出的响声惊扰了某段已然沉睡了的时光。盛极一时的望族，执掌天下的枭雄，抑或那些掩不住风流的文人骚客。无论当时的他们是风光无限，挥斥方遒，抑或心花零落，血流成河，都化成了我现在正在抚摸着的庄重而疏离的文字。而后辈如我，便只能透过这些石碑，隔着朦胧去凝视一个个王朝的背影，将那一个个耳熟能详的名字勾勒出一个个有血有肉的形象。庄生晓梦，我仿佛一个时间之外的观众，游离在一个个长安的幻梦之中，渐行渐远。

"春风得意马蹄疾，一日看尽长安花"我隐约看见，阅尽沧桑的大雁塔雍容地傲立在那儿，接受着所有寒门学子深切而热烈的目光。无数名字自上而下地排列着，展示着一个盛世帝国文人所拥有的无上的骄傲和荣光。金榜题名的仕子们，小心翼翼地将代表自己的符号镌刻于土灰色的砖墙之上，如孩童般憧憬着自己能名传后世，万古流芳，化为书院里学子们挑灯夜读时寄托信念的传奇。他们于曲水之间流觞雅聚，谈笑风生，绣口一出，五帝三皇雁门悠长，吟遍文千行，满腹轩墨香。

终南山畔，微雨。竹林深处，清风。伏羲琴声动，传来清绝悠扬的旋律。忽而乐停，长啸声起，酣畅淋漓，翩幡互经。青衫磊落的俊朗男子，无言地固守着自己与世俗不相称的坚持。他们与高山为伴流水为友，抚琴作画，青梅煮酒，丹青陈黄，漫卷诗书狂。一瓣桃花自枝头轻舞盘旋而下，最后附在了杯中酒面之上。白衣隐者醉卧石上，放肆酣眠。"砰"的一声脆响，酒壶从松开的手上摔落地面。

漫步于大明宫遗址之上，我仿佛进入了那个古旧的、陌生的长安。富丽堂皇的正殿，正中央是一抹威严的明黄色，身侧的华服女子，云鬓花颜金步摇，品红色的对襟襦裙如红梅一般映着如雪的肌肤。那是不同于"采莲南塘秋，莲花过人头"属于江南的清丽娟秀。那女子美目流转，巧笑倩兮，自信而张扬。回眸一笑，仪态万千，转瞬之间，便谢了一个世界的芳华。

乐鼓声动，欢呼震天。朱雀大街外，我和众人一道，在拥挤中焦急地等待着那位少年将军的凯旋。看！那匹汗血宝马在城门楼前仰首一嘶迅速止步，马上端坐的将军意气风发，勒马而下。这世间最尊贵如帝王也要走出城门平身站着，将这世间最炫目的荣耀让于他。人群中爆发出阵阵掌声。百姓们用崇拜的眼神，望着他们心中的神祇——那个保卫家园、让他们免于敌寇践踏的将军。

“月上柳梢头，人约黄昏后。”又是一年的上元灯节，喧闹的长安西市写尽繁荣。形形色色的花灯点亮了天空，羞煞了繁星；林林总总的摊铺，叫卖声不绝于耳。有稚童奔跑其间，缠着娘亲要一串冰糖葫芦。昆仑奴面具下少年明亮的面孔，照亮了谁的一片冰心？我侧身坐在简陋的面摊旁，点上一碗香气扑鼻的馄饨。店家忙着加水添柴，嘴上却含笑地念叨着儿子贪玩、母亲高寿、家里那口子时常绣些花贴补家用。

南柯一梦，南柯一梦。

梦醒之后只能惆怅片刻，叹息一声，然后继续游走在这真实却又令人浮想联翩的城市中。“西北望长安，可怜无数山”，李白、王维都曾无数次在离别时转过身，对着长安的方向，用目光一遍遍摩挲她的轮廓。唐玄宗般的九五之尊，也要在马嵬坡下痴痴地仰望。一个个王朝，最后再朝她看上一看，便在时间的催促中模糊了身影。是非成败转头空，唯剩下夕阳红。数千年的刀光剑影、血泪缠绵，让这个城市在暮色的交映下透出几分苍凉、彻悟和慈悲。地下的亡者，用墓碑镇守着每一寸土地；地上的生者，祖祖辈辈吼着古老的秦腔，将延续不绝三千年的声音，透过空气、尘埃、水汽传播向永恒的宇宙。

科尔沁已成荒原，庆幸这世上，我还有长安。

永远的西安

西北农林科技大学　牛铭伟

只有远远高于现实的构建，才有能力召唤后代。

——余秋雨《文化苦旅》

一

三年前，我在清晨蒙蒙的细雨中第一次来到西安，只匆匆看了一眼那道改造后的灰青色的城墙，就坐上了去杨凌的长途车。后来，我又多次去过了西安，但每次都是匆匆而来，匆匆而去。在与西安擦肩而过的那些最初的日子里，我一直都在想，西安，究竟是一个怎样的城市。那个汉赋中气吞九州的西京，那个唐诗中歌舞如云的长安城，如今又是怎样一番模样。我想象着她，渴望能够走近她，心中有些害怕，又有着无限的向往。有人问我究竟怕些什么，我说不出。而直到那天真地走进了西安，在车流和人语中看过了她，听过了她，走过了她，我才终于松了一口气。西安，没有让我失望。

今年夏天，我在西安找实习单位，就在那里住了几日。虽然住的是旅社，但总算有了一次近距离审视这座千年古城的机会。每天面试结束之后，我都会信步在大街上走很长时间，饿了就找一个饭馆要上一碗拉面，或者随便在街头买点熟食，直到时近午夜，才找一家旅社住下。等到躺在床上，关上灯，我仍会不断回想白天看到的情景，那些充满想象的街道，那些浓浓郁郁的槐树。几天后，我回到学校，重新回想西安时，这座城市在我心中已经渐渐成型了。

二

正如卡尔维诺在《看不见的城市》中说的：在路过而不进城的人眼里，城市是一种模样；在困守于城里而不出来的人眼里，她又是另一种模样；人们初次抵达的时候，城市是一种模样，而永远离别的时候，她又是另一种模样。西安也是如此。她首先是一座城市，要了解她，应该先走近她；然后住上一段时间，与她一起生活，在她里面迷路；最后还要从西安走出来，再隔了千山万水去看她，去想象她，去怀念她，去回想自己走过的每一条街，看过的每一处风景，遇见的每一个人，这样才算是认识了西安。

但要真正了解西安，这还不够，你要去聆听她。城市只会对真正热爱自己的人袒露自己的心事，尤其是像西安这种发生过太多故事的地方。在历史的大风大浪中，她把心事藏了起来，藏在了自己的每一块砖、每一棵树、每一片瓦上，需要我们细心去发现。而那些在古籍黄卷中把西安翻了一遍遍的人最终都不会真正了解她的。

在西安行走，只要细心观察，你就不会感到失望，因为各种景观都会在不经意的时候突然出现，吓你一跳。把地图收起来，把相机收起来，信步上街，任何一棵树，任何一条街都值得你细心玩味，让你忍不住去想象在她身上可能发生过的一切。只有这样走过了，当有一天离开西安时，你才不会只是记录下了她各部分的名称，才不会在数不清的照片中感觉兴味索然。你会发现，这是一座存在于现实中的城市，却生活在自己的想象之中；这是一座无比真实的城市，却让自己无法轻易描述。

三

西安给我的另一种感觉是安稳、踏实。无论你从哪里来，当你站在古城墙下的一刻，你总会忍不住陷于历史的怀想中，顿生家国之思，产生一种回归的幻觉，仿佛这里曾是你前生的故乡，于是萌生一种住下来的冲动。或许当你第一次走近她的时候，你可能仍会感觉不知所措；但当你离开她的时候，你已经把她永远放在心上，渴望着有一天能回来，与她同住。

三年间，我去西安的次数不多，没有在西安长住过，所以，我不敢说我了解西安。但我知道，当我第一次看到那些乡土与城市气息并重的街道，那些永远不会流于平庸和浮华的建筑，那些始终在历史和现代中流连的人们，对我来说，西安就已经不再陌生。

西安不是那种看上一眼就会立刻爱上的城市，却必定是一座会让你时时想起、时时渴望回去看一看的城市。那些从古槐中间漏下的阳光，那些铺着黑青色石板的小巷，那些你从没有听说过的小吃，总会在不经意间，一点点流入你的记忆，在你眼前、唇边飘荡。

四

写西安是不容易的，因为有太多的故事、太多的内容。太多的人写过西安，每一个从西安回来的人都会用自己的方式讲述西安，但不觉地，我们却开始重复一些前人说过的话语。因为说起西安，总不能不说一说她的历史遗迹，总不能不说一说她的现代文化，总不能不说一说她的风土人情。但西安的未来却同样重要。

西安是面向未来的，她最著名的是历史，却不止步于历史。西安的未来基于历史，也基于现代人对她的想象。每个人心中都有一个西安，每个在西安停留过的人都用自己的方式改变过西安，但几千年来，西安依旧是她所应该是的那样，用自己的方式，满足着不同人的想象。

西安现在面对的最大的问题是历史和现在的辩论与诘问。现代城市有很多的东西在遗失，但也有很多新的东西在产生。西安从历史走向现代，也是从一种丰满走向另一种丰满。

西安永远不曾完成。西安永远在构建，在毁坏，也永远在迈向更坚实的台阶，更高的舞台。

五

如今的西安越发达，离最初的西安就越远，但未来的西安究竟怎样，没有人说得清。在悠久的历史中，命运会为每个城市安排一些契机，每个城市也都将借此获得一种尝试新的存在方式的可能，而在每次的转变之后，城市也将以新的形式获得重生。西安仍在变化着，人们现代化的步伐比风沙和荒草更迅速地改变着她的面貌，但西安并不拒绝这一切，西安需要变化，西安需要在一个新的时代里证明自己。

但西安不应该太激进，因为西安有不同于其他城市的价值。西安有她的理由，也有她的使命。从公元前十一世纪周文王在沣河两岸建立丰、镐二京起至今，西安始终以她自己的方式存在着。她曾经繁华过，也曾经落寞过，但在每个时代，她都创造着自己的文化，继承历史的积淀，开创未来的蓝图，不让任何一个时代流于空泛，流于形式，也不让任何一个时代失去自我，失去性格。这样的西安，就能在每个时代都将自己树立成一个标杆，成为中华大地上的一座不老之城。

今天的西安已经不再是全国的政治、经济中心，她像一个已经没落的皇族，在新时代里释放着她独特的魅力。在这个城市日趋一致的时代，西安却永远不会重复，也不会被重复。西安从不崇尚变化，却也从不拒绝变化。而也正是她如今的变化，才让我们发现了一个不一样的西安，一个永远上升中的西安。

六

回来之后，我常常想起西安，想起历史上那些从西安走出去的人，那些选择了西安的人，那些最终走进西安的人。而在漫长的岁月中，在中华文明的历史上，西安究竟扮演着什么样的角色。我不得其解。

后来我又去过了一些其他的城市，西安却总是在我的印象之中。有时候，我会想，西安究竟是一个怎样的存在？直到后来，有一次我读到了贾平凹的《西安这座城》才顿时大悟，西安不就是中华民族的一方印章吗？她就像一枚四方大印，经过千年的历史风雨，牢牢地把中华民族的灵魂留在了八百里秦川的大地上。

一个城市的每一次改变都是一次蜕壳，或结茧。三千年来，她经历过无数次的巨变，却始终保持着自己的风格。即使是艰难的时刻，西安也从不曾屈服过。关于未来，没有人知道西安还会经历怎样的变化。但有一点是肯定的，那就是西安必将永远存在，永不老去。

七

西安，还是那个西安。她在坚持，也在寻找。西安需要我们每个人去认真体味，用脚步去丈量她的每一寸肌肤，用双眼去发现她的每一处秘密，用耳朵去聆听她的每一次呼吸，用嘴唇去接受她的每一份热情，用双手去把握她在历史变化中的每一个瞬间，用心去感受她在每次改变后的疼痛与幸福。

现在，西安正面临着新时代的抉择，只有仅有的几种选择真正适合她。但无论怎么选择，她一定会始终保有这份热情与厚重。直到所有城市都变了模样，她，依旧会矗立在岁月深处，保持着她最初所是，也必将永远所是的模样。

西安，永远的西安。

山居辋川

陕西师范大学　冯龙强

一

初入大学，自我介绍说是蓝田人氏。底下一片惊呼，此起彼伏地吟诵“沧海月明珠有泪，蓝田日暖玉生烟”。我胸中泛起一股自豪，据说始皇玉玺即是产自蓝田玉山的璞玉雕琢而成的，现今蓝田县城有好几条店铺林立的“美玉一条街”。又有人问王维隐居的辋川如何，我一怔，没能答上来。

作为一个蓝田的文科生，没去过辋川，确实有点难以说出口。高中所在的县城距辋川不远，却始终缘悭一面。那时，周一至周五从早到晚都在与山姆大叔高次方程虚词实词厮磨，好不容易到周末，周六还得补课，周日刚歇了半天，下午又得去上自习。如此循环往复，往复循环，正如西绪弗斯推石上山下山，下山上山。我当时曾自问，如果仅仅是为了改变生活条件，那为什么终南山一直有隐士，他们大多是毅然摈弃富足生活。我家在秦岭坡跟，既最终会回归原点又何必绕好大一圈。好久，我想不出答案，遂请教于语文老师。

老师语重心长地说，这个问题牵扯芜杂，详细解释起来过于麻烦。我只略点几句，身处社会之中，选择往往很有限，许多时候身不由己。有节制地改变以适应社会，才能成为生活的王者。

后来老师聊到自己工作烦累，有时焦躁得承受不住就回老家住两天。

“老师，您家在哪？”

“辋川。”

二

在诸子百家中，儒家竭力倡扬将理性融入日常生活、情感伦理、政治观念，希冀建立起一个秩序井然的世俗社会。经过几代宗师的呕心沥血，一套完备缜密的儒学思想理论体系终于确立。后世雄主借了来立为正统思想，弘扬广远，它便渐渐渗入了神州大地的每一个毛孔。再后来的君主把儒学思想转化为一道道具体的遴选官员的考试题目，这样，四海学子年深日久地浸淫其中，它融入血液，透入骨髓，甚至化为灵魂的底色。他们一门心思地渴念着峨冠博带、丹墀金銮，以期实现修齐治平。

如果一切都能按他们的理想化设计顺利地走下去，那当然不错，但他们忘了这是在中国。他们兴高采烈地走进楼宇殿阙，正准备凌厉锐进大展宏图，谁知刚一抬脚就碰到了门楣。手擦额头，竟出了血。儒家诸子一再强调的独立人格在此碰得千疮百孔裂纹斑斑。有的怒不可遏，挂冠而去，像陶渊明、李白，然而毕竟是凤毛麟角；有的浑不在意，自慰说不妨不妨，权当热身，这类人一般不怎么招人喜欢，如宋之问；还有的就是能够咬咬牙忍下来，虽有不满，但有所恋，不舍离去，正是这类人构成了中国官员的主体，延续着绵长而又宏阔的政治行为，王维堪称典范。

王维少年英才，进入长安后广泛交游，十七岁就写出了传诵千古的《九月九日忆山东兄弟》。他不仅擅长诗词歌赋，音乐、绘画、书法更是样样精通。既然如此才华横溢，科举考试自是不在话下，很快官至大乐丞。他志得意满，以为至此就可以施展才华实现抱负，但不久后发现，他高兴得太早。他的谏议无人理睬，他的形象难以挺展，他立刻陷入一种茫然失措的焦灼。屋漏偏逢连阴雨，随即又被贬为济州参军，抑郁升格为悲剧。

像许多官员一样，在朝廷同僚间没能得到认可赏识，他转向了飘逸闲散的道家。中国传统士子熟读诸子百家，他们也曾沉浸在老庄放达超迈的出世态度中，但看到门外威仪华服的官轿行过，放下老庄，把手伸向四书五经。后来在庙堂跌了跟斗，又翻出老庄，倾泻心中苦闷，寻求精神慰藉。然而自我调整完成后，整理好紫衣绶带，急匆匆地去拜会同僚、觐见皇帝。他们往往内心挣扎得激烈震荡又痛苦异常，宛若钟摆，始终没有一个澄澈的了结，没有一种义无反顾的决绝。

一提起在朝为官的文人，使用频率最高的是一个具有刻薄意味的词汇——豢养。我觉得这对于他们有失公允。文官集团中当然存在着大量的污浊丑恶，但不可否认的是，他们是社会正常秩序运转不可缺失的坚实基础，更何况还有不少清流。因其数量庞大机构纷杂，可供指摘之处也就甚多。而所谓的隐士中或想入朝做官力不能逮心灰意冷，或心思乖巧走向终南捷径，或标榜孤傲炫示于人，这些终究都是不诚恳的。

王维奉调回到长安，常常被公务琐事缠绕成一只蚕茧，艺术灵感和审美敏锐就像茧里的蚕，浑浑噩噩，迟钝僵化；文人毕竟是文人，时间稍稍一长，一种强烈的需求日益滋蔓，要去舒展筋骨释放自我，要去享受鸟语花香溪涧飞瀑。

他办完几件紧急的事，携上佛老经典，登上了驶向辋川的马车。马蹄声清脆而又响亮，车轮声欢快而又悠扬。

三

蓝田辋川地处秦岭幽谷，距京师长安不远。

王维的马车驶过了文人常常折柳惜别的灞桥、女娲之母华胥氏的陵寝、“沛公军霸上”的白鹿古原。一路行来，他有足够的闲暇品味浓郁的诗情、瑰丽的传说、豪壮的历史。

在辋川别业，他面对清流竹林、牛羊芳草、孤烟远村，忘却了长安城里的挤眉弄眼、热血沸腾、尔虞我诈。

辋川溪谷夏雨颇多，王维看到雨后清亮明丽的景色，浣女们嬉笑着回家，渔舟在荷叶间轻摆，再也抑制不住胸中的愉悦：

空山新雨后，天气晚来秋。明月松间照，清泉石上流。
竹喧归浣女，莲动下渔舟。随意春芳歇，王孙自可留。

（《山居秋暝》）

这里虽美，毕竟有点冷清寂寞。傍晚暮色四合，渡口炊烟升起，采菱女子归来，一派祥和风光：

寂寞掩柴扉，苍茫对落晖。鹤巢松树遍，人访荜门稀。
绿竹含新粉，红莲落故衣。渡头烟火起，处处采菱归。

（《山居即事》）

王维给别业附近的山溪林湖命了一个个文雅高洁的名字，但这绝非像许多文人给偏僻简陋的地方起了一个秀雅的称呼便顿生不凡。众多的雅称中有《竹里馆》：“独坐幽篁里，弹琴复长啸。深林人不知，明月来相照。”《鹿柴》：“空山不见人，但闻人语响。返景入深林，复照青苔上。”临湖亭中谈笑畅饮，欹湖上泛舟吹箫，文杏馆里与友人同咏对唱……

他不仅仅把辋川胜景当作欣赏对象，还当成了所要寻找的桃花源，当作宗教式的探究对象。在他的诸多把辋川视为自己的世外桃源的诗作中，写得最出色协洽的当属《辋川闲居赠裴秀才迪》：

寒山转苍翠，秋水日潺湲。倚杖柴门外，临风听暮蝉。
渡头余落日，墟里上孤烟。复值接舆醉，狂歌五柳前。

好一个“狂歌五柳前”！王维终于将自己与自然完美地锻铸为一，深切体味物我交融的本味，描写辋川田园的多数作品构成了唐代诗歌的巅峰一座，从而使辋川成了中国文化史上的一处圣地。陶渊明的桃花源到底是文艺虚构，辋川却是确确实实的存在。后世历代文人游览长安，行程再紧再急也避不过。王维成就了辋川，辋川也成就了王维。

四

辋川再好，也只是公务余暇的闲居之地。从辋川流向长安的诗画引起一阵又一阵的哄传，王维更加频繁地往来两地。

他又一次地从辋川登上马车，但这次不是驶向长安，而是驶向洛阳，不是作为一个官员，而是作为一个俘虏。安史叛军攻陷长安，将没来得及扈从皇帝的官员全部押往洛阳。他没有接受贼子的伪官而被囚禁。那些日日夜夜，除了关心的最多的朝廷外，还时时不忘辋川。多年之后，叛乱被平，他西返长安任太子中允，职位显赫，公务也更加繁忙，没空再回到辋川了。竹林荒芜了，文杏馆颓败了，临湖亭中落垢层叠……直到临死，立下遗嘱：葬于辋川。

今天，我们一群当世学子来到王维的辋川别业，纷纷惊叹幽美雅洁。我突然想起了语文老师，那次最后谈到王维，老师说王维的选择体现了儒道互渗，而这正是我们中华民族的文化心理结构。

我站在料想是王维手植的银杏树前，想着人类一代又一代地繁衍，一批又一批地走进社会结构的新陈代谢，默默地受着各自文化心理结构的规约，鲜有例外。即使有，会不会是一些自以为超脱了的错觉？一时间王维《辋川集》涌上心头，第一首《孟城坳》云：

新家孟城口，古木余衰柳。来者复为谁？空悲昔人有。

内化于心的懂你

西北大学　杨　航

西安是个极容易亲近但不容易懂的城市！

登上钟楼，站在这座城的最中央，有幸敲响明清的古音。那一刻，我觉着，西安是那样的古朴。

漫步城墙，华灯初上，城墙内外，万家灯火。那一刻，我觉着，西安是那样的平静。

走过书院门，选一把我最爱的折扇，静静地听吹埙的老人讲述着古街的沧桑。那一刻，我觉着，西安是那样的厚重。

听着黑撒的新式哼唱，在炎热的夏夜里，在回民街来碗泡馍，喝瓶爽到心底的冰峰，那一刻，我觉着，西安是那样的养人。

驱车在环山的黄昏，我眷恋远方地平线的落日，更痴迷在犹如水墨般挥洒了八百里的巍巍秦岭。那一刻，我觉着，西安是那样的唯美。

在有西部之光的电视塔，长安路中轴线上，西安的龙脉就在脚下以车流的形式穿行而去，天下为中。那一刻，我觉着，西安是那样的大气。

大明宫的风流往事，和那个传奇的女皇、那个昌盛的时代一样，早已消散在历史的浩瀚尘烟里，只留下这些遗址，供后人去凭吊。那一刻，我觉着，西安是那样的伤怀。

鳞次栉比的高楼大厦，在高新区，一切都紧跟时代的步伐，最新的科技、管理模式，在这里应有尽有。那一刻，我觉着，西安是那样的现代。

长安塔下，锦绣湖畔，鱼翔浅底，鸟鸣林间；灞桥折柳，相送千年。那一刻，我觉着，西安是那样的宜人。

和这里八百多万的人一道，我钟爱这座古城，于是一次次地行走在这座城中，赴我和西安的心灵约会。

约会之余，我常在想：

你很难再找到和西安一样的城市，人们最爱的去处还是古色古香的回民街和百年钟鼓楼周围的四条大街，而不是挤着、堵着去高楼林立的CBD。

你很难再找到和西安一样的城市，在图书馆里，既有意气风发的大学生，还有西装笔挺的白领，更有很多白发苍苍的、戴着老花镜的爷爷奶奶们，用他们对书的热爱诠释着这座城深深的文化浸润。

你很难再找到和西安一样的城市，在那个狂热的年代，还不忘守护好祖先留下来的古老城墙，而不是一次次地上演着拆了重建的尴尬。

你很难再找到和西安一样的城市，南来的北往的人们，无论来自哪里，很容易在这里找到归属感，而不是钢筋水泥堆积而成的冷漠森林。

你很难再找到和西安一样的城市，在城市的任何一个角落，哪怕一块砖，一片瓦都会有等着我们去感受的周秦汉唐的尘封过往。

你很难再找到和西安一样的城市，能用少于东部很多的财政供养着一百多所大学，这里出去的学生和这座城一样，踏实勤奋，厚德载物，少了些浮躁和急功近利。

你很难再找到和西安一样的城市，这里的很多人不曾去过海边，但是却都有着和大海一般的胸怀，不曾面朝大海，一样春暖花开。

你很难再找到和西安一样的城市，在梦回大唐的路上，有自己清晰的思路，不盲从，不攀比，不急躁，有条不紊，百姓幸福为先。

西安，你切不可放到一般的城市里去解读，因为它本就不是一般意义上的城市。它早已超越了世俗的标准，有着自己独到的风格，走着自己的路，但这种气质又是极容易亲近的。这就是我为什么说西安容易亲近，但不容易懂。

读懂西安，是种生活的状态，是种升华的境界，我无法用语言去描述。但我相信，我和这座城里的很多人一样，在心底由衷地爱着这座城。这种懂更多的是在这里内化于心，内化于行了。说简单点，便是只可意会，不可言传也！

我去过很多地方，江南的惬意，塞北的豪迈，青藏的圣洁。可是，每每在旅程中我总还惦记着这里，我都会想尽快回来，安放我旅途的疲惫。我常在想，为什么偏偏是这里，回来的高兴竟然更胜于启程的愉悦。一千多年前的也是从这里走出去的一位诗人这样回答了我：锦城虽云乐，不如早还家，侧身西望长咨嗟！

灞桥追思

陕西师范大学　曹妮娜

我以为西安一情一景都不可随意亵渎，免得不小心惊醒了沉睡在地下几千年的精魂，它定会让时间告诉你这样一座老城让你不得不敬畏的地方。诗人总是徜徉在历史的天光云影里，磨墨铺纸，只言片语里都是时代的缩影，循着他们遗留下来的蛛丝马迹，我唯一不可释怀的便是灞桥。如果说一海碗腥辣泡馍和着一曲嘶吼的秦腔可以挖掘到西安文化的豪气，那么在埙空灵凄凉的声音里怀想古灞桥的折柳是不是可以追溯到西安历史上柔美的一段。

先前就知道此灞桥非彼灞桥，古灞桥的柳絮乘着秦汉时的风飘若白雪，是何等的凄迷姿态。自古有“绝胜烟柳满皇都”，几千年的断魂折柳有几千年的离殇浇灌，如今可在暮春拨动着现代人的情丝？而深秋之时，道路两侧法桐的花绒起飞，既生于伤感凄凉的季节又沾染了连绵秋雨的悱恻，其情致总不如传说中的灞桥风雪，李白曾叹“年年柳色，灞陵伤别”，即便招摇在盎然阳春里，苍凉的韵味竟也一丝不减。送别到此为止点，是所谓情尽，是所谓断肠，是所谓销魂。全唐诗提及灞桥的诗篇将近一百首，在那个锦绣的时代里，灞桥一抹清新的绿色弥补了多少心灵的空缺。昔我往矣，杨柳依依，不知随风飘拂的杨柳留下了什么，无数迁客游子的离情别绪，文人墨客的清词丽句，折柳相送的风俗民情，抑或一种伤别的文化符号，灞桥的意义经过文人的雕琢和历史的润色早已定格。

它曾是秦穆公的灞桥，赐名滋水为灞水，灞桥也成为他开地千里称霸西戎的见证；它曾是王莽的长存桥，新朝却成为最短命的朝代，它也水患不断受尽折磨；它在隋朝开始有杨柳相伴，唐朝有驿站相设，因而成为折柳伤别之地，引无数文人骚客咏叹，它便和盛唐一样出名。古时一花一草一桥都能成为政治和历史的映射，古老的石墩桥一路走来，也仿佛有了灵性。当秦穆公气宇轩昂地踱过灞桥，它便知晓了春秋的风云变幻；当新朝的洪水泛滥而过，它便知晓了政权的跌宕起伏；当流放的文人在此折柳话别，它便看怀才不遇的悲戚日渐繁茂；当饮泣的思妇日夜凭栏凝望，它便看悲欢离合如何经历时间的侵蚀。不知道它沐浴在长安的夜色下寂寞了几千年，被离别的眼泪浇灌了几千年，有多少人驻足，又有多少人匆匆而过，是否有人留恋地抚摸过它，就好像抚摸一颗安静的心脏。它被人遗弃，苟延残喘直至剩一副残骸，老无所依。

古灞桥在经历了三番五次的重建之后终于不复存在，而今取代它的是一座宽十几米长几百米，又由几百个桥柱支撑的钢筋混凝土桥，使交通大为便利。灞桥附近也少见成片的垂柳。灞桥不在，灞桥风雪亦难寻踪迹。人们所谓灞桥，已经独成一区，灞桥区为人所熟知，灞桥文化在大多数人心中，就如同而今桥面上被碾过的尘埃一样微不足道，会有几人路过灞桥的时候会像追寻儿时的记忆一样溯灞桥的源，会有几人看到灞桥附近稀疏的幼柳能想起这是几千年前的古树繁衍重生。旧的城市被改造，新的城市兴起，有的人会记得以前的样子，有的人将完全不知道，现代化的快速发展几乎是以一种粗暴的方式淡化了人们和城市历史的联系。年轻人的西安，是名校的集锦，是一个崭新富足充满机遇的地方，是为了未来而拼搏的地方。当然这一切并没有错，长安已不是长安，是西安，它是中西部地区的明珠，近年来的发展令人瞩目。不过外地人来西安却也总是称赞其底蕴深厚，西安是中国唯一一个被定位为“历史文化基地”的城市，可见其历史文化影响力。

陶渊明的桃花源令世人向往许久，而与世无争的小国寡民却被视为历史的倒退；西方的乌托邦同样是精神家园，但是其中对未来发展的设想极其先进，甚至可作为现代化的启示录。中国人总是喜欢回顾，对自身的历史引以为豪，却也容易忽视身边的一景一物，虽然司空见惯却可能与历史有着万千联系。若碰到不平之事便称“道德败坏，人心不古”，古风自有淳朴之处，在生活中多被引用，却少有人寻根，因此越来越多的人没有归属感，要依靠一些肤浅易逝的东西来弥补。面对触手可及的现实利益和年久失修岁月斑驳的一座桥，家园的概念已经成为一种选择。如果时光可以倒退，选择也还是必须面对，可以把精神家园建立在都市里的物质带来的安全感之上，也可以把它寄托在想象中不断被感染和重现的情愫里，其实这二者并不矛盾，却也很少有人做到平衡统一。

西安披着秦汉唐时的华裳，十八世纪的衰弱令他千疮百孔，二十世纪初已被世人遗落在时代的尘埃里。然而，当年日本入侵中国，华夏大地纷纷告急，而西安虽荒凉却幸免于难。世界上保存最完整的古城墙，如同一道无懈可击的屏障，保护着这片积淀着历史文化的黄土地，西安又少洪水地震，应了古时“长安”的名号“长治久安”。与其他城市相比，西安不负期许，它有一种别样的完整，让人为之魂牵梦萦。贾平凹曾说，要了解中国的近代文明那就得去北京，要了解中国的现代文明得去上海，而要了解中国的古代文明却只有去西安了。西安以华夏精神故乡区别于其他城市，倘若没有传统文化精神支撑，日新月异的变化不过是发展的必然，仿佛一个茁壮成长的孤儿。高大的水泥建筑群和熙攘人群的结合，光怪陆离的霓虹灯吸引着无数外地人来这里寻梦，用一砖一瓦将城市建造起来的农民工每天都生活在困顿窘迫里，富丽堂皇的高级会所外边各类名车成排……如果仅仅是这些表象，那城市也就仅仅是一座城市，而失去了它的性格和灵魂。

我一向很珍惜地域情缘，又是恋旧之人，我觉得身边出现的万事万物都有存在的机缘，作此文就当是借着灞桥抒发怀古之情吧。愿这灞桥追思能让我在梦中触到古人挥别时飘扬的衣袂，再看那两岸杨柳如何在风中郁郁招摇。不过，很多东西是留不住的，因为太过美好，因为太过沉重，只愿记忆的琥珀将古灞桥完好封存。

古都歌

陕西师范大学 谭聪伟

三秦开泰辟咸阳，华云万里辞西京。
古来府都十三朝，世纪风雨酝文津。
诗书尤抚节时靖，今此汤铭三时新。
百尺鸾阁顾月楼，文渊腔韵涵九州。
莫辞古都唤韵都，无尽韵词诗律鬏。
千年王朝千古怨，千古怨府多书生。
一书功名咸阳殿，千年风雨长安城。
子弟千里拜皇堂，黄灯明月作故乡。
孙山功名愁无极，满怀哭云黯天际。
洛阳岂是功名地，衣食还需市井觅。
一朝功名泪俱尽，莫望封田万户侯。
由来文辞毫笔墨，古都遗风昨日歌。
少陵诗篇民生苦，青莲狂歌讽世诮。
哪识君皇唉噪怨，文公武名工臣犒。
可怜夕阳埋风骨，皇旨仇怨百步销。
玉箸胡腔幽王娇，千里诸侯姒妃笑。
烽火烟尘马道空，金銮光寒老鸦哓。
凭依楼栏风细细，寒光残照雨寂寂。
他日汤池不御敌，孤悲銮座黯然涕。
万里长城万里长，安枕胡马逐仓皇？
秦王六合功盖世，可惜百日焚烟光。
何年何月赴古渡？何地何人怡汉皇？
乔登华清品古今，一带江山落日斜。
骊山池浴妃子沐，芙蓉亭头金杯舞。
牡丹唇露娇清光，庾舞阁暖艳朝堂。
公孙剑舞动四方，梨园弟子知君王。
兴衰且上马尾道，一番年号一代朝。
凭拂古木忆往事，当年随东渭水流。

四都大唐阊阖开，万国衣冠拜冕旒。
大明楼台郁残阳，上林阿房忆君王。
百代朝宫兴衰事，瓦毓紫砖亦通览。
当年无字丰功业，千兆风云中砚田。
朱雀丹砂旧画栋，凤池龙榻还御床。
江山不改风雨色，宫阖女儿一绒装。
不上九成宫头看，不知罗衾儿女长。
未央宫阁埃尘舞，梁雕珠翠流光渡。
遗恨句章几何存？藉技江山摇落出。
坍阙尤存古玉砌，流照细叶绿光泣。
携带飘飘捋风戏，东流未解诗酒旗。
古都和韵多藏娇，老叟赋歌遣闲聊。
曲江柳下诗词对，拜亭廊头古律烺。
出水新叶莲花睡，流露清风旻心醉。
世界无极才无尽，风流依允恭心追。
莫谦无赋怯对句，风流儒雅亦吾师。
月下浇泄风意意，俯瞑诗吟柳依依。
诗坛词句画影壁，唐韵一曲风雨凄。
秦腔知音小胡同，青茶香温深里弄。
冥蒙摇扇怡歌赋，不辞云闲锦官城。
古皇自命天子蒂，福寿也祈小雁塔。
玄奘苦途向西域，佛提经纶一慈恩。
暮鼓殿前未人鼓，晨钟楼上晨钟寂。
钟鼓城垣盛华在，不负当年诗书气。
骊山晚照咸阳渡，太白雪沏草堂雾。
游旅名迹皆识典，指点辞章窅然识。
三市字玩艺里论，魅影画皮曲中谈。
护城池中窥日落，无限楼阁载画船。
天如无恨也无泪，月若有情越一醉。
江山青石尽成恚，愁心无眠酒一杯。
今人未见古时月，今月应似古时缺？
国艳春睡海棠花，霜露秋纹弯弓月。
世界千年风流韵，惟有风采古今流。
昨日玉玑昨日器，半缘世事半缘嘲。
晚雨初霁月初润，弱风挟露病柳藤。

曲池弋舟孤垂月，洪流暗波和秦声。
古都古今沧桑变，汤铭四时新容颜。
七十二峪波阑干，八川英灵钟臻贤。
膏腴天府盛美誉，陆海丰饶笑世迎。
物阜民丰庠学兴，千古诗赋文明庆。
玥世物技蓄关中，通元文化融甲子。
苑莸郁郁傍终南，懋德陶陶树才人。
河岳英灵钟此辈，国家元气在斯文。
茂德新化词韵叠，儗笄侁侁勤精业。
新风新雨新气象，新府新市曳盛唐。
九州康泰兴古邦，一泻江山娇夕阳。

临风书雪意，咏叹长安史

西安科技大学　周　雷

八百秦川华夏篮，千古炎黄文明源。
四关险隘就帝都，八水悠远绕长安。
地环优越山水层，漫夜丝曙见新人。
石器古猿史前实，蓝田半坡开新篇。
日月忽忽不淹岁，光阴恍恍晓圣先。
皇祚始现华夏祖，关中之地难解缘。
姜水无意出神农，桥山有幸葬轩辕。
三皇五帝尧舜禹，公推禅让民主乾。
夏桀商纣齐暴虐，新都丰镐止硝烟。
文武双王垂史册，清明廉政重发展。
无奈烽火戏诸侯，千金一笑倾国渊。
犬戎一炬镐京墟，埋没荒烟蔓草间。
秦川首帝都不存，春秋云涌东周天。
连连征战伐不止，时岁恍去三百年。
八百平川秦为始，商君变法脱颖前。
固据崤涵制六合，秦公开地千里野。
张仪连横破合纵，华夏首归大一统。
书文车轨币同行，兵铸金人不得见。
咸阳阿房宫阙郁，夜夜笙歌繁华妍。
振臂高呼群雄起，王侯将相无种凡。
起义势如燎原火，终师未捷无奈冤。
项王盖世战巨鹿，沛公捷足入潼关。
项羽势如破竹行，刘军灞上避锋芒。
楚人一炬阿房土，然提无尽千年叹。
垓下无援新月哭，乌江拒走难再天。
长安再复帝皇所，清净无为民休然。
文景清明薄赋役，四海升平居业安。
武皇勇谋驱匈奴，经天纬地族名汉。

风雨飘摇西汉祢，落日秋风民心寒。
王莽逆戚篡皇权，新朝再都依长安。
改革无救病入肓，红眉绿林士身先。
光武中兴东汉起，洛阳就都长安残。
风云东汉末年刻，董卓挟帝西入关。
长安再都无璀璨，八百里间吊劫难。
空向长河哭逝歌，不尽哀怨于斯年。
长安遭劫八王乱，赵秦魏周风水转。
岁岁征战无终年，中原儿女无堪言。
可怜翁媪夜夜哭，国破山河家已残。
新鬼埋怨旧鬼哭，千里难日见炊烟。
民生凋敝国难时，文帝代周统江山。
长安都寻安邦道，清明政治腐化淡。
开皇扶民创科举，悉数文人映君前。
炀帝矫饰伪作皇，畜生何堪付大事。
运河游江伐高丽，济渠建宫都洛阳。
劳民伤财烽火起，荒淫残暴众亲叛。
大唐伟业千古煌，长安再兴高祖王。
玄武门前风云涌，贞观之治四塞叹。
居安思危从谏流，以法治国勤节俭。
道不拾遗丰衣食，夜不闭户牛马野。
流散众咸归乡里，斗米不过三四钱。
高宗即位庸无能，长安城换女主人。
前无古人无后者，贞观遗风继行煊。
明皇开元盛世举，垂史辉煌换新天。
歌舞升平繁华事，史海凋残不亲见。
逸豫拒谏挥金土，倾城天骄马嵬变。
八年安史乱极恶，无数凡魂沉黄泉。
此间不乏文义士，仙圣鬼囚诗文翰。
太白好酒歌月明，子美工诗铭史幻。
文士何止李杜者，无数才子大唐间。
但使李杜文章在，且得万丈长光焰。
文诗毫尖难敌武，弃都长安渐黯淡。
草木含情风雨悲，宫阙万间土呜然。
秋风暮雨湿眼眶，愁看长河东逝川。

且后常遭兵马劫，明清修葺无改观。
千疮百孔饿殍遍，江河日下无奈叹。
莫悲往事愤战火，但看今朝焕新颜。
沧海桑田忆浮尘，山河依旧变人间。
岁月如水歌似梦，千年弹指一挥间。
今日江山多锦绣，不复山河动乱年。
高校遍地多才俊，信息时代在眼前。
吾辈应奋领时代，共复千古长安天。

大唐序章

西安医学院　魏威东

盛　世　篇

玉笛横响，路人痴醉；胡姬酒肆，烟花流水。
凤舞潇湘，长安花蕊；烟雨江畔，看花灯会。
铜镜云鬓，璎珞翡翠；簪粉飘香，银月流坠。
倚剑天涯，盛世枭磊；战甲披肩，凯旋而归。

环　妃　篇

三千宠爱，集于一身；恃宠而骄，仙子太真。
芙蓉出水，卿本佳人；南国荔枝，一骑红尘。
霓裳羽衣，金銮回震；舞步千华，蒙主圣恩。
一夜安史，断去香魂；绵绵此爱，无绝此恨。

西　域　篇

丝绸之路，朝拜四方；胡笛翩翩，宛转悠扬。
西域文化，流传盛唐；击鼓奏歌，贯彻云苍。
珍珠布匹，百年佳酿；青铜陶瓷，玛瑙玉章。
遣唐使徒，日出东方；泱泱之国，浩浩汤汤。

梦　魂　篇

葡萄美酒，掠影浮光；画楼西畔，心驰神往。
颁赐群臣，烹牛宰羊；黄金销尽，箜篌歌唱。
珠箔银屏，金阙西厢；共化比翼，不羡鸳鸯。
宝马雕车，满路留香；执子之手，愿弃大唐。

安史篇

马蹄横踏，兵戈峥嵘；寒光朔气，铁衣成空。
战旗萧萧，车轮并冲；祸起萧墙，唯有悲痛。
擂鼓鸣歌，七尺英雄；马革裹尸，无憾而终。
身死为国，傲然恢弘；宁亡沙场，不辱圣隆。

征战篇

国库空然，六军奈何；马嵬坡前，玉殒成歌。
却想当年，缠绵悱恻；怎料今日，血浸清泽。
朱门肉臭，战事险恶；剑指玉颜，玉颜何错？
浮云功过，淡去显赫；盛世不再，徒留传说。

西安，西安

陕西科技大学　杜有维

西安这座城，不说见吧，光是听听它那显赫的声名，就足足地够让人害出相思病来了。所以许多年前我还不曾见到它的时候，这座城就已经稳稳地坐落在我心里，像是一个萦绕多年的梦境。恍惚中就觉得，它那六百年城墙的根基也是深深地打在了我的心里。后来为了学业身心疲累，凡是闲暇的时候，我更是尽在一个人对着这座苍然的古城絮絮叨叨了。所以，直到现在我都不曾弄明白过，我究竟是为了读大学才来这样的一座城，还是单单为了这样的一座城而来读一所大学。两年前我身披半昧不明的曙色，在微现的晨曦中初次目睹这座古城未曾尽现的姿容，几乎要脱口欢呼道：久违了，我神交多年的老友！

西安，且不说它的那些足以傲立于世的名胜古迹，光是看“西安”这两个字，就能立刻让你感受到极具历史感的庄严厚重的气度来。我们要认识一座城市，往往必定先看看它最具名气的地方。譬如说，你若要认识北京，须看那巍峨的故宫；你若要认识杭州，自然要看那秀丽的西湖。然而西安呢？你若掐着指头想了半天，犹犹豫豫地说，先看那古老厚重的城墙吧？那坐镇南城，巍然耸立的大雁塔必定会心怀不满；你若立刻改口说，那么，先看大雁塔吧？可是那号称世界第八大奇迹的兵马俑，又怎么能够轻饶了你？况且还有华清池、终南山、华山等，哪一个不在暗自生你的气呢！所以你要是想认识西安这座城，要先体会它的气度。数千年的历史积淀，汉唐盛世的雄风或许不在，十三朝古都的辉煌已成旧梦，然而那数代王朝的威严气度，却渗入到西安的骨髓里，刻在它的筋骨上，永远都抹不掉了。不需别的，单只是去城里走一走，就足够了。华夏文明的魂魄，散布在这个城市的每一个角落，历史的回音，随时都会在你的耳畔悠然响起。哪怕你是多么喜欢忘旧的人，这时候都不禁要在心里念叨起那往昔古老的历史和传说了。

西安，凭借十三朝都城这样显赫的声名和地位，哪怕它怎样的骄纵，是不是都理应得到我们的准许？可是你却偏偏感受不到它一丝的骄气来。不过，认真说，古中国有多少座城，现在的中国又有多少座城，我敢断定没有谁敢轻视了它。它根本无需去争辩什么，它的朴素与大方，它的庄重与博雅，它那与生俱来的无言的威望，那从容不迫、气定神闲的姿态，那与世无争，却又偏偏令全世界都不得不向它投来尊崇的眼光的气质，足以令所有自命不凡的城市深深折服，几乎要献上它们的膜拜了。你随便地挑一座城出来吧，和它一比，不是立刻成了未经磨炼的轻狂少年，就是一个堆满了脂粉的柔弱少女；不是太孤僻，就是太世俗。你站在古城墙上放眼望去吧，难得一见高耸的摩天大楼，仿佛这城里的房子，也格外注重自己的内涵，从来不屑于和谁去争风头。它们不懂得炫耀，终日只是静默地站在那，用无声的威严，去宣示这座古城赋予它们的大气。你若一定要说，它们有一丁点儿的骄傲，那也必定是为了它们是生在西安的。

面对这样的一座城，谁不会立刻觉得自己的渺小与平凡？所以你就绝对不敢轻视了这座城里的哪怕任何一个不起眼的人，任何一个不起眼的地方。甚至，有时我看到街头的乞丐，或者捡垃圾的老人，都会常常想到，他们或许并非迫于生计，说不定就是位特立独行的风尘异人。愈是那破落不堪的房子，反而愈发让你感到一种历史的神秘，愈发要让你不由得生出肃然的敬畏来！

你说，和这样的一座城朝夕相处，谁不是多多少少会受了它的影响，谁不会为了自己的小气而觉得羞愧？有好几次，我为了心里的烦闷，一个人在夕阳将落未落的时候去登临城墙，或者在城墙根下信步地走一段路。一个单薄的灵魂直接和几千年浩瀚如海的历史对话，一颗弱小的心直接放在巨大的历史维度里，整个西安，整个西安的历史都在你的耳畔轻轻地说，看看我吧，什么样的事情我没见过，什么样的滋味我没尝过，你这一切的所谓苦难，又算得了什么呢？这时你再反观你的心境，看看是否还会有丝毫的苦闷。

我记得有一次我发痴似的呆在城墙上，整个世界都变得远了，我的整个心都满满地只装了这样的一座城和这座城的历史，再没有别的了。说来你别不信，我恨不得把我的整个骨肉都揉碎了，砌成一块青砖，只为填在它的城墙里。我竟然不知道，那沉沉的夜幕是怎么落下的。这时候从城墙根下面忽然飘上来一段咿咿呀呀的秦腔（说来惭愧，待在西安两年，我竟然从来不曾认认真真地听过一段秦腔），呵！该让我怎么诉说，那唱腔里的一片古老苍凉的意味？我简直不知道，若是换了没在西安呆过的人，该如何让他相信：没错，你看到的你听到的，不是时光的倒流、历史的重演，而是真真切切的西安，是现在的西安。在那一刻，我敢断言那几乎是世界上最独特、最动听的音乐了。我的整个心都坠入到它的意境里去了。直到一曲终了，我才逃也似的离开，生怕那音乐再度响起，我今晚便再也休想离开它了。想来这种古老的音乐，也只有西安这样的城市才会有，也只有在西安这样的城市，才听得出神味。

然而必定还会有人说，西安，不过是个过了时的旧物罢了！可是说这样的话，反而显得他的孤陋。西安的东西从来不会过时，现在不会，将来更不会，试问有哪一位炎黄子孙，舍得抛弃先辈几千年的心血累积？我总觉得，冥冥之中，炎黄的魂魄早已把中华文明的精髓注入这里了，这座坐落在关中平原的老城，永永远远都是中国的根了。况且，又有谁能否认西安在现代文明当中的成绩呢？那古代的雄风似乎又重新地振作起来了。抛开西安的历史与古迹不谈，那星罗棋布的工业园区，正是它崭新的姿态；刚刚过去的世园会，不恰恰是世界对这座古城的新的认可？

西安这座城，本来是不需要任何的赞誉的，哪怕是一丁点儿，都是对它的亵渎。可是，我的亲爱的西安，我竟唠唠叨叨说了这许多，谁叫你那么迷人，要我不爱都不可能呢。哪怕不能得到你丝毫的宽恕吧，我也要铁了心，一吐我多年的仰慕，免得日后憋出心病来。

西安，我和你晨昏相对两年，哪怕是二十年，想来也未必能够看得透你，几千年的历史，凭什么能够让我这个还不曾经世的少年看得明白？然而能够闻得你两年的古香，看你两年的古色，日日夜夜在你的怀里饱尝历史的甘味，就已经是我最大的荣幸了吧。

目光之城

西北工业大学 申 振

恍若一场隔世的梦，我邂逅了那座城。穿越历史的层层雾霭，它不再囿于昔日的刀光剑影，过往里燃起的滚滚狼烟，早已消弭成这座城喧嚣中的安谧。轻叩它的门扉，宛如坐拥于日月的怀抱，当秦岭的空谷幽兰变得触手可及，我只祈愿，昨夜太平长安……

——题记

会在何处见到你，见到一个霓裳飘飞、古韵犹存的你？会在何时遇见你，遇见一个在时光的风化中依旧寂静穿行的你？会以怎样的方式邂逅你，邂逅一个在历史的跫音里羽化登仙的你？当时光冻结在那年那月那次第，当回忆定格于走出火车站的那一瞬间，当我的目光深陷于沉淀了千年光阴的城墙与飞檐，我终于发现，我属于你……

钟楼鼓楼，那是你阅尽沧桑后依旧跳动的脉搏；唐风汉韵，那是你穿越千年后依旧回荡的跫音；亭台飞檐，那是你和其他城市相比更加厚重的内涵与底蕴。历史不会忘记，不会忘记在现代文明中依旧古色古香的你，不会忘记在水泥森林里巍然屹立出另一番姿态的你，更不会忘记为你擎起别样天空的他们……

一、守护神

穿过一条条古朴的老街，耳边呼啸而过的不是时光，而是他们那深邃的目光。他们像守护孩子那样，守护着石板路上的点点青苔，守护着古色古香的小巷，守护着历史的积淀和自然的芬芳。他们虽不如沿海的城市富有，但他们却有深邃的眼眸，所望之处，没有工业的烟尘在咆哮，有的只是那片寂静的山林，在浅浅地唱……

他们是谁？他们不是这座城的主人，他们是这座城的守护神。他们日夜守护着这座城，也守护着自己飞舞在地平线上的目光……

二、目色

信步于飞檐之下，看古城的街道蜿蜒前行，我的脚步又镌刻在何方？这里本没有路，是他们贯穿历史和未来的目光为我们铺平了路，延伸成我们梦寐的旅途。他们的目色，必是纯净无瑕的白，染白了秦始皇陵兵马俑的千年华发，染白了秦岭之巅的积雪皑皑。

驻足于小巷之中，眼前的城墙像一道缱绻的波痕，倏然划过我的心田。这里看不见时光，所以它姿态静止，宛若从古代穿越而来的静默雕塑，永远的无言，永远的沉默，却是永恒的财富、永远闪耀的明珠。无人知晓，它穿越了几代守护神的目色，但我知道，那些目色都是一样的清澈，宛若一潭碧绿的潭水，倒映出大雁塔历尽沧桑却依旧雄浑的姿态，倒映出从历史的画廊中姗姗而来的唐三彩。

徜徉于古道之上，我仿佛听到了许多年前烟花落地的声音，像一丝最最纯净的天籁之音，将我定格在历史的五线谱上，去跟随一个个音符跃动成跌宕的节奏。这里本没有音乐家，是这座城的氛围唤醒了一颗颗在喧嚣中奔走的心灵，即使我们只是个过客，只要有了这座“音乐厅”，只要有了这些“凝固的音乐”，也就变成了音乐家，只属于这座城的音乐家。当目色在五线谱上投下斑斓，那一刻，绽放的又何止是刹那的时光。

世间还有如此魅惑的城么？在现代化的水泥森林中演绎着古典的神韵，宛若天使洒落人间的羽毛，舞落一世的纯净与典雅。我不禁要问，如此超然而挣脱世俗喧嚣的城，是历史的馈赠，还是人类智慧的灵动？蓦然间，我窥见了他们对于这座城的规划和蓝图，在夕阳的落落余晖中闪闪发光。我知道，那是他们纯净的目色在氤氲，那是他们深邃的目光在闪烁……

当目光闪烁在穿越千年的文物之上，当目光闪烁在流水溢香的华清池畔，你可曾知道，那些目光穿透了摩天大厦钢铁般的壁垒，那些目光刺破了灯红酒绿中霓虹般的浮华。

当目色氤氲在禅语萦绕的佛灯古刹，当目色氤氲在芙蓉园里的映日荷花，你可曾知道，那些目光击碎了在铜臭味里抹杀文明的劣迹斑斑，那些目光还原了他们作为守护神的忠诚与淡雅。

即使守护的只是一座褪去了显赫地位和无上荣耀的古城，即使他们或许只是这座城里微不足道的一员，即使他们的力量还不足以影响其他城市的建设和规划，但他们依然是这座城的守护神。他们抛却了那些凝固的水泥森林，静静守候在这座城市的每一个飞檐之下，将目光渐渐扯远。所望之处，一钩新月正在暮色中悄然升起，恍若点破尘世的琵琶，羽化了风沙……

三、新月

一座城，一粒沙，一局天下。过去如此，现在如此，将来也一定如此。

一弯月，一菩萨，一世佛法。几代人看到的同一弯新月，几代人传度的同一套佛法，在不同的时代下，为这座城披上同一件超脱凡尘的袈裟。

又看到了那个熟悉的酒家，挂着祖上流传下来的幌子，和岁月一起隐匿那些随风而逝的年华。

又踏上了芙蓉园里的竹筏，划开荷花淀里的点点清波，和着风儿的呢喃摇曳晚霞。

又望见了那弯明澈的月牙，在青灯之下衍射出魅惑的倩影，像极了飞檐之下那颗悠然风霜的嫩芽。

又点起了香炉旁的那对红蜡，又拜祭了供台上的那尊菩萨，又有那么一刻想和狂风绝迹天涯。

这一切的又一次只因我还置身于这座城，这座禅意萦绕的十三朝古都，这座名字倒过来便为“安息”之地的灵魂归宿。或许只有这座城，才能容得下我的灵魂；或许只有经过了由他们目色汇聚而成的月光的洗礼，我的灵魂才能在消逝的历史中步履平坦。

四、月蚀（月食）

不知不觉，月光泼湿了我的目光，这才发现，我从来就不是目光之城的一员，我不属于他们。穿梭于这座城中的我生活在彼岸，一个遥远的彼岸。我和他们的距离，又何止一光年。

记忆的画面一层层铺开，宛若汹涌的浪潮向我呼啸而来。在那遥远的彼岸，曾几何时，护城河里流淌的是生活污水戏谑的笑；曾几何时，摩天大楼像是发酵的酒糟，肆意地吞没着名胜古迹的哀号；曾几何时，轰鸣声埋葬了那原本绿色的一切，自然之息在漫天飞沙中变得缥缈……

生活在彼岸的我们，目光就像枯萎的发线，再也无法扯远，只因被利益的碎片，层层隔断……

眼前依旧是目光之城的灰色城墙，眼前依旧是他们默默守候的身影。我多想成为他们中的一员，静静守护这座城。可是，这只能是美好的希冀……

抬起头，却发现那钩新月已不在。是谁在天空划下一道硬伤，剥蚀了那些如水的月光？是彼岸的我们，不是他们……

五、破晓

对于这座城，我只能是一个过客。当我离开它的时候，我可否为我的故乡带去那钩新月，让月光也泼湿故乡人民的目光。

但愿故乡人民的目光不再是枯藤之上的点点寒鸦，尚未飞翔，翅膀便已被“老屋拆迁”的“寒潮”冻僵。

但愿故乡人民的目光不再是拉磨的驴子，一味地绕圈，永远只能在原地打转，为何不挣脱金钱与物欲的捆绑？

但愿故乡人民的目光不再是断线的纸鸢，没有明确的城市规划“牵引线”，哪来经济效益的自由翱翔？

尚未破晓，一切都还有重生的希望……

但愿所有的城市都能幻化成目光之城——西安，但愿所有的人都能在目光之城中安放好自己的灵魂，等待破晓，等待灵魂喷薄的那一刻，等待自己眼中那穿透历史的目光……

长行于西安

西北工业大学　张丽沉

那一年那一天，我行走在正南的大街，蓦然间听见，棹动古钟，声入天阙。

忽然就越过蜿蜒曲折的岁月，看见了西安这座城，你前世的容颜。

那时候，编钟就响在这里；那时候，人间之巅就在这里。于是那时候又谁站在这里，仰首便可俯瞰九天，摘星揽月。

暗换红尘中，你流淌的是一种怎样的颜色？

是编钟的颜色，还是琉璃瓦的颜色，甚或是片片写就的诗的墨色？

你青春时，那又是一种怎样的颜色？

你用流水汇入土壤的颜色，在秦岭之上，向苍天虔诚祈愿——愿用沃野万里哺育华夏子孙，愿用奔流黄河滋润华夏文明。

于是自此，铺开了绵延千年的炎黄书简。

你曾披起大汉肃穆的红色，给笼罩在狼烟阴霾的边城送去黎明。

那时候有个叫刘彻的帝王，一挥袖战火灼天，用多少子民的鲜血，染出几代子孙的太平人间；有个叫司马迁的文人，一落笔青史三千，用毕生的执著，写就一部史书，点缀了世界；还有个叫张骞的使节，一策马西域十年，用十年的艰涩时光，开拓了丝绸之路，沿途多少驼铃悠悠，绽放了多少繁华锦年。

后来。

你也曾披起大唐尊贵的黄色，卧天上云阶，拥朗月入怀，你顿一顿足，天下莫敢不从。于是便有了之后大唐贞观之治，万国躬身朝贺；有贵妃回眸一笑，公孙一舞长剑；有玄奘天竺取经，鉴真东渡扶桑；有裴钰剑器惊鸿，也有李靖挥鞭直指。

还有那样一个人，人说他是谪仙人，他是李白，听说他的梦想是化作鹏鸟，待得一日同风而起，扶摇直上九万里。他昔在长安醉卧花柳，与那五侯七贵同杯酒，气岸遥凌豪士前，风流肯落他人后！他有直挂云帆济沧海的壮志，他也有一醉累月轻王侯的高傲。于是这才有了绣口一吐就是半个盛唐的李白；这才有了我醉欲眠卿且去，明朝有意抱琴来的自在；才有了揽月对影三人共醉的酸楚，有了仰天大笑出门去的恣肆，有了那人生得意须尽欢的狂放，和那吾欲揽六龙的癫狂。

他笔下的爱与恨、笑与泪、执著与高傲，写的不是一个李白，不是一个盛唐，而是整个天下。所以千年之后的今天，大唐的背影已在岁月中斑驳不见，昔年的绮罗长安也已风化成沙。可却还会有三岁稚子，他们甚至还不识字，却还会牙牙地念着：举头望明月，低头思故乡。

任凭王朝翻覆，天下易主，草木枯荣。文化长安，却镌刻在了绵亘的岁月里，再不消逝。

依旧行走在斑驳的岁月时光当中。

许多人说，古都长安，古都长安。

可人们不知道，长安，长安，你远没有老去。你用你最真淳的颜色，温柔地，一如往昔地，哺育着华夏子孙。你在黎明里披满身征尘飞奔，去迎接另一个盛世。

如今你的土地上挺拔而起的是现代化的大厦，可远走的岁月给了你脊梁，于是簇新的城市也洋溢着古旧温软的人文气息，温暖着在这都市里奔波的每一缕思绪；高楼之间隐约的飞檐城墙，那是岁月给你的绝代风华，于是你便是飞速崛起的中华民族头顶桂冠上最耀眼的明珠。

年华沉淀的是历史，时光踏过浩浩长烟，红木漆成的舞台上一个转身，长河千年，你褪去绫罗绸缎，卸下钗头鬓饰，换上了短衫长裙，带着深沉与自信，由历史之后款款走出，站在灯光闪耀的聚光灯下，完成再一次转型，拥抱这个世界。

西安，我把你追寻

西北大学　程秋云

西安，对于很多人来说是什么？

是十三朝古都，是三皇五帝的帝王家；

是历史文化名城，是世界第八大奇迹——秦始皇陵兵马俑——的所在地；

是西北国际化都市，是连接西北与祖国各地的交通枢纽。

传承古老文明，保留历史文化底蕴，发扬人文精神，这是古韵犹存的西安；发展经济文化，创建国际化大都市，繁荣新兴文化，这是年轻活力的西安。

传承过去，创造未来。西安，这个文化古城，这个西北大都市，越来越令人着迷。

而西安这个北方古城，对于我这个南方的姑娘，更是多了份神秘的魅力。

初识西安，竟是来自于历史课本，气势恢宏的兵马俑，一下子就深深震撼了我的心。我热切搜寻关于它的各种资料，也对于它的挖掘地——西安——有了初步了解。那时可谓是爱屋及乌吧，兵马俑、西安，成了藏于我心底无比向往的一个地方。

六月，小雨淅沥，天气渐热，我完成了高考。

七月，大雨滂沱，热气浮动，我面临第二次高考——志愿填报。

内心如南方的天气，阴晴不定，燥热无比。父亲希望我填报南方的院校，毕竟，一个女孩子离家太远也不好。我理解父母的心情，谁愿自己的女儿孤身一人千里求学呢。客观上我认可父亲的建议，可是主观上内心却有一个北国梦——兵马俑千军万马奔腾咆哮，巍巍华山昂然挺立，大雁塔钟声杳杳……

西安，这个千年古都，这个历史名城，这个文化胜地，隐隐牵动莫名情弦，让我劝动父母，义无反顾，踏上千里求学之路，一路向北。

西安，我将把你追寻……

第一次坐上长途列车，内心涌动着一丝丝不安分的兴奋。待和父亲安置好行李，便仔细打量起车厢来。听口音，大多数都是北方人。浓重的口音、高亢的声调，车厢里顿时弥漫着西北人的热情与豪放。

“嘿，小姑娘，你是去念书的吧。”原来是对床的大叔。

“嗯，我去西安上学。”面对这突然的热情，我有些不知所措。

“西安呐，我就是西安的。西安可是个好地方啊……”一说到家乡，大叔便滔滔不绝地向我介绍起来，说到带劲的地方，一串西安口音冒出来都不自知，那热乎劲儿，立马吊起了我浓厚的兴趣。

大叔兴致高昂地列数西安名迹，我的心思也飞到了那个将要到达的远方……

火车一路向北，渐渐向目的地西安驶近，我却多了一份没来由的忐忑。

“前方将要到达华山站……”车厢响起了广播。

华山？奇险天下第一山，华山！我赶紧靠近窗前，目光向窗外远望。一群山蜿蜒连绵在眼前，更远处群峰耸立。雨后山烟缭绕，隐现巍峨挺立的高峰，直插云霄，透出凌云之势。这便是华山吗？巍巍华山，孕育出的是怎样一座城？西安，真是越来越近了。直到后来，我才知那不是著名的华山五峰，不过也属于华山山脉。

终于，我踏上了西安，踏上了这片繁华了千年，兴盛了千年，演绎了千年王朝更迭的土地。古老城墙，巍然耸立，默默守护万千子民；秦砖汉瓦，端庄古朴，篆刻着千年古都的兴衰繁荣。

轻轻地，西安，我来了，把你追寻来了……

出租车载着我和父亲穿过一座座城门，绕过一条条街道，我的眼似粘在车窗上，再也无法转移目光。城墙环绕，古街林立，屋宇飞檐，我仿佛穿越了时空，闯进了千年前繁华的坊市；又忽而高楼耸立，天桥飞跨，车水马龙，又似跌进了繁荣的大都市。我迷醉在了这古今交错的时空，任神思不属，思绪悠悠。

在旅店休整一晚，趁着还未开学，第二天我和父亲便早早起床，进行一次西安之旅。时间仓促，加上人生地不熟，我们干脆搭乘出租车，一个个地把离西安较近的景点逛过去。

一听口音，司机便知我们非本地人。看我这学生模样，一下子猜出了我是求学的大学生。车子驶出西安市，悠然行驶在宽阔的车道上，热情的关中人向我们一一介绍起沿途的风景来，接着又说到陕西风俗、著名景点，一路不停。我早已对西安人的热情劲儿深有体会，而司机的一句“西安的大学生，也算我们半个西安人了”更让我内心温暖无比。

一日游第一站，秦陵地宫。穿越幽谜恐怖的墓道，眼前便闪现一派金碧辉煌、气势壮观之貌。顶部日月星辰交替运行，四周人鱼灯烛光幢幢，再现了“千古一帝”登基出巡、设宴畅欢、横扫六合之盛况。缓缓提步，静静探寻，任自己迷失在这跨越了千年的地宫，追寻千年的盛世繁华。

我恍恍惚惚，追寻千年的脚步一刻不停留，那万马齐嘶、千军横扫、气势恢弘的大军向我扫来，我深深震撼，难发一言。梦中的兵马俑如今那样真实地横列眼前，心中思绪万千。是震撼，是慨叹，是赞美，更是如信徒般最神圣的膜拜！巍巍王朝，悠悠千年，西安，这片土地到底承载了多少厚重的历史文化，到底孕育了怎样浩瀚的中华文明。

当车子蜿蜒盘旋在骊山山道，山风拂过脸颊，吹起了我的发丝，我终于从那千年时空中穿梭回到现今更加繁荣昌盛的西安。从车窗向外望去，满山一片翠色的绿，清新宜人。"啊，石榴。"我情不自禁惊呼。漫山石榴缀挂在葱茏绿叶间，影影绰绰露出一抹抹红，玲珑可爱。一个个胖乎乎的脑袋，让人好生喜爱。司机大叔似看出了我的企图，笑笑道："这石榴可不能随便摘，到山上有卖的。果农们可都靠着它过日子呢。""哦……哎，这石榴种植收入应该挺不错吧。""嗯，石榴规模种植，还有专门科技人员进行管理，石榴畅销海内外呢。"大叔一脸喜庆，我也由衷地笑了起来。

如今的西安，不仅旅游业兴盛，经济、科技、文化也是迅速发展，朝着国际化都市快速前进着，一派日新月异的繁荣昌盛之景。

日暮降临，万家灯火亮起，古城随着夜喧腾起来。此刻，我正身处于热闹的回民街，人群熙熙攘攘，从身旁陆陆续续闪过。烤肉串、涮牛肚的烟火在不甚明亮的灯光下弥漫整条街，商店、小摊人满为患，行人手中拿着小吃，嘴里则弥漫着糯糕的甜香……吃客们的脸氤氲在晕黄的灯光里，只有高声的谈笑显得格外清晰。我勾起嘴角，脚步轻快，推开了羊肉泡馍的店门……

回汉一家亲，呈现一派多元化的文化氛围。西安，它到底有着怎样宽大的胸怀，拥抱着华夏不同民族的子孙？

吃饱喝足，我们马不停蹄赶去大雁塔广场，亚洲最大的喷泉表演快开始了。刚下车，一道喷泉冲天而起，阵阵惊呼穿透水幕，随着水柱时升时落。音乐欢快，灯光璀璨，我们仿佛置身于声、光、水、色交融的水幕电影里，整个广场流光溢彩，美轮美奂，令人心驰荡漾。

我已移不开步子了……

透过蒙蒙水雾，一道佛光盈盈闪烁，千年古刹！大雁塔！在声色交融的光彩世界，它如大隐于世的高人，那样庄严而安静。随水柱升落激荡的心顿时无比宁静，渺渺梵音似穿越千古，净化着我躁动的心灵，内心一片通透。

音乐，喷泉，古刹，现代科技与千古文明的交融，竟是如此和谐。西安，你到底有着怎样开放的心态，传承着千年文化，又接纳着现代文明？

夜，深了。古城，睡了。

我静静进入梦想，把西安慢慢追寻……

用发展的眼光看西安

西安航空学院　岳建杰

天圆地方，大国泱泱，甲乙丙丁，周秦汉唐。

浩浩漫漫的星空，意蕴深邃地向我们展开着，我瞭望星河，要寻找的是盛世的文明，辉煌的长安星，这灿烂的群星闪耀着中国。望着那些璀璨的星光，一种亢奋撞击心扉，是自豪，是奔放，是激励。中华精英们把金光闪闪的中国镶嵌到太空，雄风卷扬，悠长而浩荡。

梦回长安

在世界的东方，有一个古老而神奇的国度，她曾屹立于世界民族之林，如一颗耀眼的巨星，震慑着东方，影响着世界。而在这个国度里，有一个响亮而吉祥的地方——长安。

也许是上天的恩赐，也许是祖先的眷顾，在这片美丽而祥和的土地上孕育着文明，创造着辉煌。历史如长河般滚滚向前，夏商已尽之时，长安迎来了真正意义上属于自己的国度。在数百年的发展中，长安书写着历史，传承着文明。秦王扫六合，一位叱咤风云的君王，一个短暂的帝国。中国历史上第一个封建专制主义中央集权国家诞生于此，虽二世而亡，但他的光芒照耀寰宇。

话说天下大势，分久必合，合久必分。自始至终，亘古如斯。在这片神圣的土地上，又迎来了一个庞大的王朝，时至今天，因为这个王朝，我们同属一个民族——汉族。汉王朝曾是这个地球上最强大的国家，他为中华民族两千年的社会发展奠定了坚实的基础，为中华文明的延续和挺立千秋做出了巨大的贡献。而那时的长安令世人心驰神往。同样在这里，张骞出使西域，铺展丝绸之路。这条路将地球上最古老而繁华的异方世界连为一体，促成了世界几大文明的汇集。中国灿烂辉煌的文化开始影响世界，世界优秀的文明成果也开始进入中国。长安，主宰着历史，演绎着繁华。

贞观长歌，梦回大唐。时隔无几，还是这块熟悉的土地，历史如梦幻般重新上演，且一幕幕的精彩瞬间不减当年。一位圣人以其高瞻远瞩的战略眼光和海纳百川的广阔胸襟统领着炎黄子孙奋勇向前。“自古皆贵中华，贱夷狄，朕独爱如一。”中华民族，无论贵贱，亘古一家。在强大的王朝背后，长安尽显着繁华与尊贵，这里成为人们心中的天堂。侧耳倾听，有人在吟，有人在歌，行云流水，跌宕平仄，朗之吟之，如痴如醉。古人云：山河千里国，城阙九重门。不睹皇居壮，安知天子尊。

古老文明，气势恢弘，世界领先。在这片神奇的土地上，通过不断的发展与交往，推动了以中国为中心的东西文化圈的形成与发展，推动了世界文明的进步。而这一切都源于此，并走向世界，长安成为推动世界发展的引擎。

人间天堂

八川分流绕长安，秦中自古帝王州。从历史的烟云中一路走来，她的身上沉淀着太多的精髓。数千年前，周文王在此建立沣京，从此揭开了西安作为帝王京师的序幕，历经千年，雄踞华夏，成为统一多民族国家的政治、经济、文化中心。周乐秦声、汉风唐韵等文化艺术仍在昭示着这里曾经呈现过的尊贵和繁华、开放与风流。

生活在这里的人们是幸运的，更是幸福的。他们有先辈的杰作，有今人的创新，有美景，有佳肴，有天籁，有物质的享受，有精神的慰藉。

东望华岳仙掌，回顾骊山晚照；灞柳风雪飘飘，于曲江之上，尽情畅游；观雁塔雄姿，闻晨钟轰鸣；圣人之草堂，烟雾缭绕；太白之积雪，晶莹剔透。面条像腰带，锅盔像锅盖；辣子是道菜，泡馍大碗卖。美景与佳肴使西安享誉世界，还有那粗犷、雄壮的秦腔吼出的是西北人的真实与豪爽，中外游人皆流连忘返。

人类在发展面前，积累着智慧，创造着辉煌。生活在这样一个集古都风貌与现代磅礴气势于一体的现代化大都市，我们领略到的是朴实和端庄、稳重与大气。魅力西安，以其别样的姿态走向世界，走向未来！

魅力新城

八百里秦川文物胜地，五千年文明光耀全球。21世纪的西安步入了一个新的历史时期，面对这一异彩纷呈、气象万千的社会图景，大唐芙蓉园、曲江池、不夜城等地标式建筑与现代文明的高楼林立、立交环绕、道路纵横交相辉映，相得益彰。西安，在古老中洋溢着朝气，厚重中展示着大气。

漫步于古色古香的西安大街，行人络绎不绝，车辆川流不息，陌生的面孔随处可见，世界的眼光正聚焦于此。夜幕降临，华灯璀璨，霓虹闪烁，如花似火的灯光荡漾着人们的理想，轻轻地响着生命的旋律，星空旋转，日月旋转。

在知识经济时代里，经历过千年沧桑岁月，西安蓬勃奋飞了。她博采众长，坚持创新，勇于创新，迎接未来科学技术的挑战。我置身在当今的西安城，看到了一种民族的创新精神，在浩瀚天宇里气势磅礴地书写着“中国”！

“长安回望绣成堆。”以高新区、经开区、曲江新区为发展先锋和战略增长极，沣渭新区为迈向国际化大都市的核心引领区，如今的西安正以崭新的风貌走向世界。世园会，现代科技与大自然的完美结合，构建天人合一的发展理念，为世人献上了一场视觉盛宴。这座城市，如此浩瀚，如此和谐，如此透明，如此神奇。

永恒，一个所有地球生命的终极追求，所有艺术生命苦苦攀援的极顶，它又是无法企及的悲剧性的生命境界。从蛮荒时代到文明社会，人类一直心怀渴望，举首向天，期盼神示以永恒。面对天体，我们何其渺小；面对永恒，我们又何其短暂！尽管如此，人类依旧努力不弃，去理解永恒和走进永恒。我们永远无法达到的是永恒，我们永远追求的也是永恒。我们也相信，西安定将永恒！

我深深爱着的城市，她古老而又年轻；

我深深爱着的城市，她历经沧桑而又自强不息；

我深深爱着的城市，她珍视传统而又开放兼容。

愿我们的有情之眼，看千年古城，看出感动，看出觉悟，看出共鸣，看出希望！

天人长安

西北政法大学　许　银

关中仿如一把利剑从天而降，把陕南、陕北从中间隔开，把陕南、陕北隔入崇山峻岭和沟、塬、峁、梁之中。因此，陕南、陕北就成了关中的天然屏障。浩荡的朔风在大散关和霄关之外徘徊，江南的烟雨清风也在武关和函谷关之外逡巡。四面雄关的守候，利剑东西纵横八百里，仿佛天赐。苏秦游说秦惠王时言："秦四塞之固，东有关河，西有汉中，南有巴蜀，北有代马，此天府也。"

在关中的大地上，没有长江、黄河的波涛汹涌、惊涛澎湃、一泻千里、奔腾不息。在这里，淡蓝色的流水缓缓地流着，从秦岭的唇边折回，滋润、修补、抚慰、宣泄着这条八百里的玉带，守护着玉带上这座古老的城池——长安。

司马相如在《上林赋》中写道："君未睹夫巨丽也，独不闻天子之上林乎？左苍梧、右西极，丹水更其南，紫渊径其北，终始灞浐，出于泾渭，丰镐潦潏，纡馀逶迤，经营乎其内，荡荡乎八川分流，相背而异态。"千百年来，水依然悠然地在古城灯火中散漫着，水依然摇曳着岸上的霓虹，水依然悠闲地携着秦岭终南的永恒的守候。水映着红灯，点亮了千载古城；水像一条亘古的脐带，从远古而来，到永恒而去，这来与去之间便是兴衰荣辱，便是历史。

"一座城市的历史就是一个民族的历史。"而一座城市的历史，就是塔与碑，就是陵与墓，以及连绵的城垣与宫殿的遗址。历史赋予长安古老而文明的血统，几千年的风雨飘摇使之更加成熟。成熟不是秦汉的倾颓城墙，更不是隋唐残留的石板。千年埋藏的青铜古剑早已绿迹斑斑，廊腰缦回、檐牙高啄的宫殿早已成为尘埃，雄才大略的大帝、纵横睥睨的将军、绝艳天纵的才子、惊鸿一瞥的美女，都长眠于地下。所有的征伐、权谋、红颜、鏖战都已泯灭，化为阵阵青烟。但是还有什么在我们心头萦绕着，在我们的心底流淌着，久久不能散去。

目光驻足于骊山晚照，聆听着雁塔的向晚钟声，曲江春晓时水雾迷茫，咸阳古渡口，身穿葛衣、头戴布巾、倾酒独销，吟唱着飞鸟遗音，在这里庸人也成了诗人，在这里诗人也成了庸人。是的，长安流韵着汉赋唐诗，绕着古城墙，余音不绝。这是千年里积淀的诗韵，像锦绣的汉绢和栩栩如生的唐三彩般随风飘扬，化为朵朵白云，袅娜了不知几个世纪，盘桓在我们的心间。汉赋文采风流，唐诗气象万千，无论是诗还是赋都见禅见理，朗朗上口，在音乐的节拍中，行云流水，云卷云舒。诗赋之本义并不是在其本身，而是在于胸怀。关中人个个都是诗人，一身秦腔从胸中吼出来道出西安人那股子豪放，粗犷厚实。薛保勤先生在《送你一个长安》中写道："一城文化，半城神仙。"的确如此。

古都长安像一部史书，见证了"文景之治""贞观之治""开元盛世"的鼎盛辉煌，然而取意"长治久安，长久平安"的长安也几度衰落，令人扼腕叹息。极盛的文明最终衰落，究其根本，是不能发展创新。希腊文明如此，拜占庭文明如此，雅典、罗马、伊斯坦布尔文明亦是如此。

历史经受着时间和空间的双重肢解，而历史的进程就是文明的进程，同样文明也经受着双重肢解。碑与墓，城垣与宫殿在时间面前成了文物，只能述说着曾经。遗迹都已重建，但是重见不了当年的周乐秦声、汉风唐韵。时间把当年变为了历史，空间把它们化为了文物，厚厚的玻璃承载不了千年的文明。

文明的生长，要不断地接受挑战。因而，我们不能沉浸在盛世汉唐文化中故步自封，应与世界接轨，应该学会包容。极盛的长安文化在古代并不是单纯的关中文化，秦汉的鼎盛是汲取楚湘文化、吴越文化、齐鲁文化、中原文化和北方文化、巴蜀滇文化形成的。而隋唐的盛世繁华则是在秦汉的基础上，汲取西域文明，甚至更远的欧洲罗马文明形成的。所以应该集古今中外之大成，面向未来，在传统与现代，在继承与创新之间，再创一个盛世长安。

盛世长安不只是高楼林立、华夏争雄、桥涵飞虹、万车竞速，而是汉唐雄风沉寂的底蕴，创新发展应再造新的灵魂。

魅力古都

西安航空学院　申苗苗

巍峨的秦岭山下，蜿蜒的渭水河畔，有一片古老而神奇的土地。这里经历了历史的兴衰荣辱、王朝的更替变迁。武王伐纣，开创周国；秦皇统一，建成霸业；楚汉之争，确立汉权；贞观之治，盛唐巅峰。这里集日月之精华，汇天地之灵气，这里就是誉满华夏的“八百里秦川”上的那颗璀璨明珠——西安。

“西安”寓意安定西北，古称“长安”亦有长治久安之意。“金城千里，天府之国。”司马迁在《史记》中如此评价这座古城，可见西安城非同一般。况据史料记载，西安城建成已有几千年。

历经千年，悠悠岁月剥蚀了古殿檐头浮夸的琉璃，淡褪了门壁上炫耀的朱红。历经千年，沧桑岁月斑驳了你的绝世容颜，但你骨子中文韵丝毫不减。

钟鼓楼，钟鸣鼎沸，鼓擂震天，一同往昔之辉煌与闪耀。华清池，碧水荡漾，涟漪起伏，似诉唐杨千古之绝恋，一曲《长恨》几人解，奈何文人泪？大雁塔，高大宏伟，经纶满腹，哪一卷里不曾彰显你的文韵，镌刻你的不朽？兵马俑，气势磅礴，刚劲威武，这些朝圣于地下的军团，莫不昭示着你的大气恢弘、智慧勤劳。丝绸之路，开创了“西方罗马，东方长安”的千古佳话。遥想昨日，这一步丝绸之旅却是一次历史的飞跃，它极力地促进了我国今日友好邦交，互通文明，它是一次创世之举。

历经千年，悠悠岁月开裂了坚固的古城城墙，散落了玉砌的雕栏。历经千年，沧桑岁月沙哑了你柔美的嗓音，但你的佳作名篇永存不朽。

漫步在这片神奇的三秦大地上，到处流转着秦腔的旋律。时而深沉哀婉，时而慷慨激昂，时而强烈急绝，时而铿锵有力。生、旦、净、丑，唱、念、坐、打，嬉、笑、怒、骂。台上演员酣畅淋漓，台下观众不亦乐乎。正如民谣所唱：“民风淳朴性彪悍，秦腔花脸吼起来。台下观众心欢畅，不怕戏台棚要翻。”秦腔以其质朴、粗犷与真实，大胆且传神地表现出当地人那种敢于直面人生的无畏无惧的品质。这里还有更令人瞠目结舌的古朴艺术节目——皮影戏。两千年前西汉古朴的大地孕育了它，时光流转中它不断成长，而今它已闻名于世，被列入国家非物质文化遗产名录。尺寸幕布，一方天下，竹竿轻挑，千军万马。“一口道尽千古事，双手对舞百万兵”是对它最真实的写照，它粗中带细，柔中含刚，用质朴的嗓音向世人展示这里蕴含的朴实无华、智慧博学。

历经千年，悠悠岁月垮塌了耸立的高峰，荒芜了繁茂的庄园。历经千年，沧桑岁月佝偻了你直挺的脊背，但你的执著与豪迈依旧在沿袭。

“一方水土养一方人”，这是古语，生活在群山环绕的关中平原上，这里的人也养成了一些特有的品质。他们不巧言令色、偷奸耍滑，他们不善生意。庄稼人勤勤恳恳地对待土地，踏实种田，收获庄稼。粗糙的西北风从这里刮过，养成了他们的粗犷豪迈。他们大碗喝酒，大口吃饭，他们热情好客，喜爱方言，毫不做作，个性耿直。这些从他们喜爱的“大老碗喋泡馍”就可以看得出来。

历经千年，悠悠岁月掩埋了你那光芒万丈的不朽丰碑，忘却了包罗万象的瑰丽宝典。沧桑岁月在你额头上添沟加壑，但却阻挡不了你向前迈进的步伐。

欧亚经济论坛的成功举办，带领西安走入世界，把一个昌明隆盛、温柔富贵之邦呈现在世人面前。世界园艺博览会胜利闭幕，把世界领入西安，让世人走入一个花柳繁华、诗书礼仪之乡。长安码头的修建，西安地铁的建成，航空事业的繁荣，促使西安形成一个海陆空、全方位、立体化交通网络中心，将这个拥有“十三朝古都”之称的历史古城推向世界的巅峰。试想有一日它将再现雄风，驰骋在辽阔的疆域，展示魅力之都的不尽魅力。那一日，华夏山河为它呐喊，神州大地因它自豪。

古都·新气象

西北工业大学 王子予

说起西安，这座拥有十三朝历史的古城，我们内心都会留下深深的印记。正是“文化”二字所赋予的力量，让这座古城风韵犹存，并不断带给我们新的元素。

作为土生土长的西安人，古都带给我的是厚重的文化积淀，是丰富的历史遗迹。在我的人生轨迹不断扩展和重合中，这座城的历史也仿佛发生着微妙的变迁。徜徉在古城的每一处街坊，古朴的气息带给我的是无限的回忆和遐想。

长安古韵

西安古称长安，这是汉唐文化留给我们深刻而清晰的印记。早在西汉初年，长安已经作为都城闻名于世。现在的汉城湖遗址，就是根据汉城墙的位置而修建的。盛唐时期，长安曾经作为国际化大都市展现在世人面前。唐长安城颇具规模，其规整的街坊和发达的商贸集市，令人叹为观止。经济文化繁荣，活跃的思想滋养着这里的每一寸土地。

斗转星移，时代变迁，古长安曾经一度没落，在近代又重新兴起。现在已经没有足够完整的遗迹可供考证，但古韵犹存。那些蕴含文化元素的断壁残垣，向我们诉说着这里曾经发生过什么。当代西安城，古地名延续至今。带有“大唐”两字的地名，在仿古的建筑群或园林中，依旧可以体味到一分古韵。或许在当年古城墙的某一个角落，眼前的景象已充满现代的气息，我们仍然可以通过古地名重温当年的历史。

值得一提的是，穿越历史的重要古建筑仍有部分流传至今。朴素的保护意识一直是西安人值得骄傲的一点。历史见证了明城墙完好无损地被保留下来，为古城争取了一个重要的地标。在古城墙里，古老的城楼和古式的石街，在微微细雨中，显得更加古朴雅致。漫步其间，更有饮酒作诗的兴致。

遗址文化

当代的西安，遗址公园星罗棋布。在历史的变迁中，被历代保护的遗迹或许也一度损毁，展现在我们面前的，更多的是修建在原地址的遗址公园，这就促成了西安当代的“遗址文化”。在遗址公园，我们可以看到古时的建筑留下的痕迹，同时欣赏现代的仿古工艺。

散步在公园里，呼吸着清新的空气，耳边时常萦绕着气势磅礴的诗句，又有淡雅的古琴声做伴。在享受这古韵的同时，我们也对古城的文化有了更深层次的理解。

这里，每一寸土地都有古风的浸染；这里，每一处灯光都有古诗的承载；这里，每一片水域都有文化元素的倒影。这就是古色古香的“遗址文化”。

山水秦岭

巍峨的秦岭山脉，是古城西安的气魄。绵延数千里，分水南北。云端的顶峰覆盖皑皑白雪，造就了独特的秦岭山水文化。终南山的隐逸文化，翠华山的地质文化，楼观台的道教文化，都充分融入到这诗情画意之中。

横亘的山脉曾一度阻隔中原，于是有了诗人“蜀道难”的慨叹，这真可谓是“壮哉之志”啊。隐居其间，更有“修身养性”的意境，使人得以解脱和释怀。自然与人文的契合，山水与古城的掩映，更显古都的独特气质。

西安风采

二十年的时间，在意念中一闪而过。西安这座古城，从平凡封闭的小城，已变成了现代文化新城。我们看到，古城正展现着自己更深层次的文化底蕴，吸引着来自各地的朋友。

古都，仍保持着它的古韵；新城，更增添了一分创新的思想。

2011年世界园艺博览会在西安落下帷幕。在世园会主会址的这片土地上，奇迹曾经上演。早在唐朝，古长安就有“八水绕长安”之称。其中两个水系汇聚于此，造就了这里怡人的自然环境。一千多年的时间，销蚀了水域的荣光。几年前独自散步在这贫瘠不堪之地，心里不由得有些许悲伤。然而，当西安成为世园会的主办地时，剧变在这里上演，干涸的流域又重新充满了清澈的湖水。满眼绿意飘过，令人心驰神往。世园会的成功举办，正是古城新气象的见证。

几年时间，古城已有了象征现代化的标志——地铁。地铁沿线都有古代文化与现代文化的标记。而地铁正是将这两种文化有机结合在一起的。

保护与发展

古老的都市在时光的悄然流逝中黯淡了许久，文化的延续又该怎样实现呢？历史与现实的矛盾正是这样，曾经一度辉煌，又一度衰落的古文化，是怎样驻足在这些凝固的艺术之上呢？在夕阳的映照下，金碧辉煌的秦砖汉瓦仿佛在咏叹着伟大的史诗。且看，已被尘世销蚀的宁静的大雁塔，晨钟已多时没有响起的小雁塔，沉寂多年无人问津的未央宫，人工雕琢的曲江池，它们在呐喊着，在宣泄着。无奈的叹息声久久地回荡在这座古城。千年的古香，幽静的禅院，在现代化大都市中隐然消逝了，一切都化作无尽的回忆与遐想。

文化在叹息，文化在繁荣，此消彼长中我们似乎看到了曾经的刀光剑影，曾经的分分合合，壮丽地挥洒在历史长河之中，深深地嵌入古城的每一寸土地。

纵观历史，西安这座城描绘着波澜壮阔的画卷。古都的新气象，带给我们浓重的文化气息。我们能做到的，就是保持这种文化，让它的价值能够延续。

大街小巷话西安

西安体育学院　李羽佳

有人说，喜欢一座城市是需要理由的，可是漫步在西安的街头，不需要刻意寻找就会被这座城市中的一切吸引。大街小巷话西安，在街道里找寻古典的优雅，生活的气息，宽广的包容。

典雅历史韵

穿行于长乐门、安定门、永宁门、安远门之间，每一站的进进出出，都仿佛恍惚穿行于历史与现代交融的时光隧道。巍峨的城楼记录着历史的厚重和时代的更迭。西安的厚实，来自于明代古城墙的文化积淀，还来自于对那段岁月的真实记载。

从粉巷到窦府巷，暧昧的涂脂抹粉，把酒言欢，抑或是李渊传奇的爱情故事；五味什字带你回味明清藻露堂、树仁堂、万年堂的甘、辛、酸、苦、咸，大差市来往车水马龙。西安的大街小巷也许你每天都会走过，它的名字也许早已被遗忘，但是时间走过，留下的一个个故事，却是对这座城市最好的记载。

在西安，不仅仅是街道名称古典优雅，即便街道两旁的商店、铺面的名称也一个个透着古风、雅韵。向钟楼南行，偶然间窥见街口一座古韵十足的高大牌楼，上书“书院门”三个金色颜体大字以及“碑林藏国宝，书院育人杰”的对联，向里青石板的老街散发着古色古香。570多米长的街道集中了上百家店铺，既不像江南商号那样纤巧秀丽，也不同于北京大栅栏那样富丽堂皇。深狭的门道，显示了一种儒雅祥瑞、深藏若虚的氛围。文房四宝、书法字幅、国画卷轴、碑帖拓片、蓝田美玉，每一件都是一位飘逸的仙人，纯净的目光与钟鼎对接，与民俗相通。

而与书院门东西照应、遥相呼应的德福巷则是传统文化区中一条最有“洋味”的街道。小资情调的街道上，一家接一家地开满了大大小小的咖啡屋、酒吧、茶馆，浸染在这氛围之中的德福巷便也有了自己的个性、浪漫与柔情。硬朗的西北人就在这小情调中品读历史的韵味，享受细腻的生活。

平凡生活情

没有一座城市会一直繁华，始终喧闹。当历史远去，行色匆匆的人流中，另一种生活的真相才是不可或缺的部分。高楼林立的现代化中掺杂着狭小的巷道，此起彼伏的叫卖声绵延向深处，杂粮煎饼、包子稀饭、夹馍胡辣汤，香气四溢的各色小吃，虽比不上山珍海味却也让人垂涎三尺。

在西安，类似这样的小巷道（或叫村子）很多，外地人总会看到古都现代化的繁华，而更多的百姓却在平凡地生活。在这座日新月异的都市里，他们仍然每天在讨价还价，每天吃豆浆油条过普通日子，忙着奔自己的生活和前程。这些村子确实有些年头了，流淌着的污水和烧烤弥漫的烟熏让你看不出它的本质，只感到岁月在上面的印痕。矮小的建筑突兀地出现在这座现代化城市里，使它看上去那么丑陋和刺眼，但也就是这么一座小楼，却标志着另一个世界的存在。

熙来攘往的人群或许骚动着带走口袋里安静的钱包，操着不同口音的商贩或许为了薄利拉拢着回头常客，卫生质量堪忧的小吃或许在城管的驱赶之下匆匆离开。一块五毛钱的稀饭，两块五毛钱的菜夹馍，在褪去历史的古朴之后，巷子里低成本的生活带给学生们、打工人一份真实的存在感、归属感。还没有统计过一条巷子从头吃到尾要用多久，只知道不足十块钱就会把肚子撑到圆鼓鼓的满足感和巷子里鸡蛋灌饼涨价后的“绝望”是宿舍里不曾更改的话题。

渐渐听说很多城中村已经离我们远去，它们作为城市改造的牺牲品承载了草根太多的回忆，它的味道，它的生活……

“西安这座城，做过十三个王朝的首都。见证过汉唐盛世的辉煌，也目睹过国破城芜的悲凉；曾有过商贾云集、宫阙万幢的盛况，也有过荆棘成林、户不满百的衰颓。残破也好，热闹也罢，西安总是中国历史的中心和焦点，无数人瞩目，无数人向往。而今的西安，昔日的荣光已经褪色，但是朴实、厚重的历史积淀却比比皆是，洋溢在大街小巷，深入市井巷陌……”

因为一条街道，喜欢上一个城市，但不是在每一个城市都可以找到这样一条街道。

七月长安，烟雨依然

西安科技大学 李婷婷

长安的雨季始于六月末。六月的雨打湿了一华年的绿叶，而之后扑烁的七月琉璃色，却绵泽出夏少有的凉意，让这里的人，于烟雨中邂逅了最美的长安，无论今人抑或是千年前的长安人。因为雨，结缘于远离喧嚣的心灵休憩地。

昨夜又落雨，拉开窗帘，看晨雨濯洗的天地。梧桐引绿，蔓延古色生玉的沉静，抚平了这些天的浮躁。身在长安，最不能浪费的便是下雨天。邀朋两三，漫步于雨中、雨后的长街，执伞烟雨中相看两不厌的，恰是阴阴夏木啭黄鹂的烟雨古都，自然而然地感受那份古色浸入骨髓，深入血脉。

不觉间，以烟雨为线，任思绪蹁跹。灞桥烟柳边的流水沉淀了十三朝的历史，无数文人墨客笔下，写不尽底蕴无涯的长安。而今烟雨纷纷再落杨柳，不见了昔日皇都，不见了明黄华丽，看见的唯有遥想的天地。记否烽火台上为她一笑倾天下的故事，谁人知那笑里藏了几许无奈与落寞。雁塔七层寺内，当日榜上有名少年风流，是否还留诗几句？而曲江里的流觞，是否还有人随口吟出饱蘸文采的佳丽词句？抑或者，看到随便一处杨柳依依，脑海里便浮现出那些或沧桑或洒脱的诗者形象。我想大多数人一提起长安，便会想起那云蒸霞蔚的盛唐吧。又有谁会忽略那个骑白鹿浪漫得不可方物的“诗仙”呢？可是，这些是历史，是过去了的岁月。它的作用便是沉淀下古韵，赋予今日西安其他地方望尘莫及的历史文化气息。而今，执伞漫看，雨雾中又一个七月的长安，还是动了心弦。

天雨甘霖，仰头密雨斜织里，青黑瓦檐飞出厚泽而洞彻空明的声音。看慈恩寺里一座塔于今日雨中讲述怎样的流逝岁月。名利，权势，荣辱，富贵……此刻雨中全都不见，唯它矗立正中，在众人虔诚目遇里无言过往。大爱无言，大音希声。或许漫步大雁塔，除却音乐喷泉的现代气息，向南静立于大师玄奘像前，自觉不自觉都会沉浸于法杖敲过的漫漫旅途。任都市尘染的心片刻净化。古都宗教文化却也繁盛。不说慈恩寺供奉的佛家经典，单看青龙寺的壁画，便可见一斑。更多的人喜欢周末漫步寺内寺外，轻念壁上佛家经词，回归心灵的纯澈。把万千工作学习的烦恼暂时抛却，回复生命赤子芳华，也做一个诗意生活的俗世之人。看喧嚣之外一日长安道，意蕴正点洒。

烟雨长街，遥看灞桥，触目绿意氤氲，突然记起了几日前去过的世园会。融古色于今日建筑，借诗词重现缥缈意境。2011 年的世园会，既有终南山下遗留的古风，又兼容世界各国的顶尖奇秀。那一丛丛花开背后是都市繁华遮掩不住的各朝风华的气定神闲。水绕卵石，细叶巧生花，小小一景也自有其玲珑处。想必每一个游世园会的人，对眼前之景的内里毓秀都有所感叹。感叹“长安”一被提起就犹如古雅之风铺面的底蕴，感叹古都人巧若兰花的创意胜境。有多少城市一旦繁华落幕，便只剩下空虚冰冷的建筑空壳。然而长安，即使如盛唐湮灭于历史长河般繁华转眼凋谢，依然以她独有的人文气息折服众人。流连胜地，寄情于一朵花，一块石，顿时生生染就墨卷长安。墨卷展开，烟雨空灵里，模糊了时间概念。看远离尘嚣的列车外，银杏擦肩而过，思绪随雨点跳跃，回到了从前，从前。银杏树，蝶似的叶子，白果……单个的词语一一出现，渐渐想起了那个于楼观留下五千字道教典籍的圣人：“上善若水，水善利万物而不争……”高中朗诵的句子亦浮现。若执伞观前，雨幕里会否幻化出白衣胜雪、静坐缄默的道家始祖？千年一别，仙踪难觅，而今银杏树已散布长安各路边。那片片蝶似的叶子该是刻有箴言吧，随岁月已飘落众心，融入炎夏血液，繁衍着生生不息。听闻楼观举办了第一届“老子文化节”，不由遥想他当年手执银杏的传说。圣人赋予树的寓意非凡，让凡尘中的我慕字神往。注重修身养性的今人发展了这里灵秀的女子养生文化，以及道茗品泉的浑厚韵致。只是，不知会有多少人重新读一读经典之作，找寻道教文化的思想灵源。喧腾转眼凋零，存留下的智慧会给心灵最终的归宿。

偶尔遥想，因一场雨，一片繁花底下绿。西安以它的雍容优雅包容其他优秀文化，却成就了自己特有的魅力。这也正是中华文化源远流长的原因，正是有容乃大。我想，曾经繁盛的历史所创造出的文化价值不容许湮灭，而今日的发展必将再成为传奇。七月，烟雨依然，这烟雨该是千年前遍洒长安屋宇院落的一次轮回吧。你看，渭水遍收暮雨，处处竟多清朗新泽。这烟雨漫步的今长安，打湿了的三千年古韵，正熠熠生芳。撑伞，邀友，于现代化都市中，共品一份悠悠汉韵。

前世长安，今生西安

西北工业大学　汪怡青

谈及西安，首先想到的必是“长安”二字。然而，在我的认知里，西安从来不等于长安。

如果说长安是一块流传千年的无瑕碧玉，那么西安就是一座精心打磨的绝美玉雕。长安如玉，千年的时光如浪潮般一遍遍冲刷而过，在它身上打下了难以磨灭的时光印记，却怎么也难以撼动它的美，反而为其平添了几分内涵和灵气。西安若雕，那温润的古玉经高手匠人打磨，越发显得灵动精致。

长安，不是西安。前世长安，是大唐的风骨，今生西安，则是中华的气象。

秦岭脚下，渭水河畔，秦中宝地，帝王之州。长安古城始于西周，兴于秦汉，却盛于李唐。不提那文王渭水求贤，武王伐纣灭商，始皇横扫六合，高祖反秦灭楚，不是因为西周的丰镐不够悠久，也不是因为秦帝国的咸阳城阿房宫不够奢华，更不是因为未央宫的殿堂之上缺少千古流芳的圣手大家，只是那盛世大唐、太平长安完整地承载着一个民族的精气神。一个城市的历史就是一个民族的历史，一个城市的精神就是一个民族的精神啊。长安梦、大唐心的背后，更是一个勇敢坚强的民族魂。

流年已逝，何处追寻？历史的足迹在这座古城里清晰可见。

手指从斑驳的古城墙上拂过，沙沙的摩挲声仿佛是岁月的低语，更是见证了历史的秦砖汉瓦在吟唱着波澜壮阔的史诗。倚着那厚重而踏实的城墙，就好像翻身跃入了历史的滚滚洪流，一闭眼便回到了那魂牵梦萦的大唐。耳畔传来铿锵的战鼓，沉重的号角，战马的嘶鸣。

金戈铁马，旌旗猎猎，刀光剑影，烽火狼烟。突厥的铁骑直逼长安，生死一线，危急存亡。守城的士兵握紧了手中的长矛，挺立在长安城前。城墙上，是英明的国君和威武的将军，城墙后是美丽的家园和弱小的妻儿。这一刻，士兵忘却了生死，忘却了自己，脑海里只剩下两个字，一个是“国”，一个是“家”。然而，年轻的大唐还比不过虎视中原的突厥。赠金送帛，渭水结盟。敌军退了，留给长安城，长安人，还有无数大唐子民一个大大的羞辱。然而自强不息的国人知耻而后勇，君臣协力，励精图治，万民齐心，休养生息。四年后，大败突厥。当年的老兵、将军、国主、突厥都已随着历史化作了尘埃，而城墙上的道道伤痕却留存了下来，平静地诉说着往事，吐露着沧桑……同样没有被历史磨灭的还有那士兵心中的“国”和“家”，以及那自强不息的长安魂、华夏魂。

贞观之治，开元盛世，大唐强盛了，昔日桀骜不驯的夷狄不得不放低姿态，低下头颅等待着大唐的宣判。预想中的兵戈相见、杀伐屠戮并没有出现，反而是华夷如一，绥之以德，谅解包容，交流合作。吐蕃的首领成了唐朝的驸马，而大唐的天子却成了外族的“可汗”。

长安城内，胡汉一家。汉族的琴瑟与胡人的琵琶共奏一曲盛世华章，汉人的霓裳和胡民的旋舞共演一支四海升平。一曲长歌，带着长安人的开放包容、交流合作一直传唱到了今日。

前世大唐长安是美的，美在其刚柔相济、气度翩然的民族精神，也美在清新典雅、诗意盎然的文化气息。

长安城以往的文化盛况我们无缘亲见，但是仅从历史文献里品出的零碎画面就足以令每一个文人墨客深深迷醉。街头的酒肆里，尽是吟诗作对的骚人才子，那伏在桌案上烂醉如泥的可是刚刚饮斗酒、作百诗的李太白？烟花巷陌，满是才子佳人弹琴唱曲，好不热闹。就连那不能言、不能动的舞榭歌台也无时无刻不散发着美到极致的东方姿态。

这就是长安，一座美到骨子里，美到发梢上的城市。然而历史的车轮总是无情地碾压着一切，长安城成了前世的回忆，而今生矗立在八水怀抱、群山臂弯里的是西安。长安不再，但长安的风骨、长安的文化却完整地保留了下来，深深地烙刻在这片土地上，化作最坚实的大地，化作最肥沃的土壤孕育着一座新的城市。

今生中华西安是美的，美在继承发扬，开拓创新。

长安给了西安坚实的基础，却也给了他难以打破的桎梏。就如同把种子埋在坚硬的土地里，虽然有了稳定的根基，却也需要更多的能量来突破大地的束缚。长安太美，仿佛一块纯天然的完美玉石，贸然雕琢只会破坏它原有的韵味。数千年的历史似乎为这座城池奠定了沧桑厚重的基调。现代的高楼大厦和古色古香的亭台楼阁如何能够共存？都市的灯红酒绿和悠悠的钟鼓礼乐怎么能够和谐？是抹除长安的一切重新建立一座现代化的都市，还是将现代流行的元素弃若敝履，把西安打造成一个世外桃源？灿烂悠久的历史文化成了横亘在西安发展道路上的一座龙门，跃过去则化龙翱于九天，跃不过就只能困于浅滩小溪。

万幸，万幸，创新智慧的西安人找到了答案。

故园旧墙保留了下来，晨钟暮鼓依旧嗡嗡作响，大雁塔仍像千余年前那般静静地站立在那里。在每一个晨光熹微的早晨，飞鸟被钟鸣从梦中惊醒，从雁塔展翅腾空，掠过缓缓流淌着的护城河，在水面上留下串串涟漪。公园里时不时传来几句粗犷豪放的秦腔，或深沉哀婉、慷慨激昂，或欢乐明快、刚健有力，一字一句，分明透着积淀自秦汉时的力量。天亮了，西安醒了，拂去那柔美中带着刚劲、朦胧中有着无尽诗意和韵味的面纱，一个国际化的现代都市赫然呈现在眼前。车如流水，游人若织，高楼入云，大厦林立。一个个高新技术园区和现代化学校不断为城市的发展注入新鲜的血液，一次次国际间的交流合作使得西安紧跟时代的步伐，美丽时尚的长安花正在世界舞台上华丽绽放。西安之美，美在继承了长安的底蕴又升华创新，美在古代东方的神韵和现代科技元素的完美融合，看那梦幻般的大唐芙蓉园吧，当唐朝唯美的建筑与现代霓虹、音乐交相辉映，造就的是震慑心灵的盛景，带给人们的是别具风格的美丽。

前世长安，就如深夜里的一场美梦，醇美酣畅，又孕育着新一天的希望。今生西安，正是那颗活力四射的朝阳，小心翼翼地守护着历史的遗产，又从中汲取着无穷的滋养，冉冉而上。

土西安

西安工程大学 冯 帆

你有没有蹲下身来轻轻掬一把西安的土？

那种饱满、厚实、粗糙的干燥颗粒物，在阳光下泛着古铜一样的光。

我曾见过一个衣着破旧的农人，他在曲折的岭间小路佝偻着脊背，用一把光亮的锄头熟练地从地里翻出一颗颗硕大浑圆的土豆，那些土豆很快便填满篮子，接着被农人粗糙的大手抚摸着提出了小路。

我惊异于那土地的巨大魔力，好像被农人慈爱的目光和勤劳的锄头关照后，那些黑暗中的土豆会懂事地饱胀。是否人类给予土地的，时辰到后它便会悉数返还。

三千多年前，西安便被人们从土里掘出来。它是土生土长的一座城，历史在土里，文化在土里，哲学也在土里。半坡里的罐子、瓶子，是用黄土烧的；震惊世人的兵马俑，是用黄土塑的；古朴雄壮的古城墙，是用黄土砌的；就连满大街的秦人，也都是当年华胥的女儿女娲用黄泥捏的……

这八水滋养过的关中厚土捏出来的陕西愣娃，也有着如土一般的豪情：朴实、执着、爽朗、仗义。他们蹲在地上大声咥燃面，在田间赶牛时朝天扯上几嗓子秦腔，却在表达谢意时嘟囔着“哎呀老弟，你这是弄啥呢”。他们做人正直诚实，像简朴的小篆，在西安这片黄土地中沉默不语，却书写着人生的诗篇。他们生于黄土上，卒于黄土下，他们觉得只有长眠于故土中才能安生。

在这黄土下，同样珍藏着许多帝王将相、名臣君子。他们曾在这土地上亮相、变革、辉煌，又被另一批人替代、回顾、景仰。历史以黄土为中轴线，土上的人与土下的故人又在各自的世界中重复历史。

在西安，土是廉价的，因为你所看到的历史古物都是从土里掘出来的；在西安，土又是金贵的，因为你不知道哪天会从自己脚下的土中发现什么历史片段。

这生命力旺盛的西安黄土，向下，它含着蓝田猿人头骨和美玉；向上，它又擎起满枝的核桃、柿子和石榴。

这变换自由的西安黄土，站起来成了骊山、终南山、王顺山，躺下去又化作流峪、赛峪、汤峪。

从某种意义上来说，土是一个民族古老的根源和繁衍生息的见证。刘醒龙先生曾将“普天之下，莫非王土”改作“普天之下，莫非水土”。他说：“除了水和土，这世界还有什么东西是一成不变地永久永远和永恒呢?”位于关中平原的土西安之所以能够长久，不仅在于它曾是一个民族发源的地方，是十三朝古都建立的根基，更在于它的包容和厚重。多少风雨坎坷、岁月变迁，多少欢喜悲伤、喧嚣声色最终都会归于这纯净的土地之中。安静地吐纳，沉默地积淀，才使它得以立于历史之上。

土是万物的根，西安是中华文明的根。有根的城市不像拔地而起的新城那样光鲜亮丽，声势浩大地将时代的果实擎向天空，它只是安静地卧于厚土之上，向下探寻精神的宝藏。城市与土相生，也许更容易触摸到生活、自然与世界本身。直白的土话，直通的大街，直指的雁塔，不更是一种神性的表达？充满神性的西安淳朴、宁静，它在包罗万象、历经沧桑的背景下呈现一种简单寻常生活的酸甜苦辣。这是一种大智慧的显现，是千年帝都才有的风华。

西安不在书里，不在电影里，不在历史里，它出现在我们以本真的心去直视这个民族精神内核的那一刻。雄古的城墙下，悠长的钟声里，与一位老者用关中方言闲谝旧事，我们会更接近西安。古物不会长居于世，时代的风雨虽将盛世的遗物化作水土覆盖在这本身就丰腴的土地上，但这土地上曾生长出来的先进制度、礼乐、文法以及盛唐人包容、开拓、进取、执著的精神又会破土而出，重新闪光。

西安是土的，也是雅的；是历史的，也是未来的；是静的，更是动的。而西安的厚土以及厚土上的一切，是它所标志的那种理想的存在方式，亦是西安人的精神家园。千百年来这广袤的土地上只响着一句话：种什么，结什么。它以信仰的方式从每个西安人的灵魂中穿过，因而只有懂得耕种才会明白这黄土之上永恒的生命力。

与一个远离厚土的人相比，一个行走、栖息、痛哭、做梦于斯的人会更加懂得如何去仰望星空。

与一个误解厚土的人相比，一个倾听、认同、理解、赞叹它的人才能真正拥有西安。

别无他法使西安荣盛，我们只能去爱，去懂。

长安月

长安大学 吴苗苗

八川分流绕长安，秦中自古帝王州。当夕阳将彤红的霞衣披上钟鼓楼，披上斑驳褶皱的城墙，披在每一个西安人的笑脸上时，这座曾经承载了十三朝兴衰的古都渐渐停止了白昼的喧嚣，夜晚像黑色的缎子揉进了城里的每个角落。一轮新月爬上秦岭山脉，用银白色的皎洁遥望古长安城的华灯流彩。

今人不识古时月，今月曾经照古人。隔着夜空，明月与长安城的草木、城门、青砖相望千年，于千百年间用清白的月光抚慰长安城里的每个生命。

月光毫不吝啬地倾泻了满满一城，也倾泻进了每个西安人的心里。在月色的感染下，老西安们聚集在庭院里、公园里、城墙边拉起板胡，敲起梆子，扯开嗓子，吼起秦腔。这样的场景在西安随处可见。秦腔不仅是老西安们的娱乐文化，更是他们回味历史、缅怀祖辈的方式。在每个月明的夜里，清凉的月色洒在每个人的身上，像银白色的圣衣，一段呼呼哈哈的秦腔里承载的不只是秦人的历史文化，更多的是老西安们从吼声中得到的精神慰藉。贾平凹在《废都》里说：八百里秦川尘土飞扬，三千万人民齐吼秦腔。秦腔是老西安的灵魂，同长安城的月色一起洒在老西安的脸上，住进老西安的心坎里。

大雁塔的檀香弥漫在月色里，整个慈恩寺也沉浸在这安静的馨香里。塔上的长明灯跳跃着，昏黄温暖的光线透过塔顶的窗口，照亮了每一个仰望者虔诚的心。历史的清风路过这里，塔周围的竹林沙沙作响，但檀香依旧，长明灯依旧。在这掺混了佛音的迷香与灯芯里沉淀着西安人世世代代永生的信仰与期盼。

曾在大雁塔看到几位老者对着里面展示的佛骨舍利行三跪三拜之大礼，后来与他们攀谈才了解到这几位都是资深的佛教信仰者，他们特地从沈阳来到西安，像朝圣者般前来瞻仰唐佛教的建筑杰作，听红墙内梵音袅袅，拜大雄宝殿中佛慈万象。唐代诗人岑参称赞大雁塔："塔势如涌出，孤高耸天宫。登临出世界，磴道盘虚空。突兀压神州，峥嵘如鬼工。四角碍白日，七层摩苍穹。"大雁塔用她的恢宏气势包容了从古至今长安人、华夏人乃至世界佛学爱好者的跪拜和祈愿。但在长安城明月银白色的怀抱里，大雁塔沉默、安静得像个熟睡的婴儿，人们的信仰与期盼也跟着变得纯粹、简单。

春到人间人自暖，灯烧月下月如银。上元佳节，东方的满月温润如玉，西安古城墙被各色彩灯装扮得流光溢彩，如梭的游人流连于各种色彩之间，感受着这座现代古都的光与影。灯光与清冷的月光在夜空中交织，鱼儿在护城河的粼粼碧波里安静，城墙边的几棵槐树伸展着虬枝。老西安们三三两两在城墙根散步，他们欣赏着这座城市的繁荣，也聆听着城墙上斑驳的青砖讲述千年的故事。十八道城门像孩子一样听话，安坐在自己的位置，任月光在他们身后照出一个半圆形的影子，任车流在他们身下穿梭。他们乐于接受这种自然的馈赠，就像西安人接受历史的兴盛、衰败，文化的冲击、更替一样安然。

人攀明月不可得，月行却与人相随。长安城的明月依然高高在上，不近不远地关注着城里的人。孩子们睁着明亮的眼睛寻找萤火虫，月光投出的影子跟着孩子的脚步跳跃着；路上行色匆匆的年轻人忽然停下脚步，看着那轮明月想起了那首《静夜思》；老人坐在院子里纳凉，一边摇着蒲扇，一边看着身旁枝叶茂密的大槐树被月光投下斑驳的影子，然后在影子里数着树的年轮。

更深月色半秦岭，北斗阑干南斗斜。夜深人静之时，月升西天，西安城已经熟睡，月光将一张白色的轻纱抛向了巍峨的秦岭，抛向了钟灵毓秀的终南山，抛向了大小雁塔每一个塔角，抛向了钟鼓楼里安睡的白鸽，抛向了还在窃窃私语的城墙砖，抛向了泱泱渭水滨……这张轻纱覆盖了西安城的每一寸土地，也盖在了西安人的身上，照进了西安人的梦里。

这一刻，长安万影皆因月，万古明月佑长安。

西安，我的母亲

陕西科技大学 李 菁

西安，我亲爱的母亲。在这晨光熹微的时刻，您睁开了蒙眬的睡眼，我想走近您，亲吻您充满智慧的眼睛。我还想深情地对您说一声，“母亲，我爱您。”

我是您无数个孩子里最瘦小的那一个，他们健硕的身材挡住了您望向我的目光。我卑微，胆怯，是沙滩上最不起眼的那粒沙子，是飞舞在山野里闪烁着小小光芒的萤火，是华清池里最易被人忽视的一滴水珠。可是，我亲爱的母亲，我想告诉您，外表微小的我，有一颗强大丰盈的内心，而这份强大正是您所赋予我的。

母亲，大唐盛世，人们唤您“长安”，亦唤您“京兆”。我真喜欢您“长安”这个名字，有着意蕴深远的美。平安是福，这是您赐予我们这些孩子的福祉。那时候，您的美让世人都为之惊艳，身上的华服金碧辉煌，内心广阔得能装下整个山川大河。丝绸之路也是从您这里开始的，您将中华民族的博大文化带向了世界。当时有“西罗马，东长安”一说，那个名为“罗马”的女子相貌典雅，您的内在涵养却是她所不能企及的，您向世界展现了文明中国拥有的自信、开放、大气、包容、向上的民族精神。

母亲，从小您便教导我们，要做一个拥有“真、善、美”的孩子。“八水绕长安”，您用源源不竭的乳液哺育我们长大，让我们用一双更为透亮的眼睛来感受这个世界。

西安，您是一位勤劳的母亲。我们是吃着您做给我们的饭食长大的，种类如此丰富，有饺子宴、裤带面、肉夹馍、羊肉泡馍、凉皮、葫芦头、肉丸胡辣汤，有时候您也会给我们做蜜枣甑糕当点心，给我们解馋。母亲，在这么多美味佳肴里，我最爱的是羊肉泡馍，我记得北宋大文学家苏东坡曾有“陇馔有熊腊，秦烹唯羊羹”的赞美诗句。它烹制精细，料重味醇，肉烂汤浓，香气四溢，诱人食欲，食后回味无穷。冬天的时候品尝它最适宜，因为它还可以暖胃耐饥。

西安，您是一位手巧的母亲。您的孩子太多，您怕自己的爱顾及不到每一个人，所以就手工制作了许多“爱的化身”来陪伴我们度过那些孤单的时光。母亲，您的手真巧，布玩具、皮影、面花、剪纸、泥塑在您的精心制作下，如此生动，它们陪着我，带给我层出不穷的乐趣。当我闲暇之时，我也会自己拿出大红色的纸来剪窗花、顶棚云子、碗架花、炕围花。母亲，我在剪纸的时候，脑海里还一直浮现着您对我说过的话，剪凤凰、梅花寓意喜上眉梢，剪钟馗、济公镇宅辟邪，剪顶棚云子象征团圆、美满、吉祥，剪老虎、狮子意寓孩子健康、勇敢。母亲，这些剪纸花样儿和民间风俗融合在一起，让我们得以表达追求美好生活的愿望。

西安，您是一位富于才情的母亲。您的每一寸皮肤、每一股血液都跳跃着灵动的音符。你会吹唢呐、口琴，会唱酒曲与声音辽远的秦腔。您的音程跳跃很大，时而显得活泼、高亢、嘹亮，时而平稳、柔和、细腻。我最喜欢表演秦腔时的您，这种“梆子腔”是我极爱的。清人李调元《雨村剧话》云：“俗传钱氏缀百裘外集，有秦腔。始于陕西，以梆为板，月琴应之，亦有紧慢，俗呼梆子腔，蜀谓之乱弹。”“乱弹”二字便概括出了这种表演的独特之处。秦腔的表演朴实、粗犷、豪放，富有夸张性。秦腔唱腔分为欢音、苦音两种，前者表现欢快、喜悦情绪，后者抒发悲愤、凄凉情感，唱腔丰富多彩、优美动人。

西安，您是一位风姿绰约的母亲。许多个新月初露的黄昏，你为我们表演素鼓、铁鞭舞、羊皮扇舞、猎鼓……您在雄浑、热烈的鼓乐伴奏下踏着铿锵有力的节奏翩然起舞。您在舞蹈的时候展现了您的柔美，也彰显了您内在的力度。我爱您表演“素鼓”，“素”含有本、始之意。您一出场，就让我们为之惊艳，身着戏装，画上脸谱，与“老腔”似有异曲同工之妙。

西安，您是一位拥有梵袖文涵的母亲。从小我们就在您的指引下学习唐诗宋词，研读孔孟之道。当我们稍大一些，您便传承给我们您自身所拥有的雍容儒雅与满腹经纶，让我们成为博学智慧的人，向世人展示炎黄子孙厚重的文化底蕴。您自身就是一本博大精深的书，文字隽永清丽，立意厚重深远。我们读您这本大书，已是受益匪浅。从“世界八大奇迹”之一的秦始皇陵兵马俑里，我们读出了您雄浑、厚重的历史文化底蕴；在陕西历史博物馆里，我们读出了您作为十三朝古都曾经的辉煌；漫步在已经拥有了1400多年历史的古城墙上，我们读出了历史的兴衰；登临大雁塔顶，我们读出了禅道的幽深与历史的沧桑是如何合二为一；观望亚洲最大的音乐喷泉，我们读出了您更富有现代化都市气息的风韵。如今的您，早已走入了世界，凡是见过您的人，都不会忘记您的大美无言。

西安，我亲爱的母亲，感谢您养育了我，赐予我锦绣的内在。虽然时光雕刻出了您眼角的皱纹，光阴让您的皮肤不再光滑细腻，但是这一刻的您，有着一种历经沧桑后的练达与涵养，那种由内而外所升腾出的强大气场像磁铁一般吸附着我以及您所有的孩子。

西安，我亲爱的母亲，让我再一次依附在您的耳边，轻声地告诉您，我爱您！

四 方 城

西安建筑科技大学 张 震

傍晚时刻，沿南门瓮城拾级而上，秋日的余晖明媚而悠长，看整个城市的忙碌在金色的阳光里流淌，微风拂来，混合着说不清的惬意和忧伤。环城公园里逐渐热闹起来，有铿锵有力的秦腔传来，远远的护城河中光影斑驳，湛蓝的天空上那轮明月愈渐明晰，思绪回荡，明月曾经照古人，那遥远的时代与梦……突然间有一种冲动，很想写写这个我依恋的城市。

然而，用一个词，一句话，乃至一篇文章来概述这个城市似乎都少了点什么，西安至少是一部书，一部沾满灰尘打开却依然散发着历史氤氲和体温的二十五史。蓝田先祖，半坡炊烟；凤鸣岐山，白鹿驰原；秦扫六合，汉度关山；隋唐气象，诗意长安；帝王之州，丝路起点……在华夏大地的原点上，这些泛黄的插页共同绘制成了如梦如幻的历史长卷和中华文明的底片。

无论这方水土到底埋藏了多少朝皇帝，我们最先想起的永远是那个属于诗人的时代。不信，随手翻开其中一页，那个诗意的城市便扑面而来。“秋风生渭水，落叶满长安”，这是贾岛孤独寂寞的长安；“春风得意马蹄疾，一日看尽长安花”这是孟郊无限得意的长安：“云白山青万余里，愁看直北是长安”，这是杜甫日夜操心的长安；“长相思，在长安”，这是李白情牵梦绕的长安……

忽然有一天，这个无比辉煌和骄傲的名称，突然就远去了，像生了场大病，从此孱弱不堪。骑着青牛的老子是来过西安的，在周至县架楼观星，筑台讲经。但不知为什么，孔子却是“西行不到秦”的，贾平凹说：孔子始终不来西安，汉唐之后的陕西王气便逐渐衰微了。八国联军进北京，慈禧太后终于想起了那个遥远的被遗忘的废都，只是西安承载的已经不再是荣耀，而是深深的屈辱。西安或许再也不能有周、秦、汉、唐时期的风韵和气度了，它从宋元开始衰落，到明清更是荒凉不堪，那些埋藏在秦砖汉瓦、地宫墓穴、塔寺碑林、晨钟暮鼓里的历史演义已经说不清理还乱了，不变的只有华岳仙掌、骊山晚照的沉默，不变的只有草堂烟雾、太白积雪的落寞。

然而真的远去了吗？我不信，我依然相信这片灰黄厚重的土地，相信这个棱角分明的城市，相信这个满面皱纹的老妪依然能哺育出伟大的孩子们。你看这里是贾平凹的废都，这里是陈忠实的荒原，这里是张艺谋的秦俑情，这里是赵季平的关中音……我一直在思索，关于这个城市的笔墨已然寥寥无几，为什么这块土地依然能孕育出那么多的文化大家？

或许因为终有些东西是不会随着时间而流逝的吧，周秦汉唐的荣耀远去了，不变的是灰土黄的色彩，不变的是青龙寺里开不败的樱花，不变的是依然巍峨的秦川和依然肥沃的土壤，不变的是回民巷里阵阵的飘香和羊肉泡里吃不完的馍，不变的是气宇轩昂的秦俑和手持禅杖的铜和尚，不变的是这里的汉子依然吼着拔地而起的唱腔，不变的是这里的姑娘依然说着地道的唐朝普通话……

我又想起摇滚圈中挣扎的西安制造——张楚的孤独、许巍的沧桑、郑钧的懒洋洋。这些黄土地孕育的男儿血液里流淌着秦朝的执著和强悍；眉宇间闪动着隋唐的华丽与自信，歌声中渗透着秦腔的呐喊和沧桑。他们是现代的长安诗人，不再有太白的飘逸、少陵的忧愁；他们多了份现代西安的朴实和坚韧，他们一直坚持用金属的敲打去回应千年前的琵琶箜篌，尽管已不再是时代的最强音。

我打长安走过，那留在岁月里的记忆如流星般划落；我打南山走过，春风不来，三月的花儿不开。每一个常待西安的人或多或少都有些念旧，喜爱那些被时间狠狠打磨过的东西，觉得这些东西才能有城墙比肩的厚度。看着这张泛黄的历史名片上，我总会念想那么些遥远的断章，那么些歌者的碎片。记住“四方城”这个词是在胡武功的摄影展上，灰白色的天空下，一群孩子攀爬在斑驳的城墙上，笑意怏然。四方城——这位满头白发的老人，抖落身上的尘土，步履却不显蹒跚。那一年，你正年少，青春像花一样绽放，而她，已经走过了三个千年……

长安赋

陕西工业职业技术学院 黄 欢

北临渭河，南依秦岭，巍然而立者，古都西安也。《史记》有言“金城千里，天府之国”，此为古人对西安之美誉。

盛世古都，传至今代，已逾两千载。自武王伐纣，定都镐京，后几千年中，西安一带多次为都，是中国历史上建都最长，影响力最大的古都之一。西安古有“长安”“京北”之称，亦有雍州之名。坐拥崤函之阳，依太华终南之山。古有褒斜、陇首之险，兼有泾渭之川，沃野千里。退可独踞中原而虎视天下，进可挥师南下而威慑夷越。周因之而兴八百载，汉因之而旺四百年，此皆地势之利也。因此，长安之地也为兵家必拿之地。

西安地处西北要塞，西北达青海新疆，南下可至成都四川，北上直到包头内蒙，经京广线也可达广州。故西安的地理位置尤为重要，无论古今，定都是促使它成为国际型大都市的重要因素之一。悠久的文化，众多的名胜，外加便利的交通，引来各地的游客自是不必多说。西安作为中国文化的根基，若把灿烂的中国文化喻为一棵参天古木，西安毫无疑问会是这棵大树的根部。在这块富庶的土地上，沉睡了多少位古代的帝国，又耸立了多少座宏伟的建筑。大雁塔、大明宫等，如同一颗颗璀璨的明星，把古城西安装扮得如斯美丽。高耸的钟楼、雄壮的鼓楼，让我看见了古代西安的繁荣，让我看到了“晨钟暮鼓”“长治久安”的一派和谐之气。巍峨的城楼、屹立的城墙，四四方方的布局，处处流露出古人“天圆地方”的思想。护城河沿岸杨柳依依，每至若春景明，微风拂动千万缕的青丝，皆是鸟语花香的季节。后建的大唐芙蓉园，让今人也可“梦回长安”，做回唐人的唯美之梦。

走进关中，踏入西安。映入眼帘的是一个个繁忙的路口。一个活脱脱的如同兵马俑般的秦人。眉间稍宽，手和脚一样的大，突显昔日秦国武士之风范，和“江南小生”有着鲜明的对比。高亢的秦腔、大碗的羊肉泡馍，仍是这个现代化大都市不可或缺的文化因素。初闻秦腔，我便被它的气势所震撼，让我想起了著名作家贾平凹先生的那篇《秦腔》。粗犷豪放，那种声若巨钟、喝如虎豹之吼的气势，真可谓：壮哉，秦人！壮哉，秦腔！铿锵有声，其韵味非其他戏曲所能取代。江南小生怯听秦腔亦不足为奇了。细品之下，气血奔腾，如铁马兵河，气势恢宏。在秦人的文化中，他们离不开的还有一道不得不提的美食——羊肉泡馍。如今的西安，大街小巷不乏泡馍馆。花不到二十九元，即可品一品这秦地至上的美食。

如若有幸，可乘飞机鸟瞰西安未尝不是一件美事。鳞栉次比的幢幢高楼，排布四方的条条康庄大道，无不展示着“天人合一”的意味。沿袭古代四方的布局，如今的西安也在城市规划上突显出和谐的美丽。看，时代的车轮正在碾过青春的岁月，我们早已迎着东升的朝阳展开了腾飞的翅膀。

2011

我看西安世园会

一等奖

织一条灞上彩虹

西安科技大学 王炜頔

当长安花谷炫彩斑斓，创意馆前游人摩肩接踵，长安塔高耸着俯瞰万千，我愿织一条灞上彩虹，送一个不一样的世园。

——题记

有人说，世园就是长安塔，因为它传承了世园的最精髓，是世园的脊梁与灵魂。

有人说，世园就是万千花卉，因为它沁人心脾，让人如痴如醉。

有人说，世园就是各大展馆，因为它们斑斓瑰丽，无与伦比。

而我，却认为世园就是一条彩虹，一条在浐灞之滨若隐若现、在盛世西安炫彩万千的彩虹。它横跨的，是整个世园；闪耀的，是盛世西安。

当我置身世园，与广运门上的拥挤擦肩而过，一别长安花谷的芳香惊艳，望完长安塔的雄伟瑰丽，我便隐隐约约闻到了水的香气，那是一种夹杂着万千花香的扑鼻，那是一种雨过后的异常清新，那是一种绝无烟尘尾气的沁人心脾。当我在喧闹烦乱的都市中抽出空闲，便期盼着能如此近地贴近自然，哪怕不是浑然天成，只要有那样的感觉，便是唯美。

世园的灞上彩虹，便是炎炎烈日下的微风习习。

曲曲折折的滨水建筑，远远连着水面与天际。这是一群饱含古典风格的建筑，也许在世园这幅视觉盛宴画卷之中，它只是淡淡的一抹，但是，如若少了它，整幅画便少了几分灵动，少了几分诙谐。

之所以说它灵动，因为它与水如此紧密。世园的水，自然是无法与西湖的碧波荡漾、九寨沟的如梦似幻、黄浦江的气势雄浑相比拟，但它却是世园的精髓。与水结缘，便多了一分水的特性，那一种无拘无束，那一种无所顾虑。“花自飘零水自流，一种相思，两处闲愁”，唯美的李清照用唯美的语言阐释了她对水的一种独爱，那是一种蕴含着凄美柔情的万千爱恋。“花盛繁茂水清秀，一种独恋，未有情愁”，这是另一种蕴含着温暖与安逸的爱恋。因而，水给世园的花卉增添了一种氤氲之美，给那些看似精致的亭台楼阁增添了一份灵动。

之所以又称它诙谐，是因为这种动静结合的惟妙惟肖，带给人另一种美感，一种有别于广运门热闹非凡、长安花谷色彩斑斓、长安塔的高耸雄伟的美感。碧波荡漾接天蔽日，从朝霞初起到夕阳西下，这一片看似不大的水域，就在这样的循环往复中俨然成了一个主角。

灞上彩虹的灵魂是这一片池塘，而这池塘上的各色建筑和曲折的走廊更是完美的点缀。周围林立着各国的风情园，里面展览着来自不同国家不同文化的珍奇。其中最令我惬意的，是一座古式的独楼，外面覆盖上了暗黄的杂草，看似凌乱，可内部却整洁大气。从微开的窗户中向外望去，夕阳的余晖洒在水面上，反射的光线有些刺眼，那一种交杂着余晖橘黄和水面淡蓝的瑰丽色彩，让人顿时忘却了所有。稀疏的人群在曲折的走廊上或行进或停留，成年人争相拍照留影，孩童们欢快地嬉戏，不失为一幅人类与自然融合的美景。而这，不正是世园所传承给世界的“天人长安，创意自然”么？

转而一瞬已是黄昏晚霞，当我再次躺在草坪上，微微闭上眼时，已没有了下午时的那种燥热与刺眼，取而代之的是一种沁凉与宁静。

当月色洒在了这一片宝地，当所有人簇拥在长安塔周围，在花谷中徜徉时，我却愿独自在灞上彩虹旁休息。

送世界一个长安，送众人一个世园，织一条灞上彩虹，让它载着长安的梦，渲染整个世界。

这种曲折的感觉，通向最唯美的另一个世界。送我一个世园，还世界一个精彩。

心随世园，以青春的名义

西安建筑科技大学　杨　皎

公元2011年4月，世园会之门向世界敞开，一股馥郁清秀之气席卷长安，令四方宾客皆为之倾心。

迷人的景观，醉人的芬芳，美丽的世园犹如蒙娜丽莎的微笑一般引人入胜。而更令我向往的不只美景，还有一份服务他人、实现自我的成就感。于是，我毅然决然地参加了世园会志愿者的招募活动，想要满足内心那一丝渴望在平凡的青春里留下不凡回忆的小情愫。

面试：忐忑着，期待着

幸运地通过了三月份的笔试，我很开心能够离这份向往近了一步。但是，内心的忐忑还是未能放下，因为接下来的面试才是对我们的沟通及应变能力的真正考验，而如此正式的面试还是我人生中的第一次呢。

面对端坐一排的未曾谋面的老师，要让我气定神闲是不大可能。我只能努力让自己平静下来，认真听老师的问题，然后仔细而快速地思考作答。

记得老师问了这样一个问题："你认为什么样的人可以称之为志愿者？"我的回答是："志和愿的下方分别有一个心字，也就是说，只要拥有一份诚心，一份热心，每个人都可以成为志愿者。此外，责任心也是志愿者必不可少的基本素质。志愿者服务他人并不是为了得到物质上的回报，取而代之的是获得了精神上的回馈与满足。"我知道，这份答案不仅仅是为了应付一场面试，更是对自己内心的谆谆许诺。

初识世园：激动，倾心

8月的烈日也抵挡不住散发着薄荷香气的青春活力与激情。满怀着兴奋激动之心，仔细整理好衣帽，我们来自西安建筑科技大学的500只"小蜜蜂"正式飞入了世园大花园，准备在这里播撒下属于自己的诚心、热心、爱心之种，为世园会的圆满举办尽自己的一份力量。

在通往工作岗位的路上，我们行走于绿树花海间，不由得被满眼的绚烂所吸引。那高耸入云的长安塔令人心生向往，充满异国风情的椰风水岸、欧陆风情等景区使人领略到了别样的风光，各具特色的省市园艺景观同样引人入胜。

这里的美景实在不胜枚举，但我们知道自己的任务与使命在前方……

广运门4号口：微笑，坚守

我们A11组的“小蜜蜂”于8月2日正式上岗，将与广运门4号口共同书写下十六天难忘的点点滴滴。

在这里，我们的工作内容主要有3项：一是在预检处疏导游客，二是在安检口疏导游客，三是在闸机口为游客检票。

预检处的我们应该是游客进入世园所看到的第一道景观，我们穿着整齐的志愿者服装立于入口两侧，以来自世园的第一抹微笑迎接四方宾客，提醒他们及时收伞，准备安检，并且以亲切的态度为他们答疑解难，树立好世园会志愿者的第一形象。然而，他们不知，炎炎八月站在这里，虽然头顶一把并不大的遮阳伞，我们还是会受到烈日的灼烧。男生们不忍心看见女生们这么受罪，担心我们灼伤了皮肤，于是一致决定预检处的工作由他们全权承担，实在令我们又感激又心疼。

如果说预检处的工作是皮肤受罪，那么安检口的工作就该轮到嗓子受罪了。我们在这里要一遍又一遍地向游客说：“游客朋友您好，欢迎光临2011西安世园会。请您在通过安检后携带好自己的随身物品防止丢失，并提前准备好门票，保证人手一张，感谢您的合作。”这样的一段话看似简单，但重复上几十遍就实在味同嚼蜡，好似负担。再加上人声鼎沸之时，“说”已经远远不够声音的传播了，就只能用“喊”的了，因此几天下来有几个女生的嗓音都嘶哑了。尽管如此，我们没有一个人说自己喊不出来了，累得不行了，想申请提前休息之类的。我们要告诉自己，激励身边的同伴，既然选择坚守就不要轻言放弃。此外，为了前方检票的顺利，安检口的志愿者必须要及时疏导游客，提醒符合身高要求的儿童、携证件的老年人及残疾人走绿色通道。这也就要求我们及时告知家长，搀扶老人过去，最主要的是坚持以热情友好的态度服务于人，尤其是在人潮涌动忙得不可开交的情况下。因为决定志愿者服务素质的往往不是事情的难易而是态度。

检票工作相比前两项应该相对轻松些。但我们要关注的因素不只票和闸机，还有八方游客，因此就必须要打起一百二十分的精神，为他们打开这进入园区的最后一道关卡。在这里，我们用亲切的语气提醒每一位游客“推杆直走，请慢走，祝您游园愉快”，希望他们以愉悦的心情开始世园之旅。可难免会遇到一些有情绪的游客，我们就以最诚恳的态度面对，避免矛盾的激化。

“谢谢”：开心，回味

如果问我这次世园会志愿之旅最开心的事情是什么，那么我第一时间想到两个字“谢谢”。

人们都说志愿者是不为所求的，其实不然，我们最最所求的，就是他人一句真诚的“谢谢”，这简单的两个字对于我们每一位“小蜜蜂”来说都有着足金的价值。一声感谢的给予，一个微笑的回应，没有功利，没有是非，仅仅有心与心交流的纯粹，这值得我们久久在心里留存，久久回味。同时，它给予我们继续坚守的勇气，让微笑之花始终绽放于我们每个人的嘴边。

A11“大黄蜂之家”：永久的温馨记忆

最难忘，最美好的往往要写在后面。

虽然同样来自建大，但我们大多数人都素未谋面。由于这次志愿之旅的机缘，我们十五位兄弟姐妹相聚世园，并且有幸组建了一个温馨团结的集体——“大黄蜂之家”。

十六天的相互陪伴，我们一起站岗，一同坚持。看见同伴劳累了就及时上前接应，大家相互鼓励，拍拍肩膀或一句调侃，就是我们放松心情加油打气的良方。午饭时间我们会一起因鸡腿而欢呼，因洋葱而哀叹，评评今天的饭菜，讲讲最近的笑谈，这短暂的时间亦简单亦温馨，不似饕餮盛宴，也是温情聚餐。点点滴滴间，大家彼此之间增进了了解，集体的凝聚力也愈加强了。

十六天里，我们面临过人潮汹涌，忙得不可开交，也面临过门可罗雀无事可做的“清冷岗”；经历过劳累疲乏也得到过彼此真诚的鼓励，受到过游客的无礼训斥也得到过同伴的温暖安慰……面对工作中的林林总总，还好我们大家始终在一起，始终，在一起。

距离当世园会志愿者的日子已经过去51天了，但是，时间丝毫没有消磨我们“大黄蜂”成员之间的情感。每每在校园里碰见更是别样的亲切，我们激动而欣喜地拥抱，询问彼此的近况，胜似老友重逢一般。

在难忘的十六天里，我们将热情与活力播撒于世园的土地上，共同书写下一首壮丽之诗。

这首诗，以志愿服务为中心，用微笑做封面，以真诚来装订，最后，请允许我们许上青春之名。

志愿服务 一种境界 一份回忆

——记西安世界园艺博览会志愿者

陕西师范大学 朱剑锋

捧着一颗心来，不带走半根草去

——题记

我很感激世园会，在我研究生学业快要结束时，送给我一份这么美好的回忆。西安世园会的志愿者有个美丽的名字叫“小蜜蜂”，当与我“90后”的队友一起“采蜜”时，我自称是“老蜜蜂”。但人老心不老，送人玫瑰，手有余香，玫瑰虽各异，香味暖人心。如今我已离开世园，在这个火一样的季节里，带着心灵的悸动，当朝阳再一次唤醒沉浸在那段美好回忆中的我的时候，才深切地感悟到我早已深深陷入那一帘幽梦之中，梦那场“千年等一回”的约会，念我们即将告别世园歌唱《再见》时的豪迈。

以前总说要为理想插上翅膀，在广阔的天地自由翱翔，而从踏上志愿征程的那一刻开始，我更多的却与“触动”结缘。在世园会16天的日日夜夜，每天沉浸在《送你一个长安》的浑厚歌声中，感受诗意般的歌词的同时，思绪穿越千年长安。我和其他“小蜜蜂”，收获的不只是经历，体会着不同以往的琐碎，面对一样的问题，一样的回答，我们不厌其烦，看得越多，想得越多，无数的“小蜜蜂”在花丛中忙碌，让游客沉醉于世园会雄伟壮观的长安塔和欣赏那一座座浓缩着无数人至真至诚倾尽心血创作的园林宫殿的同时，有我们“小蜜蜂”们默默无闻的奉献。一句“谢谢”，一声“辛苦了”，能让我们回味久久，每个感动的画面就是对我们志愿者“小蜜蜂”们的颁奖盛典。世园会里有秦岭四宝，游客更亲切的称赞我们“小蜜蜂”是世园第五宝，让我想到一句诗：“采得百花成蜜后，为谁辛苦为谁甜。”

还记得在面试世园会志愿者的时候，有道题是怎样理解志愿者精神，我的回答是：“如有力者，哀其穷而运转之，盖一举手一投足之劳也。”给我们每个人的行囊里都装进这句话，像小蜜蜂一样采花酿蜜，甘甜他人。

作为陕西师范大学的一名志愿者，每天带着期待的心情入园，带着感激的心情离园。我与C24小组的队员服务于自然馆周围，每天晚上8点以后，其他小组可以休息了，而这时候是我们工作最忙的时候，因为我们站岗的地方位于岔路口，在通往灞上人家和秦岭四宝馆的交叉点，很多游客想要出园不知怎么走，我与我的“双胞胎”队友每天重复千遍万遍的回答：“霸上人家在对面，您从木桥上过最近，那可以乘坐电瓶车出园；秦岭四宝馆您沿着主干道继续走5分钟就到了；广运门出口您沿着这个方向走是最近的出口，到了椰风水岸您再问那儿的志愿者；吃饭喝水休息的地方在木桥的对面灞上人家……”问题是那么的相似，但耐心从未褪去，每一天的变化，每一天的进步都值得珍藏久久。

在世园最后的那个晚上，我们C24小组的队员围坐成一圈，把每个人的工作牌摆成一圈，拍了张照片，算是留念。组长又提议唱一首歌，最后选择了张震岳的《再见》，在唱的过程中，我无意间抬头，看见我的“双胞胎”队友袁晔流泪了，顿时百感交集，细细品味歌词的忧伤，想到马上要分散时，在一起的时间总是感觉匆匆飞逝，友情在“润物细无声”中，在每个人心田已经开花结果……

当我踏入世园会大门的那刻起，我记住了世园会的美。“捧着一颗心来，不带走半根草去”，带着这样的梦想，在这个满载阳光、满载绿色的地方，扬帆起航。畅想多年之后再翻开那沾满墨香的日记本抑或泛黄的旧照片时，每一笔勾勒，每一抹痕迹，似乎都记载着跨越千年万载的思念，还能使我记得我和C24的队友们“并肩作战”，我和世园会的那段最美的记忆，那段不曾彷徨尽情释放的岁月，那段青春张扬的时光……

二等奖

相约世园

西安科技大学　王亚茹

这里，是中华民族的发祥地；

这里，有中国人民最为骄傲和珍贵的记忆；

这里，凝缩着华夏人民的遗传基因。

这里，就是西安——一个生殖着民族古老气息、凝聚着一个国家永恒荣耀的国际化大都市。

我曾想，周游世界，环球观光。走过大漠孤烟，走过长河落日，走过画廊转轴，走过琼楼玉宇。

我曾想，赏花观月，览尽世上所有花海茫茫。看郁金香倩影巧媚，看紫荆嫣然有姿，看幽兰绰约风韵，看芙蓉冰清玉洁，看牡丹雍容华贵，看玫瑰妖冶香艳。

我曾想，登临宝塔之巅，赏遍江山如画，一览众山小天下，极目尽天涯。

世园会，让我不必旅途劳顿，无需跋山涉水，免去千难万险，在不足三天的时间里如此轻而易举的，完成了所有的夙愿。

花树相映，艳波荡漾，唯美的园林画卷水韵悠长。宝塔高耸入云端，湖光旖旎水接天。丛林绿苑入佳境，花摇影疏鸟幽鸣。画廊走转翘檐飞，走笔丹青入梦来。

走进世园，就走进了一个最具神韵、亦梦亦幻、天人合一、诗意盎然、别有风情的花木扶疏的寰宇。

走进世园，就走进了一个集天地之灵气、聚万物之精华的世界之家。神秘传奇的古昔纳，浪漫温馨的法国巴黎，自然古典的英国气息，风情万种的意大利，纵使你再心如止水，再遗世独立，恐怕也会为之倾心，为之眩晕。

走进世园，就走进了中国历史的博物馆，名胜古迹，星罗棋布；稀世文物，灿若星辰；翰墨丹青，赏心悦目；诗书雅乐，神韵悠远。从女娲补天、仓颉造字到周礼秦治、汉唐风韵，这里的每一寸土地，每一缕气息，都在诉说着这个伟大国度的辉煌和沧桑。

走进世园，就走进了一座科学与文化、时尚与经典完美结合而缔造的人间仙境。创意与诗意打造的绝美林艺，大学与企业撞击的灿烂火花。这里的一草一木、一砖一瓦、一粒沙一朵花中都蕴含着曼妙无比的万千世界。

走进世园，就走近了一位美若惊鸿、气度非凡、不食人间烟火的绝代佳人。椰风水岸、灞水之滨，泛舟广运潭上，弱扶岸边杨柳堆烟，依依又依依，蒹葭苍苍水天茫茫意无穷，引芸芸众生竞折腰。

随处可见的翠竹兰亭，清新雅致，袅娜生姿。婷影幢幢的绿竹嫩得可以沁出水来。清风过处，凉意习习，仿佛置身于千百年前庭院深深的豪宅大院里。

偌大的广运潭，碧波潋滟，绿痕袅袅，那一枝款款软卧，盈盈如许，顾盼流情，天生丽质的白色睡莲，静若处子般躺在一汪浅绿的翡翠琼浆之中。脉脉含情地注视着流连穿梭于各个展区的人群，颔首垂眉，若有所思。

造型美观、形态各异的绿雕，活灵活现、呼之欲出的塑沙，奇思妙想、气势磅礴的雕塑，点缀在长安塔、广运门、创意馆、自然馆之间。欧洲园林、海外风情，锦上添花；舞台表演、花车巡游，构成了世园会最绮丽的风景。

当夜的浓幕笼上天际，整座园林都沉浸在光与彩、梦与幻的汪洋之中。所有的景观都披上了流光溢彩的华衣锦服。千万种色彩在流窜，千万盏灯在闪烁，千万朵浪花在涌动。仿佛银河里的点点繁星，坠落人间，敲碎在月的柔光里；仿佛一束束烟花绽放在夜的臂弯里；仿佛一颗又一颗光芒四射的各色宝石、玛瑙，流星般陨落；仿佛一只只萤火虫在人海茫茫中缱绻翻飞。

相约世园，世界经济与科学界的“奥林匹克”盛会在这里帷幕帘帘卷深情。

相约世园，天人长安，创意自然，一个人与自然和谐相处的社会从这里起航远征。

相约世园，肤色迥异、语言千秋却拥有同样美好梦想的国际友人在这里相聚、相守。前往梦想的路上，你，并不孤单。

志愿精神　代代相传

西安外国语大学　曹鸣玉

我，一名西安世界园艺博览会志愿者，在园区服务了十六天。在这十六天里，耳闻目睹的趣事算起来很不少，但现在回想起来，大抵都记不真切了。唯有一个人在我心中留下了很深的印记，他使我深切体悟到志愿精神的平凡与伟大。

一个夏日的清晨，我照例站在朝鲜园的门楼下，迎接着前来参观的游客们。不多时，一位身着军装的老人映入了我的眼帘。他头发花白，精神却极好，腰杆笔挺，径直向朝鲜园走来。我迎上去介绍："爷爷您好！这里是朝鲜园！"爷爷爽朗地笑了笑，说："我就是专程来看朝鲜园的！六十年前，我参加了抗美援朝志愿军。这么多年过去了，我很想念朝鲜啊！"听说爷爷是抗美援朝的老战士，我激动地告诉他，园内所有工作人员都是朝鲜人，展厅里还展出了朝鲜的国花以及"中朝友谊"纪念邮票，非常值得一看。随后，我陪爷爷参观了园内的展品，并向负责人介绍了这位老人。听说这位年近八旬的老人就是20世纪50年代的抗美援朝志愿兵，整个朝鲜园沸腾了。所有的工作人员都争相与老人合影留念，并表达了自己对老英雄和中国人民志愿军无私奉献的崇敬与感激之情。相机快门按动的瞬间，中朝人民六十年来的友谊又一次被定格，被见证。

后来，爷爷经常来朝鲜园看望这里的工作人员，并送来茶叶让他们消暑解渴。有几次，他还一大早赶来给我们志愿者送早点，一声声温情的问候让我们全组的志愿者都感动不已。他说他不求别的什么，就是想坐在朝鲜园门口的石凳上看看。看着当年自己为之战斗过的人民，看着朝鲜的年轻一代来到中国的土地上与中国人民一同为世园会服务，他就觉得心里特别踏实，特别满足。

之后，每次爷爷来朝鲜园，我都抽空陪着他，听他讲抗美援朝的故事和他的军旅生活。原来，老人十七岁就当了兵，随同中国人民志愿军奔赴朝鲜战场。当我问起爷爷为什么那么小就参军时，他义正词严地说："国难当头，美国佬都打到咱们家门口了，我一个七尺男儿，保家卫国就是我的责任！"听到这里，我的心被深深地震撼了。我想到了十七岁的自己，一个躲在父母庇护下的儒弱书生，不懂得什么是责任，亦不懂得国家兴亡吾辈当有责；我想到了现在的自己，穿着漂亮舒适的志愿者服装，戴着阳帽，背着水壶，却还抱怨着天热、人多、任务重，早出、晚归、身体累，抱怨自己的辛勤服务不被游客体谅和理解，甚至心里暗骂一些游客无礼、无知、素质低，大呼、小叫、教养差……想着想着，我脸红了，羞赧与愧疚从心底不住地上泛。就在我出神的时候，爷爷像是看出了我的心事，慈爱地拍了拍我的肩膀，说："时代不同了，现在的年轻人把战场搬进了学校，打学习科学文化知识这场硬仗去了！这么做对着呢，但是千万别忘了你们的身份，你们是中华民族的新一代接班人，你们肩上扛着的是重重的责任哪！做世园会志愿者就是个为人民服务、为国家作贡献的好机会，这跟我十七岁上朝鲜战场一样光荣！"他又说，"我是一个老志愿兵，你是一个小志愿者，我们都是志愿人，我们都奉献社会、服务他人，对吧？这么说来，咱们还是同行哩！"此时，我和爷爷的手紧紧地握在一起，老人淳朴、纯粹的志愿精神从他饱经沧桑却依然赤诚的心流入了我的心。此时此刻，我才真正理解了志愿精神的含义：志愿精神就是厚重的责任感，就是牺牲小我完成大我的勇气与毅力。

烈日依旧，酷暑难耐，但是爷爷的精神、志愿精神如潺潺清流滋润着我的心田。揩了揩额上的汗珠，我的脸上溢满了灿烂的笑容，真诚地道出西安发向世界的请帖："游客您好，欢迎来到西安世园会！"

一场梦，一个家

——游世园会有感

长安大学　郝丽婷

置身其中，梦境般缥缈陶醉；浮出梦来，回忆仍真实温馨。世园会——长安梦，我甘愿被你吻醉，感谢你给我漂泊的心安了一个家。

——写在前面

西安世界园艺博览会开幕之前，我是个在西安求学的山西人，西安是我暂时驻足的地方，游览了世界园艺博览会之后，我是为西安自豪的半个西安人，西安是我另一个家乡。那里的一草一木、一颦一笑都印刻在我的脑海里，轻轻闭上眼睛，它们像纪录片似的一一浮现。我知道我永远不会忘记这一切，就像我永远不会忘记家里的一桌一椅和家人的一举一动一样。

那些花儿

我是一个“花儿控”，总感觉花儿是世界上最美丽的事物。每一种花都是天使，她们有着灿烂的笑容，曼妙的身姿，神秘的花语。所以当我走过广运门到达长安花谷时，真的被一股电流击倒，我看着眼前各色各样的花儿们，每一朵都在尽情地微笑着摇曳着，有的在互相嬉戏，有的在和周围的蜂蝶私语，有的豪放地挥着手打招呼，有的羞涩地低下了头……好可爱的精灵们啊，这片花的海洋，给了我太多惊喜。

其实世园会处处都是花的海洋。刚开始时我喜欢将我和它们定格在一起，后来我发现自己都不忍心去打扰这个精灵们的世界，所以我只是默默地将它们定格。可到最后，我沮丧地发现相机可以记录它们一时的姿态仪容，却记不住它们完整的生命；相机可以定格他们灿烂的笑容，却描绘不出它们的神韵。幸好，幸好我将它们记入脑海，在这里它们将永远鲜活。

梦中的精灵们，你们给了我最初的熟悉感，让我漂泊的心想要一个有你们的家了。

那些笑容

这是个欢喜的热闹的喜庆的梦，梦里所有的人都在笑。小孩子牵着大人的手笑得天真，老人们在年轻人的搀扶下在笑，姑娘们在小伙子的陪伴下在笑，小伙子呢，不知道是因为眼前之景还是身边之人的缘故，也在微笑着……在世园会里，这样和谐的情景处处可见，笑声也四处回荡，仿佛是桃花源的生活。

在三五成群的游客之间，有这样一些人，他们很忙，不断地在人群中穿梭，为游人提供方便。他们就是园里各色各样的工作人员，印象最深的是那些志愿者，他们和我一样都是西安的在校大学生，他们朝气蓬勃，步履匆匆，额头上渗着几滴汗珠，但脸上的笑容却从未消散。不时会有人向他们咨询，他们都一一耐心解答，有的还亲自带路。志愿服上的那只“小蜜蜂”也随着他们“飞来飞去”，“小蜜蜂”是志愿者的象征，更是他们最好的写照。

梦中的笑脸，你们给了我最真的温暖，让我游荡的心想要一个有你们的家了。

那些感动

感动不一定要泪流满面，在我心中，感动更多的是一种暖流，一种抚慰，一种关怀。简单的举动就可以营造一种感动的氛围。世园会里有很多人文关怀，比如那些随处可见的休息点，那些设立在各处的饮水供应处，那些残疾人专用设施……这些小细节，却显示着一个盛会甚至是一个城市的形象和文明程度。

清洁工不断地清扫路面，不断地擦拭设施；解说人员一直面带微笑，认真耐心；保安人员不断提示游客不要接近危险地段……在沙雕地带我还见证了这么一幕：一个小男孩将地上的垃圾捡起来，走出沙雕地带扔到了垃圾桶里。这一幕是那么不显眼，但当我的眼睛扫过时，心里一阵暖。有多少人在这里默默地付出着啊，他们用自己的实际行动树立着世园会的形象。感动，必定是给这个盛会添彩的一项！

梦里的感动，你们给了我最原始的心悸，让我平静的心掀起了波澜，想要一个有你们的家了。

晚上当灯火逐渐升起，湖面上吹来了丝丝凉风，我随着人流走出了世园会的大门。喧闹的人潮惊醒了我的梦。回望我刚刚走过的地方，那里仍然迷人。恍惚间，我意识到自己只是一个过客，它以同样的姿态迎接了一拨又一拨的游人。但我深信我感受到的世园会就是仅仅属于我的长安梦。而回来的路上望着车窗外的西安，透过明亮的灯火，我的心告诉我：西安是我的家，一个有花有笑有感动的家！感谢这个梦，我爱这个家！

当　绿

西北工业大学　谢吉抗

倘若把八月的时光缩小成一个点，那必定是一颗绿色的夏天。

几乎所有的夏天都是这样拉开序幕的吧——从微热的地面，到达强光照射下的枝叶渗露出颤抖的光斑。蝉鸣声带来植物的光泽，呼吸透着暖意，视界里弥漫开来层次分明的绿色。

棱角分明的长安塔就这样静静伫立在四下浓郁的绿色中，我登上雨后湿润的台阶。单双层交替的景色里，是玻璃柜子里摆放着精致的沉淀了无尽心力雕刻许久的作品。如果目光越过它们，俯瞰到对面的创意馆像是落于水上的钻石。

我在世园会，穿着印着金黄色小蜜蜂的白色短袖，刘海湿透露出额头。总是不见风，日光变换着角度切割在玻璃窗上，天空上没有一朵云，袒露心扉般湛蓝得毫无保留。

假设，现在要列一个排名，把从小到大所有的梦想都写一遍。

最初也不过是“做个律师”“老师也可以啊”“救死扶伤的医生最棒了”这样的言语，却在贴出的通知布告里好像看到了一缕光芒，学校要进行世园会志愿者的选拔了啊，心里涌出的激动和兴奋难以自制。

做个志愿者一直是我所向往的，但似乎也说不出什么大道理和豪迈的话来。如果要给心灵贴上善良的标签无疑是有些羞涩，于是一味坚持是自己缺乏吃苦耐劳精神和耐心急需多加磨炼，而烈日和奔走无疑是此刻最佳选择。

于是非常不喜欢晒太阳的人，鼓起了勇气眯着眼走在洋洋洒洒的光线下，迎来一波又一波的游客。他们有着各式各样的衣着和神情，说着有趣的方言，挥舞着手中的导览图在向我寻求着帮助。

最初的新鲜感蒸发之后剩下的只是一堆枯燥无味千篇一律的问答。才真正意识到，志愿者是一份辛苦的工作，而不是想当然的轻松和趣味。

好在那些真实的、分明的、细微的、具体的情感，有了同样真实分明细微具体的颜色。它们都一样赘述不尽、千变万化一块块地构造起了小蜜蜂们的样子——45度角下是大家富足的微笑，美得像长安花谷两旁淡紫的薰衣草。

广运桥上交错的支架呈现出的几何图形一如既往的优雅，华灯初上的瞬间还能闪耀出五光十色的天地，总有小孩子经过时欢呼雀跃地抓着相机惊喜地跳起来，催促陪同在身边温柔的妈妈赶紧合个影。

沿途一路是花，都是花，却也不妨碍水泽湖畔尽是的蒹葭苍苍。

当初罗丹的一句名言激起了大家的热情，于是人们纷纷睁大了眼睛去发现生活中被忽略的一些美好事物。苛刻的人也许会皱着眉用一般般的口吻去叙述那些异域风情的建筑，然而请容我隆重介绍憨态可掬的大熊猫和金丝猴慵懒的模样。

夏末的明媚和潮暖很轻易地就消去了照片上大大小小的故事，照相机能拍摄下的东西也注定永远不会如亲眼所见的那般立体动人。

倘若把我的生命放大到最后的边际，是繁盛的不像话的绿色长安，正当青春。

悠游友诱说世园

西安建筑科技大学　王越盈

陶渊明的“采菊东篱下，悠然见南山”，不得不让人心中泛起对宁静生活的向往。世园会展现了一个安静下来的千年文化古都，像一个少妇卸妆后露出干净、朴素的面容，同样的美好；像一个啼哭的婴儿，安静地在梦乡游玩。这种感觉是如此难得，更令人珍惜。西安城市中心的万家灯火繁华喧闹在这里褪去。世园会让我触摸到了一个繁华都市的宁静，那种比乡村更难得的安宁。

悠是悠然的悠。

早上入园的时候，园区内安宁的氛围，让我不知不觉放慢脚步，呼吸着西安的另一种宁静不浮躁的气息。在世园会，最得宠的肯定是四大标建了，但是我却更喜欢走在山之迷径这样的室外景点。哪怕是人流量最大的中午时段，在这样的地方，也能找到属于自己的一方净土。周围的竹篱就这样把我跟繁华隔离，我从上方可以远远看到下面人声鼎沸，但我更爱就这样悠闲地感受世园会里最纯粹的自然景象。当然，肯定有人与我一样喜爱这份悠闲，在石子路上铺上报纸，席地而坐，享受着只属于自己的悠闲时光。远处人气旺盛的四大标建固然诱惑着每一个慕名而来的游客，但像山之迷径这样的地方更能彻底地吸引我。

游是游戏的游。

世园会里不乏大大小小的孩子，他们或拉着父母的手，或穿着整齐统一的衣服结伴而行，在园区里嬉戏打闹，给园区增加了很多欢声笑语。但是，在世园会里，游戏可绝不只是孩子们的专利。给我印象最深刻的便是迷宫园。迷宫园分割场地的隔断一面是普通的镜子，一面却是单向镜面。入口的游客迷茫不知，他们的表情正透过镜子给出口的游客现场直播。这些形态各异的表情，不由得让大人们也忍俊不禁。在园区中还有很多绿雕，园艺师们精妙地把雕塑造型和花卉文艺结合在一起，创造出“石榴娃”“秦岭四宝”“送你一个长安”等栩栩如生的绿雕，让小孩尖叫，让大人惊叹。不得不提的还有园区的沙雕展示，里面很多主题沙雕让我仿佛回到了童年，人也变得活力起来。

友是友好的友。

中华民族素来是友谊之邦，世园会也是一个吸引五湖四海宾客的大事件。所谓四海之内皆兄弟，世园会也努力展现给游客们一个大气友好的形象。我在世园会期间有幸做了十六天的志愿者，努力地协助着园区的工作人员和路边导览，用友好的态度面对每一个游客的耐心提问。生活就像一面镜子，你对他微笑时，他也会对你微笑。在世园会期间，我与很多陌生游客有过或深或浅的交集，很多具体事件我已经不记得，但是人与人之间那种友好的微妙关系却一直留在了我的心中。

诱是诱惑的诱。

西安世园会是继北京奥运会和上海世博会之后中国大陆举办的又一盛大活动，自然是吸引了全球慕名而来的游客。四大标建名声显赫，每天都诱惑着数以万计的游客们为之辛苦排队。特色服务区凭借着它们别样的建筑风情，诱惑着游客们前往停息。世园会就是这样，用它的自然和谐，用它的趣味盎然，用它的大气磅礴，用它的文化底蕴，诱惑着来自五湖四海的游客们。

世园会就像在西安做的一场梦，在梦中我感受着在城市里完全不一样的氛围。在这短暂的梦里，我愿意走近自然，暂时放下一切，做一个纯粹不浮躁的自己。

这一年情定西安，留恋世园

西安外国语大学 高佳敏

2011年9月，我求学来到西安，远离家乡。途中，眼中慢慢模糊了家乡的路、家乡的景，心也随之沉了下去。我生长的地方，记忆的摇篮——新疆，身负行囊的我与你道一声：再见。

当我停顿的脚步落在你刚强的脊梁上，当秋日的风带着历史的气息拂过我的脸颊，当辗转的记忆里过去的事与你沉淀的气质吻合时，我不由感叹一声：长安，我来了。我本迫切地想要走入你历史的长廊，却在蓦然的回首中看见一朵嫣然开放的红色长安花。我带着好奇与惊喜，踏上了我的世园之旅。

走近世园，长安塔带着他隋唐的神韵屹立在那里。传统的四角塔基础之上，融入现代元素。白日里他用一股威严镇守着这一方沃土，体现着中国建筑文化内涵的长安塔当之无愧为世园的标志。

既然是世园会，又怎么能错过主题园艺。长安花谷，天上人间，漫步其中感受不一样的世外桃源；秦岭缩影之五彩终南，如繁星般密布的花朵拥簇出秦岭的可爱，走近它们可以感受到笑脸的温暖；来到丝路花雨，内心暖意更浓，我来自那同样有着丝绸文化的地方，骆驼伏地的身影是如此的亲切，我紧紧地依偎在它的身旁，感受到故土的气息；最后人与自然和谐共处的美丽画卷缓缓展开，灞上彩虹，热闹的人群与水波花树相辉相映，分外和谐……

夜幕降临，我却恋恋中不忍离去，依旧沿着布满芬芳的沿途走去。内心期待着，“虽由人作，宛自天开”的外省园又会有怎样的容颜……

有一个美丽的地方，她以白塔为冠，竹林做衣，舞动着傣族脱俗的风情——云南园，自然小坡，透迤蜿蜒，我身临其境，犹如融入其中。重庆园，火之凤凰名不虚传，红火的热情化作奔腾之水激荡在朝天码头，唱起这座山城千年变迁的故事。走至广西园，广西人家，古朴不失庄重，特色的壮族土楼呼应着两旁的青树有着迎宾之礼。正当我慢慢欣赏，忽的一瞥，内心顿时一怔——新疆园，急促的步伐掠过绽放的花，我停驻在熟悉的建筑前，园内特色的景物勾住我的回忆，沉浸在熟悉的爱里。无需言语，离家时沉下的心被唤醒，我爱意浓浓地望着，感激着世园会，这牵动着的温情。

我还没来得及感受淳朴陕西韵味的灞上人家，还没来得及领略精致唯美的东南亚椰风水岸，还有那欧美风情的简约时尚小镇……深夜来临，华灯绰绰，长安塔身披华美霓裳，美轮美奂，平复心头的遗憾，与许还有太多来不及欣赏的美，但我却已在这有限的时光里感受到了“天人长安，创意自然”的主题。虽然还有太多地方没有亲临，但“城市与自然和谐共生”的概念贯穿始终，渗透进每一处。

西安世园，纷杂中的一抹绚烂。你或清新，或绝美，或自然，或时尚，或典雅，或温暖，中外秀丽，古今雄盛，都在这一抔土，一朵花，一贯风，一眼水里。与你约定，长安花开在我爱你的沃土里，世园，我还会再来。

三等奖

漫步时间之外

——记西安世园会有感

西安科技大学　姜晓斐

不知从什么时候开始，古都的黄沙悄然掩盖了岁月的斑驳，旧城墙上的颜色寸寸剥落。夕阳落在笙歌铺就的古道上，被一片黄沙埋没了曾有的歌。这是故都在时光中落下的剪影，用曾经无限的苍凉，这里不再是那个位居世界中心的长安，不再是那个丝绸之路起点的长安，不再是东市西坊井然分明的长安。那个长安已经随着时光远去，用这隔着时空遥远的幻影，映衬着现在的霓虹与笙歌。

不知从什么时候开始，大雁塔里诵经的声音和车水马龙的喧哗相互交叠，回民街里飘香的羊肉汤慢慢沉淀了岁月，玄奘西行的脚步被岁月的尘灰逐渐掩埋，曾经西去的人如今已成黄土一抔。再往前翻越，匈奴不灭，无以为家的霍姓少年，最终选择了长眠此处，千载万世守护着自己的家园。而今，他曾经奋力要打回长城以北的“匈奴”的后代早已在民族融合之下模糊了容颜，成了在他墓前来来往往的游人，重现着这里的繁华三千。

不知从什么时候开始，长安不再叫做长安。这里依然有它的古色古香，依然有北风吹来的黄沙，依然有淳朴热情的居民，却已经悄然变了模样。在这里，古典与现代交融，东方与西方汇聚，一边是安静的小巷，一边是喧闹的大街。一边是安静了千年万年的兵马俑，一边是新修不久拔地而起的高楼。这古色古香的情感，这生机勃勃的活力，都在这次的西安世园会里，沉淀为一壶回味悠长的酒。

2011年的春末，世园会的酒香便飘满了全国。长安花的会徽仿佛某种预兆和线索，把现在的西安和千年前的古都长安连在一起。西安其实就是长安，但西安却也已经不是长安。这里一座座拔地而起的高楼，来自全世界各地的游客，霓虹深处的浮光掠影，一切都已经从古色古香的意蕴里繁衍出摩登社会的美感来。如果是在其他地方，这样的交叠也许会显得有几分奇怪，可是在西安，古典和现代却融合得如此完美。并不奇怪在旧城墙城根下的摄影楼，在车辆如织的路旁的几家旧书店，在大雁塔下的车站……他们交叠起来，正是一个日渐发展的西安，一个完全不同的西安，一个立足过去、着眼未来的西安。而世园会，则更是将这种和谐发挥到极致。

来到世园会之前我就已经知晓这次西安世园会的主题是“天人长安，创意自然——城市与自然和谐共生”。顿时就又对这次的世园会之行多出了几分好感，道家所说的天人合一、万物无求，其实最终讲的也就是人和自然的和谐相处。历届世园会的举办目的也正是如此，通过将全世界各地的园林景观集中到一起进行展示，让人们能够体会到自然园林中的风光，从而体会到与自然和谐相处、爱护自然、互帮互助的真谛。“和谐”，算得上是最合适的注解了。

世园会分成了四大特色园区，每个园区风景各异，让人驻足，流连忘返。且不说观众园中磨盘铺道，饮马槽种花的苍凉古朴，浓厚的陕西风味中夹带着的悠远苍凉，淳朴动人，且不说盆景园中五大流派各具特色的盆景汇聚，且不说木圆的小桥流水，仿佛有樱花飘落的空灵意境，也且不用说天趣园里仿若置身于真实的原始森林中的震撼……其实，这四大景区中的任意一个都足够用上一整天的时间来细细赏玩，就好像是对着被时光雕琢出来的工艺品，那是一个又一个由经年的浮光沉淀下来的沉静的美丽，浑然天成而不自知，只等一双双眼睛细细地品味和发掘。而在这次的世园会中，最让我印象深刻的仍是长安塔上的登高望远。作为这次世园会四大标志性建筑之一，长安塔兼有隋唐时期方形古塔的神韵，远远望去，威武雄壮，华丽沉静，仿佛时光倒流，回到了久远的盛唐。而在这古色韵味之外，又有些现代元素点缀其中，一层一层的灯饰，一层一层的登高，拾阶而上，和整个西安的古典氛围、现代气息互相融合在一起。这塔本身，就是一个西安。

在长安塔上举目眺望，西安仿佛一个触手可及的城市，在指尖，又在天边。从暮色沉沉一直待到月上柳梢，西安像是一个迟暮的美人，被月色披上一层薄薄的纱，这个向来被当作西北雄浑高亢的代表的城市，竟在这样的宁静、这样的气氛里多了些江南水乡的娇羞。她像是一个从千年的轮回岁月里走过来的饱经风霜的人，在这夜色，在这园林，在这人潮，在这一层又一层的倒影里又重新焕发出勃勃生机。而西安是不会老的，老的只是这些在她身上做着各种建设的人。今天我们的园林，明日他乡的倾塌，其实能够留下来的，不过是历史风起云灭的记忆罢了。而这城依旧，这景依然，这记忆也就不朽。也许，这才是真正的“人和自然的和谐统一”。

来到世园会，不能不看的就是各种珍奇花朵。在锦绣湖畔的自然观，在由长安花谷、五彩终南、丝路花雨、海外大观、灞上彩虹组成的五大园里，各种花卉争相斗艳，把一年四季的流转风景都囊括在这小小的一方天地里，让人感叹地球之大、人力之奇、自然之美。这种美丽无法描摹，只有闭上眼睛，在这花海里静静享受其中的宁静。一呼一吸之间，具是自然的清净之气，让在俗世中流连久了的我们，也在馥郁的芬芳里得到熏陶和升华。特别是在自然馆里，把地球上不同地域、不同气候带的珍稀植物都放在一起，前一秒还是热带雨林的风情，下一秒就仿佛来到了寒带针叶林。这原本于不同纬度、不同国度的植物，原本亿万年也不可能在同一片天空下生长的物种们，今天竟机缘巧合，共同来到遥远的中国，静默而和谐地生长在一起，看似天南地北，其实却把四季的变换、人间的奇特都融于一体。看来看去，也仍然是一个“妙”字；看来看去，脑海中只想起多年前黄巢的那句诗：“春风得意马蹄疾，一日看尽长安花。”虽然现在不是春天，可是在这里，感受岁月变换，感受人间美景，竟像是在三月天里，一日看尽了长安花。

西安的景，西安的花，西安的钟楼和高塔……这一切都重叠在这个叫做世园会的地方，静静等待着我，穿越千年的风沙，万里的风光，一页页翻越，变成记忆里那不灭的沧海和桑田。

长安第九景——和谐长安塔

长安大学　吴苗苗

华岳仙掌、骊山晚照、灞柳风雪、曲江流饮、雁塔晨钟、咸阳古渡、草堂烟雾、太白积雪，为闻名古长安城的八大风景胜地。今日，以“中西结合、珠联璧合”著称的长安塔伫立在灞水之滨时，万众瞩目中长安塔无疑成了2011年长安第九景——天人合一，创意自然，和谐长安塔。

唐风方塔的形态，现代钢结构的骨架，超白玻璃和不锈钢的造型构架，所有这一切塑造了长安塔清新亮丽、亲近自然的形象。一座充满现代化气息的建筑雄起于古长安城，不禁给人们无限遐想。当年幽王烟火，天高云淡；李白杜甫，诗绝长安。回望千年，一路风云。如今锦绣辉煌，唐风依旧，一城文化，半城神仙。西安城以十三朝古都的神秘留给了世人太多的想象，也赢得了太多的敬仰。宫廷繁华，巷口斜阳，时光变迁中古城墙多了一层斑驳，城墙下的古木多了些许枝叶些许年轮。驻足长安塔下，碧翠如玉的塔身建立在亮白的石阶上，万千游客在这碧绿与雪白的背景前留影纪念，长安塔的秀丽自然被一个个镜头传遍了世界的角角落落，长安塔将古城西安的热情欢迎传向了世界，“唐风汉韵、灞柳长歌”的长安形象再次被世人铭记。

走进长安塔，塔心筒墙面上的巨型菩提树油画，不仅与中国传统的佛教文化相结合变身“佛塔”更是形成了“园中塔，塔中树”的奇妙格局。在菩提树圣洁、和平、永恒的守护下拾级而上，一明一暗的交替中绕着菩提树盘旋而上，从一件件现代艺术品到铜车马、汉白玉雕，游客们怀着一颗教徒般虔诚的心穿越在十三朝文化中，想象着“半坡先祖炊烟袅袅、秦扫六合车马啸啸”。在文化面前不需要相机，只需“华夏锦绣、司马长卷”，人们意象的不止文化更有厚重的历史。

唐诗有云：“高阁逼诸天，登临近日边。”“开襟坐霄汉，挥袖抚云烟。”长安塔99米高，7明6暗加地下一层的结构将古人的梦想带上了云天。作为西安城的又一个地标性建筑，长安塔与大雁塔、钟鼓楼遥相呼应，守护古城，守护古城的人民。晨钟里，钟鼓楼上飞起了一群白鸽，大雁塔上响起了串串铃声，长安塔以挺拔的姿态迎来第一缕曙光唤醒了睡眼惺忪的古城；暮鼓响，钟鼓楼斜影夕阳里，大雁塔点起了昏黄的灯火，长安塔披上了五彩变幻的霓虹霞衣，直立古城之上，遥望明月，银白色的月光下喧闹了一天的古城渐渐变得安详、宁静。

留不住的是历史的脚步，因为它早已远去，抓得住的是今日的现实，城市在忙碌之外应与自然和谐共处。站在丝路之旅的起点，驼铃叮叮当当穿越于古今，长安塔上的铃铛在秦风中响起，合奏起一曲和谐之音，传遍神州大地，传遍世界文明的每一个角落。在小终南山之上，长安塔以友好而尊重的姿态代表西安、代表中国，迎接全球各地的每一位到访者，继续谱写地球村和谐新曲……

风华录

西北大学　高玉京

桃之夭夭，灼灼其华

暮春时节，长安城的柳絮还在对这座古都诉说着恋恋的不舍，秦岭脚下，浐河灞河之滨，却是绽出了灼灼的光华。如同春日盛放的桃花，娇娆艳美，瞬间吸引了全世界的目光。

自凤鸣岐山始，这片土地便年年月月不动声色地积淀着。不必说壮观的兵马俑，不必说奢华的华清宫，不必说巍峨的古城墙，不必说众多的陵墓群，光是这片土地的名字，就足以引人遐思连篇。长安长安，吐字间唇齿不经意的碰触，也仿佛带着厚重的气息，它不只是一座城市的名称，更是中国历代人心所向：长长久久，平平安安。

然而，当这个名字同时被赋予那枚由三、四、五、六边形自然花瓣组合而成的“百花吉印”和那朵可爱的石榴花时，它的意义变得更加深远。

三生万物，花开吉祥；四合为土，天圆地方；五叶生木，林森荫育；六流成水，润泽万物。人、城市、宇宙、自然和谐共生，天人长安，创意自然。

火红的花瓣倒映着历史的年轮，更折射出现代的风华。桃之夭夭，这场盛会真正教人领略到了什么是“春风得意马蹄疾，一日看尽长安花”的风流。

今夕何夕，见此邂逅

踏入那个恢宏的入口，不久便进入了长安花谷。五彩斑斓的花阵仿佛天际的银河，杳然不知尽头。微风裹挟着阵阵淡香，惹人微醺，一时间竟有“春来遍是桃花水，不知仙源何处寻”的错觉。

园内众多胜景，我独独钟情锦绣湖与长安塔。

湖名锦绣，但我始终觉得这个名字太过艳丽。只是一汪清浅的湖泊，湖岸自在地点缀着几块白石，芦苇霸道地把整汪水圈住，间或有雪白的苇花飘落湖面。青青碧草之下，偶尔可以看见一叶盛了香花的竹筏。这一圈青碧，围住的不仅是湖水，更是人心。

在远离尘嚣的地方，更能聆听内心的声音。繁华的大都市不是不好，人需要放松需要反思自己也是大家都知道的道理，但真正做到却并不易。佛曰：成住坏空。人生短长，并无别事。可惜在短短一生中，我们都在追逐不同的东西。不能说毫无意义，起码，这些被追逐的，在追逐者心中都占有重要的地位。金钱权势不尽然不好，但有了金钱权势，你也不一定可以做想做的事，高处不胜寒，苏东坡在近千年前就窥破了这个道理。可叹，人世浮沉，想放手不是那么容易。除却责任，总是有众多外界的诱惑让一个人欲罢不能，而人，也渐渐习惯以责任作为借口。

纵然人各有选择并为自己的选择负责，但不得不承认，我们需要这样一汪湖泊，在黯然神伤的时候也好，在春风得意的时候也罢，照一照湖中的自己，看一看人世喧哗，让自己的心，歇一歇。

夕阳西下，天边的晚霞洒满湖面，光华点点，时不时有一两只鸭子飞掠湖面，竟然也像是一幅锦绣织缎画般扣人心弦。

遥望锦绣湖的另一端，是位于小钟南山上的长安塔。塔的总体外形蕴含了隋唐方形古塔的神韵，同时结合了现代元素，屋顶和所有挑檐采用安全玻璃营造出一种水晶塔的效果。

看着长安塔，尤其是入夜的长安塔，我总是会想起那个鲜衣怒马、仗剑风流的盛世大唐。塔身的流光溢彩宛若一颗明珠，像极了那个让人神往的朝代。

宝塔凌云，一日江山，无边清静；金灯代月，十方世界，何等悠闲！

昔在长安醉花柳，五侯七贵同杯酒。气岸遥凌豪士前，风流肯落他人后。在那个世界，太白敢仰天长笑，高呼：高公公，给爷脱靴！

在那个世界，有李靖那样的勇猛果敢、用兵如神的大将，有柴绍那样锄强扶弱的少年侠士，有张旭那样以草书、七绝闻名于世的“酒仙”，有陆羽那样一生嗜茶、精于茶道的“茶山御史”，有武元衡那样雅性庄重、淡于接物却刚强不屈的宰相，有温庭筠那样才思敏捷、开一代花间词风的风流才子。纵然是惊心动魄的玄武门之变，李世民做出弑兄夺位这样的举动，也带了一丝豪侠的意味。

无论是英雄豪杰还是风流才子，竟都纷沓登场，纵不知留青史几章，总算一生无憾。

可叹的是历史的车轮滚滚向前，并不为几个人停下脚步，纵是再绚丽的华章，也只能留在缤纷的画卷中，供后人怀想。

夜如何其？夜未央

于这样的盛会而言，一日的游览实在太短，恨不能长留园中，赏尽未览之胜景。不过人生就是如此，诸事多有遗憾，总不能事事完满。夜如何其？夜未央。月至中天，游人散场，夜凉如水，回想一天的所见，心中欣悦之余，不免惆怅。

也许正应了温庭筠的一句诗："雁声远过潇湘去，十二楼中月自明。"

芳草之姿

西安建筑科技大学　张丽雯

说起最向往的生活状态，多数的时候我总是渴望着一种田园乡村的生活，门前有个小院，窗下飘着花香，院外的大树郁郁葱葱延伸进院来，清晨伴随着婉转的鸟叫声，射进一缕柔和的阳光。在这样的环境下，就能够真的摆脱尘世的喧嚣，能够将心静下来，体会每一个崭新的一天，体会每一个阳光下鲜活的生命……这样的一幅画面中最不可缺少的便是花草树木了，因此，我对鲜花有一种十分美好的向往。

怀着这样的心情我期待着世园会，终于在春末夏初的某一天和同学去了世园会。本来想的是世界园艺博览会，大概是在一大片花园中，里面开满了各种花卉还有设计师们精心设计的园艺景观。不过这样一个大型的园艺博览会想想也不会是我想象出来的那么小巧玲珑。

我们浏览的路线是由北至西到南再从东边出来的，开始看到的都是比较大的景观。椰风水岸的东南亚风情，日本奈良园前的枯山水……并不是我想象的那么简单的样子，多少还是感受到了一些不同的风情。

要说印象最深最喜欢的还是东边大师园里的一些东西了。有深邃多变的“迷宫”：你一步步向里走去，感觉是在向一个黑暗的地方前进，但当你走到尽头却发现里面并没有想象中黑暗，大大的玻璃透着些许黄色的光感，像发黄发暗的老照片，照片中是树木，你的影子在这里被背后门洞中透出的光反射到了玻璃上，突然有种将要通过亮到发白的门的影子进入的感觉。还有“万竹园”，竹林中延伸出去的一条窄小的石子路，竹子很高很密，你无法预测前面转弯后将是什么，但当你向里走去突然发现一座很高的红色拱桥，爬上去，忽然就到了竹子的顶端，密密的竹子在你脚下，恍然有种电影《卧虎藏龙》的感觉。向四周望望，红色的拱桥犹如红色的巨龙在林中翻腾。从不同的角度去看，自然带给人的是震撼和感动。对于学建筑的我而言，当时比较喜欢的是“四合院”，大概是在空间的组织方式上更多变一点吧。通过入口的木桥你看到围合的墙角下开了一个可以透过阳光透过水池的洞口。我们喜欢不同的空间体验，因为每当遇到这样的空间都会觉得恍然大悟——其实也可以这样啊。园中遍植花草，有一面墙，上面开了个窗，墙的另一端地面要高出很多，其间花草都是成野生状态杂生着。突然有种荒废的感觉，但却觉得惬意与喜悦。看看人生，也都是乱七八糟的，不是么？有成功有挫折，有优点有缺点，有时奋进有时颓废……好好体会人生，也许就是一段旧墙根下杂草中抽出的白色野菊，偶尔随风轻摇，偶尔在阳光下也反射出耀眼的白……

虽然本来是抱着看奇花异草的期待来的世园会，虽然来的时候有的区域还没开放，但是在沿途看到的，在大师园中看到的，使我突然醒悟，从来不是哪朵最美的花成就了你的美丽田园梦。树影斑驳，一阵风吹过，哗啦哗啦地响，如同歌曲一般轻抚着树下的青草，青草你推我攘，请来了并不是很起眼的小野花，一股淡淡的清新的泥土香飘来，最平凡不过。但是用心的人一定会发现，花草从来都是以它们最美的姿态活在这个世上的。不论身处何地，不论境遇如何，我都希望你能在自己的窗前摆一盆花草，看看它们，想想你将用什么姿态经营你的人生呢？

送你一个长安

西安建筑科技大学　薛亚锋

芝桥晨曦

“送你一个长安/美女江山/瘦燕肥环/灞柳长歌/恨海情天/摘一缕情丝告诫明天/送你一个长安/一城文化/半城神仙/长箭揽月/神鹰猎犬/借今古雄风直上九天/送你一个长安/回首沧桑/一望千年/体味大唐/珍重长安/再加一份祝福还有祥云一片”，第一次听到这首诗是在西安建筑科技大学文体馆举办的第一届“三秦书月·五月天”全民阅读晚会上，当时就喜欢上了这首诗，很认真地将这首诗转载到自己的空间里。也许是缘分，很高兴听到这首诗被选为西安世园会主题曲。

世园会举行了这么长时间，本该写点东西记载这个让人骄傲的盛会，也许是时间原因，也许是由于范围太大，久久没有提笔。正好陕西大学生在线有一个“我与世园会”征文活动，趁这个机会，翻阅了好多资料，才开始细细品读，慢慢构思……

2011，华夏源脉、千年帝都、丝路起点、秦俑故乡——中国西安——将聚焦世界的目光，世界园艺博览会在西安浐灞生态区如期盛大开幕。2011西安世界园艺博览会以生态文明为引领，以“天人长安，创意自然”为主题，将营造以植物为主体的自然景观，构建世界化的园林建筑背景，彰显西安历史文化和地域特色韵味，展示人类与自然、城市与自然和谐共生的新理念和新创意，探索人、城市、园林、自然和谐共生的未来发展模式。

西安世园会会址广运潭，位于史称“灞上”的浐灞之滨，是我国古代主要港口之一。“灞上烟柳长堤，关中风情广运”描写的就是千年前的浐灞盛景。全世界人民给了西安这个机会，西安将会还给世界一个奇迹。让全世界知道，西安是一条沉睡的巨龙，当它醒来时必将震惊全世界。从火车站到飞机场，从大雁塔到曲江池，从钟鼓楼广场到古城的大街小巷，从电视报纸到各大网站……火红的长安花处处绽放，它是西安人的期望，它是西安人的热情。会徽和吉祥物均命名为“长安花”，取意“春风得意马蹄疾，一日看尽长安花”。

初进世园，一眼望过，碧波千顷。郁金香在风中摇摆，宛若情人低语，又似独自喃呢。风是那么美好。长安塔一抬头便可望见，高大而厚重，宁静而神秘，让人迫不及待地想知道其中到底有什么奇珍异宝。

里面湖面清风朗朗，湖心人我两忘，一切再没有比这更销魂的了。花谷的花宛如彩蝶扑面，每一种都那样让人感受深刻，那样热烈，给人不一样的感觉，清新，灵动，自然。难忘那郁金香摇曳的身姿，恍如飒飒低语，宁静而寂寞，遗世独立。沿着亭子走过，扶着木质的栏杆，静伫在此，成风成影。阳光洒在水面，波泛起了涟漪，调皮可爱。我想起了徐志摩的《再别康桥》："波光里的艳影，在我的心头荡漾。软泥上的青荇，油油的在水底招摇；在康河的柔波里，我甘心做一条水草。"如若可以，那么我也会做这湖里的水草，轻轻飘荡，无忧无虑。

西安世界园艺博览会正式开幕以来，绿色和谐充满了我们生活的每一个角落。我眼中的世园会是快乐的，来自五湖四海的人们都聚集在一起有说有笑，不亦乐乎；我眼中的世园会是温馨的，人们在一起就像一个大家庭，"家里的人"在一起团结友爱，互相帮助；我眼中的世园会是生机勃勃的，华夏故都山水之城，绿色引领时尚；我眼中的世园会是非常文明的，十三朝古都花草之城，高校云集的文化之城，文明带动潮流；我眼中的世园会是充满希望的，世界给西安一个机会，西安还世界一个奇迹。我要用手中的笔写出自己的感受，用色彩画出美丽的景象，用相机记录世园会的点点滴滴，与世园同行！

一声长啸，送你一个长安。长安是我心中很久很久的梦，这次世园会让我了解得很深刻。鸟语林的风光，孔雀开屏好似万千蓝宝石，闪烁耀眼，流光溢彩。太阳鸟如行云流水一般在你面前晃过，伸手只抓了个空，恍如隔世梦靥，美好得让我不敢去相信。沿着石路走过，踏着雪白的石子，望着远处穿和服的女子，静静微笑。异域情，民族风，檐下铜铃作响！

“园”梦

西北工业大学 袁 蓉

如果仅仅是一场无与伦比的盛会，那么也许只会是划过每个来者生命中的刹那惊鸿；

如果只是世界各地文化的华丽堆砌，那么也许就不会产生如此强烈的心灵共鸣；

如果看到的只是色彩的罗列，那么生命的艺术将不会如此绽放……

与世园的约会是在阴天，但她却给了我比晴天更充沛的力量与激情。剔除夏日的燥热，是雨后难以言喻的清新，那时的你能感觉到生命在律动，空气中氤氲的淡淡香气是一种久违的难忘情怀，然后在无法释怀中走向沉醉，接着一些梦就这样被唤醒……

一花一世界，一叶一菩提

久处喧嚣城市的我们，眼中的大自然仿佛早已被修剪工整的行道树所代替，而它们也是日复一日无精打采地站着岗，于是我们迷失在这个灯红酒绿的世界。长辈们口中在小河里抓虾摸鱼、在园中栽花种草的时代似乎也成了记忆中远去的泛黄故事……而当进入世园的那一刻，仿佛那些记忆深处的幻想又变成了现实，就像爱丽丝来到梦中的仙境般，心里听到了花儿草儿为我们演绎的梦的狂想曲，于是一些梦被唤醒，记录着那些忙于奔波的人们所渐渐遗忘的美好。接着，步履不必急促，心儿不用浮躁，微微一笑便灿烂了一季……世园便圆了我们一个大自然之梦。

现实中的童话王国

年近二十的我们心中是否还留存着童年那些单纯美好的梦想呢？是否为了一本本连环画着迷？是否熟睡时还离不开那只可爱的泰迪熊？是否还会在阳光明媚的午后吹着五光十色的泡泡？又是否还在幻想能有超能力？当时间的年轮在日历上剥下一页又一页，这些童年时的梦想仿佛也渐渐离我们远去，来到世园，同时也发现那些美好我们仍在怀念，从未远离。世园又一次圆了我的梦，一个将要被时间带走的童梦。

世界就在这里

每一个人都有一个世界梦，但环游世界不是每一个人都能实现的，于是，世园就像魔法师，他活生生地将世界摆在众人眼前。在椰风海岸感受热带气息，在欧陆风情感叹建筑的恢宏，在各国家馆体会民风民情，在名犬馆与狗狗亲密接触……每一部分都不矫揉造作，都是如此真实鲜活，世界就在这里。记得有幸看到夏威夷草裙舞的表演，演员们跳得热情似火，在激烈欢快的鼓点声中，身体自由律动。不是经常说“只有身体解放了，思想和灵魂才会解放”，看着他们自由舞蹈，自己也被这种无法抗拒的力量深深打动，也不由地加入其中，融入了这个世界，这个大家庭。一个世界梦就此实现。

世园，一个圆梦的天堂，请带上你的梦想，在这里插上腾飞的翅膀，在梦的国度里翱翔！

古城中的一抹绿

西北工业大学　靳妍妍

我打心底喜欢西安，喜欢这座有着长长围墙的古城。太白路、粉巷、小寨、书院门、子午路、下马陵……这里的深街窄巷都是风情万种，透露出的那种悠闲竟然稀释了小市民的那种卑劣细腻的气息。

于是，有人在评论贾平凹的《废都》时曾说“西安这座城市有一种死亡的气息”。蓦然一听，似乎言重，细细品味，却也言中。这座城市太缺乏朝气，身处其中有一种死于安乐的自危。

或许是西安给人的印象过于凝重，当 2007 年 9 月 4 日从英国布莱顿传来那个消息时，一时间，整个西安都开始兴奋了，整个浐灞都开始沸腾了。这座我深爱的城偷偷地褪去了灰色的外套，换上了灰中带绿的新装。在它浓郁的历史文化氛围中，我看见了时代赋予它的盎然生机。

“天人长安”是这座城与自然和谐共生的愿望，而“创意自然”则是在尊重自然的前提下利用自然，修复自然，使自然更好地服务人类的蓝图。这两句来概括西安世园会的主题恰到好处。而就是这种恰当勾起我对它的期待，期待他给西安带来的那抹绿。

终于盼得踏入世园的那一刻，从世园会主入口广运门进入园区，首先映入眼帘的是宽阔且又线条流畅的景观带，这道美丽的风景线全部是由各种植物和花卉组成的。这里就是著名的长安花谷。从整个设计来看，设计者似乎是从古代人们对天庭的向往中得到灵感，所以人们认知和想象中的五彩云霞便淋漓尽致地展现给了我们。置身于花海之中，花儿的芳香已然将我们带入了一片人间仙境。

顺着长安花谷直走，便可看见又一标志性建筑——创意馆。它处在长安花谷尾部，又是在广运潭的一个码头，建筑布局则是呈“王”字型，由三翼不规则几何体组成，青铜金属、石材及花园式种植屋面等不同饰面的无规则衔接处理，形成了错落有致、内涵丰富的艺术效果。独特的地理位置和别具一格的设计让它抢尽风头。我可是排了 3 个小时的队才能一睹它的芳容。那种美丽又不失新意的花卉尽收眼底的感觉让我为之驻足，舍不得离开。

恋恋不舍地步出创意馆，沿着广运潭漫步，这里的漫步有点不恰当，顶着烈日何谈漫步，不过那是一种发自内心的满足。从古色古香的木桥上走过，恍然间闻到了城墙的味道，漫不经心抬头的一瞬，看见对岸的长安塔，加上盖满绿色小草的自然馆，那种魅力真是难挡。“灞上烟柳长堤，关中风情广运。”据说在盛唐天宝年间，唐玄宗还在此举办了大规模的水运博览和商品交易会，它可是我国盛唐时期贸易发达和水运畅通的见证者。然而，一时兴盛一时衰，随着唐朝的衰落，广运潭终是由于无人照顾，苍老了许多。可古人又怎会知道如今它又已是古城西安一道不可小觑的风景带了呢？如今，看着小舟缓缓地驶在经历了几千年风雨洗礼的广运潭上，水面也变得不安分起来。从波光粼粼的水面上，我看到的不仅仅是风光无限好的今朝，更有时间刻在它身上的历史沧桑。

路过长安塔和自然馆，没有进去，有点小小的遗憾。不过有失必有得嘛，沿着蜿蜒的小路继续向前，这边各种世界展园和内地展园也给了我很大的惊喜。像我这样喜欢购物的人，错过了岂不是会悔青了肠子。

天色渐渐暗了下来，周围的各种灯都慢慢打开了。夜里的浐灞更加妖娆了，美得有点陌生。突然有种眷恋涌上心头，是该回去了么？旅程要结束了吗？

猛地，身体向前倾了一下，这才回过神来，车窗外的店铺人家还没有关门，灯火依旧。

也许，正是因为秦岭山下的人们自古以来的辛勤劳作，因为我们身上流淌的秦人那自强不息的血液还未被车水马龙和霓虹灯光所消磨殆尽，才会让原本有些安乐祥和的古城又添上了一抹新绿。

这个古城越来越可爱了，我想也许多年以后我还在西安。那此时，也许我在倾听，倾听微雨长安的喃喃细语。又或许我已身处异乡，彼刻，应在是在思念西安吧。

月满长安

西安外国语大学　陈　晨

曾经的曾经，在一个我们无法触碰的过去里，这里是民富国安的世界之都；现在，在我们目之所及的地方，成了绿色和谐的世园名城。这片神奇的土地，披上厚重的历史外衣，她是辗转于时空的古都长安，涂抹上时代前沿的油彩，她是活跃在世界舞台的魅力西安。这亦古亦新的交织使得西安世园将古老文明与现代脉搏融成无可言喻的独特韵味，令人久不能忘。

一、长安花开

娇憨可人的长安花身披鲜红衣裳，寓意祥和。从唐宫汉瓦中走来的中国红，献上穿越千年的倾城舞衣；从唐诗宋词中走来的中国红，晕染涉水而来的诗情画意；从每个中国人心中走来的中国红，化作最热情的怀抱欢迎八方来客。及目而视的是万花竞放的长安花谷，粉的娇，黄的俏，七彩的花衣交织着多彩的梦想，在世园绚丽飞翔。没有一个地方像西安一样，承载历史却能放飞时尚，晶莹的露水闪烁着青春的光芒，世界的瞩目在这里定格，绽放。

二、山水诗意

青山爱恋着绿水，长空爱恋着大地，我爱恋着你，世园的每一寸土地，每一股清溪。从五彩终南到丝路花雨，从海外大观到灞上彩虹，那恍如出现在唐宋诗词中的景象清晰地在我眼前展现，恍然听到“云想衣裳花想容，春风拂栏露华浓”，“待到春花烂漫时，她在丛中笑”。那自然的一草一木一花一树，荡涤着尘世的喧嚣。没有烟尘与车流，没有嘈杂与烦忧，只有那小桥流水荡清波，青竹翠柳见水车，清水花树，小径深巷，或许只有在这里，你才能找回心底的宁静，让自然住进心里。

三、城市园林

曾经有人说，于一城尽览一国风情的是雅典，我说于一城尽览众国风情的该是西安。漫步于欧陆风情小镇，充满文艺复兴时代风格的建筑与雕塑，让你不出国门就能体会欧式的浪漫与多情；走在世界园林展区中，古典浪漫的法国园林与神秘优雅的伊斯兰园林相遇，擦出的是曼妙独特的火花。各国的风情在这里交汇，世界的文化在这里碰撞，亚洲诸邻国或神秘或古老，非洲诸国或原始或热情，处处风景，处处生情。五个月的展览只是一个契机，让城市走入自然，让自然融入城市，这样和谐发展的轨道才是世园的真谛所在。

四、创意世园

当绿色低碳成为全球流行语，世园的环保创意应该成为这次盛会最难忘的亮点。主轴线上的创意馆依水而建，由金石园艺花草构成，不规则的几何体错落有致，众多最新产品技术依次展示，转基因果蔬叫人目不暇接，大力士战甲令人啧啧称奇。当环保成为一种习惯，绿色将引导新的时尚。

五、奉献世园

从世博会的小白菜到世园会的小蜜蜂，总有一群人，他们每天重复着单调的工作，无畏酷暑或风雨，用微笑和贴心为我们带来方便和放心，他们叫志愿者。没有他们的世园会是难以想象的。迷路时，他们是尽职尽责的导路员；病痛时，他们是忙前忙后的小医生。他们站在服务台前一下就要三四个小时，吃饭都像急行军，生怕会耽误工作。正是因为有了他们，我们对世园的印象又多了一个，那就是人情味。

有人说过，一日看尽长安花；可我说，这浮生一日何其短暂，如何看得完看得尽啊。这西安世园的魅力又岂是我这短短千字写得完的，也正是纸上得来终觉浅，绝知此事要躬行。

你瞧，夕阳半山，红霞散乱，月出牛斗，祈福长安！

世园游记

西北大学　李逸楠

雾气氤氲，细雨蒙蒙，驻足在广运门外的检票口，我幻想着雨幕笼罩下的世园会是怎样的一幅场景。数分钟后，从广运门进入世园会，细雨中的世园会被一层薄薄的烟雾所笼罩，像是蒙着面纱的少女，我期待着去欣赏她优美的妆容。

在风中摇曳

早听闻长安花谷堪比天上美景，果然，映入眼帘流畅而宽阔的景观带立刻深深地吸引了我。不用说姹紫嫣红的百花，不用说绿意盎然的小草，不用说沁人心脾的香味，单是那风中摇曳的婀娜身姿就足以令人神往了。

成片紫色的薰衣草将美丽的忧愁娟刻成一首小诗，在我心中荡漾，但此刻绝不是忧愁，而是一种无比神秘的气息。一朵朵雏菊紧紧相依，灿烂的桃红色正张扬着它们青春的活力。金灿灿的野菊像是一只只精灵，演绎着梦幻的童话。如果仅仅是这些高调的歌颂者，也未免有点俗气，纯白如雪的铃兰是低吟的歌者，浅唱着它们自己的淡雅。还有许多难以叫起名字的花卉也正以别样的姿色点缀着这一片花海。别看与这些争艳的百花相比，绿叶显得不胜起眼，但是正因为有绿叶的陪衬，整个园子才更加流光溢彩。

置身于此景，我完全陶醉其中，难能可贵地感受到了久违的心旷神怡，神清气爽。静静地闭上双眼，耳畔是丝丝柔风与绵绵细雨的轻语，安然地享受着它们带给我的静谧。

在水上徜徉

泛舟在波光粼粼的广运潭，透过雨帘，放眼望去，河堤上柳树成行，河岸上台榭长廊，隐隐约约可见。珠珠小雨滴落在水面，晕开一层又一层的涟漪，甚是生动。偶有鱼儿浮出水面，然后又快速地游走，似与你嬉戏般反反复复。在这里，你可以淋漓尽致地体会“杨柳岸晓风残月”的美好意境。在感受了旖旎风光的同时，也感受到了历史的沧桑和巨变。盛唐时的繁盛气息不经意间就从这片水面飘逸出来。回想当年广运潭的繁华鼎盛、风流骚雅，仿佛还能看见当时的槽船如梭，听到鼎沸人声。唐帝国衰败后，广运潭也慢慢萧条零落，芳华难觅，再也不见百舸争流，烟柳画堤，白鹭翩跹的景观，甚至到后期都成为了污染重灾区。而今展现在我们眼前的广运潭碧波荡漾，像变魔术般“换了人间”，终于在沉寂千年后再次扬帆远航。

在塔上望远

我登上长安塔之时，夜也正悄悄地放下它的幕幛。不一会儿，世园会就灯火辉煌。站在长安塔上，世园会全景尽收眼底。遥遥相看，倒映在河面上的长安塔，五光十色，五彩缤纷。金色的像落日余晖斜洒，银色的像皎洁月光倾泻，彩色的像拉宽的彩虹，无论是哪一种颜色，都叫你不禁感叹其美不胜收。再向远处看去，巨大的水龙在墨色天空的幕布上越发栩栩如生，直指苍穹，意欲腾天。此刻，无论是不断变换颜色的树，还是美轮美奂的船；无论是静止的拱桥，还是跃动的喷泉，抑或是光亮闪烁的广运门，无不让你油然而生一种赞美之情，令人叹为观止。

走出广运门，雨已渐停，伴随着我离去的脚步，喧繁了一天的华美也就此落幕。我期待着，你也能看见的，与我相同抑或是更加美丽的风景。

我与花草有个约定

西安外国语大学　丁佳文

泥瓦无情，却让世界标新立异；花草有情，也让生活多姿多彩。于是我抛开泥瓦，让花草走进我的心灵。

——题记

我不曾去过什么其他城市的世园会，也从未想过要去欣赏什么奇花异草，因为在我的世界里，先进的科技产品占据了大部分的空间。我可能早已忽略了身处于一座花园是一件多么舒心的事情，何况如今这个充满艺术韵味的园林。

于是在我的学业并不如意的时候，我想起了“天人长安，创意自然”的世园会，我在不经意间与花草有了个约定，让这样一个美丽、可爱的花园“净化”我的心灵。

身处于花的世界里，也就实现了与花的约定。蒙蒙细雨的天气其实可以称得上美妙，很适合栖身花海，也让这样的生命得以滋润。伴着泥土的芬芳，我携手美好走进世园，开始了我的世园之旅，放慢脚步，聆听自然。

缓缓挪着步子，我看到自然与科技和谐交融，立足现在，将过去和未来的画面连接成一幅流畅的画卷；慢慢移着视线，我看到泥瓦与花草相得益彰，停留道旁，观生命在泥土中尽情展现精彩瞬间；轻轻按下快门，让美好的那一刻留在胶卷里，也就在我的心里。

我与花草有个约定，也愿花草茂盛的样子铭记于我心。依旧喜欢带着相机，挽留片刻的精彩，那一刻的舒心，无法用言语形容的美好在生命中难道不值得珍惜和留恋吗?

我与花草有个约定，在夏秋之际，季节的果实为人们的生活增添不少色彩。五彩斑斓的夏与黄金般的秋，播撒温暖的阳和滋润万物的雨，他们一起放慢了生命的步伐，因为生命中不仅有必然，也会有偶然，偶然的那一霎，生命的光辉体现得淋漓尽致。

我与花草有个约定，也就与自然有了约定。当看到科技在自然中没有丝毫生硬时，我欣喜这样和谐的园林融于生活，高于生活。于是我学会了在生活中寻找艺术的真谛，这也是种欣然吧!

或许是因为生活所需，我总带着那种发现美的眼光。我看到老人拿着数码相机，在按下快门时露出的满意微笑；我看到稚气未脱的孩童伸出小手向世园工作者深深致敬；还有，我还能看到，我看到一家人其乐融融在花海中渐渐远去……

我缓缓挪着步子，慢慢移着视线，轻轻按下快门，享受与花草的约定，享受与世园的约定，让自然走进我的心灵。

2010

感恩家乡　爱我中华

一等奖

居住行走在渭水边

西安体育学院 付 蓉

传说 历史

因为没有文字记载，人们只能借助记忆把这个故事讲述出来：五千年前的某一天，有一个人出生了。他的一声啼哭划破中华先民愚昧的童年。他开始教人们耕种，发明炊耕之具；亲尝百草以至于日中七十余毒；始做五弦琴，教民礼乐。中华文明从此肇始。这个人就是神农氏姜炎，也就是常被后人称为华夏始祖之一的炎帝。

我居住在渭水边的宝鸡，古陈仓，这个曾经孕育了炎帝的地方。每一次行走，踩的都是祖先的足迹；捧起一掬渭水，也就捧起了五千年的中华文化。是这条渭水，源源不断地将古老的礼乐文化输送到中原大地，流淌到齐鲁之域，而后孔子说他有志于恢复礼乐文化。

提起中国历史文化名城，人们或许只想到西安、北京等，可是肇始了中华民族与中华文化之源的古陈仓却无人提到。这也难怪，春秋战国，一统于秦，秦都咸阳，雍城留在宝鸡也就成为了历史。这座古城从此被人们所遗忘，被历史所遗弃，几千年的风沙将她侵蚀得面目惨然。当我看到文怀沙老先生的《中华文化根与本》时，我哭了，一段厚重的人文历史竟让一个耄耋之年的老人扛起。

站在渭河公园，凝视浩浩汤汤的河水，南望苍苍莽莽的秦岭，我不禁怅然起来。中华始祖的故乡，周礼文化的滥觞之地，却在现代社会安定起来，既不似北京闻名中外，也不像西安震烁古今。她只是站在渭水边上，站在秦岭脚下，默默注视着现代社会翻天覆地的变化，不情愿地被改造着。对人们来说，她似乎已经成了一段传说，一段些许文字记载的历史，静静地注视着渭水汩汩地流着，一流就是几千年，不，她将继续流下去……

秦岭 渭水

每次提到自己的家乡，我总会骄傲地说，“我家坐落在渭水之滨，秦岭脚下”，而后，我就陶醉在羡慕的感叹声中。说起宝鸡，没有人不认为这里环境清幽，风光旖旎，现在她是全国环境城市呢！秦岭位于宝鸡南端，因而被家乡人民称作“南山”。所以我经常对大家说，几千年来宝鸡人过的就是“种豆南山下”“悠然见南山”的生活。要算时间的话，比陶渊明早多了呢。因此便有人说，“陶渊明学宝鸡人啊”，于是引得一阵哈哈大笑。

秦岭是陕西的主山脉，东西走向，宛似一条巨龙，横卧关中。秦岭也是我国重要的地理标志，它和淮河一起构成了我国南北地理分界线，同时也是零度等温线、水稻和小麦的分界线。秦岭南北差异很大，因此有“南船北马，南稻北麦”的说法。中国离不开秦岭，宝鸡更离不开秦岭。森林是座宝库，秦岭以其富饶的资源，五千年来养育着宝鸡人民。我们不妨卸下想象的枷锁，遥想远古的先祖在那个时代狩猎于秦岭的场景：兽奔箭飞，人兽交错。狩猎归来，他们于渭水边燃起篝火，烤着野味，尽情狂欢，为了他们这次收获。正因为秦岭的存在，使宝鸡几千年来良田美池。北来的寒潮被秦岭阻在渭北高原，而黄沙也落在其上。秦岭俨然一位父亲，威严而不失怜爱；而渭水宛若一位母亲，温柔且慈祥。

渭水发源于甘肃，但她却在宝鸡哺育了中华始祖炎帝，以及礼乐兴盛的周文化，以至于孔子叹道：“丘未之逮也！”尽管人们在历史的发展中，忽视或者是淡忘了中华文化源流于宝鸡，成长于渭水；但渭水从没有表现出过一丝的怨色，她只是静静地看着这座躺在自己怀抱中的城市，用如水般的温柔包容着她的孩子们。我小的时候经常去渭水边玩，戏水、摸鱼、捉虾，这是童年最快乐的事。大人们都说渭水会吃人的，但我不相信，我只相信她对我格外的亲昵。至今，我还不曾忘记她抚摸我时的温柔。如今，渭水渐流渐少，是她老了吗？不，她永远不会老！只是环境恶化，全球变暖在吸她的血，不知道这条母亲河还能存活多久。我深思着，祈祷着……

村庄 人

袅袅炊烟总会准时地在傍晚升起，笼罩着村野。它庇护着每一个村庄，以至于它们安然地度过每一个夜晚。然而，这种景象在日复一日地减少。泥墙木椽的土木房被钢筋水泥的“小洋楼”所替代，那里是升不起炊烟的。古老的村庄走进了现代化，也走进了浮躁的时代。人们不再关心那炊烟升了多高，积了多厚；再也不记得那棵古槐给他们带来过阴凉，更不去理会村旁小池塘在渐渐干涸……他们关心的是房子、汽车和存款。然而，炊烟并未远走，每天，它会按时在老人的烟斗里升起。不过这也是最后的炊烟了……

现在的孩子有了电视、网络，他们再也不像我们儿时一样，白天在村庄外撒欢，在地里嬉闹，然后追着彩霞，赶着夕阳，回到炊烟升起的地方。母亲早已准备好了香喷喷的晚饭，于是我们端着碗，一群小鸟似的散落在老人的身旁，听着老人烟斗里永远说不尽的故事。他们有自己的时尚喜好，永远嘲笑老人的烟斗和烟斗里的故事。每逢傍晚，男人们总是扛着锄头，挑着月亮回到村庄。而女人们给他们端来饭菜，他们就三五成群地蹲在街巷里，一堆一堆，说着今天发生过的杂七杂八的事，谁家的孩子考上了大学，谁家的牛下崽了。当然，他们也会欣羡地聊着城里的人和事。门口拴着的老牛，哞哞地叫了起来，炊烟便散开了，一天的星星便现了。人们便打着哈欠，各自回家了。人睡了，村庄静了，偶尔有几声狗吠。然而，这一切都只有星星知道。每次回家，村庄都会有一些变化，可我觉得越来越陌生了。只有遇到在街头巷尾蹒跚的老人时，我才觉得村庄渐渐清晰起来。不知道当这些老人睡在土里的时候，村庄会是个什么样子。

我现在离开了宝鸡，离开了村庄，但我最终要回到那个渭水之滨、秦岭脚下的地方。因为，我的灵魂永远居住、行走在渭水边。

片段

西北工业大学 安 健

城墙根·午后

太阳有些偏移，在城墙上投下槐树斑驳的影。一个人走在熟悉的路上，三三两两的孩童背着书包，欢快地骑单车从我身旁驶过，留下一串悦耳的铃声和一样好听的笑声，久久挥散不去。记忆像在抽丝，慵懒的阳光让人不知不觉地沉迷。

时光机回到十五年前的某个午后，老人们安逸地倚着老树，摇着八角扇，咧着没有牙齿的嘴，在一旁，议论玩闹的我们。蹲在地上，拢一拢黄土，和一和泥巴，把脏兮兮的小手放在母亲的面前，有种莫大的成就感。伙伴坐在自行车后叫喊我的名字，我的视线来不及追上，只看见地上弯弯斜斜的车辙，不知要通往哪里。那时候，城墙脚下还会疯狂地长些狗尾巴草。回家的时候，爷爷总会拔一支搔我的痒，逗得我前仰后合。

十五年后呢？

从什么时候开始，不再见布满皱纹的脸，不再见洋洋洒洒的黄土，不再见张牙舞爪的杂草。脚下青石板与城墙的青砖说着我们听不懂的情话。屋檐下吹埙的浪人，有你永远不能理解的孤独。这里没有灯红酒绿，也没有车水马龙，只有千年的古槐和浓郁的墨香。所有的一切，都是历史陈酿的美酒。

父亲说，城墙是长安的心脏，能沉淀出美丽的灵魂。

曲江月·傍晚

总觉得西安一直在寻找某种属于自己的情愫，暮色下的曲江，风过柳梢头，吟一首唐诗，勾几笔丹青，带我们回归盛唐的怀抱。然而，唐朝又哪里及得此时良辰美景的万分之一。也许，悠长的历史能够作为资本成为长安的骄傲，但在时代的选择中，我们要做的，则是在唐朝的陈骸中凝练海纳百川的风骨，以及那玲珑不灭的精魂。可喜的是，在子子孙孙的反复寻觅摸索中做到了，一路向南，大雁塔作为开始，水给这里注入了灵气，改变了一切。

新家就在这里。从二十八层的高楼眺望远方，大雁塔在灯光的辉映下宛如一颗璀璨的明珠。南边的不夜城华灯初上。熙熙攘攘的人群笑闹在这里，忘却压力和烦恼，心灵得到释放。在这里，可以享用地道的美食，听一场震撼的音乐会，抑或者停留在通艺坊的陶吧，让手指与陶土来一次浪漫的舞蹈。随心选择，都会有惊喜。

几年前，这里一眼望去还是片麦田。除了络绎不绝的游客听到大雁塔盛名的召唤，不会再有人留恋这里。而今合理的城市规划、完备的基础设施建设，吸引了越来越多的人在这里生活。有时候会惊奇她的速度，三两年，便是天翻地覆。

暮色下的曲江新区是西安醉了的姿态，风华绝代，淡去了几多沧桑，几多深沉。

大学梦·清晨

“采菊东篱下，悠然见南山”，是陶渊明的情怀。

我的大学就坐落在南山脚下，连绵的青山安抚着我们青春烦躁的情绪，不知不觉静下来，用四五度的仰角，丈量同朝阳的距离。当我走进大学的那一刻，我开始铸造一个梦想，伴随着梦想而来的则是肩头沉甸甸的责任。寻梦，是一条漫长而艰辛的路。除了坎坷和泥泞，还有很多交错的路口，然而两边的美景足够让我战胜内心的彷徨，坚定不移地向前走。

西安的水土哺育了我，不会再有第二个城市，给我如此厚重的关怀。我们应当用自己的知识和力量回报她，让她流淌最鲜活的血液，永葆青春。我相信，她更好的未来，在我们梦里，在我们心头，在我们手中。

又闻家乡煎饼香

长安大学　徐继山

说起煎饼，那是我们鲁西南人们的自豪。小时候生活在古朴的农村，长大了走南闯北，吃过各地的小吃，也品尝过各种煎饼，有东北的酸煎饼、南方的甜煎饼、西北的面煎饼，可是最好吃、最难忘、最令人回味的，还是我们鲁西南的麦糊煎饼。

一想起煎饼，我的脑海便会浮现一幅美丽安详的画面：在一个秋天的午后，秋日的余晖撒满了农家小院，小院里飘来了袅袅的炊烟，那是母亲在摊煎饼。母亲坐在茅草屋下，头顶着方叠的毛巾，左手持面勺，右手持竹篾，左右开弓、双管齐下。舀上一勺稠稠的面糊，倒在面前烧热的鏊子上，右手的竹篾轻盈地飞舞。瞬间，面糊就被摊成了薄薄的一层。火还在烧，再续上点柴，面糊越来越干，那麦糊的香味也扑面而来。好神奇啊！原来还是装在面桶里的糊糊儿，瞬间却变成了圆圆、可爱的面煎饼。眼看煎饼就要熟了，正中已然泛起了焦黄。只见母亲不慌不忙地揭开煎饼一角，右手用竹篾末端轻划一道，好像一道疾驰的剑光，那烤熟的煎饼便“唰”的一声腾空而起，在竹篾的帮助下，空翻一百八十度，准确地落在右边的高粱秸平盘上。一张张的煎饼层层叠叠、整整齐齐地落着，一会儿的工夫就高出了尺余。刚刚摊出来的煎饼，卷上一根大葱，再抹上一点豆酱，大大地嚼上一口，那滋味到现在我还在回味……

煎饼养活了我们一代又一代人，我们家里原来没有煎饼吃，后来能够吃些瓜干煎饼，再后来才有了玉米的、麦子的煎饼。奶奶的牙齿被磨平了，身体还是那么硬朗；母亲的双手也磨出了茧子，脸上的汗水映衬着笑意；我却被卷着的一根大葱呛出了眼泪，叫着要喝汤。老爸说“大葱蘸酱，越吃越胖”，一家人哈哈大笑，其乐融融。岁月，就这样在反复的咀嚼中，被缩短着，被回味着……

一方水土养一方人。煎饼，是一种饮食文化，属于我们的饮食文化。它，并不复杂，也不精巧、别致，却自有一番深成、厚重、沉稳的气质，那是我们鲁西南人可贵的精神。

后来，一场进城运动改变了农村的模样，也改变着我们的生活。现代化的生活已让“独家制造”的煎饼退出了历史舞台，代之以机器煎饼、作坊煎饼、超市煎饼，偶尔有农家煎饼，里面不是掺了化肥，就是放了滑石粉，再也品不出往日的味道来了。

每次回家，老家总会捎来一些煎饼。妈说，南北做官，为了吃穿。这是妈的饮食哲学，也是她的人生哲学。现在的我，走遍大江南北，吃过山珍海味，最香、最美的还是我们家乡的煎饼。

“层层蝉翼透金黄，圆月摊香巧手娘。折叠泰山千里寄，柔丝咀嚼百年长。”

二等奖

安逸成都

西北政法大学　崔映西

“九天开出一成都，千门万户入画图。”

拥有自身独特的文化品格和精神气质的城市无疑是令人着迷、让人难忘的城市。成都，就是这样的一座城市。

这里既有“成都海棠十万株，繁华盛丽天下无”的芬芳，又有“四十里城花作郭，芙蓉围绕几千株”的美艳，有“晓看红湿处，花重锦官城”的生动，亦有“锦里风流，蚕市繁华，簇簇歌台舞榭”的盛华。青城幽幽，东来紫气；都江古堰，福泽千秋；九寨黄龙，童话世界；憨厚熊猫，华夏国宝；钟灵毓秀，峨眉山月；大佛安禅，三江坐镇……也许连老天也特别宠爱这座城市，在半径不足300公里的范围内，竟然让她坐拥四大世界遗产。环顾世界，还有哪一座城，还有哪一城人，能坐享如此天赐之福？普天之下，恐怕也就只有成都了吧！

独特的地理环境、生态系统和人文因素的影响和作用，使成都城市文化具备了极其鲜明的地方特色。

成都人爱泡茶馆是出了名的。在这个城市里，高档的、中档的、路边的，豪华的、现代的、朴拙的、平民的，各式各样的茶馆、茶楼随处可见。成都的茶馆不仅历史悠久，数量众多，而且有它自己独特的风格。无论你走进哪座茶馆，都会领略到一股浓郁的成都味：竹靠椅、小方桌、盖碗茶、老虎灶、紫铜壶，还有跑堂的堂倌，无不给人以极具鲜活市民气息的生活感受。有生意可谈了，成都人会在茶楼里找一处安静的位置，茶香袅袅，丝竹悠悠，往往在唇齿清冽之间，一笔生意就成功了。即使生意没有谈成，如此雅致的环境，沁人心脾的香茗，还有闲聊般的轻松惬意，那么宾主双方亦不会如谈判桌上一般气氛严肃、剑拔弩张了。“生意不成仁义在”，这是成都人常说的一句话，那么既然仁义还在了，下一次喝茶，下一次谈判，下一次成功就也未可知了。成都人的大智慧，往往就表现在这些小细节上。

除却生意、公务，成都人最喜欢的还是在某个周末的下午，吆五喝六地叫上一堆朋友，找一家临河的茶馆，喝茶、打牌、晒太阳、“摆龙门阵”了。四川人称聊天为摆龙门阵，事实上，成都茶馆的魅力，便正在于那里的龙门阵。龙门阵里，既有远古八荒周秦汉唐古香古色的蓬莱夜话，也有近在眼前出自身边饮食男女的百姓声音；有如同叶子烟吧哒出来的乡土情浓地方色重，也有充满咖啡味漂洋过海而来的异域风情；有正经龙门阵的坐而论道诗词比兴的咬文嚼字，也有荤龙门阵的怪话连篇嬉皮笑脸麻辣犀利。作家林文询曾经说，“龙门阵”有天时地利人和三者。茶馆日夜开放，茶客多半有闲，时间不成问题，此为“得天时”；茶馆环境宽松，氛围随意，设备舒适，可站可坐可躺，时时茶水伺候，摆者不累，听者不乏，此为“得地利”；茶客多为龙门阵之“发烧友”，目标一致，兴趣相同，摆者有心，听者有意，一呼百应，气氛热烈，此为“得人和”。天时、地利、人和三者兼得，龙门阵自然越聊越多，越摆越火了。同摆龙门阵一样，在成都，没有麻将的茶馆不叫茶馆。四川人喜欢玩麻将，而在茶馆那种轻松惬意的地方，端上一碗花茶，嗑着瓜子，一边聊着龙门阵，一边打麻将，只要不换茶，茶水就可以无限续添，瓜子随意地吐了一地，再伴随着成都难得一见的太阳暖暖地照着，这样的感觉也只有用四川话能形容得出来了——安逸！若是想睡觉了，找张竹椅一趟，也不知道是谁设计的那么符合人体工程学的竹椅，人一躺上去，顿时感觉像轻了半截。旁边是说书的、卖报的、擦鞋的、打麻将的、掏耳朵的、按摩的、卖瓜子豆腐脑的，穿梭往来。茶馆伙计将一大堆茶碗托着来到桌前，抬手间，茶托已滑到每个茶客面前，盖碗咔咔端坐到茶托上。随后一手提壶，一手翻起有一米长壶嘴的大铜壶，玩得风车斗转，什么“苏秦背剑”“蛟龙探海”“飞天仙女”“童子拜观音”层出不穷。随着一条白线点入茶碗，迅即盖好茶盖，速度惊人却纹丝不乱，观者只觉得目不暇接，眼花缭乱，这哪里是倒茶，这完全是杂技表演嘛！就这样，躺不了五分钟，上下眼皮就迅速打起架来，一幅幅活色生香的画面还在头脑中转悠，耳旁依然喧闹，依然嘈杂，人却已经半睡半醒了。正所谓“偷得浮生半日闲”，不过如此嘛。

袅袅的茶香泡出了成都人安详闲适，从容不迫。他们怡然而平和，尽情地享受大自然赐予和自己辛勤创造的精致生活。古代城市文化田园牧歌式的恬静与现代城市自然地交融，在充满了自然气息和温馨人情味的城市底蕴中，表现出一种雍容大度的气质。

“当年走马锦城西，曾为梅花醉似泥。二十里路香不断，青羊宫到浣花溪……”

如斯成都，安逸之极。

唱一支故乡的歌

西安医学院 武芸如

谁说，故乡的歌是一支清远的笛，总在有月亮的晚上响起。谁说，故乡是一股神秘的力量，总让我们魂牵梦萦，不管走了多远，最后总是要落叶归根。谁说，故乡永远都是故乡，是改变不了的事实。我只想说，每个人都有一个故乡，在心灵柔软处，在脑海最深处，我们不会忘记，总是最深沉的依恋。这是一篇关于故乡的文字，我将用自己最朴实的语言，把我那故乡来歌唱。

从小听着一首歌长大，“我家住在黄土高坡，大风从坡上刮过，不管是东南风，还是西北风，都是我的歌。”简单的调调，却道明了我的故乡。我的故乡就是那红军长征的落脚点，吴起县，属于陕西省延安市，是最北边的县城，也还是偏远的，通过弯弯曲曲的盘山公路通向外界。这里是红色吴起，因为长征精神在这里发扬，红色文化在这里传承；这里是绿色吴起，因为全县退耕还林再造秀美山川；这里是金色吴起，经济在腾飞，教育在发展。这里是我的故乡，我永远的家。

红色吴起。

就在红军长征转战到吴起的时候，毛爷爷在这里的一座山头指挥了一场战役，这胜利山的名字由此得来。自此，这里逐步被开发，现今修建成为红军长征胜利纪念园。临近的居民晚饭过后喜欢到这里散步聊天。红色吴起景色宜人，红色文化更是育人。从小开始，我们便懂得长征精神，要去坚持，要去奋斗。曾经，战士们可以为伟大的事业献身，今天，我们有战士的精神鼓舞，回报家乡。

绿色吴起。

县里的老人们每每回想吴起的过去与现在，无不感慨党的伟大。党的政策，加上全县人民的不懈努力进行退耕还林，终于让这个古老的小城不再山穷水尽，取而代之的是现今的山清水秀。一进县城便是满目苍翠，令人心旷神怡。现在，有更多的人关注吴起。不得不说，绿色是我们的本色。

金色吴起。

就在我还是小孩子的时候，吴起也就是个破烂的地方，到处是平房或者土窑洞，有钱人家最好的也就是装修得很好的石窑洞。一进入所谓的繁华街道，也都是盖在路两旁的彼此紧挨着的小平房。但是伴随着中国改革开放，沿海城市迅速发展，内陆的小城市也积极响应党的号召，我的家乡就是在这个时候开始发展自己的。在县城里开发了石油资源，逐渐的经济开始步入正轨，有了骄人的成绩。也就是在这个时候，吴起开始有了自己的楼房，从一开始的四层，到现在的二十几层，街道面貌发生了翻天覆地的变化，家里条件好的也住上了自己的楼房，人们出门也不再步行，“的哥，的姐”的称号盛行了一段时间。

经济发展了，就意味着教育不可能再落后，“科教兴国”在这里有另外一层含义，成了“科教兴县”。县里的学校，无论小学还是初中，里面景色宜人，且师资力量雄厚。当国家九年义务教育法律颁布的时候，我们已经开始享受十二年义务教育，等我上了大学，县里的孩子已经开始十五年义务教育，幼儿园也开始不收费了。这一举措，无疑减少了家庭开支，加之蛋奶工程，孩子们的营养也全都确保了。会怀念宋祖英的一首老歌——《越来越好》，生活越来越好，心情越来越好，明天越来越好。不得不说，这里是一片金色的麦田，在不断地丰收。

这片土地养我育我二十载，我的家人也生生世世都在这里扎根。这里是我唯一的家乡。我常想，不论这里贫穷与否，也不在乎是否偏远，都是让我骄傲的故乡。上了大学，在外地念书，时常还是会很想念故乡的一切，还是会怀念我在这一片故土的成长。我想说，我是在外漂泊的游子，可是故乡永远是我心灵的归属。

中国是发展中的，吴起也是发展中的。我有一个梦想，大学毕业之后再次回去，为这片故土尽自己的绵薄之力。谈不上高尚伟大的责任感，可是作为本土人，作为传统的中国人，我真诚希望自己能为这里做点什么。

这首歌唱不完，道不尽。源远流长是这里的故事，我们也只是偶尔的年华。对这片故土深深地眷恋，也成了我们的精神支柱。情侣之间喜欢说“爱”来表达自己深沉的情感，我也只想朝着我故乡的方向呐喊一声“吴起，我爱你！”

吴起，我爱你……

故乡的爱与守候

西北大学 许珺婷

淙淙的流水带不走岁月的痕迹，飘飘的落叶载不动厚重的乡愁。每逢月圆，每遇佳节，故乡母亲的容颜便在我的心头浮现，取一瓢月华如水，饮下的是甘甜，亦是泪水。只身在外，每每提起故乡，内心总会真切地感受到如婴儿对母亲依赖般的对故乡深深的思念。

我曾到过江南，那一座连着一座的水乡，那一眼望不尽的延绵青山，那亭台楼阁，吴侬软语，每一滴雨都饱含了江南那世世代代不可方物的清雅，江南的美确实让人流连忘返。再多的诗句，再多的赞美，再多的笔墨，都无力呈现出一个完整的江南。

与江南相比，我的故乡似乎很少被人记起。夹身在黄土高原和毛乌苏沙漠之间，承载着农耕文化和游牧文化的交融汇合。任何一个地方，只要被冠以西部的名号，就总不能给人以好的想象。但榆林，这个被誉为“塞上明珠”的地方，拥有自己的文化，自己的资源，自己的骄傲。这一片土地同样延续着历史的古老、厚重与伟岸，她在我的眼里有着不可言说的美丽。

小时候最爱家乡的大红枣。每年秋天，那一颗颗颜色鲜亮、果实饱满的大红枣总是能让所有人都垂涎欲滴。陕北的红枣由于气候、土壤等因素，香甜酥脆，回味无穷。刚打的枣是红皮绿瓤，甜味大，水分足，吃几颗就觉得肚子饱饱的了。小孩子爱玩，总是喜欢在光滑饱满的枣皮上施展艺术的才华。有的用小刀，有的用细针，雕刻出胖乎乎的枣娃娃，再用小木棍插成枣娃娃的手脚。那一个个红枣娃娃，表情不一，形态各异，有的憨态可掬，有的眉开眼笑，有的张牙舞爪，有的凶神恶煞……小伙伴们会把做好的枣娃娃汇集在一起，比比看谁的更有创意、更特别。被比下去的人就会生气地一口把枣娃娃吃掉，以示自己输得不服气；赢了的人会一直留着自己的枣娃娃直到水分蒸发干了，变成干枣娃娃。小孩子的心总是特别容易满足，只要一个枣娃娃就可以高兴得手舞足蹈一整天。童年的记忆里有太多与红枣有关的片段，每一个片段都是一颗红枣，饱满而甘甜。年复一年，成长的丝线串起一颗颗记忆的红枣，在岁月的流光里熠熠生辉，璀璨的红色不断勾起我对童年的回忆，也勾起我对故乡的思念。现在总喜欢把从家里带来的红枣和朋友一起分享，当看到她们流露出对陕北大红枣的喜爱时，我的心里总会浮起一丝欣喜，为我的家乡，更为我是家乡的一份子。秋天到了，又到了红枣成熟的季节，不知道今年家乡的红枣是否还能嚼出往年的味道。

突然就很想吼几句信天游，那一声声回荡在黄土梁上的歌声，在此时想起来是那样的质朴有力。“羊肚肚手巾三道道蓝，咱们见面面容易，拉话话难。一个在那山上一个在沟，咱们拉不上那话话，招一招手。了得见那村村呀了不见人，我泪蛋蛋抛在沙蒿蒿林。”没有漂亮的辞藻，没有矫饰的煽情，直白的方言，土得掉渣的歌词，荡气回肠的旋律，将贫瘠黄土地上的青年男子对心上人的那份痴情与守望凸现得淋漓尽致，在高亢、豪放的旋律中透出一股入骨的凄怆。这就是属于陕北这片土地的歌，这就是我从小耳濡目染的黄土文化所酿造出的音乐奇葩。它不似黄梅戏般柔情，不若花鼓戏样喜庆，却每每萦绕心头，摧得多少离人泪。想家的时候唱起家乡的歌，便会觉得自己站在高高的黄土梁上，拥抱整片土地。

只要想念，关于故乡的记忆便如潮水涌上心头，湿润眼眶，“老榆林，小北京”，“塞上科威特”，桃花泉，天下第一台……吼一声，硬朗的陕北汉子脚踏黄土面朝天；唤一句，精明的陕北婆姨巧手剪纸歌更亮！

哪个人不爱自己的故乡，故乡永远是心中牵挂的乐土，故乡永远是舍不掉的爱与守候，“为什么我的眼里常含着泪水，因为我对这土地爱得深沉……”

塞外飞歌

长安大学　方杰君

“宁夏川，两头尖，东靠黄河西靠贺兰山……”这首歌谣是我的家乡宁夏的真实写照。刚上大学时，有朋友问我：“宁夏是不是全是沙漠啊？”我哭笑不得地说：“对啊，我们每天都是骑骆驼上学的”。其实，宁夏远非南方人所想，她其实很美，很美，在我们祖国妈妈的心中占据着重要的地位。她身材娇小，却耳听八方；深居内陆，却心怀庙堂。

宁夏的美，于山于水。宁夏的水都不似江南涓涓的溪水，仿佛不经意间会断流。黄河之水天上来，一泻千里，奔腾东去，冲出一片塞上江南。

山，不像南方的山绿遍四季，年年如此，一张绿脸。贺兰山巍峨高耸，屹立在塞北要道，夏绿冬白，一年四季，四季风景各自独好。不同的颜色，不同的情调。

在古城西安住得久了，发现这里似乎没有明显的春天和秋天，过渡太短，忽冷忽热，有点命运般的无常。宁夏四季分明，夏天炎热，雷阵雨忽而一阵，东边日出西边雨时不时绮丽在天边。随着夏末的最后一声蝉鸣，第一片落叶打着旋儿掉落，意味着秋的来临。天，高远，色，蔚蓝。当最后一队大雁南飞，去无影踪，一阵冷风嗖嗖吹来，你不自觉地紧紧衣领，便知道，冬天已来。宁夏的冬天是能看到雪的，甚至是鹅毛大雪。每年都有雪人陪你一起过新年。这样的雪，不是落地即化。雪花漫不经心地纷纷扬扬，不知不觉就是冰天雪地的童话世界了，厚重，肆意，天地一片白，雪人在中央。不得不说，过年还是在北国比较有气氛。空气很清冷，树木光秃，红艳艳的春联就格外喜庆。有对比，才有感觉。一家人在屋里一起包饺子，煮饺子，围在一起看到热腾腾的饺子端上来，伴着窗外鞭炮声声吃着饺子，总觉得这才是过年。雪花之后，大地开化，土地酥软湿润，嫩绿的芽悄悄探出脑袋像是打听春的讯息。亲爱的，哪里有讯息，你就是讯息。太阳回到赤道以北，又是多彩缤纷的一年。

我的家乡，人杰地灵。你一定听说过西夏王陵，这个西夏王国的建国天子李元昊留给后世的“东方金字塔”，风雨西夏，党项悲歌。“岁月如刀，风霜似剑，削刻着曾经光辉的汗青印迹，近千年的灰尘被风吹过又吹回，漫无垠岸地擦过大巨细小的古冢。多少年来，漫空雁叫，雀儿轻啼成为陪伴这座孤寂陵寝的唯一。落日西下，昏暗天色下的断壁残垣越发苍凉，布满悲情颜色。高峻残破的陵塔，脱去了它旧日恢宏的外套，在天穹下无声无息。”那一日在阳光温暖的午后，读到这些美丽的文字，我心发一种神圣的苍凉感。我们的故土上，曾经演绎过怎样的传奇，怎样的风云变幻，这是另一种美，想起沧月的小说——大漠荒颜。还有曾经的马本斋，今天唱响世界的刘欢，世世代代，我们宁夏人都在为祖国贡献微薄之力。因为，我们，爱我们那方土地，爱我们亲爱的祖国。

这个土地上的人们，有着穆斯林的信仰，小白帽，小花衣，麻花辫，华衣美服，举手投足，向世界展示回族风情。也许我们的家乡，算不上繁荣，但民风淳朴，安居乐业。随着西部大开发的风吹开了脱贫致富的大门，“春风”所到之处，一派生机盎然。看，三北防护林蔚然成林，因贫穷上不起学的西海固地区传出朗朗的读书声。原本荒瘠的土地上早已有宽阔的柏油马路，处处高楼拔地而起。槐花飘香，枸杞红透半边天，城市交通不拥挤，有鸟儿在城市上空飞翔。勤劳的人们晨钟暮鼓，不辜负生命中每一个应当起舞的日子。

远行，不远家。在外的我们，不用逢佳节，便经常惦念家乡的圆月。那样一个恬静、闲适又有上进心的小城，是我心中永不失鲜的情缘。

今年恰逢家乡宁夏石嘴山市建市60周年，在此，为母亲年轻又沧桑的面庞涂上绚丽的色彩，让她向祖国、向世界把自己的故事娓娓道来……

早安，长安

延安大学 周 旋

泡上一壶好茶，放上一首小曲，静静地在阳光的馨香中品一品这座城的故事。

时间化作青苔，悄然爬上城墙的青石板砖，淡淡游走的岁月，深一脚浅一脚地踏在这古城的街道上。这座城，是一部书，一部沉睡了千百年的史书。它见证了十三王朝的兴盛衰败，走过了动乱四起的岁月，千百个清晨的钟鸣，夕阳西下的暮鼓，伴随着千百年的日升日落。今日，它洗去了繁华都城的金色辉煌，褪去了硝烟弥漫的灰色颓败，渐渐把这些故事和色彩都沉淀下来，沉淀出了浓厚的古韵，沉淀出了深沉的背影。最终，陈酿成一坛香浓的文化美酒。

这就是我挚爱的故乡——西安。西安，古人称它为长安。长安，长久安定之邦。我喜欢称它为长安，并非因为这是十三朝古都之名，而是它所反映出的是生活在这片土地上的人民对生命的眷恋与热忱。他们祈求长久平安，只是希望可以安逸地生活，平淡且诗意地享受生命，多么质朴且令人感动。

这是一座不断给人惊喜的城市，一个充满神奇和活力的地方。走近它，你会为历史遗存的完美博大所震叹，又会为现代化建设的勃勃生机所感喟。历史与现代的色彩，在这里完美和谐地交织在一起。古色古香的亭台楼阁与霓虹勾勒的高楼相衬着，晨钟暮鼓的回响声与呼啸的汽笛声相和着。历史文化的气息在车水马龙间穿梭着，置身其中，仿佛你是穿越古今的行者，揭开历史的朦胧幽帘，就是鲜活的时尚之都。人文山水、古城新姿交相辉映，构成古老西安特有的神韵风姿。

一个人之所以爱一座城市，是因为这里有他的故事，每一座城都因故事而有了生命。我在这里生活了近二十年，直到离开家乡的这一刻，才开始学会好好欣赏这片我生活过的热土，然后，开始思念。

记忆就像老旧的黑白照片，边角略泛黄的是我们的思念。还记得小时候，最开心的事就是爷爷带我去钟楼，那时候一提进城就开心得难以入眠。我在爷爷的“二八大驴”的后座上大声读路边各种广告牌上的字，那段岁月，像从我眼前后退的大字海报，悄悄地卷进我的脑海。越过马路上纵横的电车轨道，拖着长长的耳朵的电车呼啸而过，卷起我耳边的风，四季一遍遍被吹散。如果遇上爷爷发奖金的日子，还能美滋滋地捧上一根钟楼小奶糕。生日的时候，还能在兴庆宫或者革命公园里坐上一次电马。那时候就想，幸福大概就是这样了吧。白色的贝贝牌布鞋，大花边的袜子，一毛钱的果冻条，葫芦娃的连环画，方便面的卡片……美好的童年回忆纷至沓来，那些想念遗落在城市的每一个角落。

现在西安已经修起了地铁，现代化的血液以飞快的速度注入这座城市，在这片埋藏着无数未知宝藏的地下飞驰，穿越历史，走向未来。夜幕下，这座城已俨然成为一座现代化大都市，繁华的灯火包裹着林立的高楼，在这片夜幕下，还有那么多忙忙碌碌的人，他们辛勤地为了自己的生活而努力奋斗着。人因努力而创造，城市因努力的人而美丽。

越过古城墙，飞过热闹的城区，便会到达另一片桃花源般的净土。你会看到高耸连绵的终南山，看到纯净至极的天空，大片大片的原野。疲倦了城市里的忙碌，你可以尽情在这里与山对话，与水谈情。“采菊东篱下，悠然见南山”的至美享受，便在眼前。

无论在什么时候，无论身在哪里，西安永远给你鲜活的感觉，就像你每天面对的清晨，充满朝气与希冀，你就会忍不住想说，早安，长安。

我爱这座城市，爱它的清晨，爱它的黄昏，爱它的华灯初上；我爱这座城市，爱它的历史，爱它的今朝，爱它的未来；我爱这座城市，爱我在这里的童年，爱我在远方的思念；我爱这座城市，爱它的人民，爱它的美食，爱它的文化，爱它的一草一木，一砖一瓦。

你听，在城墙根下，老人们又吼起了秦腔……

那片生我的土地

西安工程大学 成瑞瑞

我出生在陕西关中一个偏远的小村庄，三面环沟，抬头不见山，低头不见水，眼里尽是黄土。可就是在这样一个单调的环境中，我度过了自己快乐的童年。

我的小学是在村里的小学上的，老师不多，学生也不多，几间比较大的瓦房是我们的教室，房顶上有些瓦雕琢得很是精细，如今看来已是文物。土操场对面的那排小窑洞是老师办公兼住宿的地方。记得小时候冬天很冷，我们一个班二十几个小孩便去老师的房子上课。房子小，放一个火炉就不那么冷了，我们甚至有七八个同学和老师一起坐在床上，盖着棉被，听课，闲聊，如今想起来仍然觉得温暖。那个时候的生活是简单而快乐的，上学也是一件美好的事。记得那个时候每天都上晚读，也就是下午五点放学之前的最后一节课。我们一般都会在操场上背书，并且边背边写，拿个碳棒写下我们当天学会的汉字和句子，那个并不大的操场上边写满了或清秀或歪扭的黑色字迹。有时候不写了，背书的时候便会看天，乡下的黄昏的天空，绚丽的晚霞，落山之前的太阳，天边泛着的红光，如今这些我已很少看到，或者看到了，也没有了小时候的感觉。

小时候每年收麦子的季节是大人们忙碌的时节，却是小孩子快乐的时节。我们会去麦场里玩，有时也帮大人们一些简单的忙。麦子被铺在麦场上，我们喜欢躺在麦穗上，麦芒有时扎得痒痒的但我们却无比欢乐。麦场的旁边有一棵柿子树，长得很高大，分叉很多，易于攀爬，收麦子的时候长得最为繁茂。我们这些小孩便爬到树上，用枝叶遮挡住自己，让别人找，玩得不亦乐乎。相比于地上，我们更愿意待在树上，一是因为枝叶的遮挡可以让我们在炎热的夏天感到一丝凉意，二是小孩子总有好奇感，有游戏精神，而待在树上可以找到我们想要的感觉。麦粒弄干净了之后，大人们都会把麦秆堆成堆，高高的，圆圆的，像没有棱角的屋子。好多人为了防止自己家的麦秆被偷，会在麦堆里打个洞，晚上睡在里面。而在白天，这些洞便成了我们小孩子玩捉迷藏游戏时最佳的藏身地点。躲在里面，有神秘感，也有安全感。

我的童年就这样慢慢地、无忧无虑地成为了过去。温暖的火炉、炕头、棉被，黄昏时写满字的土操场，妈妈缝制的有两只梅花鹿的书包，和伙伴们一起跳过的橡皮筋、踢过的沙包，麦场里高高的麦堆，高高的杨树上看得见的鸟窝，那些白色的、天蓝色的、灰色的、带着斑点的鸟蛋，那棵枝繁叶茂可以攀爬的柿子树，地畔上半红半绿的酸枣树，羊肠小道上曾被我们捡起的麦穗，那些我们曾偷偷摘过果实的杏树、桃树，四月里淡粉色的苹果花，爸爸的铁锹，妈妈的黑发……所有的这些都已在不知不觉中成为回忆，远离我的生活却伴随着我一路成长。

如今我在外地上学，为自己的未来奋斗，回到那片土地的机会也变得越来越少。在我成长的这些年里，它也发生着变化。每次回家，看着周围发生的变化，总有一种说不清楚的感觉。学校里已盖了新的教学楼，原来的教室已变得破烂不堪，土操场上长满了荒草，无人清理，属于我的小学在现实中已消失。麦场里早已没有了高高的麦堆，到处长满了野草，有的甚至被人开垦成了庄稼地。大家现在收麦子都用联合收割机，麦场已失去了它的用武之地。麦场旁的那棵柿子树因为太年老无法长出新叶，一眼望去尽是枯败的枝干。

我的童年已不再，它所处的环境如今也随着国家这个大环境悄然发生着改变。我的内心在伤感的同时，感觉更多的是惊喜。我在成长，我的家乡也在成长。我们失去了一些东西，但我们得到了更多的东西。一个人的强大，一个村庄的富裕，一个国家的崛起。

三等奖

风·楼·人

西北工业大学　边思振

钟楼下的驻足，就像是个无期的禁锢。千年前的辉煌，被深深地锁住。同时上锁的，还有那双焦灼的双目。

人已去，楼已空，城脚下的野草也开始发困。就在数小时前，她还能翘首望见，儿子随着队伍向着前方行进。日光一缕缕，数天没有梳理的头发已然爬满了尘。

“妈，回去路上保重……”就再也看不到那张依旧稚嫩的面庞了。

一缕秋风掠过，飞扬的尘遮住了日光。这个钟楼，无声无色，无形无容。一群放了学的孩童在马路上飞奔，黄绿色的帆布书包一颤一颤，仿佛还能听到课堂上那一阵阵机械的呼喊。数百个工人拎着铁家伙，浓烈的汗水味溢满了街道，在关于城墙修补工程什么时候可以竣工的探讨声中隐消……

她坐在城楼脚下，看不到那张脸的目光变得模糊。贫困的小村里，儿子是被迫走上这条路的。临行前，儿子扛着一袋麦子在村头的磨坊里把这袋麦子打成了面粉，这便是几个月的食粮了。一碗面都没吃，就匆匆启程了。难耐的思念，在昏昏沉沉的钟楼下边，可是愈加苍凉了一些？

十几天的回家路，撞撞跌跌。秋风中，一片红叶，在急切地翩跹。

日子一天天地过，百草绿了又黄，树丛盛了又凋，大雁飞来又飞走。唯一不变的，是她望断天涯盼归人的目光。

村子里终于来了消息，她很兴奋。十年了，送别时的记忆总是不经意地袭来。在嘈杂的世界里，她早已冰结了容颜，那么多可爱的目光没有去收藏，那么多美丽的背影没有去订装。也许时间才是最令人心动的容颜，卑微的躯体承受不起。她夜里交付好所有的琐事，次日就匆匆启程，带上了小孙子。

还是一年一度的秋。远远的看钟楼，日光下澈，隐约可以看到那闪耀着金光的顶。从钟楼通向四方的马路宽敞了许多，亮堂了许多，也干净了许多。沿街的店铺火热地经营着，一切都那么井井有条。学生背着各色书包，骑着自行车，飞驰而过。放眼望去，数幢楼已是高耸入云。她的步子迈得轻快而又急切。小孙子眨巴眨巴着眼，里面全是好奇。

秋风又一次掠过，尘土不再飞扬，带来的却是一场凝重的秋雨。雨淅淅沥沥地下着，一点一滴，激起了心湖的淡淡涟漪，褪却的记忆一页页被重新翻起。马路上的积水，浮现出亦幻亦真的流年，却被飞驰的轮毂撷起，化作无数粒细雨，亲切地藏进了这片土地。

一瞬间，她抓住了他的脸。这张脸很少出现，却写满了思念。周围静得出奇，只剩下呼吸，似乎整个世界都在向这一幕侧起了耳朵。她已然有些颤微，双手本能地腾在了空中，泪水沿着已成沟壑的皱纹细细地流下来，分不清是雨，还是泪。他扑通一声跪在雨水里，把头埋在了她的怀里，委屈地在哽咽中喊了一声："妈……"，就歇斯底里地陷入了感情的漩涡……

这就是大伯，身材高大魁梧，面容成熟英俊。就像旁边的钟楼，脚下是一片坚实的土地，巍然屹立，经过岁月的砥砺，不仅没有被束缚，反而散发出一股万里无垠的力量，喷薄欲出。大伯陪奶奶住了一段时间就进城了。临走时，他嘱咐我们几个晚辈，要好好学习。

多少年过去了，原本灰色的日子已无声无息地消逝了。父辈们赶上了西部大开发的洪流，在瞬息万变的市场经济中站稳了脚跟。这是一段令人心湖澎湃的岁月。生命的辉煌，就像是一首绝唱，唱出人生的艰辛苍凉。当再度撷起过去时，一种无以名之的感动，就肆无忌惮地澎湃在心底了。

年秋的时候，大伯驱车带上奶奶、几个晚辈去了古城西安，在焕然一新的钟楼下，大伯搀扶着奶奶，驻足了好长时间。如今，这里已是西安，甚至陕西乃至整个大西北的地标性建筑了。车水马龙，一派热闹。周围的商场、餐厅、电影院熙熙攘攘，焕发出美丽、热烈的面庞，如此惊艳，让人感觉尽情地演绎才是关键。

一阵飒飒的秋风掠过，忽然发现，奶奶已是银发满头了。还以为，人是慢慢变老的，其实不是，人是在一瞬间变老的。

我也与此，在父辈的旗帜下，从钟楼出发，开始了漫长的大学生活……

故乡的原点——梦想的起点

西安文理学院　汪　洋

儿时的伙伴，如今已天南海北；儿时的记忆，零星而又甜美；儿时的家乡，梦幻而又唯美；儿时的我们，走在故乡的原点，开始梦中的起点。

我的家乡坐落在陕西省一个小小的乡镇里，那里有淳朴的民风、历经百年的宝塔、一路上陪我一起走过的岁月，还有一种无以言及的美景——大地原点。在这条通往未来的途中，我怀揣父母满心的期待一步步向梦想进军，因为我知道，大地原点，梦想放飞的起点。还记得在我小学五年级的时候，学校组织春游，我们在老师的带领下去了我们家乡特有的景点——大地原点。一路上我们说说笑笑，满是欢喜。大概走了不到半小时的路程，我们便到达了目的地，映入眼帘的是一座圆顶建筑物，虽简单又不失高贵。我们站在原点的入口处，注视着刻碑，上面介绍了大地原点的沧桑历史，感触颇深。在老师的带领下，我们走入了圆顶建筑的内部，穿过漆黑的地下室，看到在一个玻璃桌的中间有一个“十字”，“十字”的交叉部位是一个绿色的玛瑙，这便是大地的原点。我们惊喜万分，反复观看，唯恐遗漏掉这一神圣而又难忘的时刻。那时的我们单纯而又渴望知识的洗礼，现在想想都不由感慨。

转眼之间，我已成为一名大二的学生，往日许许，历历在目。那时的原点早已成为我追求的动力，全力以赴、不曾停留。老师也曾说过，家乡会是我们永远的坚强后盾，托起我们飞翔的翅膀。那时，我不太理解，但此刻，坐在大学的校园里，我深深懂得了那句话，那颗心。

我终归是会离开家乡，离开亲人去找寻我自己的未来，但家乡定会是我圆梦的终点。没有儿时的点滴，又哪会成就现在的自己呢？开始学着感恩，感激亲人，感激师长，感激朋友，但更应该感激的难道不是陪伴我成长的家乡吗？我手握梦想的接力棒在这片熟悉的土地上自由驰骋。妈妈曾说：“孩子，你知道吗？上山下乡那会儿，好多城里来的叔叔阿姨都把青春热情奉献给了这片土地啊！妈妈要你记住，不管身处何地，都答应妈妈把这份责任传递下去。好吗？”我答应了妈妈，但我深知这条路还很长很长……

“接力下去”，心底的一个声音告诉我。于是我怀着父母的期盼和对家乡的祝福整装待发，一步步塑造着自我，相信终有一天，会像知青叔叔阿姨那样为伟大的祖国献上自己的青春热情。儿时的故事似乎已经结束，这么多年，我却一直在延续着儿时的故事，圆梦、起航，岁月如梭啊！祖国华诞在即，我又将以怎样的行动来为伟大的祖国献上自己最珍贵的礼物呢？思绪之余，恍悟，其实怀着一颗感恩的心感恩家乡、感恩祖国就是我们最真诚的礼物了。在大学的第二个年头，我不再怯懦，开始了自己新的征程。我想此刻的我再也无法按捺心中的那份激动吧，因为我终于有了属于自己的独一无二。当一个人因为自己的既定目标而全力以赴时，那他就真的可以超越自我，成就自我了。

有一句话是这么说的：思想有多远，就能走多远，我一直这么地坚信。也有一句话是这样的：路漫漫其修远兮，吾将上下而求索。我相信也愿意为了这一神圣的使命而不断修正自己，充实自己。等到知识、能力储备都已足够，那时我会将梦想变成现实，履行儿时对妈妈的承诺。

此刻坐在这里，心潮澎湃，原来这些年的飞翔，都是家乡、亲人给了我莫大的鼓励。我会一如既往，在祖国这片自由的土地上展翅高飞……

故乡那些人，那些事

长安大学　刘　攀

在不同的人眼里，故乡都有不同的印象：它可能是一个温馨的字眼，可能是一缕浓浓的思念，也可能是一片肃穆的黄土包儿，还可能是百吃不厌的美食。但有一点是共同的，那就是对故乡的热爱！因为我们都知道“金窝银窝不如自己的狗窝”，况且对于安土重迁的炎黄子孙来讲，落叶归根永远都是他们心里无法割舍的情怀。帝王将相如此，贩夫走卒亦然！故乡，既是生我养我的物质载体，又是给我抚慰鼓励的精神家园。故乡如同一个宁静平和的港口，我怀揣梦想带着依依不舍的情结毅然从这里起航，奔向未知的大洋，可是最终，我航程的终点依然是这块魂牵梦绕的地方。生我的是父母，养育我的是故乡的水土，在这里有属于我的亲情、友情，也有属于我的成长、积淀。故乡的人让我怀念，故乡的事让我留恋。

魔鬼词典里给父亲下的定义是这样的：“这个人控制着我们一生四分之一的时间，他由大自然提供给我们，在我们依靠掠夺过活之前，他是我们的天然物资供应商。”我的老父亲是一位勤劳倔强的农民，除了种田的老本行之外，开车、建筑、饮食这些行业他都涉足过，在哺育我们两兄弟的二十多年内，他的足迹几乎遍布大江南北。然而到现在，我们两兄弟皆已成年，可父亲仍然像不知疲倦的永动机一样，继续为我们这个家发光发热，因为现实的生活就像一根鞭子一样不断地鞭策着他。所以父亲总说“这个爹难当啊”，这是为什么呢？世居在此乡，耕作出油粮。今仍居此乡，家却不能养。若问是何故，为君细细讲。上有高堂在，下有小儿郎。常年居旧房，高堂多染恙。有病医不得，母痛子亦怅。非是子不孝，只因无余饷。复望子成龙，送子入学堂。子亦不负望，中得状元郎。无奈资费高，辗转举债忙。手中钱不多，偏想盖新房。生计何所出，进城寻活路。埋头把活干，不惜血和汗。都市何繁华，工地何寒酸。衣食皆将就，烟酒不敢沾。幸遇好老板，按时发工钱。一干就数年，背驼腰更弯。高堂早过世，犬子已成年。本应得余闲，其实却不然。儿子求职难，不能把身安。若想迎儿媳，必先有房款。家业难成立，子忧父更煎。古有李太白，曾言蜀道难。今朝人皆言，没钱当爹难。

两条被搁浅的鱼，挣扎在干涸的沙滩上，它们用彼此的唾液滋润对方的身体，这种感情，人类称之为相濡以沫。如果，你和另一个人之间也可以像那两条鱼一样相濡以沫，那么你们肯定是朋友。如果，你和另一个人之间还有相同的语言文化、饮食习惯、兴趣爱好，那么，你们也是朋友。如果，你和另一个人之间还有棋逢对手、将遇良才的感觉，那么你们更是朋友。要是你的某位友人，具备这三个“如果”，那么他不仅是你的朋友，更是死党，而且这个人十有八九是你的老乡。因为故乡的土壤永远都是培养这种感情的温床。真正的友情正如陈年的老酒一样，越久越香，越久越醇。发小，永远都是你回乡之后最想见的人之一。大一那年的暑假，和我一起异地求学的发小们约定回家聚会，那一刻我真的是喜不自胜，于是便有了《踏莎行·归汉中》：“挥鞭渭水，撤马长安，归心似箭欲乘风。骄阳似火浑不觉，归家见友喜气盈。汉水碧盈，庭院依旧，更将见往日好友。东篱把酒黄昏后，高歌一曲将进酒。”

无论是求学还是工作，独在异乡真的是异客，难免有孤寂不顺、惆怅彷徨的时候。某次，在湖北求学的哥们儿向我发牢骚，他给我发的短信是：“月未盈，风成霜。聚散如梦，轻鞶换了泪两行。去有时，逢在何期？珍重可曾忘故地已无故人，唯余青兰香。忆往昔龙门啼笑，今亦远茫茫。愿此行非长别，再归来无恙。年华如露，明朝定上君子堂。”多年的习惯（有了诗词新作先交流一下，有了牢骚就发短信，偶尔也编成诗词的模式）我们都保留着，于是我赶紧给他回短信：“夕阳斜，风似伤，知音难觅，轩昂换了闷满肠。归有时，聚岂会远？保重曾忆否？故地故无故人，却留金兰香。况分离不过数载，毋庸太惆怅。他朝携手闯荡，归来定无恙。韶华易逝，且展拳脚酬壮志。”还有一个哥们儿，因为在外地工作，和以前的女友分手了，整个人颓废不堪，在QQ上碰见我，给我发的消息就是：“西窗银盘，才圆即缺，谁知姝雨来今夜！枕玉簟，持朱折，翻出旧字心难舍，休去叹息，沉默。九天华侨练，秋幕已遮，世事无常只奈何！摘金佩，取香镯，轻拂纤尘收紧握，痴癫不泯，几个？”我一看就吓了一跳，感情这伤得还挺深啊。这样下去可不行，长痛不如短痛，振作起来才是关键。所以我就给他回了：“惊涛拍岸，去而复返，石立岸边未曾折。卧榻上，辗转思，人生岂会无波折。休要菲薄，执著。金簪划过，鹊桥两岸，天人相隔又如何。忆前盟，思旧誓，柳暗花明酬壮志。铁杵成针，拼搏。”

当然，年轻人在一起也免不了互相吹捧、助涨气焰，这也是年轻人为什么心高气傲、不可一世的原因之一，其实谁没年轻过呢。年轻人之所以年轻就是因为他们有棱角、有锐气，敢说、敢做、敢想！这样一想，我们也就心安理得地接受彼此的吹捧，甚至大吹特吹。吹的最终结果就是诞生了一些歪诗，像什么“数载识君与子期，同为凌云始相惜”“携手平疆风雨止，略展英姿扶社稷”，还有什么“阳春白雪结文缘，相濡以沫渡困厄”“君子之交淡如水，兄弟情深浓杜康”等。

又是一年菜花落！我所写的菜花是一种叫油菜的植物开出的黄色小花。油菜的籽，是用来提炼食用植物油的原料。在我的家乡汉中盆地，油菜和水稻是这片肥沃土地的主要出产之物。每年清明节前后正是油菜花盛开的时候，一眼望不到边的花海，散发出阵阵醉人的芬芳，成群结队的蜜蜂在这无垠的花海之中出没，嗡嗡之声不绝于耳。可是一到五一劳动节前夕，所有的油菜花都陆续凋谢，取而代之的是一个个青绿饱满的油角挂满枝头。在太阳的烘烤之下，油角慢慢泛黄了，整个田野在短短的十五至二十天内，完美地演绎了由黄到青再到黄的天然色彩交替。收获的季节来临了。五一是劳动者的节日，所以收获农作物便成了农人们庆祝节日的独特方式。不同于城里人的出门旅游，也不同于工人的放假休息，庄稼人把积攒了整整一个冬天的劲头，统统挥洒到流淌着他们勤劳汗水的田野里。丰收的果实才是他们的喜悦。当然这也是一份沉甸甸的喜悦，何为丰收？丰，即多即满，庄稼收成好；收，则意味着辛劳和汗水。所以丰收的喜悦才是沉甸甸的。

父亲和母亲养育了我和弟弟两个儿子，小时候呢，就盼着我们赶快长大，好帮他们干活；到如今，我们兄弟两都长成了二十出头的大小伙子，可农忙的时候我们都不在家：弟弟投笔从戎，到部队去了；而我则到外地上大学去了。所以繁重的农活还得指望二老自己。每年五一，我的心情都很酸涩，尤其是在西安求学这几年。三天短假，同学们都吆五喝六地去旅游，我却提不起一点兴致：父母还在田里劳累，我又怎能安心游乐？回家吧，路上花费大，到家也待不了多久，所以二老也就不让我回家。这时我总会想起“农家少闲月，五月人倍忙”，古人诚不我欺啊！无奈之下，我祈愿天降大雨，下雨二老就不用去干活了。其实，农忙季节里的农人都是不避风雨、不辞艰辛的，为了不让庄家烂在地里，就算天上下刀子，他们也依旧该干吗干吗。再说了，即便等到雨停，那农活还不得照干嘛。所以，我又矛盾了。

我所能做的就是在毕业后谋一份差事，反哺二老。抑或在夜深人静的时候，拿起手中的笔，将心里的感触记在日记里，时时翻看，警醒自己：五一劳动节，日光比较烈。出门游乐者，生活真和谐。可怜我老爹，田里在遭孽。再苦心不怯，累了田里歇。苦累心中憋，电话总不接。灶间烟火灭，干粮自带携。背上湿衣贴，脚下谨防跌。劳作勿剧烈，免得把手切。

斯人已远，斯事已往，可是故乡在我脑海中反而日益清晰：高堂待我养，他乡不可期，归去来兮勿彷徨！时光轮回，不论贫穷抑或富贵，总有一日，我必将回归那片热土。

面朝大海，春暖花开

西安科技大学 张 倩

席慕容说："故乡的歌，是一支清远的笛，总在有月亮的晚上响起。"对我而言，思乡的曲子却如一只不知疲倦的啼叫着的杜鹃，时时在我的心底奏响。

我从来不曾想到，会在西安这片土地读我的大学，甚至连做梦都不曾想到过。繁华的古城，如流的车马，摇曳多姿的大学生活，一切都充满了新鲜与诱惑。只是，当繁华褪尽，独自转身的时候，会有无尽的寂寞汹涌而来。于是，便会不可抑制地想家，想那个远在千里之外的海滨城市——青岛。

青岛，一个面朝大海，春暖花开的城市。

（一）惬意青岛

风清，云淡，蔚蓝的天空中不时有点点白鸥飞过，留下一串串轻快的音符。明亮的阳光闪闪烁烁，海面上一片波光粼粼，像是洒上了一层金粉。极目远眺，一只只白帆如同漂在泼墨山水画中，隐约可见。习习的海风，潮润润的空气，面朝大海的青岛，给人一种惬意舒服的感觉。

沙滩上，五颜六色的遮阳篷点缀其间，组成了一道道亮丽的风景线，煞是夺目。来海边游玩的人不计其数，他们或是懒懒地躺在藤椅上，微闭双目感受海风的轻柔；或是穿上泳衣，钻进水里体验海水的清凉，即使不会游泳的人，也会背着游泳圈，在水里面扑腾几番。更有甚者，把自己整个地埋在沙子里面，自娱自乐，其乐无穷。

喧嚣过后，傍晚的海滨相对安静了许多。而在我眼中，最美，最美便是这海边的黄昏。夕阳西下，柔和的斜晖细腻地涂抹在海面上，既不张狂，也不冷淡，昏黄的色调让人心生温暖。归鸥点点，偶尔有几只渔船摇曳在水面上，海浪一层一层地拍打着沙滩，泛起一堆堆泡沫。梦幻般的色彩，让人仿佛回到了小时候梦中的童话世界，美丽的美人鱼摇曳着尾巴游离在深海中，不时浮出水面吹几个泡泡，痴心地等待着她的王子……

（二）人文青岛

青岛虽然是一座现代化都市，但不乏底蕴深厚的人文景观。

毗邻海滨的五四广场，从空中俯瞰宛如一只翩跹起舞的蝴蝶。广场南端临海处耸立着一座宏伟壮观的火炬形红色雕塑，它就是青岛的标志性雕塑“五月的风”。那螺旋上升的风的造型和火红的色彩，淋漓尽致地体现了“五四运动”反帝、反封建的爱国主义基调和张扬腾升的民族力量，也体现了百年青岛对历史和民族荣辱兴衰的追忆。漫步在广场，我仿佛看到当年那些意气风发的青年学生，他们一脸的庄重，高喊着口号，坚守着一个民族的尊严。

临近第一海水浴场的鲁迅公园，是为了纪念鲁迅先生而命名的。园里红礁碧浪相击，青松幽径掩映，山光水色，逶迤多姿，景色煞是迷人，有“山穷路断疑断崖，临岸回折又一景”的情趣。坐在礁石之上，观浪花起伏跌宕地舒卷于眼前，远处的海面风帆点点，鸥鸟竞翔，不禁心旷神怡。树影婆娑间，隐约可见鲁迅先生漫步在曲折的林荫小径，他着一袭古旧的长衫，眼神是惯有的犀利与透彻。

红尘滚滚，若是某天厌倦了都市的繁华，便可在城市中寻一去处，暂时放飞自己的心情。无论是伫立于“五月的风”面前，凝想那些意气风发的青年学生，还是在鲁迅公园中拣一条干净的石凳，遥想先生当年的风姿，都会让自己浮躁的心寻得一个栖身之处，平静如水。

（三）好客青岛

经历了这么多年的风雨，青岛不再是当年那个贫穷荒凉的小城了。而今的她，已经成了外国游人口中的“中国·青岛”。我想，青岛之所以有如此高的知名度，与岛城人民的热情好客不无关系。

一到节假日，慕名来青岛观光的游人便络绎不绝。透凉的啤酒，鲜美的海鲜，只管敞开了肚皮吃。不怕你吃不饱，就怕你吃不了，若是吃不了，那可就得“兜着走”了。各类小吃，更是色香俱全，只是看一眼，便让人忍不住直咽口水。外焦里嫩的台湾小吃澎湖花枝丸，采用深海鱼肉打制而成，咬一口顿觉口齿生香，一丝丝大海的味道弥漫唇间。源自法国的西点式冰淇淋，由奶酪饼将水果、奶油、冰淇淋卷制而成。光是看做法也是一种美的享受，更不必说口味如何。

累了，便去江宁会馆听一出大戏；闲了，可到天幕城欣赏一下欧式风情。走在青岛的大街小巷，触目皆是风景，处处都会受到热情周到的款待。若是碰到老外，连那卖贝壳草帽的老婆婆都会笑容满面地道一声“Welcome”，引得那老外直竖大拇指。

青岛，青青之岛，一个充满了惬意与梦幻的地方。曾有同学告诉我，青岛是地球上最适宜人类居住的城市之一，我听后莞尔。这样美的城，这样美的海，谁说不是呢？

可如今，远在千里之外的我是无论如何回不去了。我只能把对故乡的思念，蜿蜒成心中流淌的小河，日夜不息。不禁想起一首小诗：

新月弯弯／像一条小船／我乘船归去／越过万水千山

花香／夜暖／故乡正是春天／你睡了吗／我在你梦中靠岸

你睡了吗，青岛？我多想泊在你的岸边，找一片土地，建一所房子，面朝大海，守护着你，直到春暖花开……

生命驿站之我的故乡

延安大学 朱 彪

鲁西南平原上的牡丹之乡，是生我养我的故乡。我曾在那里驻足、流连，度过了无限美好的时光。

对一个稚嫩的孩童而言，故乡便是整个的世界，故乡便是迷人的天堂。

在物质还不是特别丰富的20世纪90年代初期，刘隅首的蒸包、老影院的鸡汤、单父像的豆浆、东关的火烧……仿佛是人间的至味，成了童年时最高的理想。如今，虽未食尽人间美味，但即使奇珍异味摆在面前，恐怕也难觅童年时那种“久日盼兮，得之如饴”的心情了吧。

三四岁前的成长经历是记忆中的空白，只能从长辈那里断断续续地探得一鳞半爪，可谓是人生一大憾事。但上帝关闭一扇门的同时，亦打开了一扇窗。将来身为人父，可以从自己孩子的成长历程中，体味其中的甘苦，填补记忆的空白，亦可谓是人生一大乐事。（当然此乃若干年后的话题）记忆中最先出现的大概是母亲的那辆三轮车。置身车斗中，走遍了故乡的大街小巷，铭记了故乡的点点滴滴。那初世惊人的一瞥，遂定格为永恒，以至多年后，身处异乡，无论是旖旎的自然风光，还是绝美的古迹沧桑，都不曾进入过我的梦乡。随后，父亲的那辆红色摩托车走进了我的童年世界。迎面的微风、故乡的郊外、其乐融融的踏青，成了此生挥之不去的记忆。

年幼的孩童极像刚刚完成进化的原始先民，习惯于群居生活，不曾感到孤独。记忆中的童年，一大群小伙伴，一块儿丢沙包、捉迷藏，大街小巷地穿行，肆无忌惮地追逐、打闹……印象最深的，莫过于每逢过节十几个孩子围成一圈，手拿筷子，蓄势待发。一大盆心仪已久的苜蓿肉刚一上桌，十几双筷子，蜂拥而上，不一会儿，盘内狼藉，大呼快哉！如今，时时刻刻被各种各样的礼仪所约束，道貌岸然地装着君子。回想起童年时的斯情斯景，真不知是人类的进步，还是蜕化。

年少的时候，是一块布满棱角的顽石，锋芒毕露，锐气十足，甚至有些许轻狂与嚣张。睁眼看世界，猛然间发现故乡之外还有更为诱人的天堂。

曾经年少爱追梦，一心只想往前飞。不大的故乡似乎已然容纳不下那颗极度膨胀、不安分的心。于是，便自诩为雄鹰，似乎理应去搏击长空，“飞出去，飞出去”的呐喊时刻在胸中汹涌激荡。此时的故乡，依然将我默默滋养，而我却像迷途的少年般一如既往。

虽不曾像雄鹰般高空展翅，但也似飞鸟般半空低徊。若干年后，第二次挣断了母子间的脐带，飞离故园，漂泊异乡，独自闯荡。

多年来，岁月的风霜，无情地刻在我的脸上，当年的那块顽石也被磨得锃亮。洗尽了铅华，不见了稚嫩与锋芒，徒增几分成熟与安分。理想、前途、人际、情感……纷纷向我袭来，而且无法抗拒，无法逃避，甚至于无路可退。置身于不是故乡的异乡，这一切只能化作冷峻的外表、深沉的假象。不敢轻易地去打开心扉，诉说衷肠，害怕别人窥见其中的混乱与空虚。多年的漂泊，多年的闯荡，学会了伪装。伪装坚强，极力地去掩饰内心深处的脆弱与慌张。

在异乡的夜半醒来，看着陌生的窗外，多么渴望能够看到梦中久违的故乡的月亮。

在异乡的街道徘徊，听着陌生的对白，极偶然地传来几声浓浓的乡音，下意识地四下张望，极力地去追寻，虽不免在茫茫人海中失望。

在异乡的世界闯荡，华灯初上、万家灯火的时刻，却自斟自饮生命的酒，独享别样的酩酊，内心深处不免怅然。此时此刻，歇斯底里地想念，想念那故乡的老屋，想念那温馨的小床……只是，东南望故园，可怜数重山！

如今，我是远飞的候鸟、带线的风筝。闲暇之余，亦可以重温过去的美好时光。可是，当四季的轮回不再，当风筝的引线已断，身为游子的我也许就成为了真正的过客，故乡也许就真的成为了所谓的异乡。每逢想到斯情斯景，就不禁唏嘘不已。

但是，故乡的黄土铸造了我这身皮囊，故乡的点滴时刻在血液中流淌。无论身在何方，心永远指向那片牡丹花开的地方！

我的小城会说话

西北大学　阳露丽

暑假某一天的午后，被朋友拉去沿着湘江河散步。夏天，这里会有一些简陋的小茶摊，我们就随便找个位子坐下来。一把椅子一杯菊花茶，安安静静的可以度过一个下午。

梧桐树下有斑驳的阴影，阳光从那些缝隙里落下来，就落在我的眼睛里。我眯着眼，批评朋友过的是老太太的日子，没有上进心。但我坐在那里，看着一湾绿水，两岸清影，心里这样平静，会忍不住怀疑这就是我要的生活。

就是你看到的这样，这是个节奏缓慢的城市。拿掉遵义会议的光环，褪去茅台之乡的荣誉，这不过是西南地区一座小小的城，不起眼，不张扬。而我也是在离家求学后，才慢慢懂得她的好。

不是繁华奢靡的模样，也没有风情万种的姿态，但遵义绝对是个适宜居住的地方。湘江河穿城而过，我坐在回家的公交车上总是饶有兴致地看着河水是涨是落，是否有成年人带着小孩玩水上漂。凤凰山和红军山就坐落在市区，那是我们生活不可或缺的一部分。还有就是季风，它似乎先于任何季节抵达，于是这里冬无严寒，夏无酷暑，一年四时雨水充沛。

春秋两季夜雨不断，晚上听到淅淅沥沥的声音，以为是梦里又到了哪个仙境。早上起来，推开窗户，湿润清新的空气就扑到了脸上。很远的天边，厚厚云朵的边缘好像被勾出了一圈金边，太阳就躲在那后面。有小女孩小心翼翼走在去公交车站的路上，踮着脚绕过浅浅的水洼，一不小心还是湿了鞋袜，身后的水洼却稳稳地接住了一片还未枯黄的落叶。

我最爱的是这里的夏天，天亮得早我也起得早，站在阳台上伸个懒腰，白晃晃的阳光开启新的一天。心血来潮的时候就去爬凤凰山，山上会遇到老人，也会遇到年轻人。当然也可以偷懒什么也不做，换上 T－shirt 短裤在家抱着半个冰镇西瓜。炎热的午后可能会有一场雷阵雨，酣畅淋漓，好不痛快。晚上穿上人字拖迫不及待地出门，美味的遵义小吃就在等着你。

我们爱死这里的小吃了。每个到外地上学的朋友都总是说着学校的东西不好吃，念叨着回去要一块儿吃师专的羊肉粉、四中的刘二妈、老城的羊肉粉……对对，还有捞沙巷的炒洋芋。那不仅仅是小吃，也是我们关于家的群像记忆，是我们对家无可言喻的依恋。

就像一开始提到的那样，这是个适合散步的城市。一个摄影师曾说过，散步是件奢侈的事，人只有在散步的时候才会慢下来。我想起假期的时候，朋友没有提前约好就打电话过来，说出去转转吧。放下电话我就出门，和朋友两个人从家这边走着，走过始终有梧桐掩映的街道，走过那条叫凤凰的路，走过市区两座山的山脚，走过我曾经的中学，走过遵义会址和纪念广场，一直到市中心，吃点我们都爱的小吃再原路返回。这样是不是正应了那句歌词：长长的路要挥霍地走。有时候回家的时刻已经是很晚，路上鲜有行人，两个女孩子强自镇定，走在昏暗的街灯下，映照了我们单薄的青春。

还有这里的夜，灯光绰约的是酒吧街，人声鼎沸的是小吃街，俗世却不俗气。在霓虹闪烁的商业街你会看到气定神闲的老太太坐着聊天，在无人问津的街角小店一对情侣却相对无言。正在发愣的时候，迎面走来一群年轻人，他们的笑声挤得人有点喘不过气来。我想，在这里，每个人都会找到他的生活。

我想说这里有我爱的一切。这里有我爱的春风，我爱的雨天，我爱的暖暖冬阳；这里有我爱的美味，我爱的夜景，我爱的长长街道；这里还有我爱的亲人朋友，我爱的世俗生活，我爱的平和心境。

我想起高中的时候，朋友写的一篇《我的小镇会说话》的文章被老师当做范文，我们一群人很是嚣张，一个接一个地在课堂上站起来评价文章，不给别人说话的机会。现在我提笔写下相似的题目，想起了小城默默无言，却承载了我们那么多美丽时光。

想起了小城流光里，红了樱桃，绿了芭蕉，我们笑得灿烂。

雨纷纷，故里草木深

延安大学　李　飒

“视乔木兮故里，决北梁兮永辞。”故里，永远是流浪者心中不能承受的眷念。

在这个多雨的时节，撑一把伞站在雨中，向着远方深深凝望我阔别已久的故乡，那个承载着我最初记忆的地方，此时应是草长莺飞、细雨如丝吧！

古往今来无论是文人英雄或是凡夫俗子都会有自己的故乡。大丈夫遨游四方也会感慨“露从今夜白，月是故乡明”，壮士出征即使捐躯疆场也会葬在面朝故乡的方向，日日夜夜地守望着，魂兮归去！而我，一个再平凡不过的小人物，也会在离开故乡的漫漫日子里把它深深地眷恋，借粗糙却真挚的语言以抒内心的思念。

其实关于故乡我的记忆还是模模糊糊的，只有那些支离破碎的童年记忆。在某个有风的日子里，把那些贵如珍宝的碎片一一穿起，在风中摇摇晃晃，那巍峨的远山，那奔流不息的河流，那翻涌着金色麦浪的田野，那袅袅的炊烟，那株盛放的马兰花，还有那，还有那记忆中最最亲切的人和那些恍若隔世的笑……

故乡，是个面朝大河、背倚青山的地方。那条河叫洛河，那座山名曰书堂。记得最清楚的是，外婆家中堂上的一副对联：“家居青山绿水畔，人在春风福气中。”很喜欢这两句，很淡然恬适的感觉，那感觉绝不亚于陶潜的“采菊东篱下，悠然见南山”。

外婆家是红色的砖房子，青灰色的屋顶。可以说是“桃李罗堂前，榆柳荫后檐”，没有篱笆也没有院墙，出了门视野很开阔，围着院子种着很多花，有芍药、菊花、鸡冠花，夹杂一些零零散散的野花野草。院子旁边有棵梨树，记得梨子是黄澄澄的，葫芦一样的形状。梨子熟的时候，外婆会小心地摘下来拿给我们吃，那甜滋滋的味道如今还记忆犹新。槐花也是在这时候开的，满满的一树，风一吹远远地就闻到那醉人的清香。每到槐花飘香的时节，外婆就用长长的竹竿把槐花摘下来，洗干净和面粉搅在一起，烙成金黄的饼，站在一旁的我们会迫不及待地流下口水来。

喜欢故乡，无论它的阴晴风雪。

喜欢它下雨的时候，抱个小板凳坐在屋檐下，看雨听雨。一点一滴从青色的房檐上落下，多像水晶珠帘呀，纯洁透明。远山朦胧，茂密的树木在风雨中摇曳起舞，发出沙沙的声音，甚是动听。门前的河水有时会涨起来，大人们警告不要去河边，便只能和伙伴们远远地站着看河水汹涌澎湃地流去，惊喜而又害怕。

喜欢它皓月当空，小时候曾在爸爸的背上问“为什么月亮要跟着我们走”，现在想来很是可爱。漆黑的夜里，乡村不像城市，它没有路灯，四周黑漆漆的一片。倚着爸爸的背，妈妈在身边轻哼着歌，忘记了去哪里，只记得那时的我多希望这条路没有尽头，我们就这样一直走下去。那温暖的感觉，一如当初。

喜欢那些落日的傍晚，河水哗啦啦地从身旁流过，站在清凉的河水中，夕阳散落在水面泛起的细小的浪花上，那幽静深蓝的河水顿时金光闪闪，放眼望去波光粼粼的河面仿佛披了一层金色的纱。画面在瞬间定格，四周静了下来，时间里只剩下浅浅流水。景色美得让人动容。

喜欢那些美好的清晨，早上妈妈用自行车载着我上学，沿着河边坑坑洼洼的大路，我们经常是一路欢歌。那段时间里妈妈教会我许多歌，教我认识了河边那些五颜六色的鸟儿。

四月，五月，六月，在这些多雨的时节，关于故乡的记忆总是最美的。

雨纷纷，故里草木深。

如今离开了家乡，看多了城市的七彩斑斓。但最最怀念的还是故乡那份纯朴与宁静。有人说：怀念其实是一种奢侈的幸福。那我希望可以就这样一直幸福下去，一直一直。

冬去春来，四季轮回。前路漫长，人生也许漂泊流浪，但故乡却是四方游子心中永远的家。

故乡的美是永远无法取代的，因为它承载的是一个人的成长！

异乡梦·故乡情

西北工业大学　侯泽宇

西安，一座你来了就不想再离开的城市。

——题记

也许，正如许巍在那首《曾经的你》中所唱的一样，每一个年轻人心中，多多少少总有点仗剑走天涯的情怀。在那个多梦的年代里，我们曾经不止一次地渴望走出地平线，去追寻梦想，远走他乡，去寻找一片真正属于自己心灵的故土。

从此，我们在心中渐渐地勾勒出了一个淡蓝色的异乡梦，我们开始漂泊，开始寻觅，开始在中国的各大城市之间停留和游弋。我们用直觉来探寻每个城市最真实的一面，用心灵去感知每个城市的呼吸和旋律。

从别具风韵的美丽冰城，到远隔琼海的富饶岛屿；从幅员辽阔的西北边疆，到璀璨繁华的沿海都市。我们一路走走停停，停停走走；心，却一直孤单地漂泊，从未停留。没有守候在心头，我们便只能行走，走过千山万水，只为与你邂逅。

“人生若只如初见”，这句出自纳兰容若的绝世佳语，可以形容人，亦可以形容物，但我觉得，如果用来形容一种心境的话，也许会更好。邂逅一座城市，犹如邂逅一首好诗，意境悠扬之中，定有几分说不尽的缘分。也许，就在不经意中，你就将诗人最隐忍的情怀读懂读透，进而牵动着自己内心深处最真实的情愫；也许，同样不经意间，你就找到了那个追寻多年的异乡梦，淡蓝色的笔调，渗透着几许平淡，几许惊魂。

西安，就是这样一座让你不辞千里而把她追寻的城市，一座你来了就不想再离开的城市。

认识我的人很惊讶于我这几年在西安的变化，每每聚会，总有人问起。也难怪，回首三年前的自己，翻看那些略微泛黄的相片，我才发现曾经的自己是多么的体态臃肿而又狭隘偏执。也许，是西安清澈通透的“八水”涤荡了我内心的污垢；也许，是西安雍容儒雅的文化启迪了我昏庸的心智；也许，是西安大气恢弘的意象令我茅塞顿开……不得而知。但我知道，自己开始变得谦虚，变得好学，变得清秀，变得智慧，变得越来越有“西安味”了。

隐隐之中，我发觉，自己爱上了这座城市，爱上了西安古朴雅致的景色，也爱上了西安雄浑厚重的底蕴，爱上了这里垂涎欲滴的美味小吃，也爱上了这里淳朴友善的盛世民风。在这样一个淡蓝色笔调的异乡梦境中，我却找到了浓浓的故乡情意。

我爱西安，爱她那古典与时尚的完美融合，历史与现代的时空交错，清新如画、风景秀丽的山水之城，却蕴藏了华夏文明的千古底蕴。漫步在西安城中，真有一种恍惚间穿越时空的梦幻，似乎传说中的盘古、女娲故事就发生在昨天，昔日繁华鼎盛的汉唐宫廷再一次重新闪现，顶级奢华的高档会所让你又回到了现代，日新月异的航空科技似乎又把你的心思拉到了遥远的未来。一段漫步，多种情愫，怎不令人心驰神往？

我爱西安，爱她那历史悠久、博大精深的文化。这座诞生在秦岭脚下、渭水之滨的千年古都，是中国最著名的七大古都之一。在一千余年的漫长岁月中，西安的历史文化积淀得太深太厚。这里，曾留下诗歌中的千古佳句：“春风得意马蹄疾，一日看尽长安花。”“冲天香阵透长安，满城尽带黄金甲。”这里，曾留下政坛上的千古帝王：轩辕黄帝、神农炎帝、大禹、秦始皇、汉高祖、唐太宗、武则天……这里曾诞生了无数的名人志士，这里亦孕育着影响未来的各界名流。秦腔、长安画派、关中皮影……西安的每一景、每一物中都蕴藏着一段历史的风骨；柳青、路遥、贾平凹……不知道是西安博大精深的文化造就了一批又一批的文坛泰斗，还是这些满腹诗书的文人墨客成就了西安文化的博大精深，但我清楚地知道，在这样一种浓得都化不开的书海墨香之中，怎能不如沐春风？

我爱西安，更爱她那包容大气、淳朴友善的民风。凡在西安旅游过的人，对西安人民的第一感觉就是淳朴、实在、不排外。西安民风的淳朴，是那“碗盆不分家”“面条像裤带”的实惠；是那宁肯自己吃亏，绝不商业欺诈的实在；是写在人们脸上最纯真的笑容；是街头巷尾陌生路人最真诚的关怀。

当然，西安的发展更是与时俱进、日新月异，作为中国大飞机的制造基地、中国中西部地区最大最重要的科研、高等教育、国防科技工业和高新技术产业基地，西安已经像展翅腾飞的雄鹰，逐步向“国际化大都市”的目标迈进。今日的西安，又以这样一种蓬勃进取的精神展现在了世人的面前，不是盛唐，胜似盛唐！

三年的生活，让我彻彻底底地爱上了西安，爱上了这样一种漫步其中的亲切随和，爱上了这样一种悠然生活的皇家大气，更爱上了底蕴深厚、前景光明的魅力西安。在异乡的风土中，我竟然找到了一种故乡的情怀，我很庆幸，很满足。流连于西安的如画风景中，我找回了自己，也找到了心灵的归宿。

西安，一个儿时常做的异乡梦，一段触动内心的故乡情，一座你来了就不想再离开的城市。

2009

中国心　校园情

一等奖

长安腰鼓

西北政法大学 张 杰

从来没见过长安腰鼓，只目睹过安塞腰鼓的尘土飞扬与气势磅礴，刻在记忆中的故只有安塞腰鼓的粗犷和奔放了。

对于生我养我的陕北，直到上大学才与其第一次分开，所以长安是否有腰鼓便也无从知晓，就连课本上的腰鼓都是陕北的，“一群茂腾腾的后生，身后是一片茂腾腾的高粱地。”不管走到哪里，安塞腰鼓的名片都是茂腾腾的后生，茂腾腾的高粱地。

终于有机会可以一饱长安腰鼓的眼福了。学校组织了一次活动比赛，我们学院的参赛节目是腰鼓。我原本想报名参加，可因惧怕长安腰鼓的特别之处而弃之。最后，才知道长安腰鼓乃安塞腰鼓，只不过击打者不同，其实“殊人同归”罢了。有几个舍友踊跃参加了腰鼓队，我看见他们腰挎鼓，手执槌回到宿舍，别提心里有多羡慕，但为了面子只好有气无力甩出一句，“你们以后就好好辛苦训练，午觉我们就替尔等睡了。”然后看着他们玩弄着“装备”而悻悻睡去。

其实参加腰鼓队的大多数还是初学者，更有甚者还从未谋腰鼓之面，所以他们每天都要利用午休和课余时间，甚至要剥削就餐时间去训练，毕竟比赛迫在眉睫。开始训练的几天，看见他们东施效颦般的笨拙动作忍不住发笑。五月的阳光虽然说不上赤日炎炎，但绝对失去了慈祥和温和，在这群心中像藏着火焰的青年们头顶徘徊，豆大的汗珠滴在鼓上，随着那绷紧的牛皮一起跳跃欢笑。一向娇弱的女生，这时也变得坚强了几分，睥睨着从旁边走过的撑着太阳伞的连衣裙，把所有的傲气都集于一点喷发。无云的天空和无怨声的训练场在一束七彩光刺下显得一种承受，两处坚强。

若遇到闭关修炼的中午，他们连吃饭都是在比赛，就连平时细嚼慢咽，把“边吃边说，有益健康”奉为“圭臬”的小张，这个时候也吃饭神速；素日里好用勺子喝稀粥的胖胖，竟也拍拍胸膛说：“感情浅，舔一舔，感情深，一口闷。”然后饮碗而尽，惧怕错过训练的每一秒钟。该走的全走了，只剩下不“随波逐流”的我们回宿舍睡觉，尤其剩下我这个真正的陕北汉子，看着别人“挥霍”着自家的特色，心里有说不出的一番滋味。况且，睡不着地翻来覆去更是百种煎熬。

令腰鼓队舍友最兴奋的事就是我们津津有味的午休了。训练回来的他们踩碎了我们的梦。他们回来不睡觉，先是洗漱一阵，然后像大讨论一般，高谈阔论外加感情丰富。有的说，今天我可真体会到了大西北的执着；有的半路杀出，苦心人天不负，总算架势还有了陕北汉子的几分神似……腰鼓的情节凝结在他们身上就像炸开了锅的豆子，豪情万丈。躺在床上难以再入睡的同志终于忍无可忍了，有位嘲讽地说：“老区人民后继有人了，不过你们爱说这一点就让老区人民汗颜了。”马上驳斥的就冲上来了：“我们这叫补其不足，尽量让老区人民的完美尽显在这片热土。”有位突然从被窝中坐起，“大哥，你们咋就不瞌睡呢，此时就连植物都气孔关闭，利用蒸腾作用养颜呢。”不知从大地的哪里涌现出来个瘦骨嶙峋的小子，“我要是和你们一样大睡，恐怕我这体格早已被风吹倒了。”车轮战变成了阵地战，风云突变，到后来腰鼓队竟占去了上风。失去了午休，下午上课他们却依然精神抖擞，而旁边睡了一中午的怎么全趴下了，直吻那“黄金屋”，一副三尺涎水之相。怎么越睡越想睡，越锤越有劲，黄土情节如此遒劲有力。偶尔路过训练场，他们的身影已然成熟了几分，与我记忆中的粗犷敏捷相差无几，如果脚下再有片黄土，定是有声无人了。

终于英雄有了用武之地。比赛这天，他们百十号人全部头扎白毛巾，身着腰鼓服，俨然一群大西北汉子，把一群丫头也“伪装”得天衣无缝。等到他们一上场，全场顿时掌声雷鸣，像冲开了闸门没有束缚的洪水，势不可挡。他们站在赛场上犹如矗立在狂风朔漠中的钢铁战士，纹丝不动，稳如磐石。刚一锤起来，他们就忘情了，发狠了，没命了，连女生也忘记自己是水做的天下至柔之物，一刹那，如百十块被强震不断击起的石头，狂舞在长安这片黄土的边缘。等到高潮，响彻寰宇的声音容不得半点束缚，是挣脱了、冲破了、撞开了的那么一股劲，仿佛挣脱了缰绳的野马恨不得驰骋到草原的尽头。声音戛然而止的时候，世界出奇得寂静，好像未曾相识，变得朦胧起来，竟想不起来刚才那声音的节奏。好像连脚下的赛场也是刻意为这种雄浑准备的，赛场不是塑胶而是黄土一片，霎时间，人成了茫茫的一片，声成了茫茫的一片。

看到这个情景，谁会相信他们不是大西北的汉子，这不是安塞腰鼓的雄浑和磅礴呢？毫无疑问，执这次大赛牛耳的就是这一个个白面书生和柔弱才女。记得有这样一句话：走一趟大西北，长不大的孩子会长大。现在看来，绝对真理哪！竟连没去过陕北，只学过几天腰鼓的长安后生也变得像陕北的胡杨林那样坚强挺拔，长安腰鼓也和安塞腰鼓一样粗犷奔放。多雨多烟易碎的江南，决然经不起这样的摔打，只有这层厚厚的黄土才得以承受，才让这千百年来独一无二的声音响得这样酣畅淋漓。青春的日子也会在这鼓声中变得坚强。

成长——我与西安的故事

西安工程大学 成 圆

或许一提到江南，人们总会想到那些烟雨蒙蒙的小镇。青石板，油纸伞，细雨温柔而绵长。

我的家乡在湖南娄底，洞庭之滨，鱼米之乡。其实要说起娄底的地理位置在南方，但也不是最南，而现在更没有人们脑海里所浮现的江南水乡那种特有的“小桥流水人家”，似乎娄底就只是在那儿，一个不属于北方的地理区域。

可是在去年，我还是从一个不属于北方的娄底，来到了西安这个纯粹的北方城市，一个我从未涉足过的地方。

（一）求学之苦

来西安读书，最苦的不是要坐一天一夜的车，不是对陌生环境的适应，而是内心的那一份不安，对家的那一份思念。似乎只要是离开了湖南，就总有一种不安全感包裹着全身，难以打理出一份平静的心情来面对这里的一切。

其实激励的话语也很多。老爸就曾经跟我说，你还记得上小学时学的那篇课文吗?《送东阳马生序》里的宋濂，冒着如此大的风雪，顶着被老师责罚的压力，只为问老师一个不懂的疑问，不明的道理，自古以来，求学的路途就是艰辛的。

于是，我开始怀着一颗探路的心，来睁眼努力看清楚这里的一切。其实有时候，放下心里的包袱，全身都会变得很轻松。就像是一直抵触某个东西，譬如音乐，捂着耳朵大喊：“我不要听，我不要听!”可是下意识地慢慢放开双手，却惊奇地发现这东西奇妙无比。于是渐渐地，或者直白一点说是出于习惯与麻木，我慢慢地接受了这里的一切。这里的小吃，这里的方言，这里的文化。甚至还试着去学一两句陕西话，“廖咋咧”“莫马达”，每次在宿舍里和舍友们说上一两句，开始大家听了笑，耐心地纠正我，后来惊奇地发现在外面脱口而出的一两句，她们听了之后竟会说：“你说得越来越地道了啊!”老实说，那时的我很骄傲。

其实有时候还是会想家，我曾经这样写过：有时候难过得想哭，就像一个人饮尽一杯苦水，然后那种苦涩慢慢地浸透身上每一寸肌肤，最后又随着血液不断地滤过心脏，如此循环，真叫人疼痛难忍，痛苦万分。我很恐惧，但是没有办法。待在这里是我目前唯一的选择，我讨厌自己现在的生活状态，怨天尤人。我应该振作起来，努力地适应这里的一切。

这样想来，来西安的这一趟求学之路又何尝不是一种人生的历练呢？或许只有经历过，才会懂得。

（二）秦岭—淮河线

早在中学学地理的时候，就知道有这么一条横贯中国的秦岭—淮河线。这条线把整个中国划分为南方和北方，并且当时还将南方与北方作了比照，包括文化、饮食、生活习惯和体育项目等。有时候课本上的东西学起来，的确会有些枯燥与单调，或者功利性地说这只是为了应试。南北方的差异，我是在来到西安之后，才真正体会到了。

首先的一个差异在于洗澡，来北方接触的第一个陌生事物叫“搓澡巾”，在湖南的时候是根本没有听说过这个东西的。不过在北方，这似乎相当普遍。再者就是，南方很少有公共澡堂，尤其是第一次去学校的澡堂洗澡，听同是来自湖南的朋友说，她吓得跑了出来，随便冲了五分钟就赶紧退了出来。这点我同样存在。还有一点洗澡的差异在于，南方人洗澡勤，速度快，夏天每天洗一个或者更多，时间一般的十几分钟；冬天也就两三天洗一个，时间也不会超过半个小时。可是在北方，不论是夏天或者冬天，洗澡的间隔天数都很长，而且时间也很久，因为要加上一道“搓澡”的工序。所以在澡堂排队成了一个常见的现象，有时候听她们说，自己搓澡很大力，把身上弄出了一道口子。我听了之后，曾戏称：“怎么感觉你们北方人洗澡，就跟打仗似的，还流血负伤呢。”可是难得的是，也不是所有北方人都这样。在宿舍里就有一个“志同道合”的新疆朋友，她来到这里关于洗澡这件事情也很困惑，因为她说，她们家在天山脚下，受天山冰雪融水的补给，水量很丰富，所以洗澡也很勤。于是我们两个组成了洗澡的“黄金搭档”，每次从澡堂回来，不到半个小时的时间。舍友们都笑着说，你们这是去洗澡吗？是去冲水吧！

南北方的差异还在于对一些事物的看法上，北方人比较随意、热情，而南方人则比较精明、理性，思考问题的角度也不太一样。但是我说的这些差异不是说南北两方谁好谁坏。需要澄清的是，这些差异是他们的特点，而不是缺点，也不是定义好与坏的标准，不用为之而争论。1955 年，周总理在万隆会议上不是针对社会主义与资本主义国家之间提出过一个“求同存异”的方针吗？我觉得这点在南北方的差异上也同样适用，无论是北方干燥，还是南方湿润，这些都只是一些客观原因，这样的差异，才使得南北方成为两个地方，才会有一个更为多姿多彩的中国文化。如果兼容并包，南方人在北方也可以生活得很好。

（三）感谢西安

我曾经用过这样一个比喻来形容自己，“我就像一只雄鹰，从陡峭的悬崖冲上广阔无垠的蓝天，却在风雨的搏击中迷失在云雾缭绕的港湾，找不到方向。”我哭着喊着也无济于事，想过要放弃。可是，雾总是要散去的，不是吗？在风雨中搏击不正是我当初选择离开家乡，走向远方的原因吗？坚持走下去，不管一路上有多苦多累。

其实当初也知道，来西安不会是一帆风顺的。这里的一切都是新的或者说都是陌生的。可欣喜的是，家人都说我在西安的这一年，长大了，变成熟了。

仔细想想，在外面一个人，无论是碰到什么事情，都需要自己来面对，自己来思考。从某种意义上来说，这是逼着我“不得不变”。从前温室里的花朵现在不得不经历风吹日晒，从前稚嫩的雄鹰现在不得不腾空而起。遇到什么问题，会想到湖南的家人，但是几次爱莫能助之后，逐渐开始独立思考与处理一些问题。有一次来西安的时候，在火车上，我给朋友发了这样一个信息：“又一次踏上旅途，又一次是不舍，其实就像广告词里所说，人生也是一趟旅行。如果说我们在前进的同时，能经过沿途所有的风景，这未必就是好事。如果是坏的，自然有理由放弃，可如果是好的，那就太容易让人流连，太容易让人徘徊。你说‘学会选择，舍得放弃’，我说，如果可供选择的太多，那也就没有了选择，因为放弃的实在太多。可是人总是要开眼看世界，在这个过程中，我在成长，虽然有些苦涩，但是我期待苦后的那一丝丝甘甜。”他说：“有这种感觉，说明你的思想慢慢地开始成熟了，人生有了彷徨，才会有选择的艰辛，才会有锐意进取，才会存在人生的价值和成功的喜悦。不要对现在的一切过于留恋，放弃并不是背叛，而是为了更好地前行！”

如果以后提起西安，或许会跟别人介绍说，这里是我的第二故乡。因为是在这里，温室的花朵开始变得坚强，雄鹰的翅膀开始变得坚韧。从这个意义上，我想说，西安，谢谢你，叫我懂得，给我力量。

此处安放的青春

陕西中医学院 周幸园

三年前，一张薄薄的单程票把我带到这片黄土地。我不知道人的一生是否正是这一张单程票，注定要疾步匆匆，从一个旅程踏上另一个旅程，最终都不会再重复。而南方，北方，之间跨越了一千公里的距离。

北方，一个念起来多么平实厚重的词，想必怀抱着一大片失落的土地。“枯藤老树昏鸦”，“古道西风瘦马”，旷远而苍凉的气息，让人不敢触碰。

然而，和南方长久的阴霾不同，这里的阳光，日日普照，温暖而寂静，将失落的生命温柔地环住。站在阳光里，俨然闻见了黄土地的芬芳，听见心的悸动。

北方，温暖。

那是一种久违的温暖，尘封起所有失落的记忆，如同生命中凛冽的遗忘，倏然而过。阳光不可抑制地在心田流淌，开启了心灵的另一扇门，写下这青春的开场白。

然后，开始行走。

会在漫天飞絮的大街上，远远地看着青灰色的城墙，厚重而坚实。历史好像一下子被拉得很近，时光流转，仿佛踏入了那个久远的年代。“长安回望绣成堆，山顶千门次第开”，老槐树与古城墙相傍相依，身后的长安城，繁华如梦。那些镌刻在石碑上的名字终于还是沉寂在历史的烟尘之中，却留下了一页华丽而辉煌的篇章。

会长久地凝望那些沉默的兵俑，看他们不同的表情和深不可测的眼神。似乎每个兵俑的身后都隐藏了一个远古的故事，诠释着生命与永恒的定义。那一样的平静后面却是伟大的隐忍和平实，就像这个民族。

会在乡村厚实的田野上，听不知名的老者吼着秦腔。夹带着几丝沙哑的声音沉淀了岁月的痕迹，几分苍凉，几分历经人生磨炼后的豪爽，却又不失韵味，像是一种饱经风霜的呐喊，粗犷、敦厚而又憨直。

会和大家携手攀上一座座没有路的荒山，去采集中草药标本，享受那一次次流着汗爬到山顶后分外的舒畅和愉悦。用一串又一串坚实的脚印憧憬着不曾遥远的未来。那山顶开阔的视野，那夜晚无比清澈的星空，还有那双纤细而温暖的手，让人为之动容。

每一次行走，都是一次发现，一次直面自我的过程。那些鲜活的体验，于生命中深深印刻，最后成为一种特有的姿势被定格在青春最绚丽的记忆之中。这是一种难以言说的感恩。

不知不觉，竟学会了成长。

青春伴随着成长，不声不响地从指尖滑过。我却微笑，因为记忆里有着微笑。在这个世界上，每天都有梦破灭，每天也都有人在撰写着新的童话。而我，在生命的旅程中不断变换着轨迹，无序却不再凌乱。

成长并不华丽，但它特别。三毛曾经说过："成长是一种蜕变，失去了旧的，必然因此又来了新的，这就是公平。"这片辽阔肥沃的黄土地，成就了蜕变过程中所有的痛苦和欢乐，让年轻的生命在奔走的四季里成熟，肤浅却不再失落。

而成长本身，或许已是上天赐予我最好的礼物。对于此，我心存感激。"梧桐夜雨，马蹄声碎，故园梦回应犹记；霜晨月白，西风凛冽，一朝学成四海游。"梧桐兼夜雨，曾打落满地的落寞，西风虽凛冽，却吹进我的梦中。

如果再次回到这片黄土地，我会依然只买一张单程票。

因为，我的青春，在此处安放。无悔。

二等奖

从中国到巴黎

西安医学院　黄　文

二十岁的我，道不出几多柔情几许伤感，看不透波光流转巧笑嫣然，忆不尽冷月清秋花好月圆。因为生活只能是如人饮水，冷暖自知。

脑中像是过电影一般，我嵌在沙发里听一位老者的叙述，仿佛真的可以随她回到那些古旧的年华里……

“当年，姚家老太要了五个女两个儿，死都没享着福。快不行的时候还说自己一辈子都没上过县城。我早知道她走得那么早，以前就多给她几个鸡蛋吃，不跟她计较了。”此时，透过光，我看到老者那有些浑浊的眸子里一片晶莹，她纯正的陕西话让我闻到了家乡的气息，那是一片我爱的深沉的故土。

此时，我们置身于巴黎的夏末秋初，冷得像凄清的冬，只因一场让人措手不及的雨，便让秋消失得毫无踪迹可觅。这位老者正是我的外婆，因为我作为交换学生就读于巴黎，所以接了她来。这样的异国他乡，她感慨自己曾经真的是一只井底之蛙，看到的世界只有井口那么大，外国几乎是毫无概念的童话，与己无关。而如今，却也可以坐在巴黎的一隅，喝着纯正的白葡萄酒，缓缓倾诉。人生竟有如此多的意外之美。

在这薄秋冷夜里，听着外婆的过去，我依稀想起那位姚奶奶，看起来凶神恶煞的模样却异常疼我，她和外婆总是拌不完的嘴，孩子气地冷战。这些，全都在我的记忆里忽明忽暗，却根深蒂固。姚奶奶去世的时候，我早已离开了油菜花盛开的村庄，我无从知晓她的心心念念是多么强烈及盛大，我只能设想如果她还活着，我一定会实现她临终前那在我看来不属于梦想的梦想——上一回县城。只因为，7 岁时的我被她粗糙的手臂拥抱，被她干裂的嘴唇亲吻，我感恩于这位与外婆陪伴多年的老人。她始终没能踏出这座村庄，碌碌且匆匆地过完了一生。

外婆 18 岁时为了追寻爱情，随外公迁至农村生活，做了一名小学教师。

可是1948年底，外公却不幸丧生于淮海战役，此后，一个芳龄23的女子开始了独自抚养两个孩子的艰苦岁月。我无法理解外婆那时的困境，但庆幸的是如今她还健康地存在，还能接受我所付出的爱。

很多年后的现在，终于可以让她衣食无忧，终于可以让她看遍祖国的大好河山，终于可以让她来到巴黎，感受童话般的不可预期。我想，此生总是没有遗憾的。

回想村落里那些沧桑的面庞，那些日出而作日落而息的身影，那些面朝黄土背朝天的脊梁。我知道，像姚奶奶一样一辈子都没有走出过山村的人比比皆是。他们没有看过外面的世界，就在那片土地上日复一日地被日夜轮换。最后，长眠于地下，依偎着黄土，渐渐地不复存在……

回忆是巨大的沼泽，一旦掉下去便会在记忆里回旋、挣扎。外婆的眼泪汩汩地流下来，只因为苦难的过去终于与她诀别，只因为她看着中国这条巨龙舞出了盛大的图腾，如凤凰涅槃般浴火重生，只因为如今她能幸福地安享晚年。我只能沉默地望着她，因为怎样的言语安慰都显得无力而苍白。那些岁月无法被我经历，我也无从与她深刻地共鸣，但我能想到她的不易。23岁开始便无可依靠地照顾着自己的孩子和学生，几十年如一日地付出，直到妈妈工作后接了她到北京，看遍祖国的绮丽风光，而后接了她来到巴黎。

这夜，想起成长过的村庄里那些从没走出过山村的人们，我惶惑不安。伸出手，捧尽夜的薄凉，攒了一池的悲伤。外婆倾诉的声音渐渐小了起来，她说，“这一生，我不虚此行”，然后安详地睡了。

我知道，所有的苦难和悲伤在此刻都已分崩离析。

相信吧，明天的太阳会散发更温暖的光芒！

大碗面

西北农林科技大学 王新娟

一方水土养一方人，一方风俗影响一方人。见过北京人用碗喝茶，见不到陕西人用小碗吃面。陕西地处关中，形容陕西人只需一个字——爽。

陕西自古出英豪，秦将可不是用水养出来的，而是用磅礴的雄山之气汇集而成的。从小生活在陕西，看惯了陕西赛若锅盖的锅盔，听惯了吼出来的秦腔，吃惯了好似裤带的面，更习惯了端着青瓷大碗吃面。

每次走到面食窗口前，对着卖面的叔叔阿姨说三个字——“一碗面”，不出一分钟，就有一碗色香味俱全还冒着热气的面摆在面前，这可谓名副其实的中式快餐。也许是陕西人爱吃面的原因吧，每次打电话回家，一说起吃饭，妈妈总忘不了叮嘱“中午要吃饱，吃碗面，汤汤水水的”。面啊，妈妈时常不忘让我吃的，端着手里的面，就想起妈妈做的手擀面，特别筋道。小时候看见妈妈把一团面擀成薄薄的一大片，用刀切成细条，用手一提，面条就如瀑布般垂下来，煞是好看。长大后，我学做的第一顿饭就是面条。只记得当时我擀出来的面惨不忍睹，别提瀑布了，连小溪也没提起来，倒是成就了一摊烂泥。惭愧啊，这对于我这面条崇拜者来说简直是一种打击。后来日子长了，懂得了技巧，知道什么时候撒面粉，怎样才能把面擀得又圆又薄。说实话，这技术活可花费了我不少工夫，不过总算功夫不负有心人，我终于吃上了自己做出的第一碗面，当时的感觉——超爽。

宿舍里有两个南方的姐妹，刚开学没多久，大家一起去吃饭，我端着一大碗面喜滋滋地吃着，还不时向她们推荐说陕西的面有多么多么好吃，殊不知我一抬头，两姐妹盯着我的碗发愣，慌得我嘴里的面还没嚼烂，就一股脑儿全吞了下去。

“哎，我说你们两个看什么呢，还不快点吃。”

两姐妹对视一眼，小心翼翼地说：“你们这的人吃饭都用这么大的碗吗?”

“还以为你们看啥呢，不就个碗嘛，吃面不用大碗吃起来多不爽。你想啊，拿个小碗，就盛几根面，还没吃呢就完了，多不尽兴。还是大碗好，一次搞定，哈哈。”

我喜欢大碗面，吃的时候不用大盘子小碟子的放一堆，就一只碗，一双筷子，简简单单，速战速决，这才叫效率。可别把这当粗俗，这是一种文化，一种如西安城墙般古朴而悠远的文化。繁多并不意味着高级，有时候简简单单就是一种高级，是一种超越了世俗极限与束缚的自由与奔放。

就只有一碗面，却五味俱全，也不缺乏营养，主副食全盛进了一只大碗。简简单单却又不失内容，这就是陕西人的生活境界；不拖泥带水，这就是陕西人的一贯主张。

提起陕西八大怪，说怪也不怪。陕西这个朴素的文明之都，有着千年的历史，陕西风范是自由，陕西灵魂是张扬个性，激情燃烧的火焰是不会熄灭的，生活的热情也是不会冷却的。在陕西的校园里，端着大碗面的学子，匆匆吃完饭，背个包直接撤离食堂。高速的生活节奏，是繁忙的象征，也是为生活而抓紧时间奋斗的象征……

傍山出伟男，依水养秀女，一种文化熏陶一类文明。大山养育了英雄儿女的豪气之风，而柔水则润出了才子佳人的逼人秀气。在我们宿舍就是南北划分，分明楚汉分界。

每次吃饭，我端大碗面，两个南方姐妹口嚼小米饭，真是淑女啊。每次我吃完后看着她们盘子里还剩一半的饭菜，无奈啊，等吧。不过，我最终决定改造一下这两个姐妹，软磨硬泡下，我们三人终于达成协议——交换。她们俩人终于端上了与我平时所用一般大的碗，而我也端上了小碗米饭外加一盘炒菜。可谁知两个人都只吃了一半就吃不完了，我则可怜兮兮地没有吃饱。不过此次协议的结果倒是达到了我预期的目的，两人都接受了陕西面。以后饭桌上，两大碗面，外加一只空碗，我一人吃一碗，她们两个人分吃一碗，大家共同分享吃面的快乐。由此，我们的友情也上升为“面情”，一碗面盛进了我们彼此之间的感情。

吃了二十年的面，原先吃的面是清汤面，面里的野菜比面还多；后来，面里的菜是炒的，虽然没有半点油水其间还有野菜，但毕竟面的味道好了许多；再后来，下锅菜炒得入味了，面里也没有了野菜，有时面汤里还会漂几个油花花；现在，面的种类越来越多，油泼面，臊子面，炸酱面……面真是越做越红火了。

吃了二十年的面，也吃尽了二十年的生活。大碗面，有回忆，也有温馨；有友情，也有亲情。吃着，回味着，太多的味道，品不尽，尝不透。

大碗面，百吃不厌，因为它的味道是无穷无尽的。永不嫌大的一只碗，盛着吃不厌的面，盛满了陕西人的豪气，也盛满了情感与回忆……

尔·颜

陕西师范大学 郭 婧

你是女子，如此美丽。

眷恋着你的颜，皓齿明眸，纤纤细步，隽美无双。你自黄土而出，寻白日而生，清水芙蓉，乃是天成。

世人看你，是魁汉，是英王。我却视你如美姬，如黄沙漫卷之下一朵莲，涤不去清秀气质。只当众人皆醒我独醉，醉眼微醺，你在我前舞步蹁跹，美若仙人。

最美是你迎风而歌，和歌而舞。山丹丹花开映美了你的容，清风无意微撩起你的裙。你忘我而歌，歌传河山万里，泪湿了歆慕真美的我们的眼。那是一曲秦腔，直浑的乐音下是你的百转回肠。你爱这片土地，你恋这地花开，爱得如此深沉，正如我们于你，总难言舍。歌罢，你余兴未尽，又隆冬而鼓。执鼓腰间，鼓点清越，你袅娜的身姿竟能如此爽迈。一鼓安塞，绯红了你的面颊，惊为天人。

最美是你烛下信手，巧夺天工。红红绿绿，自你手中而出，古老而简美，一如你的妆容。你善剪纸，勾勒了生活的美，剪出了生活巨变，多彩多姿。你善皮影，演绎出传奇段段，挥舞出陕地特色。你细腻，你心巧，剪纸和皮影是出自你手的奇迹，美出了陕西人的新生活。你的一颦一笑，点亮了陕西手工艺术的神。

你如此美，美得令人痴醉。我愿随你，走遍陕地的每一处。

你引我来到窑洞，它是你精心雕琢的闺房。每一孔窑洞都是一种生活的艺术，源于生活，从于生活。你说窑洞黄土而成，黄土给我们踏实；你以黄土为枕，枕出一夜芬芳。你长于此，悟于此，秀于此，出落亭亭。

你引我来到雁塔，青灯古寺，莲台灯下，佛塔古僧诵真经。经声悠扬，伴古城，刁日升。你说你爱这经声，平静了你的心，心是莲花开，古韵欢平。欢腾了盛世，从唐步入今朝，天下太平美景。

你引我来到秦陵，世界奇迹赫然眼前。秦俑威武，敬畏犹生。你说这秦俑站立出了陕地的精神，令人心驰，使人神往。千年已过，秦俑依然，恍然回首，仿佛秦关在眼前。沐浴秦时明月，你的容颜楚楚，怎不引人生怜？

你有黄土，你有香花，你有千姿百态俏容颜。你有秦砖汉瓦，你有书山碑林，你有不倒中华魂。你的美，既于外，亦于内；秀外慧中，是我们眼中的陕地，一朵莲，一美姬。

因为你，我来了。来到了这里，来到了陕地。

走进你哺育下的学堂，感受到你深厚的历史文化底蕴，我与你似曾相识，我与你更加亲近。是的，来到这里，这是我的幸运。我仰慕你的容颜，仰慕着你的一切一切。我说你是女子，如此美丽。巾帼亦英雄，你守护了十三朝，辉煌了一个国。你带着故事，挥洒才情，纵横中原，美名远扬。而我在这故事里，读你，读这片土地，读你爱的和爱你的。一切一切，你可知否？你予我的，是四年时光，让我陪你度过你的一瞬，我的青春年少。

雁塔旁，曲江畔，当年踏马意气发。思翰客，念良臣，曲江流饮人醉雅。今无榜，才应在，复登彼地，复游彼景，往昔繁盛今犹在，歌太平，多少感念交在心。古今逢盛世，陕地之幸，民之幸。一酒一花，美尔颜；一纸一墨，书我心。

如此奇女子，美名予陕西。陕地多灵秀，地灵人自美。清水出芙蓉，天然去雕饰。陕地多福，自有天佑。秦关汉月唐时宫，悠悠长路兴我邦。

我邦之兴，有此陕地。幸矣！

父亲的背影

杨凌职业技术学院 权亚波

这些年由于上学的缘故很少回家，尽管学校离家还不算太远。不知道是我真的厌倦了泛黄的泥土，还是在不知不觉中，已经被城市的霓虹所麻木。前些日子父亲打来电话说母亲近来身体不好，希望我能回家看看，这时我似乎才想起已经有一段时间没有回家了。回家时我没有给父亲打电话，因为我知道父亲腿脚一直不好，要是知道我回去的话，一定会张罗好几天，像过年似的。父亲常说，城里再好我们也只是一个客人，农村再穷也是咱的家。在农村生长了近二十载的我做梦也想着离开，不只是我，还有父亲。父亲一直盼望着我家能出个大学生，不像他一样，一辈子翻永远翻不完的泥土。

回到家父亲不在，母亲说父亲去了镇上的工地。我问母亲，父亲中午回家不？母亲说，回来。我又问母亲，父亲不是说他在家养猪赚钱了，早就不去了吗？母亲沉默。我也没有再问，我知道父亲是为了让我在城里面花个阔气，因为他怕城里人笑话。记得父亲常说，吃饭别亏着自己，身体才是本钱，想吃啥就买啥。我一直以为这几年家里养猪赚了钱，或许在我和同学为买安踏还是乔丹争执不休时，父亲的老布鞋早已经磨破了几个洞也舍不得换；或许在我和女朋友为吃麦当劳还是肯德基而犹豫不决时，父亲也许盼望的是每天碗里能有个荷包蛋；或许在我和舍友争吵着玩劲舞有意思，还是玩大话痛快时，父亲也许期待的是干活回家能美美地睡上一觉。

我没吃午饭，去了父亲干活的工地，想看看父亲。工地很脏，很吵，到处是机器的轰鸣声和满天的尘土，和我想象的完全是两个世界。我走进工地寻找着往日里那个高大的身影，可此刻却被到处摆放的钢筋砖瓦所淹没，工地到处一片忙碌的景象。迈着艰难的步伐刚走几步，父亲终于出现在了我的视线。父亲并没有发现我，我想或许父亲看见我一定会激动不已，毕竟我已经好长时间没有回家了。父亲正在扛一袋水泥，戴着一个已经褪了色的安全帽，帽子很大，扣在父亲的头上很不稳定；身上穿了件很脏的迷彩服；脚上穿的是我以前穿过的皮鞋，很大，一步，一步，看起来很艰难，不知为何我的泪哗哗流下。我没有吱声只是静静在一旁看着父亲的背影，我想看看父亲究竟是如何把水泥扛到所谓的终点。父亲原来一直腿脚不好，再加上年龄已大，虽然几十斤的水泥对于一个年壮的小伙不算什么，可他毕竟已经成了一个二十多岁孩子的父亲，何况要坚持很久，父亲看起来很费力。我突然间发现，我曾经“骑”在肩头的“战马”，俨然已经变小了很多，父亲的腰已经驮了很多，完全像个弓。

工地上的风很大，父亲依旧像一头老黄牛，喘着满口的粗气，驮着原本不属于他的货物。我想原因很简单，为了我花得阔气。从水泥堆放点到搅拌机跟前有很长的一段距离，以前听母亲说扛一袋水泥可以挣一块五毛钱，水泥袋子还可以卖三毛钱，这还要运气好，有的包工头还不让卖袋子。背水泥的人很多，父亲不时被这个浩浩荡荡的队伍所淹没。我走在父亲的背后看着父亲的背影，一点一点往前移动。不知道为何，我很心痛，心想着哪怕平日里少喝一瓶饮料，少打一阵游戏，少抽一盒烟，或许能让父亲少扛几袋水泥。我停了下来，因为我实在不忍心再去看一眼父亲的背影，因为我怕，哪怕再看上一眼，我也没有勇气，也顷刻间会让我无地自容。看着这个庞大的队伍，看着他们平日里一个个宽大的肩膀、挺起的头颅、高大的脊梁被生活压得一个个喘着粗气，同样不知为何我心口隐隐作痛，比以往任何时候更痛。我没有去叫父亲，因为我知道如果全工地的人都知道我是他的儿子，他会很自责，毕竟在父亲的眼里我已经算得上是半个城里人了。

回到家母亲问我去了哪里，我说随便转转。母亲说，坐车很累，上炕歇会儿。我没有吱声，待我转过头，已泪流满面。父亲中午回来看见我，顿时像换了个人似的，完全没有了中午的疲惫，非要去镇上给我买些肉，说我难得回家一次。我说算了，镇上挺远的，刚回来又要去，下午还要上班，再说学校里常吃肉。可父亲却说，没事，这点路算什么，红军两万五千里长征都过来了，还怕这点路不成。我沉默。父亲一辈子就是这个倔脾气，最后我心想买些也好，要不是我回来，父亲才舍不得买，也好让父亲补补。

回学校时父亲硬塞给我500块钱，我说不用，钱够用。父亲说穷人富路，家里没钱了可以凑合，在城里没钱了可不行，连个馒头也吃不上。等我坐在车上，车一晃一晃，我顺着车窗向车后望去，父亲依旧没有离去，直到父亲的身影变成一个小点，消失。我想父亲之所以不愿意离去，是因为他怕，他怕自己的背影，会让我心痛。我想我之所以不敢回家，是因为我怕，我怕父亲的背影，因为我心痛。

孤独百年

陕西师范大学 刘晓娟

人天生会寂寞，但并不一定孤独。

一个人漫无目的地行走在行色匆匆的人群里，四处张望，会发现居然没有一个人去关注自己，顿时感觉一己之身陷于漩涡，被湮没了。不由得无助也无奈地叹息道：原来我是如此孤独。

暂且不要这么轻易下结论吧，因为那可能只是一时寂寞而已。孤独是一个崇高的概念，高雅地凌霄于我们昂贵的心灵之上，而昂贵的心灵需要一颗超凡脱俗的灵魂。

萨特曾很形象地把人比作“洞”，洞是一种虚无，而填洞是人存在方式的写照。这里不妨把洞比为人在寂寞时内心感到的空洞，为了填洞也为了排遣寂寞，我们会做很多事情，诸如学习、工作、娱乐之类的不一而足。而就是在这琳琅满目的选择中产生了差别。很多人可以很快地暂时性地填满洞，因为挑选的是唱歌、跳舞、聊天、购物的方式；还有一些人他们不这样做，因为心里清楚即使做了，洞还是洞，不会有丝毫的满意，这些人有的是寂寞更是孤独。于是平凡的世界里衍生出三种人：一类便是芸芸众生，一类是天才和哲学家，三则是疯狂的类兽人。后两者的区别在于是否有优秀的灵魂。

真正的孤独只属于第二类人，他们为思想而生。在茫茫宇宙中寻找着与自己共鸣的知音，但总是杳无音讯。于是孤独地翘盼着，陪伴他们的只有无垠的星空、深深的沉思。

卢梭在他最后两年的人生中孤独地散步，他说只有在孤独沉思的时候才能充分表现自己属于自己，在地狱的最深处反而最宁静。在孤独中安下心来审视人生，对话心灵续写《忏悔录》。在《一个孤独的散步者的梦》中我们可以清晰地看到一个思想的老人在圣皮埃尔岛孤独沉思的模样。

天才或许总会有相似的心理表现，年满八十二岁的文豪托尔斯泰默默离开了生活了六十多年的波良纳庄园，义无反顾地出走了。一个固执坚定的老人，他想把自己的土地分给那些辛勤劳动却衣食无着的劳动人民，自己作品的版权无偿地奉献给社会，甚至想降低身份去填平人与人之间的鸿沟，但无一例外地遭到整个家族人的阻挠和嘲笑。他成了陌生人、孤独者，于是人类忏悔史上除了圣·奥古斯丁、让·雅克·卢梭又多了一位大师列夫·托尔斯泰。

寂寞源于无聊虚空，而孤独根植于大爱，绝情无爱之人不会孤独。

叔本华在《论生存之空虚》中谈到生存所具有的全部形式都在向我们展示着生存之虚空：时空的无限与人在时空的有限，现实存在物的瞬间即逝，一切又在持续变化中永无停息，努力奋斗却又带来一个接一个的沮丧。人生本来就是一场虚空。于是平凡的大众用声音、用忙碌的工作排遣着虚空，弥补着虚空带来的心灵折磨，同时也在无意识中逃避着孤独，也就是拒绝着伟大的可能。而哲学家或者天才则勇敢地踏上了一条在虚无中淘得永恒的路，用深邃的目光在孤独的旅途中慢慢地找寻探索。他们心怀对人类的终极关爱，追溯着宇宙自然至高无上的奥秘。

一般人逃避孤独而哲学家、天才们向往孤独。这种向往不是强迫，而是天生的气质使然，而这种气质又多是忧郁的。他们在这种孤独中沉思、写作或者绘画、谱写音乐，其实是一种对无法治愈的忧郁的治疗，而治疗的过程往往倾其一生精力。一生都在寻觅知己却注定一辈子都无法相遇，这就是孤独的秘密，也是哲学家和天才们的悲剧，亦是一般人无法承受孤独重量的原因。

寂寞是浅层次的孤独，游走在光滑的表面无法深入，但是也无法逃脱，伴随人的一生，在某个时候发作，又被轻易地填补。孤独是寂寞深处的灵魂，在骨髓深处，时刻相随，无一刻的缺席，在那些天才的、哲学家的世界里。

孤独的代价是一生的百年光景，一时的寂寞岂能轻易地定义为孤独？莫亵渎孤独的高贵！

古城的秋

西安工程大学 高建英

很偶然的一个早晨，我意外地发现古城西安已经告别了夏天。

西安是一个比较独特的城市，它的季节转换往往不是很明显。譬如说夏天与秋天，当人们还沉浸在对夏天烈日的畏惧之中时，秋老虎已经悄悄地逼近了。然而你却感觉不到，因为树枝上的叶子仍然是苍绿色的，还是那么茂盛；地上的草也在顽强地展示它那强大的生命力，看上去没有一点衰败的迹象。忽然有一天，一场风降下来的时候，你才会意识到："哦，原来秋天早就到来了。"这时你再看那树上的叶子，它不知何时已经褪掉了象征生命的本色，锈成了一片枯黄，一阵风过后，便飘飘荡荡地落了地。不久便是厚厚的一层，脚踩上去，没有声音，也没有气味，软绵绵的。那地上的草，更是衰得快，先是末梢镀上了一层暗淡的金黄色，逐渐地一直黄到了根部。时间久了，被雨水凝成了一个整体，风再也吹将不动。随着岁月的流逝，风吹雨淋，逐渐地风化掉了。

最先带来秋的讯息的是街道两旁的法国梧桐，巴掌般大小的树叶在夏末已经染上了秋天的颜色，等到其他花草开始枯萎的时候，它的叶子结成了卷，已经率先撒满了街道。每天清晨，你都可以看到清洁工人忙碌的身影，清扫过的地方，隐隐约约还可以看得见扫帚留下的痕迹，看起来很是细腻。古人说得好，"梧桐一叶落而天下知秋"，大抵这时候，你才能真正体会到秋的悲凉和古人悲秋的情怀。

这个时候，人来人往的花市上，最受欢迎的当是菊花。你看那卖花的老头很自豪地将最大的一盆菊花摆在地摊的最前面，惹得路人眼馋，都已经走过去了，还是忍不住要回头望上几眼。古人谈到秋，没有不提及菊花的，菊花似乎成了秋天的象征。每年到了菊花上市的时候，人们看着那些艳丽的黄的白的菊花，总是要忍不住吆喝一声："哦，真快啊，又到了秋天！"听久了便可听得出这句话里隐含的悲凉的感慨，那是一代又一代生活在古城中的人们对生活的倾叹。他们仿佛在说："这人生在世，过得了多少个秋天呢。无论曾经有多么辉煌，随着这秋风一吹，那都成了过眼云烟，等待你的只有像冬天般严酷的死亡。"

在灰蒙蒙的天空中，翻倒着几片黑云，忽而一阵凉风吹过，便窸窸窣窣地下起雨来。倘若淋在身上，一定会打个寒战，这时便会想到“一层秋雨一层凉”这句俗语了。也许你才会相信秋原来是这样的灵动，无论你是在僻静的幽乡还是在繁华的都市，也无论你是地位显赫的高官或是身份卑微的平民，它都会毫不避讳地降临在你的头上。站在楼上，极力向远处望去，“高楼目尽欲黄昏，梧桐叶上萧萧雨”这种感觉油然而生，你或许会说：“原来这不仅是文学，它还是生活。”是的，秋既然已经来了，它就不会隐匿起来，它会向你展示它的独到之处。

古城的夜本来是喧闹的，尤其是在夏日里，白天太阳太毒，所以许多人都选择待在房子里不出来。一到晚上，一家老小，全体出动，他们会坐在某个小山坡上，任凭煦暖的夜风吹来。可是秋天一到，就不一样了，秋天的风本来就凉爽。到了晚上，即使是那些身强力壮的，也会感觉到一丝微寒，就更不用说那些上了年纪的，他们就更加不能忍受秋风的萧瑟。夜深人静的时候，就更可怕，一阵一阵的凉风吹到你身上，如鬼魅一般，你会感觉到通体冰凉，只有那颗火热的心脏在突突地跳动。如果你还在外边，你会选择回到屋内；如果你在屋内，你也会轻轻地关上半扇窗，静静倾听窗外秋风扫落叶的声音。夜更深了，风也更凉了，外面静悄悄的。如果你还伏在灯下工作，除了可以听到笔尖在纸上沙沙的声音之外，还可以听到外面秋蝉的鸣叫声，那便是你的伴奏，是那么的美妙，那么的让人心旷神怡。你可以尽情享受这美妙的乐章，秋蝉是北方的特产，在南方你是万万听不到的。

秋夜的月亮也别有一番风味，煞白煞白的，带着一丝光晕，静谧极了。薄薄的月纱，流淌的月海，枕着老树的年轮，银色的月浪载着你飘向秋的梦乡。“月光浸水水浸天，一派空明互回荡”，这是查慎行描写秋月的诗中的一句，很是著名。夜里有月的时候，登上古城墙，便能亲身体验到月的空明。如果你是行人，晚上走夜路，有月的陪伴便不会感觉到孤独和害怕。尤其是在晴朗的秋夜，外面静悄悄、凉飕飕的，那一轮皎洁如水、空明如镜的月亮便是最好的照明灯。你可能会发现，你走，月也在走，所以你根本不会觉得寂寥和孤独。

都说秋天最容易引发人的思乡之情，可是在古城西安却不一样。古城凭借它千年的文化底蕴，本身有一种先天的亲和力，尤其对北方人来说，它会让你觉得这里就和故乡一样。所以古城的秋不会让你极其焦躁地想回家，它会一直不断安抚你、引导你在这里实现你的梦想。

辗转在古城已经四个年头了，今年的秋天已经悄悄在古城拉开了序幕，我想它定是想告诉我们，让我们在这里上演属于自己人生的大唐辉煌。

古巷，古香

长安大学 王开冰

生在一马平川的中原，但我更喜欢江南的委婉含蓄、温婉尔雅，更向往塞北的粗犷豪放、洒脱不羁——清流访巷，酒旗招摇，大漠孤烟，长河落日。但是这座有着两千多年历史的古城——西安，同样有着历史生命里的古典和意蕴，历经时间的淘洗而越发锃亮、生气勃勃。

怀古咏史不见得要去什么世界文明的古迹，当然它们的历史价值不可小觑。书院门，一条古朴却底蕴深厚的小巷，成为我认识古城西安的第一站。从南大街走到这条老街上，忽然感觉一下子安静了许多，没有车如行水马如龙的景象，它隔绝了市廛的喧嚣和浮躁，在繁华的地域坚守着一份属于自己的静默。高大的牌坊跃入眼帘，檐角飞棱中透露出一种古代的气息，上面有一代书法大家颜真卿的赫然题笔：书院门，两侧是一副黑底金粉楹联："碑林藏国宝，书院育人杰"。脚下的一块块青石板被打磨得闪亮如初，仿佛一首首隽永的唐诗在时间的记忆里抒怀，走在这样的古巷，很容易就走进了千年的历史，走进了悠悠的岁月。我想，无数风流才子从此走过，无数朗朗书声从这里飘远，翻开每一块石板都会找到一段鲜亮的故事，都会有一段历史没有记下的匆匆记忆吧。

说起书院门，那不得不提起它的缔造者——冯从吾，这位明万历间的进士因为上书直谏、刚正不阿而遭神宗疏远，被罢官还乡。纵观历史，忠言直谏者多遭放逐，但是，被历史抛弃的人却往往成了创造历史的人。正是这些人把辉章写在人类文化的长河中，在历史的灿烂星空中熠熠夺目。冯从吾潜心理学，之后创办关中书院，书院门也应运而生。我们可以想象当时舆马争饮、座无虚席的场景与万马齐喑的背景形成的鲜明对比，闪耀出一个人对国家的殷切期望和拳拳之情。

这条古巷的中间有一字排开的露天木阁，将它一分为二，古老的槐树静静地矗立着，默默俯瞰着这条小巷，不知从何时起它们就担负起为这条小巷遮风避雨的重任。尽管两侧是具有明清建筑风格的仿古店门，但是这里的店铺门面既不像江南商号那样纤巧秀丽，也不同于北京大栅栏的富丽堂皇，而是古朴敦厚，显示出"深藏若虚"的特色。雕栏阁楼，古巷古香。文萃阁、醉书轩、聚看斋、皓月宫……那些极尽古韵的店名都显示着小巷的不凡。古街虽小，却容纳了华夏文化的精髓；小巷虽短，却包含了五千年的沧桑意蕴。碑帖拓片、名人字画、篆刻印章、文房四宝，青铜器，紫砂壶，桃花扇，剪纸，刺绣，皮影，玉佩，亭，檐，鼎……就是这样一个静默的地方，最完美地诠释着中国文化的点滴精髓。你不经意的一眼里就有传统文化的缩影，在这里，你的心灵时时刻刻都会感受到来自历史岸边的潮声，一种莫名的感动在心头攒动，情涌……

古巷旁的老树根，像回忆般在现代延伸。蓦地，一曲《神话》从古铜色的横笛里悠然飞出，感动渲染在夕阳余晖里。我仿佛感受到了古朴与现代的完美结合，现代的华丽是美，古代的典雅也是美，但是，从一定意义上讲精神和文化在历史长河里的进步更为重要。海德格尔说，人，应当诗意地栖居。是的，让古巷的淡烟暮霭与街道的七彩霓虹交相辉映吧，让五千年的文化在现代依然飘香！大唐司空图《诗品》有言："玉壶买春，赏雨茅屋。座中佳士，左右修竹。眠琴绿荫，上有飞瀑。白云初晴，幽鸟相逐。落花无言，人淡如菊。"淡淡的，淡淡的，这丰富的安静，不是古巷最贴切的描述吗？不是心灵最好的境界吗？

黄土地——我的家

延安大学　弓　旋

你晓得天下黄河几十几道湾？
几十几道湾上几十几只船？
几十几只船上几十几根杆？
几十几个艄公把船来搬？

一曲《黄河船夫曲》几百年流传在九曲黄河之上，至今站在黄河岸边仍然能听到那一声声历史在回荡，而这黄河流经的地方就是我的家。捧一抔厚重的黄土，看一眼沟峁纵横的大山，一夜的梦里都是魂牵梦萦的家。这一片山丹丹开花的土地是我的家，这一方有响彻天际的信天游的土地是我的家。因为是家所以亲切，所以熟悉。

黄土高原上的陕北人是沉默的，来过陕北的人都会这样说。面对太久太久的黄土，父辈们总是在太阳晒着的墙根，一把烟草一片阳光，一蹲就是一天，一句话也不说。太阳的余晖折射在他们黝黑褶皱的脸上，那一道道深深的皱纹刻着高原的记忆。也不知道他们经历了多少次清澈的雨、厚重的雪了。可无论是春日的草木繁盛，还是秋冬里的荒凉冷清，他们总是保持着平静隐忍的姿态——沉默，沉默，依旧是沉默。可是他们沉默的身影中流转着的却是许多人的记忆，关于这方土地的记忆。有一位忧国忧民的词人、一批戍守边塞思乡不得归的士兵也封存于这记忆中。这就是宋朝的范仲淹与他的将士们驻扎在延州（今延安）。在这里范仲淹写下了那首著名的《渔家傲》："塞下秋来风景异，衡阳雁去无留意，四面边声连角起。千嶂里，长烟落日孤城闭。浊酒一杯家万里，燕然未勒归无计，羌管悠悠霜满地。人不寐，将军白发征夫泪。"一句句低吟感动了这片土地，黄土地因为他们多了几分温良，多了几许忧伤。当然这片土地更不会忘记那个"安得广厦千万间，大庇天下寒士俱欢颜"的老杜。在延州的日子是杜甫一生中艰难的一段，这里有着他的思念，有着他家国的思绪。在羌村，杜甫经历了团圆的喜悦，也经历了战乱之中为国为民担忧的痛苦。"兵戈既未息，儿童尽东征。请为父老歌，艰难愧深情。歌罢仰天叹，四座泪纵横。"仰望这片黄土地的月亮，它一定记得鄜州（今富县）几百年前的那个夜晚，"今夜鄜州月，闺中只独看。遥怜小儿女，未解忆长安。香雾云鬟湿，清辉玉臂寒。何时倚虚幌，双照泪痕干？”还有太多太多的人，晋文公重耳流亡就在这里，秦魏雕阴之战也在这里。经历太多的征战，太多的沧桑变化，这片土地也就习惯了沉默，习惯了不语。

沉默的黄土高原人是一株株庄稼，在烈日与寒霜之下沉默地接受自然的一次次洗礼，在洗礼之后一株株庄稼成熟起来，那种庄稼特有的味道弥漫于这片黄土地。正如那些有味道的陕北民歌：“三十里沙二十里水，五十里路上瞄妹妹，半个月瞄了十五回，十五回。就因为瞄你跑成罗圈圈腿。天天刮风天天黄，走走路路我把妹妹想，那一天我瞄你没进院，没进院，只瞄见你的脑顶顶没瞄见脸。”

这些民歌简单、直白，经过高原汉子粗犷的喉咙一吼，那种原始、野性的爱情如此摄人心魄，就连这片黄土地的沟沟峁峁也会为之心动，又怎会打动不了哥哥的四妹妹呢？有人说希腊神话的伟大在于它表现了人类的原始欲望，那么陕北民歌也是可以与之相媲美的了。陕北民歌里从不隐藏对于爱情的渴望，大胆地表现人们原始的欲望。在这里情与爱是热烈的，奔放的，是对生命的讴歌。民歌可以对生命进行原始的呐喊，腰鼓则是对生命的淋漓宣泄。一群年轻的后生，忘情地在飞流直下的壶口瀑布边旋转跳跃，敲打着腰鼓，厚重的黄土被击打，腾飞。当周遭漫天漫地都是黄土时，人们才发现黄土与陕北人原来一直都是一体的，从来不曾分离。陕北人离不开这早已结下的黄土情缘，我亦如此。曾经有一段时间总觉得这片土地压得我难以忍受，于是想去寻找大山外的清丽的江南水乡，可是最终还是舍不得走。爸爸说：孩子，陕北人离不开黄土地，还是留在这里。是的，这里是我的家，祖先早已在我们的骨子里埋下了独特的基因，无论身处何处，我都深深记得自已的家是这片黄土地，耳畔响着的是黄土地父亲般的呼唤。

我晓得天下黄河九十九道湾，
九十九道湾上九十九只船，
九十九只船上九十九根杆，
九十九个艄公把船来搬。

《黄河船夫曲》就这样一代代地在无数陕北人的心里问着也答着。每一次的问答里我都似乎听到了黄河之水撞击心灵的声音，原来这片土地和黄河一直都传唱着生命的源头……

剪出来的美丽

陕西师范大学 周苏韵

现在想起来，那已经是去年冬天的事情了，只是，它一直都在我的心中萦绕，所以，每每回忆起来，总觉得，那仿佛是昨天的记忆。

2008年的冬天，闲暇无事的时候，我喜欢在悠长悠长而繁华不断的长安南路上，游离于横亘在车水马龙之上的天桥，俯瞰天桥下的车水马龙，仰望天空中呼啸而过的飞机，同时不忘驻足人来人往的桥墩上，试图想捕捉住一去不复返的匆匆时光。年轻的我们，总是习惯了心中有许多的梦，而又喜欢在现实的无奈与时光的轮回中杞人忧天，慷慨悲歌。

我已经不记得自己是第几次经过那个熟悉的剪纸摊了，只是那一派喜洋洋的红时刻跳跃在我心间。在这个拥挤如潮的西北大都市里，那天桥不起眼的一隅，安静中的喜洋洋的红，却不失为这城市里的一道亮丽的风景线。只是，这样的风景却时常容易被人忽视。

那是一个小得容易让人忽视的小地摊。一张六尺见方的塑料薄膜席地而铺，上面跳跃着的是一个个火红火红活灵活现的剪纸模板，花草虫鱼，飞禽走兽，还有各种象征着吉祥如意的图案，五花八门，形状各异，样样俱全，无奇不有，足见其中的民风乡情。边上放着一个小纸箱，上面堆着的是一尺见厚的红彤彤的剪纸样版和一两把绣花剪子，旁边是一张小板凳，板凳的主人，是一位老太太。

那位老太太，约莫六十岁光景，瘦小的个子，浑身上下一派素净简朴。我猜，许是从乡下进城来谋生的吧。她就那么安静祥和地坐着，脸上挂着自然而慈祥的笑，手里剪着美丽而精巧的纸。

从她那瘦小粗糙而灵巧麻利的手中，剪出了生龙活虎惟妙惟肖的生肖图纸，剪出了栩栩如生精巧细致的春兰秋菊；剪出了小巧玲珑，也剪出了她心中浓浓的真情。每次经过我都会远远地站着，细细地看着，往往只是一眨眼的工夫，一张方方正正的红纸就能在她的手里神奇地蜕变成美丽无比的剪纸。每每这时，我都会在叹服之余天真地想，如果从她的手里，也能裁剪出属于我们的青春，我们所要实现的梦想，那该多好。

在整个冬季里，几乎每一次走过那道天桥，我都会看到老太太，还有她的小摊子，静静的犹如空谷幽兰般开放在那天桥的一角。每一次路过我都忍不住停驻，凝望，依恋，感受这喧嚣中的宁静，执著与安详。

那是一个飘着霏霏细雨的冬晨，空气中氤氲的是寒冷的气息。我向天桥走去，心里想着，天气这么冷，那老太太应该不会再守候在那儿了吧，但心里同时又有着莫名的期待。

我离天桥越来越近了。隐隐约约的，我的眼前模糊着一片淡淡的红。终于，我的眼前忽然一亮，那一派喜洋洋的红依然那么清晰地出现在我的眼前，那个孤独但笃定执著的身影，依然那么熟悉地出现在我的眼前。一刹那间，我忽然觉得，老太太还有她的小摊子，赋予了天桥无限的魅力，在这冷冬里，在这清晨里，在这寒风细雨里。

我再也无法抑制住眼里酸涩的泪水了，心里倍感温暖。

那一派喜洋洋的红啊，质朴的光，希望的光，自豪的光……

这时，迎面走来了一对外国夫妇，他们的目光也被那一抹喜洋洋的红给吸引住了。只见那位女士走近前去，优雅地拿起一对腾跃的中国龙，叽里呱啦地与老太太聊了起来。令我惊讶的是，老太太竟然能应付自如，与她聊得热火朝天。末了，那对夫妇买了不少剪纸。要走的时候，老太太还送了他们那腾跃的中国龙。在他们的声声“Thank you”中，老太太喜气洋洋而心满意足地回归到这初冬的宁静中。

一旁的我忍不住上前搭话了：“大娘，您经常遇见外国友人吗?”

“是啊。他们呀，特别喜欢咱这剪纸呢!”老太太得意洋洋地说，“我呀，也不知道为啥，向他们说起这玩意儿，劲儿就十足。不过呀，让他们多了解咱中国咱陕北的乡俗风情也不错啊。再说呀，这玩意儿也为我挣了不少呢，呵呵！这玩意也不值几个钱，所以俺每次都乐意多送他们几个。这不，俺这英语，还多亏了他们的指点，才搭上那么几句呀。哈哈!”老太太一说起来就没完没了的，可我的心里却顿感这些话的温馨和亲切。

“您每天都在这儿剪纸吗?”

“是呀，有的外国人呀，对这玩意儿特别感兴趣呢，说不准他们哪天还敢回来找我的碴呢，我可不能躲呀，哈哈！这不，昨天就有那么几个折回来了呢，呵呵!”

我不由得被老太太幽默风趣的话语给逗笑了，满怀敬佩之情地注视着老人娴熟的动作，还有那一脸慈祥的笑，那深深的皱纹里的深深的喜悦，一股暖流涌遍了我的全身。

我终于明白，老人的心，永远都是暖的。因为，她的心里，装着的是春天般的暖意，深深的乡土情结，浓浓的中国情怀和淡淡的异国情怀。她的心里，装着的是这个温情的世界。即使是在寒冷的冬季里，温暖也不曾褪去。我的泪水又情不自禁地盈满了眼眶。那一派喜洋洋的红已暖遍了我整个身体，整个心灵，整个灵魂。那确实是一片质朴之光，希望之光，自豪之光，在这广袤无边的黄土高原的大都市里，熊熊地燃烧着。我心里的那些迷茫与憧憬，似乎也得到了些许的慰藉与启迪……

如今，时光荏苒，一年已过。老太太已不知何处。但是我想，她心中的那份情结，是永远不会泯灭的。许是她转移了目的地，在另一个地方继续着她的美丽人生吧。我相信，她创造的那一派喜洋洋的红，还有她那一副火热的心肠子，那一股暖暖的人间真情，那红彤彤的中国龙，还有那至纯的乡情民风，时刻活跃在我的心间，活跃在每一颗被温暖和感动包围的心灵里。

讲不尽

陕西师范大学 杨 悦

讲不尽，太多的故事……

——题记

腰鼓震天——安塞

天是兰格盈盈，地是黄土飞舞，腰上是大红绸带，脸上永远是朴实的笑容。

陕北汉子在黄土梁子上用震天的鼓声挥洒自己的热情。

朴实得没有任何修饰，但确实是生命的华丽盛宴，连脚下的黄土也要随着他们一起跃动。“咚咚咚呛，咚咚咚呛”那是陕西土地上震撼心灵的声音，那是他们安居乐业的鸣奏，那是五谷丰登的乐章。

那震天的鼓声是陕北汉子带浓重鼻音的陕北调，那飞舞的黄土是他们憨厚的笑容，他们组成的黄土汉子们的脸庞，告诉我们富裕生活都是谁带给他们的。

六十年，恍如隔世，又如在昨天，从公元一九四九到公元二零零九，这六十载是人民当家做主的六十载，这六十载是见证了中华民族繁荣昌盛的六十载。黄土地的汉子们见证了这些，他们用秋收金灿灿的麦田给了祖国最好的献礼，他们如生命乐章般的鼓声给了华夏最好的回报。

毅力丰碑——长安

站在他们的塑像前我都愣了超过十分钟。

他们相差一千多年，一个生在汉，一个生在唐，很少有人把他们相提并论，但我只觉他们都是长安精神领袖式的人物。

历史博物馆里的地图闪烁的灯光很亮，光线在线路上游走得很快，他走的时候却是花去生命中最宝贵的年华。二十年，一辈子有多少二十年，为什么他就可以不带回头地一直走下去？我转向他的塑像，一直想象，想象他脚下的尘埃飞扬渐行渐远的方向。

塔下面是他的塑像，我没有上到塔上，那是因为我感觉站在这里我更能体会世界的广博。没有那些徒弟的保护，没有那些神仙的帮助，一样险象环生的路途，只身一人，他也是头也不回地走下去了，不得真经，誓不回还！

精神的丰碑，毅力的丰碑！

也是我们所该树立的！

伴随着祖国六十华诞，我们这些青年一代在激扬的青春中坚定自我，深信不疑地奋斗属于我们自己的未来，属于我们建设祖国美好明天的未来。祖国的富强是我们今天学习生活的基础，我们的明天是祖国富强的保障。让我们在祖国六十华诞上用我们最高的理想给祖国献上最美的礼物。

菁菁校园——西安

《诗经·唐风·杕杜》："其叶菁菁。"

菁菁，是我的大学和我们的样子。

而今，我的大学已经走过了六十五年的风雨历程，如同一个鹤发童颜的老人，正焕发着光彩，宝刀不老，神采奕奕。

时代的光辉装点着校园，如同校园里的林荫大道，在午后投下斑驳的影子，我们走在校园里，一样的树影是属于我们的大学生活，一样的光影间我们有同一个梦想。

六月，可以看到毕业生们穿着毕业服在校园中照相留念，丝毫不带夸张，有些人此经离别，便是永远不得交汇。从此投入社会，投入人群，为自己当初大学的共同理想、为学生时代的梦想而奋斗，在自己的岗位上为祖国而奋斗。

公元二零零九，是祖国六十华诞，这些新时代的青年离开菁菁校园，奔向祖国的四面八方，投向自己的梦想，投向祖国更加辉煌的未来。

我们，仍然还步行在这里，我们还在这里建设我们的梦想，我们肩并着肩，我们努力奋斗，我们怀着同样的梦想同样的期盼，期盼我们的祖国有更加强盛的未来，期待我们能为祖国奉献我们自己的青春。

菁菁，我的大学和我们的样子。

炎帝故里——宝鸡

那是生我养我的地方，那里有生我养我的父母，那里是我梦想开始的地方，那里承载了我成长的岁月，那里的每一片土地，都是我热爱的。

那也是整个华夏生长的地方。整个的中国，五千年的沧桑，五千年的风雨，上下五千年的辉煌，曾经在这里闪耀了很久，曾经从这里蔓延开来。

而今，中华人民共和国伴着五千年的文明走过风雨的六十年。我生长的二十年间，亲眼见到人们的生活从固定电话到大哥大，从大哥大到小巧的手机，从十八寸彩色电视到五十二寸的背投。经常坐在河堤上看着巍峨的秦岭，看着夕阳西下，看着阳光在湖岸上投下的光影，看着河岸边那些此起彼伏的高楼，看到远方疾驰而过的火车，再回想自己亲眼所见，亲耳所听，然后传出一条时间线，我仿佛看到了整整六十年这个小城市所见证的一切。

中华民族的这六十年是只争朝夕、顽强拼搏的六十年，这个小城的万家灯火也是献给祖国六十岁生日的最隆重的礼花。

还有我，现在身在西安的我，父母的养育、小城的滋养，我都不会忘记，都不会辜负。我在这里为自己的理想奋斗，为我们祖国的未来奋斗。

我想这就是一个学子为祖国六十华诞的献礼。

这里还有太多太多的东西，还有太多太多讲不完的感慨。

太多，太多，太多的故事都讲不尽，太多的故事都等待我们去讲完。

讲不尽……

三等奖

今生，注定与你纠缠

西安医学院 梁 蓓

佛曰：前世五百次回眸，才换来今生与你擦肩而过。

第一次看到这句话，心里蓦然一惊。前世五百次回眸，才换来今生与你擦肩而过，那么，像我们这样，今生以生命纠缠的人，前世只怕是什么也没做，只回头了。

那天看到一篇文章，淘气的小孩和邻居家小孩打完架回家，问妈妈为什么流眼泪，妈妈回答说："我眼里有一颗沙子。"眼一热，泪便流了下来，傻孩子啊，殊不知你就是那颗沙子。思及此，心头一酸，我又何尝不是你眼中那颗催泪的沙。

十二岁之前，我和你一点都不亲，我记忆里甚至很少有你的身影。过家家时，是小姨替我张罗，陪我嬉戏；肚子饿时，是姥姥蒸的黄黄的鸡蛋羹；偷溜成功时，是阿黄的张牙舞爪给我助威；两个舅舅最傻，一个只会给我留下最好吃的果子，任别人多少钱也不卖，一个只会给我从书包里摆弄出麻花，哪怕是省一顿早饭…… 我的记忆里谁都有，就是缺了最不该缺的你。每每我以此为由向你抱怨，甚至和你吵架，你总是默默转身，揽起我留给你的残忍和冷漠，收拾着自己的难过。

十二岁那年，我回到你身边，离开了令我眷恋的那一方山水。青春里的叛逆就这样猝不及防地涌到我面前，梗在了你我之间，划出了一道深深的沟壑。这道心灵的沟壑需要用宽容和谅解来填充，可年少轻狂的我，偏偏最缺少的就是它们，哪里懂得这两个词里所包含的辛酸和眼泪。

爸永远的忙，一个接一个的出差，待在家里的时间永远不超过三天，偶尔的说教，更加深了我对你的偏见，我总以为是你的挑唆才使爸看不惯我的行为。在姥姥家众星捧月般长大，早已养成我蛮横娇纵的性格，哪容得了别人说我半个"不"字。终于在一次争吵后，我摔门而去，搬到了集体宿舍，一住就是三年。从此，再没想过回家，在那张小床上，夜夜陪伴我的是记忆里小时候温馨熟悉的笑脸和一方方清澈的水塘。没有你的童年是我心底最柔软的死穴，美得那么妖艳却也痛得那么深沉。一个孩子的安全感，来自于母亲给的关怀的爱，你从不曾给过我。我固执地认为，你从不曾把我放在心上。

每个周末，我都在街上漫无目的地走，只是为了避开你。我不愿看见你提着大包小包，还小心翼翼地问我还需要什么；我不愿看见你省吃俭用却给我大把大把的钱花，怕饿着我；我不愿看见你用讨好的笑容去请求宿舍的同学照顾我，担待我；我不愿能看见你磨磨蹭蹭将我所有衣服洗完连盆都想再洗一遍，只为多待一会；我不愿看见等你再也找不着可以替我做的事，而我也不挽留后你仍不想走的那份不舍；我不愿看见你在楼下久久徘徊后渐行渐远的落寞背影；其实，我最不愿看到的是，你看到邻床的女孩搂着她母亲撒娇时眼里的那份羡慕与渴盼……

就这样，三年的时光弹指挥手间从指缝中溜走。中考后，我直接去姥姥家，刻意避开心中那隐隐的想念，再一次绕过了家门。

梦里景物依旧，乡间岁月总是那么恬静而悠悠然地流淌。大雁已别过三次，流光到底容易把人抛，红了樱桃，绿了芭蕉。再见面，曾经的熟悉里却也多了一抹陌生，儿时的伙伴眉间已少了一丝天真，多了一缕成熟。每个人都在自己的舞台上演绎着自己的不同人生，品尝着自己的苦辣酸甜，面对着自己的悲欢离合峰回路转。而我，是不是也该去面对我自己的心结？

踏上这片我迟到了十五年的土地，心里思绪翻腾。我从来不知道，爸的家原来是这么贫寒，几亩地，半间房，一个疯子二爸。刹那间，我明白了你所有的苦楚和委屈。爷爷和奶奶死得早，爸爸长年不在家，你怕没办法全天照顾我，你怕二爸失控后会伤害我，你最担心的是那在风雨中飘摇的半间茅草房，给不了我温暖和安全……

那是一种怎样的割舍，十二年来，你没有一句怨言。在偏僻的山村，你拼命劳作，希望有朝一日，尽你所能，为你的女儿换一个环境。别人寻常的幸福，而你却走了十二年，才走到你的孩子身边。那年，你安排好二爸，在小城买了房子，在最好的学校报了名，替你的孩子打点好一切，甚至央求你的家人不要告诉她这些事实，怕她幼小的心灵过早体味生活的无奈和辛酸。可是，你却接到了一个满腹不满的孩子。她认为这十二年来，你不爱她，不关心她，所以她视你为陌路，甚至宁愿住到一街之隔的学校整整三年。

所有盘桓在心底的冷漠和误会在这一刻烟消云散。有一种浓浓的怜惜和悔恨汇集成河，冲走了我和你之间的阴霾。

在我刻意的追问下，姥姥告诉了我从不曾知晓的秘密：比如你不顾姥爷反对，毅然走进那个贫穷的家，挑起生活的重担，做起你以前不曾接触过的农活；比如你在追赶疯跑的二爸时，摔掉了第一个孩子，从此，再也不让我回到那个家；比如你一直不曾掉过眼泪，却在我负气搬走后失声痛哭；比如你夜夜站在楼下直到宿舍熄灯后才回家……

一点一滴地知晓了你的故事，悔恨慢慢凝聚成波涛，吞噬了我的年少轻狂自以为是，总以为你欠我一个童年，我却不知我欠你一个人生。急切地回到你身边，想叫你一声“妈”，想搂住你脖子撒娇，却看见你瘦弱的身体湮没在雪白的床被间。你微笑着说没什么。爸悄悄告诉我你打掉了那两个月大的婴儿，你说你欠我太多，想用一辈子的时间来弥补。那一刻，我跪在你床边，抱着你，泣不成声……

以后的日子，无波无澜，你用整颗心照料我的生活，日子在忙碌中又飞快地滑过去了三年。还记得我上大学走的那天，你在车站抱着我，泪水止不住地滴。如果我没记错，那是我第二次看到你哭。姥姥总是说你眼硬，姥爷临终你都没滴一滴泪。咬着牙撑了过去，虽然大病了一场，可到底是没哭出来。一辈子不服输的坚强女人，终是拗不过那颗牵挂女儿的心。无论我多想对你好，终究还是你眼中那颗催泪的沙……

大学生活在身后慢慢拉上了帷幕，我面前有两纸合同，一张是通往大都市的机遇与繁华，一张是回到小县城，陪伴在你身边。我毫不犹豫地选择了后者，潇洒的落名，龙飞凤舞间，将你我之间以后的岁月纠缠在一起。

笑意凝在嘴角眉梢，我仿佛已看到你气得跳脚。因为爱我，所以舍得我离开你，飞向更高远的天空。可是，你可知道，烟火霓虹的流光溢彩，宝马香车的富贵华美，名利金权的风光荣耀，都不是我心里向往的天堂。今生，我只想陪在你身边，用我的肩膀为你撑起以后的晴空，倾尽我的所有照料你，让你欠下我的情；来世，我要你还今生欠的债，我仍要做你的孩子，日日赖在你怀，索要你关爱。

小城如一卷尘封古画在天水间铺展开来，一脉山峦轻逸飞张，错落家院，婆娑树影，满室凉花正迎风浮首，纷纷扰扰间摇曳如烟霞。夕阳下，你我的影子相互纠缠，注定了前世今生。

酒巷·雀林·溪泉

西北大学　聂　威

酒　巷

就像余音偏宠那深邃的峡谷，余晖独钟这阴潮的一隅，一支花环，一个善念，一苇感动！

余晖仍是阳光，这一隅插满了阳光，比温馨的灯火夜晚更是绝伦。

余晖收敛了疲惫，天空金黄的云霞是它远征一日的足迹。尽管来日不一定会有云霞，一隅泽地上长出了可爱的草地耳子，严严絮絮的，像是多多绽开的“黑牡丹”，花缘皱皱嫩嫩的，规则间距就比人工做成的更胜一筹。又被一圈小草围住了，仿佛是肃穆的宝地戒备森严，余晖也来检阅卫士了。

徐徐清风，酒香洋溢在余晖中，像是一叶扁舟飘荡在风海中。香气的柔绵和余晖的刚劲足是一道难尝的江南菜。自古刚硬总是克住柔弱，酒香却在余晖中凝成一股股的冰晶，是透明的香料，是永久的记忆，是钙化的岁月。它们落入这一隅，泽化地耳，滋润小草。

它从哪里来——过客不敢忘怀的这一巷子的酒香！鼻息的张翕寻到那没有犬吠的深巷，只有酒香飘逸的声响……有青黑的石板路，有石板隙中的探春的小草，有堆积的黄泥，飘散着酒的声音，能让梦破碎，亦能让梦圆好。

突然酒香销声匿迹了——因为余晖没有了。人说：“酒香不怕巷子深！”我看我就怕，虽然浓郁的酒香让我痴迷，却是担心这样的是对我这样的酒鬼的诱饵，我害怕沿途的算计，顾虑主人的心胸让没有碎银的我徒劳，又是瞎想着这个酒该不会是在酝酿中吧。当然好似有些担心搅扰了没有吠声的恶狗。我……

——就只是在这一隅陪伴着飘荡的酒香！

——或许酒会寻着香气迈过的路找到自己的知己……

雀　林

绿——没有理由，竹的绿更是自然！

寒风，肆虐着脆弱的生灵，扑凌过竹林，竹子毫不发颤只是微晗，或是矜持，或是盈溢，或是随意。竹梢碰头，一片沙响，冒出战胜酷敌的绿。

谁都会爱上这小片竹林的，不论正人君子，还是梁上君子，这个比佛家的菩提更有深度，我想。

冬日不曾惊扰鸟兽，便悄然而至，又是仓促得不辞而别！雀儿顾不上寒冷，况且愈来愈热的气候湮没了它们离去的念头，就像是愈来愈红火的日子总会留住人们出弦的心。

在冬晨的玻璃上用手指画下“瘟神”的字样，朦胧的窗外，在字的印迹下，显得格外的清晰。透过玻璃，只能看到窗外是一个竹绿竹绿的“瘟神”，还有雀啼。早到的阳光，晒化了玻璃上凝结的水雾，瘟神也是热泪夺眶而出。也许是被阳光感化了，也许是被上边的水珠迫使的，瘟神说道得好啊——我也是一条捡回来的命啊！

“水”化出来，两边对称着横撇，中间是一竖隔开了，左边洗涤着人的肌肤，右边洁净着人的心灵，多么美好的水啊！

临近水就是清明，清明亦是掩在柴扉后的草菇那样的明朗。骤然，凌乱的鸟鸣偃息了。顿时，冬日的山村，苍白的天空，被岑寂霸占了，倾听着吧吧哒哒的声音——它们正在用自己的粪便肥沃着这个栖息的天堂。

雀儿不似很在乎世人的咒骂，就是想着生活反正是自娱，况且它们还可以互娱……

雀儿附在竹林中，雀也成林了，这就更自然了！

溪　泉

忽——一条清澄的小溪伶俐地窜出了葱郁的树丛，一路倚着限限的驼背老山，伴着硬朗的石板路，涓涓溪水潺缓地流淌着岁月的流金。

靠山的溪边，冒着百泓清泉，每跨出十来步就可见到山脚下鸡蛋圆的石洞里滚滚而出的清泉。清凌凌的泉水喷射着天赋的韵味，流露出无穷的魅力，蕴藏着后生的气魄。可说半路上的那股最大的泉水都已经足足阅尽二百来个春秋，那铜锣大下的又不止铜锣面光滑的石洞就见证着多少的风霜雪月，多少的世事沧桑……

传说中的好些年前，暴雨倾盆，一声巨雷，一架黄龙呼地就从老山的山脚下钻出来了，随即悠悠然上天去了。人们惊呼着，跪地朝拜着……今日谁也不能考证这黄龙究竟是上了天，还是一直留在了山脚下那个铜锣大的石洞里。每当我去捧水解渴，总是有些提心吊胆的，一时就怕那个黄龙钻出来，更是有些害怕着清水该不会就是黄龙的小便吧，或者该说是——圣水。

总会有一两条寸长的小鱼子，或与叮咚的泉水嬉戏，或沉醉，或沉睡，或凫水，或侧耳倾听泉水的絮絮叨叨，或和泉水窃窃私语。

跑过来几个调皮的小顽童拾起小石子，往泉下击去，荡起年轮的涟漪，溅起雪白的浪花，激起童年的遐想——很快，浪花落了，涟漪散了，遐想也随着孩子们的离去走开了——可不知，小鱼子竟还是一直贪婪地“睡”在泉水温和的怀抱中，不忍离去。

想必，没有这泉，光有这溪，小鱼子是不会逗留的；没有这溪，光有这泉，小鱼子也不会青睐的，孩子会发闷憋气的……

这溪即得了泉水的恩赐，那就该付出，把泉水流出去，不然自然的和谐也就是荡然无存了。这热烘烘的阳光，透过了丛林，耀得泉水银光闪烁的。泉水似乎更加急促了，更加剧烈了，仿佛在热烈地拥抱这个曙光的新生。

坐在古老的大学堂里，年老的雪松下，鼻息中是酒巷中的迷惑，雀林里的淡定，溪泉边的坚毅，一路伴着求学的回声在敲打着自己的心扉。

苦难不是我的专利

延安大学 梁建升

罗素说，生命是一条江，发源于远处，蜿蜒于大地。上游是青年时代，狭窄而湍急；中游是中年时代，明静而婉转；下游是老年时代，宽阔而平静。然而，无论是飞浪激流还是宁波静水，都不能确保我们的人生一帆风顺，有百舸争流，浪遏飞舟，亦有暗礁耸立，暗流涌起。是水手就要经历风浪的考验，是彩虹就要接受风雨的洗礼，是胡杨就要迎接黄沙的侵袭。苦难之于人生，犹狂风之于陋屋，巨浪之于孤舟，水舌之于心脏。直面苦难，化解而微言苦痛，惟怀大志而不言败者，可轻而为人杰；逢小挫抑或夸言痛苦而逡巡而返者，茫茫千载间未可计数，而留其名者未之有也。

生活就像一座熔炉，包容了太多的不幸与苦难，失败的痛苦，贫困的折磨，伤病的摧残，这一切也许会摧毁你孱弱的心灵，使你身心疲惫，怨天尤人，停步不前。巴尔扎克说过，苦难对于强者是一块垫脚石，对于弱者是一种灾难。人有悲欢离合，月有阴晴圆缺，花有花开花落，且月圆是在月残后，花开亦在花落后。失败并不可怕，可怕的是懈怠了精神，失去了生活的勇气。当你在为失去群星而流泪时也许你又要错过太阳了。贫困并不可耻，穷且益坚，不坠青云之志，贫困会使我们牢记生活的艰辛，感悟生命的真谛，并为改变这种生存现状而奋斗终生。多一份苦难，就多一份对生命内涵的体验和理解，就多一份对人生的发现和顿悟，就多一份巨大的精神财富。

苦难是一笔财富，经历了苦难，才会“文王拘而演《周易》，仲尼厄而作《春秋》，屈原流放，乃赋《离骚》，左丘失明，厥有《国语》，孙子膑脚，《兵法》修列，不韦迁蜀，世传《吕览》……”在困苦不幸中寻找生存的希望，在逆境折磨中散发抗争的光芒，在黄沙漫天的古道中透出生存的价值，这才是智者的活法，强者的生存之道。

曾几时，无锡的街头响起了阵阵乐香，是倾诉，是哀怨，还是抗争？盲人阿炳用他的《二泉映月》诠释着别样的人生，演奏着生命的乐章。

曾几时，史铁生来到地坛，写出诗文篇篇，用手中的笔驱赶着苦难的阴霾，续写着完美的心灵。身残志坚，坚强的品格必将战胜苦难的黑暗，划出绚丽的轨迹。苦难，是财富还是屈辱，当你战胜了苦难时，它就是你的财富；当苦难战胜了你时，它就是你的屈辱。

苦难是一笔财富，普通的水因为高压而成了壮观的喷泉；平凡的铁因为千锤百炼而成了锋利的宝剑；胡杨经历了沙漠的干渴，才创造了三百年不倒，倒了三百年不腐的神话……可以说，正是苦难，成就了世间珍贵的物品。我们的人生，何尝不是如此呢？

当我渴望成为一棵参天耸木时，苦难使我深深地扎根于大地；当我渴望将自己打造成一柄闪闪发光的生命之剑时，苦难便是一座熊熊燃烧的熔炉；当我渴望驾着自己理想的帆船去远航，去寻找自己梦想中的金海岸时，苦难便是我的大海。“宝剑锋从磨砺出，梅花香自苦寒来”，逆风而行，练就了鹏鸟健硕的翅膀；逆水行舟，练就了水手过人的臂力和胆识。苦难使我在横无际涯的岁月中定格成永恒，坚定柔韧而寂然无声。从上学时的干板凉床、冰馍冷水、风雨无阻，到建筑工地上的挥汗如雨、头破血流，作为农民的儿子，我体验着困苦中的每一个细节，经历了生活中的每一份辛酸，没有泪水，没有抱怨，没有伤感，抹一抹头上的汗水，揩干身上的血迹，大步向前。

作为农民的儿子，我懂得生活的艰辛，理解苦难的内涵，慨叹生命的珍贵，每一个劳动的场景我都会驻足观望，每一幅感人的亲情画面都会使我心潮激荡，每一份苦难都会使我愈加坚强。

草木不经霜雪，则生命不固；人生不经苦难，则生活不会精彩。卑微的出身，苦难的人生，从不使我自卑，相反它给了我无穷的力量和勇气。苦难和卑微并不可怕，可怕的是懈怠了精神，失去了前进的动力。是石就要敲出星星之火，是水滴就要滋润一片绿意，是小草就要毫不吝惜地向世界展现一星浅绿。

苦难和痛苦从来都不是历史和生活永恒的主题，无论是对一个民族还是个人，灾难和不幸终究会被坚强的品格战胜改写，历史在崎岖的道路上艰难地前行，生命在坎坷的行程里绵绵长流，最终朝着明确清晰的方向走去，苦难不是我的专利！

姥姥、妈妈和我

陕西师范大学 丁娅兰

姥姥

姥姥于2009年正月十一走完了她84年的生命历程。大人们都说，这是“喜丧”。姥姥是安静地离开这个她所眷恋的世界的。

姥姥命苦。虽说她生于一个中农家庭，但衣食无忧的生活也只过到了二十几岁。28岁上，死了前夫的姥姥带着“二婚”的不吉利名声嫁给了当时是贫农的姥爷。于是，她苦命的生涯便自此开始。

姥姥对于过去的苦难总是闭口不提。当五个孩子都成家之后，当三个舅舅开始给姥姥“出养老”之后，姥姥才真正开始了她“苦尽甘来”的生活：三个舅舅每人每年给她15斤猪肉，一个肘子。大鱼大肉吃多了之后，姥姥反而怀念起以前的粗食了——她去村头摘了榆树叶，切碎了和白面搅到一起蒸，土话把这叫kulei。只是，姥姥再也不会吃蔓菁了。如果妈妈一不小心提到这两个字，她便赶紧摇头摆手作厌恶状，“快要提蔓菁了，快要提蔓菁了!”当年，姥爷把山药擦成山药干，晒干了去换蔓菁，然后把蔓菁和干白菜叶放到只加了一勺米的锅里，熬成一锅稀饭供一家七口人吃——姥姥吃了整整一个冬天的蔓菁。那些蔓菁足能铺满一个房间的地面：她吃伤了。

七八十岁的姥姥也跟上了时代的步伐：她喜欢喝果汁，管那叫“甜水”；喜欢吃烧饼裹驴肉，喜欢吃饭店25元的炖肘子；她喜欢吃鲇鱼，也知道对着手机能听到外孙女的声音。当初的姥姥对“楼上楼下，电灯电话”的宣传不以为然，她不信；当她最后真的看上了电视，吹上了电扇，也听到了电话中传来的远方儿孙的声音时，她信了。她说：“都是毛主席打的天下。”

只是，姥姥也有她看不惯的事情。我家新家的地板砖太滑，年迈的姥姥一不小心给摔倒了，于是，姥姥对地板砖再无好感；那年我穿了紧身牛仔裤去看姥姥，姥姥那干瘪的嘴巴一撇，嗓子里哼哼出几句话，大意是嫌我的裤子太紧，包住了屁股；姥姥对我染成棕色的卷发也全无好感，嫌那头发像黄毛，曲曲弯弯的不好看，说还是黑头发好看；姥姥对年轻的孙女小倩穿的超短裙也大加批判，对那些所谓的“露背装”更是大加鞭挞。

姥姥还有很多看不惯的事情……

妈妈

今年 54 岁的妈妈是一个典型的农村妇女。习惯了出门就能看见熟得不能再熟的街坊邻居；习惯了说话用大嗓门在房里、院子里“吆喝”；也习惯了村里坑坑洼洼，晴天车过便灰尘遮天，雨天即使小雨也能积成水潭的石灰路。妈妈住上了铺了地砖的新房子，用上了天然气和电磁炉，知道要把吃剩下的菜放进冰箱里冷冻保鲜，也知道我面对电脑笑得不亦乐乎是在和同学网上聊天。

24 岁时，妈妈嫁给了骑着自行车来接她的爸爸：浩浩荡荡的自行车们便是妈妈的迎亲队伍。我没有看到过爸妈的结婚照，据说只是一张两人的黑白合影照。爸妈结婚后，正赶上家庭联产承包责任制的实行。生活逐渐好起来了，虽说主食依然是棒子面饼子，但逢一集能吃一回白面，过年还能吃上猪肉馅饺子——这是爸爸告诉我的。对过去的苦难，妈妈的态度和姥姥一样：闭口不提。对我的追问，她只会说一句：“早先的日子，那还有法过岀!”意思是：以前的日子，根本没法过。

妈妈已经会用手机了，虽然只会打电话、接电话而已。她坐上了哥哥买的小汽车，也懂得要把已经泛白的头发染黑了。经我反复劝说之后，妈妈终于肯用洗面奶洗脸，也知道洗完脸后要拍水和乳液了。只是，年过半百的妈妈依然不肯穿颜色鲜艳的衣服，不敢往脖子里戴项链，不愿让我给她化妆，不肯去影楼和爸爸重拍婚纱照。

我

和姥姥、妈妈她们两代人相比，我们这一代应该算是幸福的了——虽然童年依然没有鱼肉相伴，但至少能吃饱穿暖了。

儿时的印象中，最期盼的事情莫过于过年了，“穿新衣，戴新帽”，而且还有平日里吃不到的好吃的——这便是我们一年中最大的心愿。平时穿哥哥姐姐的旧衣服穿多了，因此，过年时崭新崭新的衣服便成了我们——尤其是爱美的女孩子——最期盼的事。年货则是幼小的我们所期盼的另一件事。无论多穷的人家，过年的年货照例是不能含糊的：白菜肉馅的饺子、年糕、炸丸子、蒸馒头、灌肠、蒸闷子，等等，这些无疑都是儿时的我们最大的美味。因此，“过年”一词对我们意味的不是什么“辞旧迎新”，而是实实在在的吃与穿。

人们常呼我们为“80后”，我们那时不知改革开放为何物，却着实从饭桌上看到了生活的点滴变化。

每每看到现在的孩子，便不得不感叹他们的“幸福”：农村里，即使五六岁的小孩也知道电脑和网络，会玩QQ、三国和跑跑卡丁车；3万元一辆的QQ车已经司空见惯，孩子们也知道可以坐爸爸的车去串亲戚；平日里的零食更是五花八门：冰激凌、香肠、薯片、果冻……那生活，怎一个“爽”字了得！

——他们是幸福的一代。

妈妈说姥姥享了福了，什么都吃着了也吃够了；她也感慨自己生活之“好”：衣食无忧了，生活自由自在了；而我呢，则正享受着时代赋予我们的一切。是谁说过：“世界是你们的，也是我们的，但归根结底是你们的。”姥姥他们那一辈人的苦难，随着他们的逝去永远结束了；妈妈们的苦难，也不会再重演了；而我们这一代的幸福，则要留给我们自己去创造。

你来我家

西北农林科技大学　岳　雷

几个同学商定说国庆要去我家，这使我兴奋。兴奋之余，又生起顾虑，害怕山险水恶，地处偏远，令同学们生泼烦之心。又怕饭菜稀疏，礼俗粗劣，他们会有反感之意。但我又渴求着，盼念着，恨不得他们当即就去。于是，浑浑噩噩，竟然梦里陪着先去了一回。

和往常一样，列车出古都，过渭水，经洛原，到达延安车站时正是黎明时分。一轮红日刚刚弹上清凉山顶，秋日的黄土高原，天空别有几分宁静旷远的透彻。晨光漫漫，铺过长街，洒到柳林古镇，依然辉光不减。眼前就是延安城，脚下就是黄土塬。

不免要说清凉山的寺院洁整，壁画优美，对峙的凤凰山台阶寂寂，松柏森森，往远处的万花山丹香醉人，故事哀婉。于群山环抱之中、簇拥之下，沟沟叉叉里密密实实地排布着一列列土窑、石窑、砖窑、帮口子窑，成层状一直伸展到山腰，每遇夜里万家灯火之时，活生生硬是一道风景。河谷的开阔地域，又间或铺陈着各式的建筑：古老欧式的“鲁艺”，枣园威严的塑雕，杨家岭斑驳的会厅，东二十里铺失修的机场。蓄藏传统又靠近现代，狭长拥挤的延河大堤上矗满高楼大厦。河畔长长两排细柳作线状隐约伸展，显出两道河流：汾川河与延河。依着地势，两道河流于宝塔山脚下汇聚，凝成延河，浩荡着一路东去。

厚实的黄土层便以此形态特征为模板，向东西、向南北一一“拷贝”，绵延千里地广袤交错着千沟万壑，构成陕北高原独特的地理风貌。揭开尘封的历史，你会发现这块惯被称为“绳结区域”的土地，曾有白狄、匈奴、鲜卑、突厥、女真、蒙古等部族先后在此风骚一时，于是便有了秦蒙恬、汉李广、宋范仲淹及沈括等在此韬孰文武。其中心地延安城更有“三秦锁钥、五路襟喉”之险称，为历代兵家必争地。先人们曾于金戈铁马、唇枪舌剑的生存斗争中所积累的苦楚和昭示，今天我们触手可及。但看陕北几十个县的名字，神木、府谷、富县、靖边、定边、吴起、安塞等，便可略知其深深的含蕴。

自秦汉以来，随着中原农耕文明的渗入，这里原先牛马衔尾、群羊塞道的游牧生活渐渐隐去。但定居这里的代代先民们依然内存着先人的剽悍强勇和热烈粗犷，又兼多民族杂糅而居，便养成一份和谐的开放、勤劳与友好。共和国党中央十四年的陕北坐镇便是一例。秉承先人之习性，受孕黄泥厚土之精华，故这里的民风多于张扬，相隔数里“哎呀——”一声叫喊，足以使人受惊。女子少有拘束，闲谈逗乐，打情骂俏毫不掩饰。故这里多葛针丛，多黄蒿林，生刺槐，长白杨，喂毛驴，吆黄牛。故这里有忘情激昂的腰鼓，有凄凉高亢的唢呐，有声竭力嘶的民歌。故这里的吃食以真切实在为核心，捞面粗若手指，搪瓷碗大若盆皿。烟必吸“延安牌”，酒必饮“老榆林”。素必有洋芋白菜粉条子，荤必添大肉鸡血羊杂碎。

吃喝要延续，礼数要维系，就必须得有强硬的经济做后盾。今日的陕北人秉承传统。但并不迷醉或失却传统。行走在这块土地上，你会发现土地又以崭新的面貌再一次表达了与其子民的亲近：公路两侧，叮叮咚咚的采油矿井一一排列开去，山窝里时不时传出开山凿石、挖土掘煤的隆隆响声，开阔地带耸立着建筑的铁塔大鸟，城镇周边的庄园齐整地建着蔬菜瓜果大棚，道路上半数以上的车辆在疾疾地运油、运煤、运钢材……你会惊叹，陕北正在发生着巨变，荒凉贫瘠可以成为落后的根由，但绝不是现状难以改变的借口。英雄的陕北儿女在国家的现代化建设进程中没有懈怠，三十年改革开放的伟大成果在此得到一一展示。当人民还在怀恋腰鼓、剪纸窗花、红枣小米粥的时候，谁也不会料到，这里出现了全国的百强县、高科技果业示范园，以延长石油、洛川苹果、延川红枣领军的新经济品牌在市场经济大潮中渐渐站稳了自己的脚跟。响应国家号召，昔日的牧草长歌，今朝河山再造，退耕还林还草，广袤荒凉在向人们散发了极大能量之后终于得到沉静，漫山遍野再一次铺上绿装。苍苍桥山，泱泱沮水，陕北大地似若再一次沐浴轩辕始祖的恩化。

顺着延河往东走，快要注进黄河时，又向南折出约莫十来里路，这里，就是我家。一个典型且较大面积实存的陕北乡村，有作家曾戏说那是被现代文明遗忘的小村落，没有矿藏，没有技术，交通阻塞，缺水断电，于沟沟壑壑的来回交错、突兀攀折中就着地势分别打出一孔孔土窑洞。窑前窑后，方圆十里之内，有就着地势一块块不同样式的田地。地楞上是葛针，地畔上是黄蒿，平地里产谷子土豆，坡地里种果树苜蓿，人烟罕至处，则开满了野生的山丹丹花。故以葛针做砧木嫁接的枣树屋前屋后遍地都是，谷子去皮壳，碾出的黄米颗粒饱满；故黄蒿做柴禾可烧窑暖炕，苜蓿做草料可肥育牲口，土豆汲黄土乳液个大汁多，果品沐高原光照色鲜味美；故拎小米大枣红苹果走访远亲，若人问起，答曰陕北产，亲友必喜不胜收；故孩童能采大把大把的山丹丹花，壮年能唱悠长悠长的山丹丹歌，老叟能讲远古远古的山丹丹事。

这样的生产和生活品质无疑是可贵的，然毋庸讳言，其效率却是低下的，心思又是保守的。你会发现，依然是春日里的两头毛驴或一头毛驴一头黄牛齐牵一支犁杖来回耕种，依然是秋后的泥路上一辆架子车上载满霜打的萝卜白菜吱吱呀呀驶回庭院以备过冬。一般在这样的村庄，百分之九十的青壮年劳力都流失到城镇，土地已经不能满足他们的需求。于是山村出现窒息的宁静，但有鸡鸣狗吠，定能悉而辨清源自哪家哪户。于是生产生活出现脱轨，每遇骡马生病，兽医诊治，老头实实熬煎牲灵拴不到树上；每遇死人下葬，又必从外村雇佣劳力，抬棺入土。

分享荣耀我们当担负责任，承前启后更需要吐故纳新。我经常想，这就是变革下的新面貌吗？潜意识里对过去的留恋使前行的脚步无比沉重，虽然那些外出的人时而会把外面的新闻、新事、新产品和新时尚带回这里。但是，该变的又没有变，属于永恒的又好像在慢慢消逝。有一回坐在荒草中偶然想起时田则雄的诗句：“君已离农去，烈火焚君屋，又是一年春来到，窗边花枝笑。”时田描写的正是日本现代化过程中那些原来生活在农村，后来成为城市工业劳动力人群的心绪，我有同感，若时田来到陕北，不觉竟落泪。我绝非迷恋安逸、泥古不化之辈。国家要富强，民族要振兴，大西北必要展翅，而陕北作为西北的一部分，又怎能无动于衷？

其实，同学要去我家，要看陕北，山水险恶，我可以给他雇佣城里的租车，饭菜稀疏，我可给他每餐加肉。只是面对城市与乡村之间的落差，想象中的陕北与亲眼目睹的陕北的鲜明对比，是不是更会引人沉思？我也一样，在怀恋过去的同时又无时无刻不在渴求着故乡的伟大变化，渴求着那个永远幼稚的完美。在这些变化中，新与旧之间进行着一场无形且混乱的“连战”。依然是该变的又没有变，属于永恒的又好像在慢慢流逝。新，来得那么蹒跚，举步维艰；旧，又去得那么山崩地裂，干干脆脆，而我辈则似乎恰恰生在这个裂缝中。这也许可算作我上学念书的一个理由吧。

生命礼赞

延安大学 王 露

曾无数次赞美白杨那坚忍不拔的精神，曾一次次感叹荒漠中垂柳那顽强不息的生命力，曾一回回歆羡野草那“野火烧不尽，春风吹又生”的生存能力……可是当我细细琢磨人时，才惊异地觉察到原来人的生命力才是真正的坚不可摧！我们每一个人在这个世界上只能停留短暂的几十寒暑，然而许多人却给世人留下了宝贵的遗产：画家为人们留下了一幅幅优美的画卷，作曲家为人们留下了一支支陶冶情操的曲子，科学家为人们创造了一项项能够提高生产力的发明……由此可窥见人类生命的超凡脱俗。高山上有过人的足迹，海底里留下了人的踪迹，就连月球上也刻下了人类的烙印。这难道不能彰显人类生命的魅力吗？这难道不能说明人类生命的伟大吗？

当2008年春节那场罕见的冰雪袭击了我国数个省市时，是一个个化身为志愿者的生命冲在了最前线同冰雪作斗争；当2008年5月12日那无情的汶川大地震使许多人妻离子散、家破人亡时，是一个个以解放军为载体的生命向他们重新筑起了幸福的家园；当身边有人遭受困难时，是一个个承载爱心的生命向他们伸出了援助之手……由此不难看出，只要有生命存在，任何困难都可迎刃而解，任何坚冰都能瞬间消融。生命是伟大的，因此我要重新诠释生命的内涵，我要为生命歌功颂德，我甚至想要顶礼膜拜生命！

身为人类的一分子，我们都拥有鲜活的生命，都可以用一生去追求自我。当别人为其生命画上圆满的句号时，我们的生命在其面前为何会相形见绌呢？曹雪芹克服重重障碍写出了我国古代四大名著之一的《红楼梦》；革命战士雷峰虽然只活了22岁，但是他却用自己的实际行动让他的生命光彩熠熠；张海迪在身体残缺的情况下凭着坚强的毅力发奋图强，实现了人生价值。他们的生命是丰富多彩的，是值得我们津津乐道的。而我们呢？我们同样拥有生命，而且我们还拥有比他们更好的生活环境。可是我们中好多人却无视生命的存在，从不会去把握活着的每一天。于他们而言，生命是用来享乐的，是用来奢求不劳而获的。得过且过便成为了这些人的座右铭，碌碌无为便成为了他们所获得的最大的人生馈赠。当日历翻开崭新的一页时，他们才目瞪口呆，才发觉自己这段时间的生命答卷空洞，毫无内容。当一年年悄然而逝时，面对着两鬓斑白、满目沧桑的自己时，他们才会感慨自己生命的

"贫瘠"。

生命是弥足珍贵的，每个人最多只能拥有一次。对于这仅有的一次生命，只有珍视它，并将"生命不息，奋斗不止"付诸实践，才能提升自身人生境界。倘若无视生命的存在，甚至亵渎它，那么你收获的只可能是贫困潦倒、自怨自艾，那是生命对你的惩罚。

生命是用来享受，用来奋斗的，不是用来践踏，用来折磨的。当你挥霍每一天、每一时、每一分、每一秒时，不妨去想想那些已经丧失了的生命。那些人是多么想拥有完整的一生去追求自己的梦想，去开拓自己的事业。可是他们却过早地失去了生命这个载体。而幸运的你既然拥有了这个可以依附的载体又为何要止步不前呢？当你抱怨生活的乏味与压力时，何不换位去想想那些疾病缠身的人呢？他们也想去体味生活的多姿多彩，可是脆弱的生命却只允许他们在狭小的病房里同顽疾作斗争。当你耐不住较低的生活水平时，为何不去想想贫困地区的人们呢？他们的生活条件是那样的艰苦，但那里的人们却从不去抱怨，因为抱怨毫无意义。他们所做的便是用双手和大脑去耕耘美好的明天，去开辟憧憬的生活。因此，无论是聪慧还是平凡，无论是健康还是疾病，无论是富有还是贫穷，只要能珍惜生命中的每一刻，你的生命在日积月累中都会绽放光彩，生命的伟大在你的身上也会出现奇迹。

作为一名当代大学生，我们拥有青春年华，拥有生命这个重量级资本去实现自我。因此，每一天我们都不应该去踌躇忧郁，徘徊不前，而应该好好地利用它去积蓄知识，储备才能。只有这样，我们才可以充实、愉悦地享受每一天；只有这样，当真正走上社会时，我们才会成为备受青睐的千里马；只有这样，我们的生命内涵才会丰富，生命外延才会无穷尽。

我们是幸福的，因为活着的我们都拥有生命。尽管生命的跨度不由你我主宰，但是生命的内涵却全然任由我们把握。只要我们能够惜时如金，只要我们能充分利用好点点滴滴的生命向着自己既定的目标努力，只要我们能始终如一地在奋斗的征途上向前大踏步，我们的人生便是轰轰烈烈的，我们的生命因此也是值得称赞的。

未解忆长安

陕西师范大学　巩球彤

黄河奔流于北方的原野，过积石，浪回大禹治水的长歌，出星宿波涌踏破荆榛的气概，五千年的浊浪激荡出的是五千年的文明史。

五千年中，另一条河也在流淌着，不过，是在静静地流着。发源于陇西使它感觉到龙羊峡浪涛的拍击，归流于关东使它听到壶口瀑布的咆哮，然而，它只是默默地流淌在自己八百里的土地上，滋润着华夏族最西的一片农业区。它叫渭河。

清渭东流，它在回忆中看着，在回忆中忘记了寂寞，它看见后稷把种子撒在河畔收获粟米；它看见八百诸侯不期而会，跟随武王，进军朝歌；它看见秦军虎视，征战天下，横扫六合。它在商鞅行刑时被血水染过，它在开荒辟土时被郑国挖过，它还忆得鸿门宴上的心惊，它还记得阿房宫的大火。然而，让它记忆犹新的还是长安城的修建，有了长安，关中平原有了自己的心脏，绵绵渭河有了情感的寄托。

今天是周末，我走出师大，沿长安南路，漫步北上，车水马龙之外，是川流不息的人群，高楼大厦林立于宽阔道路的两侧，东部式的繁华在长安路上穷形尽相。可是，有谁记得，唐明皇当年前往曲江正是在这条路上走过？长安南路上还有没有第二个且行且思的我？

长安自古乃帝王之所，武关、潼关、函谷关，萧关、虎牢、大散关，秦岭高峻，可关险要。长安四面皆屏障，东接中原，西连夷域，北及河套，南通巴蜀，丝绸之路的东方起点，方圆八百里的沃野秦川。然而，十三朝的古都同时见证了十三朝的没落，西风残照，汉家陵阙，雄关和沃野无法挽救亡国的悲剧历史，总在悲恨相续，不禁又想起两千多年前孟子发出的声音：“仁者无敌。”

继续北行，晴日东望，大雁塔呈现出清晰的轮廓。那里我是去过的，而且是我来到西安后的第一站。北广场的音乐喷泉固然值得一看，唐代古建筑的价值更是不言而喻，然而我去那儿却多半是为了玄奘。他作为一个僧人，却成为开拓进取的盛唐精神的代表。在他雕像面前，我默行注目礼，久久伫立。玄奘法师留下的岂止是一座大雁塔？又岂止是卷卷佛经？在此时，我想下一个盛唐也许就不远了。

终于，城墙到了，灰黑色的城墙高大、冷漠而又庄严。千百年来，多少枭雄勒马城下，振奋军心，誓拔此城，又有多少败将眼望高城深池，无奈兴叹。然而更多途经此处的，还是前来互通有无的商贾、西域的良马、青海的湖盐、蜀地的丝绸、雁北的毛皮、东海的珍珠和珊瑚。一片升平，一代繁华……风流叫被雨打风吹去！

登上灰色的城墙，我举目四望，尽管视野依旧宽阔，然而，引发古人万千乡愁的青山暮云已不再，奔踏于城墙上下的金戈铁马已不再，取而代之的是摩登的高楼和成群的游人。公交车像一颗颗钉子狠狠地打入城墙，进出于同样已被现代的繁华所占据的内城。不过，百年的城墙仍然在此坚守，任凭外界如何喧嚣，它依旧傲然而威严。它在守护着什么？是帝都的荣耀、久远的历史，还是古典的风范？

漫步于城墙之上，内心被岁月的沉重所萦绕，每一个脚印之下犹如一段奔腾着的历史。“终南阴岭秀，积雪浮云端。林表明霁色，城中增暮寒。”站在这里，终南山的寒气曾令杜甫发抖。“待到秋来九月八，我花开尽百花杀。冲天香气透长安，满城尽带黄金甲。”站在这里，满城的菊花香气化作黄巢建功立业的决心。然而，正如韩愈左迁蓝关离去的马蹄，随着岁月的流逝，长安渐渐失去昔日的光辉。经济重心的东移使它把政治中心的地位让给了洛阳和北京，海上丝路的兴起使它失去了商贾云集的繁荣景象，清代的西安城只保留了唐代长安城四分之一的角落，曾经百余米宽的朱雀大街成为西安人遥远的回忆。

1900 年，当八国联军的铁蹄踏上了华夏的故土，慈禧太后携光绪帝遁逃到这里。于是，国家衰落的见证成为古老西安的一段沉重记忆。

斗转星移，日月如梭，近代的中国，犹如一位紧锁双眉的老人，在人民英雄纪念碑的浮雕下苦苦思索，几多悲怆，几多迷索，几多无奈，几多拼搏。风雨百年，西安看到了太多。

今天，当建国 60 周年的钟声敲响，当现代化的车轮一日千里地穿梭，当全面建设小康社会成为时代的强音，仿佛之中，我听到一声呼喊：“西安，你在哪里？”

那么就让横贯亚欧的陇海铁路来告诉你！

那就让每年 2000 亿元的国民生产总值告诉你！

让整齐的街道告诉你！

让美丽的曲江告诉你！

让我们的大学告诉你！

让骄傲的西安市民告诉你：

“西安早已走出旧时黑白照片的底版，西安正在向大都市的方向迈进，西安决意恢复曾经的荣耀，西安正屹立于渭水之南，黄河之西！”

黄河滚滚，渭水涓涓。渭渐于河，河渐于海。浊流之上，一个唱着《黄水谣》的船夫即将把船从黄河驶入渭河，于是他的歌谣即将更改：“无数驼铃遥过碛，应驮白练到安西……”

相思红叶红满山

西安科技大学 王 云

寒秋，秦岭、终南山之翠华山区，如果我没有记错，那天正好是二十四节气的霜降。

因为那天不是周末，所以游人特别少，在山上几乎碰不到人，如此正合我意。刚一进山，那种清幽、宁静的气息便扑面而来，“采菊东篱下，悠然见南山”的诗情画意便在眼前。由山而上，渐闻水声潺潺而泻出于山上，峰回路转、迷花倚石，有亭而翼然凌于山道上。空山不见人，但闻泉声响；云深不知处，只在此山中。置身于此，仿佛是在武陵源中，尽管桃花早已凋零；远离了都市的喧嚣，仿佛与世隔绝。非宁静无以致远，非淡泊无以明志，滚滚红尘之中又有多少人能做到呢！在这里，木欣欣以向荣，泉涓涓而始流；晴空一鹤排云上，便引诗情到碧霄！

看万山红遍，层林尽染。红叶红满山头，漫山遍野，像晚霞，似染料，红彤彤，火焰焰，芳菲菲之弥章；一个个山峰犹如一个个红衣少女，缤纷多姿，深情款款。凌于绝顶，任山风拂面，荡胸生层云，瞭望一个个山峰，山川相寥、郁乎苍苍，连绵起伏；山水有灵，翠峰如簇。造物主那鬼斧神工之妙，怎能不让人心向往之，果然是造化钟神秀啊！红叶、飞鸟、山石、闲云、潭影、柿子、泉声，眼中、耳中只有这些，似乎此时此刻我也融为其中的一部分了。红叶传情，红叶多情，红叶有情，红叶生情，也难怪古之高人雅士都愿终老于终南山之中。高山上盖庙还嫌低，面对面坐着还想你。

“横看成岭侧成峰，远近高低各不同”，只有身临其境，才能感悟到其中的深刻哲理。“仁者乐山，智者乐水；仁者静，智者动”，吾既乐山又乐水，以古人之观点，那我也就兼有了仁者与智者的品质了。昔者，孔子“登东山而小鲁，登泰山而小天下”，今日我登翠华山又小什么呢？登南山以舒啸，临清流而赋诗；登临绝顶，那“会当凌绝顶，一览众山小”的美妙不单单是一种成功的欣喜，更是一种灵魂与肉体的洗礼！

柿子挂满枝头，千个万个压枝低，如果无人采摘，那些果实或葬身鸟腹，或复归于自然化作春泥护树。高山出平湖，山上有一天池，盛夏可在此畅游，隆冬可在此溜冰。我不知大雪封山的时候会是一幅什么样的情景，“云横秦岭家何在，雪拥蓝关马不前”，前人已述，可以想象，那时去山上的滑雪场滑雪一定会很刺激。

世事纷扰，不如意事十有八九，烦心之事甚多。生活要继续，时间要流逝。君子当弘仁弘毅，实现理想，也应通权达变，顺其自然。2008年6月我本科毕业；9月我来到西安读研；7月、8月我在郑州做了一些兼职，经历了很多事情（包括火炬在郑州传递时的热情高涨），体验了一些原来没有体验过的生活，感触极深，这两个月也是我很彷徨失落的时候。最后可能是受命运的感召抑或是去寻求别的什么，鬼使神差的，我选择了来西安读研。当然，当初并不是只有读研一条路可走，我放弃了其他选择。我不知道来西安读研到底会意味着什么，或许是冥冥之中的命运安排。但我又不相信命，我认为命运是可以改变的。人生有失必有得，古人也说"鱼和熊掌不可得兼"，"智者千虑必有一失，愚者千虑必有一得"，"塞翁失马，焉知非福"，谁又能说得清这是对是错，说不准西安是我的福地呢。既来之，则安之吧。有些事既然已经无法改变了，何不坦然面对呢。年轻时骚动不安的心现在平静了许多，但那颗激情、梦想、拼搏之心并没有沉睡，它依然强劲；希望的火种并没有熄灭，尽管微弱渺茫，但我一定会把它重新燃亮，照亮你我！

"惟江上之清风，与山间之明月，耳得之而为声，目遇之而成色；取之不尽，用之不竭，是造物者之无尽藏也，而吾与子之所共适。"

信天游

西安文理学院 刘金虎

不出陕北不知陕北好，出了陕北方知陕北有许多我依恋的东西，比如信天游吧。陕北有民谣："米脂的婆姨，绥德的汉，清涧的石板，瓦窑堡的炭，要吃小米到志丹。"婆姨、汉、石板、炭、小米只能是一个小地方的特色，远不如信天游在陕北一带风行。

吼一曲曲儿信天游嗨，听那一声声乡音绕，乡土是信天游成长的温床，信天游温暖了乡民的心坎吆。感谢岁月在恣意挥洒的画卷里豪情地书写了陕北最神奇的一笔，不知几世几载厚重的黄土地就给信天游谱写了完美粗犷的音韵，从此信天游就在风里雨中黄土上长养着。年过一年，斑驳褪色了多少岁月，只有信天游永久地流传着。信天游是陕北人民对生命的祭歌，对爱情的赞歌，对生活的颂歌。她恒久的生命力来自广袤的黄土高原生生不息的情与爱、仇与恨，她汇聚了千千万万陕北人民对生活点滴的素描，她凝聚了陕北人民世代与自然和生命抗衡的豪情。蓝天、白云、东山糜子、西山谷、羊羔羔、牛妈妈、亲妹妹、情哥哥、黄土地无不入题，组合成天下最亮丽最独特的陕北风景。

古言有"诵《诗三百》，使于天下"的说法，聆听一曲曲儿信天游足不出户思想就可以跃然行走于陕北。一曲雄浑的《我家住在黄土高坡》让塞北强劲的朔风、贫瘠的土地直逼眼前。"马蹄蹄飞来羊羔羔跳，哪达达都没咱山沟沟好""手抓黄土我不放，紧紧贴在心窝上"对生于斯长于斯一脚踢起黄土的热爱溢于言表。"崖畔上开花崖畔红"，崖畔因花别有情致，有崖畔则山山洼洼尽显。而《沙圪梁梁上站个俏妹妹》使我们知道弥漫的黄沙给一望无垠厚重的黄土高原围上了舞动的围巾，想想广阔的背景中映入俏妹妹，是何等壮观又无言的黄土与黄沙并存的景象。

"开谈不说红楼梦，读尽诗书也枉然"，曹雪芹大观园中的宝、黛爱情打动了多少人的心扉，在陕北也有数不清的爱恨情仇等你阅读。一代代茂藤藤的小伙子花眼眼的姑娘们用歌声传颂爱情，打动天下。"楞格格曾曾鼻梁花眼眼，红格丹丹口唇白脸脸，端格溜溜身材长辫辫，灵格巧巧手手捻线线"，多么姣好的姑娘，小伙子入迷了，从那一道道梁峁上翻下来心里盘算着：

“百灵鸟可沟沟飞，你是哥哥的勾命鬼。”陕北的物质匮乏，小伙子大概不想让姑娘受累，没想到姑娘唱到：“鸡蛋壳壳电灯半炕炕明，酒盅盅量米不嫌哥哥穷”，搁在心头头的那个事呀，手提箩筐过一道山一道沟，“掏一回苦菜我看一回你”。也有着山盟海誓：“只要和你能配对对，镰刀割头也不怕。”然而爱情是一门坎坷的经营，会受到许许多多的艰难冲阻。“韭菜割了它还会出来，哥哥你走了再没来”，陈世美天下皆有。“发一回山水冲一层泥，看一回哥哥脱一层皮”，崇高伟大的爱恋，苦痛丝毫没有阻止相见相爱。“媒婆子害人没深浅，把我送进了阎王殿”，婚姻是爱情的坟墓，葬送了自由还要挨打受气。“百灵鸟过河沉不了底，三年二年忘不了你”，对情哥哥、亲妹妹的念念不忘。“打死打活心不改”，一股不屈服不任摆布流淌于血液，为幸福顽强抗争。

热爱生活，传唱生活，信天游是陕北人生活的写照。羊肚子手巾包裹的人民用小米养活大，“崖畔上开花崖畔红，受苦人盼过好光景”是多少陕北人的心声。因而“天上的白云你往那儿飘，陕北的信天游你知道不知道”，豪情凌于胸怀敢问天下。信天游陪着陕北人走东闯西，《天下黄河九十九道弯》，沿着满是泥浆的黄河，在沟连沟山连山《赶牲灵》驴托马架穿行，“哥哥你走西口，小妹妹我实在难”下口外。《出门的人儿谁心疼》，独自在外与天上孤独的星星为伴。先代的陕北人在苦苦追寻、探索，造就着非凡的陕北。追往日，看现在“一望无际绿苗苗，风和日丽气象新”，“沟沟洼洼磕头机，家家户户新农村”。黄沙蔽日的陕北正在披着绿装，建设新农村，并且“买汽车住楼房，如今生活一年比一年强”。

宣泄是一种自豪，生命里涌动的是一种历史的追忆，一切都在与历史对话。历史工作者在激情抒写新变化时，都于陕北出发。《山丹丹开花红艳艳》，当年陕北人民用自己血肉之躯与开国元勋们斗地主、击日寇、赶走蒋家王朝奔向新中国。《绣金匾》歌颂毛主席、总司令、八路军。这一曲曲信天游带我们重温那一段血与火的历史，珍爱和平，大步走向未来。

信天游绝对称得上是一部现代版《诗经》，诗经的赋、比、兴及其古朴特色陶冶了古今多少才子文人；信天游以其康壮、大气、响彻云霄的气势亦感染了许多诗人、作家，堪称艺术之母。李季写就了“一对大眼睛水汪汪，就像那露珠水上淌”的长篇叙事诗《王贵与李香香》，贺敬之写下《回延安》，著名的歌曲《东方红》也脱胎信天游，为苦难的中国人预言般地照亮希冀之路。阿宝用他的嗓音为信天游征服了天下的观众，信天游同时也走进了荧屏；电视剧《血色浪漫》《走西口》等因信天游而锦上添花。信天游因而走进每个人的心田被广泛喜爱，无论你山南海北都可以吼两句。

热爱信天游不需要理由，哼唱信天游不需要舞台，放歌信天游不需要听众。信马由缰地随口吼一曲曲儿信天游是生理的悦乐更是精神的陶冶。依照我来说，这正是忘却世事纷扰的不二法门，也是信天游流传不息的源眼。醉了，困倦了或者是行走在天下，唱着你的歌，唱着我的歌，一曲曲儿信天游陪着。忧愁也罢，失意也罢，快活也罢，宇宙生命全然搅和成一团儿分不清你来分不清我，直到天荒地老。

血红的山丹丹

西北大学 段路晨

一周前，我作为学校暑期“三下乡”社会实践团的随团记者奔赴洛南县石门镇，下乡的地点在偏僻的山里，一个叫“桥上小学”的地方。除了喝地窖水、睡硬板床但依然苦中作乐的团队，触动我内心的还有那群孩子和那束山丹丹花。

从未想过，自己平生收到的第一束花，居然在我20岁的暑假，还出自一个不知姓名的女孩。

陕北民歌中常常提到的山丹丹，就这样一整束地出现在我面前。小女孩脸蛋上红红的血丝，至今依稀可见。尽管没有给他们带过课，孩子们却叫我“老师”，这样的场景仿佛是电影中的情节。山里孩子纯真的目光，没有丝毫城里孩子的油气，他们好奇地打量着我们当中的每一个。因为我到得晚，于是不得不独自接受这些纯真目光的审视。

一头长发，拉近了我与他们的距离。刚到那天下午，一群孩子拉着我嚷着要我唱歌跳舞，着实吓了我一跳，他们的热情反倒让我觉得有点不好意思。匆匆唱了一首歌之后，孩子们拉着我的左右手直把我往教室里拽。坦白地讲，我当时闪过一个念头：“这些孩子的手干不干净啊？”念头一出，内心就开始自责起来。第一次见到如此热情的孩子，而我竟像一个玩偶，被他们搞得团团转。

每天清晨6点多，就有孩子陆续到校，在窗外吵吵嚷嚷。据说他们晚上9点睡觉，早上5点听着鸡叫起床，更多的还是他们求知似渴的精神动力支持。而这种情形还像是在放电影。

有天早上6点半，我迷迷糊糊地在院子里洗漱，头发散乱着。一个小男孩拍拍我的背说：“你头发太长了吧！”好突兀的一句话。我一愣，点了一下头，眼睛都没怎么睁开。许多孩子在向我问好，我只好半睁着眼睛，有些狼狈地一一回应。

说实话，当我还没有从内心真正融入这样的生活，这些孩子用自己的一言一行拉我进入他们的世界。

或许因为是独生女的缘故，从小习惯了一个人和布娃娃一起玩的我一直对小孩不感兴趣。小时候妈妈总开玩笑地说给我收养个弟弟或妹妹，而我每次都很“配合”地冲她大吵大闹；见了小孩，也从来没有忍不住上前又抱又亲的冲动。除了家里的表弟表妹，从没有对别的孩子多么亲近过。今年暑假这短暂的几天，算是颠覆，也是一种考验吧。

最初，孩子们往往用一种歆羡的眼神盯着我，然后上前和我打招呼，尽管我也极力想改变只是他们主动的局面。我们的接触仅限于课下，孩子们问我为什么不给他们上课，我说自己是宣传报道的记者。他们追问什么是记者，我说就是把你们和其他老师写进故事里的人。接着，不同的人重复着同样的问题，不过他们还是对我的一头长发更感兴趣。

记得那天从邻村三岔小学回来的下午，一个小女孩把一束红色的花举在我面前，她天真地笑着，脸蛋上布着淡淡的血丝。我问她是不是要送给我，她点点头，压低的笑脸触到了血红的花上。接过了花，我摸摸小女孩的头，说了声谢谢。她害羞地一笑，跑开了，她有着和我相似的大脑门。我问周围人这叫什么花，其他的孩子几乎异口同声用当地口音回答道：“山（shǎn）丹（dàn）丹（dan）!”

定睛仔细观瞧，山丹丹有点像百合科的植物，花瓣有 6 片，分别向外翻卷着，含有些胶质，并不似绢一般的柔软，花蕊直直地向上，叶子小而尖，果真透着一股硬气的力量。在红色的山丹丹旁边小女孩还围了一圈开着淡紫色小花的兰花草，红色、紫色、绿色，组合出了一团跳跃的色彩。

一天随团家访回来，有个和我个子差不多的女孩拉我上楼。在楼梯的尽头，她让我伸开手，从裤兜里掏出一把黑色的东西放在我掌心，并告诉我这是自家种的油葵。长这么大，我从未见过这样小而颗粒饱满的瓜子。女孩告诉我，她 16 岁了，上六年级。我问她是虚岁么，她答不是。女孩是老大，下面还有两个弟妹，她最大的愿望是考上大学，但可能会提前出去打工养家。她问了我很多关于大学的问题，这些问题对于一个十六岁的花季少女而言，略显得幼稚。或许我们的到来，为山里的孩子打开了一扇通往外界的窗户，让他们看到了外面广阔的天地，激发起走出大山的勇气。

女孩走后，我把那束山丹丹重新修剪造型，插好后放在了窗台上。因为对每一支都小心翼翼，这过程竟用了近一个小时。湛蓝的天空下，阳光直射在花上，血红变成了橘色，不变的是那属于生命的旺盛张力。

按照惯例，每次“三下乡”结束之前，总要给孩子们搞一场汇报演出，本来定好的日子却在前一天下起了大雨。我们队员中竟有人说希望雨不要停，因为汇报演出要在邻村的学校，相隔好几个山头，这样第二天就可以不走那来回三十里的山路了；孩子们却盼着是大晴天。真如他们所愿，天晴了。没想到普普通通的汇报演出活动，在孩子们眼中，这一天就像是在过儿童节；我也没有想到自己无意中的一点举动会让他们如此感激——演出那天，我搂着一个中午不回家的女孩一起吃饭，帮她梳了头，她居然在表演后第一个拉着我照相。往返的山路上，我帮一个孩子打伞遮阳，而她在我们临行前竟第一个拉着我哭……

我们走了，返回了位于长安古都的学校，那些孩子们又要在那艰苦的大山里待多久呢？希望他们通过我们的到来懂得一个道理：只有知识才能改变命运，山丹丹很美，更要走出大山，让更多的人看到！

城里的夜晚没有山里的自然和谐，蛙声、虫鸣、鸡啼不再，可那些红色的印象却常在脑海中闪现。孩子们用纯洁的心灵感动着我，回忆起他们，便会想起那束放在窗台上的山丹丹花——血红的花，脸蛋上的血丝……

延安随笔

延安大学　杜中红

当火车穿梭于数也数不清的隧道，大大小小的山丘擦肩而过，黄土高坡透着丝丝绿意点缀于一片黄色的海洋。在陕北，绿色不会成为大山的主色调，春天和夏天停留的时间很短，一晃眼便进入秋季，整个山体就变得有点灰暗，夹杂着少许枫叶的红色，而更多的是裸露出其黄色的脊梁。江南水乡那清澈蔚蓝的天空在这里鲜能观赏得到，更多的时候天是灰蒙蒙的。在延安，似乎一切都流露着一种土气，黄土的底蕴，给人憨厚质朴的感觉。

没有人能够小看这里，谁能料到在这西北荒凉之地成就了非一般的历史传奇。70多年前，一批仁人志士，怀着远大的理想，在这里苦心经营，百炼成钢，以后逐鹿中原，问鼎神州。看着杨家岭上几排窑洞，你很难与当年如火如荼的大革命生产运动联系起来。延安以其独有的胸怀，安抚受伤的心灵，孕育着革命的火种，而后星火燎原华夏，成就了中华民族复兴的鸿图大业。信步其间，你也许会思考是历史成就了延安，还是延安成就了历史。往事已矣，圣地延安可能已给出了其中的答案。

思绪带着我登上杨家岭的后山，秋日的阳光已把山上的植物的绿装脱去。酸枣成熟的红润勾起了胃的馋欲，去采上一把慢慢品尝，一缕酸甜的感觉瞬间冲去了爬山的疲乏，让你不经意间就上到了高高的山顶。现在整个延安大学就在脚下，延安这个依延河而筑的城市也尽收眼底。除了偶尔看到在对面山坡上几个残破的窑洞提示这是陕北高坡外，延安显露出了现代化的迹象，高楼林立，车流成河，已很难看到传统的影子。这山埋有文坛大师路遥的遗骨，故后得名为“文汇山”。采一捧野花凭吊逝者，感悟一下人生的滋味。路漫漫其修远兮，躬耕不辍的老黄牛到生命最后一刻可曾领会到了生命的意义，后人已无从知晓，但今日的纷执又是他当年可曾料想到的呢？平凡的世界，不平凡的人生，出自黄土地，走出黄土地，改变依附黄土地的命运，是成功还是失败，自信与迷惘，在这物欲横流的现实世界有谁能说得清呢？

如果在杨家岭我们看到了我们国家的雏形已经在襁褓中呼之欲出，那在枣园却再也看不到当年金戈铁马的紧张和从容。历史已被尘封，这里的一草一木在静谧中等待着故主的归来。但几十年过去了，从这里走出去的他们却再也没有回来，更广阔的天地，更宏大的舞台，或留芳于千古，或落下身后骂名，此情已成追忆。今逢盛世，国泰民安，个人主义开始膨胀，更多的人已无暇顾及国家利益和民族未来。也许来这里缅怀先烈，是为平抑内心的浮躁，抑或会幡然悔悟而痛改昨非。

沿延河而下，我和两个同学来到了清凉山。同学中有一位是个延安女子，她告诉我每逢初一和十五，延安人都喜欢来这里上山祈福。上山的石阶有些陡，爬起来有点费劲也害怕回头望，毕竟背后就是万丈深渊。清凉山上并不是想象中的幽静的修真之所，高耸在山顶的太和殿香火很盛，供奉着道家的历代宗师，有很多人在为自己或家人虔诚地膜拜。我们没有免俗，纷纷向神灵诉说自己的心愿，无他，冀或于己得一心安。道观建得盘综复杂，有些壮观，美中不足是写在墙上的标语破坏了自然的神韵，降低了其内在的品味。站在清凉山顶极目远眺，宝塔与清凉山遥相呼应，矗立在对面的山头彰显出其卓尔不凡。她多年前指引着无数中华儿女为了民族大业抛头颅、洒热血，今天已成为新中国的圣物，受到人们的瞻仰和追念。我们瞩目宝塔，尊崇之意未有一丝怠慢。

从后山拾阶而下，似乎这清凉山上随便一块土地都有一段传奇，时不时在不经意间给你一点愉悦。从露天大剧场、石刻到悬亭，每一处都有其独有的风景，也记载着不一般的历史。这里还有范文正公的祠堂，门楹上有“先天下之忧而忧，后天下之乐而乐”的对联，这位儒家文人在这曾是北宋边陲之地被后人供奉。历史功过自有后人评说，青史留名而无愧于前人和来者的理念应备受推崇。如果抛弃了传承，不顾及历史，那还有什么顾忌的呢？我想今天不少人就抱有这种非常可怕的想法，杀鸡取卵之事时见于报端，因此当今强调可持续发展就显得意义深远了。

山脚下就是鼎鼎大名的万佛寺，实际上是几个石窟，里面佛像依壁而琢，浑然天成，林林总总而仪态万千。只是可惜时代久远，风化严重，很多变得有些斑驳。细心的你会发现，这仙佛共处一山，倒也相安无事，而且在这万佛寺门上还挂着一个招牌——“中央印刷厂”。这里当时有什么玄机，有兴趣可以去考证一下。似乎在经历了几个世纪的苦难和屈辱后，才有了一个民族统一战线，才有了民族大团结，才有了民族复兴，才有了天佑中华。今天回顾历史，遥想当年，只有当我们的党代表了大多数群众的利益，代表了正义的力量，我们的事业才能取得胜利，才能保持辉煌。

这就是延安，不经意一处就是文物，历史留给延安得天独厚的东西太多了，在沧桑中有太多的感慨。时光如梭，今天的延安会给明日的延安留下什么样的辉煌，一切将拭目以待……

一座城的记忆

西安工程大学 杜 康

唐风秦韵。

历史选择把一段记忆交给一座城。

2008 年 9 月 9 日，我只身一人来到临潼求学，第一次踏上了这片土地。在此之前，有关这座城的记忆皆为传说。

当知道每天清楚看到的那座山就是骊山时，当知道杜牧《过华清宫》中的华清宫就在骊山脚下时，当知道从小在历史课上听到的兵马俑距离学校只有不到半小时的车程时，心里满是欢喜，那是美好的遥想第一次变成现实的感觉。

于是，我打起精神，将它们一一造访。

骊山因是西周时期骊戎国之地而得名。周秦汉唐以来，一直是皇家园林地。《古迹志》云：骊山“崇峻不如太华，绵亘不如终南，幽异不如太白，奇险不如龙门，然而三皇传为旧居，娲圣既其出治，周、秦、汉、唐以来，多游幸离宫别馆，绣岭温汤皆成佳境。”漫步骊山，众多遗迹承载了历史的厚重与沧桑：烽火台铭刻着周幽王“烽火戏诸侯”而失天下的典故；老母殿纪念了女娲“补天”的壮举；回转遇仙桥上，书生赶考遇仙指点而金榜题名的故事惹人遐想；伫立兵谏亭中，仿佛“西安事变”那惊魂动魄的一幕又出现在虎斑石上。而最最令我感慨的是一处石头，岩石断裂的一处，两侧石头形成时间差距竟达 15 亿年，故称“时间巨人”。

第一次登临骊山是在深秋的一天，适逢蒙蒙小雨，夹杂着冬天的寒气。站在山顶，俯瞰山下，升起一片苍茫。依稀之中，临潼城尽收眼底，四处一片沉寂。蓦然环视，见杂草丛中立有一小碑，刻诗一首：“古台兀立白云飘，远望关山悲寂寥。烽火不为褒姒笑，犬戎岂可覆前朝。”

事情过去了几千年，史学家选择把它用文字记入史册。而历史，却选择悄悄把它记入土壤。同样，都能勾起后来者的记忆。

与骊山的感觉相比，华清池依旧不失往日的喧闹。由唐代宫御汤遗址、西安事变旧址、长生殿唐华清宫陈列馆、梨园、九龙湖和芙蓉园等景区组成的阵容吸引了无数的中外游客。凭着得天独厚的地理条件加之浓郁的文化底蕴，华清池经典再现了大唐盛世的繁荣。一曲《长恨歌》，唱落繁花一地。

依稀记得当年吟诵杜牧的《过华清宫》，想象诗人站在这里的悲愤，悲叹大唐盛世的不幸。如今，倒也学着同情起杨贵妃的命运。而感触最深的还是西安事变前蒋介石在这里的居所，大致还保留原样。导游每到一处，耐心讲解，忽听广播里寻找一位国民党某将军，才发觉，此处埋藏着更为深远的记忆。

来临潼，不游兵马俑，自是枉然。第一眼投向这传说中的秦军战阵，便不由得发出赞叹。表情肃穆，神色鲜明，整齐的队伍浩浩荡荡，严阵以待。让人禁不住联想到秦始皇，这位后世褒贬不一的君主，“挥剑决浮云，诸侯尽西来”，活着时是何等的气魄；死后，也毅然带着他的队伍继续奔驰在历史的轮回中。

走进博物馆，看着一件件馆藏珍品，仿佛在诉说一段段往事。秦朝作为中国封建时代第一个王朝，在中国历史中昙花一现，却给后世留下了无数传奇。沧海桑田，斗转星移。最后咸阳城里时过境迁，而记忆却在这里找到了归宿。想起曾经读到的一个句子：“捡起一片破碎的瓦，我想敲醒一个死去的王朝；登上一座倾废的陵阙，我想阅读历史的残章。”这样形容我此时的感受，再恰当不过。

所有的一切还展示着历史的苍茫，而游人，只想把它们作为风景，摄入永久的记忆。

时间缓缓流过记忆的河床，那些曾经鲜活的记忆，他们血流成河的哀伤，慢慢化作戏文里的具具皮囊，单薄飘落，哪个人都可以捡起来套到身上去演；夹杂在书页间的文字，散落一地，谁都能谈起，于是历史演变成了神话，成了故事。

很多事情，以为过去了，以为遗忘了。可某日，恍惚之间，却如同返回前世，眼前之境，历历再现。是梦境，还是隐去的哀伤？而记忆，永不磨灭，像土壤一般厚重。一旦重新踏上去，无论上面是巍峨城堡，还是断壁残垣，如同启动了开关，所有的都将重新展现。

临潼，依旧没有过多的张扬，以一种平和的态度，如此过往，只将感慨诉说给离去的游人。

熠熠星辰

延安大学　魏丽晓

陕北的天总是辽阔而高远，像一张巨大而沉默的脸；陕北的阳光是那样暴力而直接，大地在这样的阳光下似乎异常脆弱，脚踩在上面人们仿佛就可以听到大地破碎的声响；陕北的水奔川浸谷，九曲连环，是一路对黄土地狂暴亲吻后离别时悲伤汹涌的泪水；陕北的土地是静默而隐忍的，黄土，这些黄褐色的经过千百年自然风化的细碎颗粒，隐忍地承受风雨的洗刷，沉默地创造繁衍生命；陕北的人总是有着粗犷的轮廓、豪爽的性情以及像树一般的坚韧和独立的性格……陕北黄土高原如一幅美丽而神圣的图腾，神的力量在这里展示！

黄土高原，这片神奇的土地上生存着一群质朴而坚强勇敢的人们。他们有着刚毅的外表，皮肤被太阳炙烤成古铜色；他们眼望土地时眼神热烈而虔诚。苦难与生俱来，但他们却并不向命运屈服，他们知道幸福的生活得靠自己的双手与智慧去争取，而土地是他们唯一的财富。他们深爱着这片黄土地，并用汗水浇灌这片贫瘠而干渴的土地，他们深知什么都可能背弃他们，但土地不会。他们的乡土情结根深蒂固，血液中就有对这片土地的诚挚热爱和深切眷恋。他们曾一度为这片他们深爱着的却贫瘠而充满苦难的黄土地痛苦悲伤。他们期待地里的庄稼可以疯狂地生长，他们热切地看着大片的庄稼从青到黄，他们仔细而小心翼翼地拔去地里的每一棵杂草，只希望在秋天最后收割的时候，使粮食高过粮仓。这片他们一生厮守的土地，是他们全部的希望。他们喜欢在秋日的晚饭后背着手到自己地里转悠，只见树皮皴裂，树枝如铁臂般的枣树，挂满了红彤彤的枣子，那枣像打了蜡般，油光发亮；枝杆笔挺的高粱头上如擎着灼灼燃烧着的火炬；帚状的糜子和纺锤状的谷子在风中摇曳着，黄色和绿色的波浪此起彼伏；根系发达、低矮的豆类作物，挂满了一把把尖刀似的豆荚……成熟的农作物特有的芳香、青草的甘甜味道以及牛粪的辛辣味道混合在一起，强烈地充斥着他们的鼻孔，他们嗜闻这种味道，往往要皱着鼻子狠狠地吸几口，才觉得惬意。如今，这片古老而迷人的黄土地在新时代正展现出更美的风韵。

黎明，东方晨光熹微，像是神祇抵达。河流、土地、茂密的庄稼……在愈来愈明亮的光中铺展开来，叙述新的生长。阳光透过羊羔皮般的云片把金灿灿的光芒投射在原野上，远方的群山挹着这片土地的芬芳。沉睡了一夜的村庄被“突突”的拖拉机声唤醒了，宽阔的白色石子公路上，几辆卡车满载着加工好的红枣制成品向村外驶去；村里修盖整齐的教室里传来孩子们朗朗的读书声；远处“农家乐”庄园里，人们正在准备着迎接新的客人……

傍晚，黄土高原又展现出另一幅人间美景：天空中舒卷着瑰丽的晚霞，像是世间燃烧不尽的熊熊欲望；村庄上空袅袅的炊烟升起，这是平凡的人间烟火，氤氲而温暖。茫昧的暮色笼罩着村庄，整个黄土高原像是沉浸在了一个极静谧而奇异的梦中，此时的黄土高原像是一只巨大的异兽，安静地伏卧着。不多时，夜便悄悄拉开了幕布，月亮升了起来，是红黄而模糊的一个湿晕，周边是一团清冷的雾气。只是孩子们觉得那月更像是一张黄澄澄的饼，似乎还嗞嗞地响着，冒着腾腾的热气。远处的群山在苍茫的夜色中变成了苍黛色的剪影，峭楞楞，黑魆魆的，释放出诡异而神秘的气息。近处各家的灯火也陆续亮了起来，温暖而明亮。那一扇扇亮着的窗户里，上演着人世间最平凡却最容易让人动容的悲欢离合。夜风和着植物特有的甘洌芳香，如醒酒的琼浆般一阵阵温柔袭来，使人心旷神怡。夜越来越深，像是一个巨大的梦魇，盖了下来，而天空中熠熠的星辰却将黑暗打破——是夜的眼睛了！一如过去黄土高原清贫的旧梦最终被新时代的号角唤醒了。

印象延安

延安大学　黄文博

江南给人的印象，是一幅水墨画，三两笔的淡描勾勒，轻盈和灵动便跃然浮于纸上。倘若要说延安的印象，它更像是一幅油彩画，以红色为基调的涂抹和渲染，雄浑和厚重便骤然凝于眼底。

一直认为红色是最能代表延安这座城市的颜色。红色的历史把这片土地浸染成让人沸腾的血的颜色。

没有一个地方，能让人如此心驰神往；没有一个地方，能让人如此依恋和思念。这里有滚滚的延河水，这里有巍巍的宝塔山，这里有杨家岭早晨初升的太阳，这里有枣园深夜燎原的灯光，这里有声势宏壮的腰鼓，这里有豪迈悲怆的信天游。

这里的每一寸土地都是震撼的，每一寸土地都有一段惊心动魄的经历；这里的每一条山路都是光荣的，每一条山路都留有诸多伟人的足迹；这里的每一孔窑洞都是传奇的，每一孔窑洞都讲述着一个神奇而动人的故事。

延安，不仅仅是一个地理上的名词，它已经成为一种超越时空的难以割舍的历史情结，凝固于一代又一代中国人的情感和血液深处。

这就是延安，站在这块让人热血沸腾的红色土地上的时候，你会得到一种灵魂上的洗礼；这就是延安，进出一孔孔因岁月剥蚀而不堪的窑洞的时候，你会读到一种历史的沧桑和厚重感；这就是延安，瞻仰一幅幅定格在历史中的老照片的时候，你会感受到一种心灵上的震撼。

在延安，见的最多的或许要数延安的窑洞了，窑洞是最能代表延安地域风格的建筑。从凤凰山到王家坪，从杨家岭到枣园，每一处革命旧址给你感触最深的就是这些饱经历史沧桑的窑洞。这些陈旧简陋的窑洞像是一个个岁月老人在历史的风风雨雨中共同见证了中华大地上一次波澜壮阔的红色辉煌。

延安的窑洞是红色的，因为延安窑洞里出红色经典，延安窑洞也被打上红色的印记。就是在延安窑洞这样落后的条件下，毛主席撰写出大量的红色革命经典著作。窑洞里出红色经典，这就是延安窑洞的魅力。

作为延安的标志，红宝塔屹立在山头，静静地守护着脚下这片安详的土地。她同时也承载着多少人的思念和牵挂。“几回回梦里回延安，双手搂定宝塔山。”贺敬之的这首流传颇广的诗道出了很多人的心声。1970年，邓颖超回延安，当她抬头看到宝塔山的时候，激动得热泪盈眶。不难想象，有多少次她梦里回过延安。不难想象，她对曾经生活过的这片土地爱得有多深。

延安有着她独特的魅力。宝塔山、延河水曾经是20世纪初中国大地上最壮观的景象。杨家岭、枣园、王家坪，一个个响亮的名字像一把把吹响的号角，曾经召唤着全国各地的爱国进步青年奔赴延安投身于抗日救国的洪流。就是在今天我们仍可以看到来自全国各地的游客来延安朝圣，他们带着虔诚和景仰来瞻仰自己心中的圣城。

延安并不孤单，她牵系着很多人的思恋。延安也不寂寞，朝圣路上人浪滚滚。很欣慰延安没有在历史发展中被人们忘记，延安也不会被人们忘记。延安已经成为一种浓厚的民族情结沉淀于中华儿女的灵魂深处。无论历史怎样变迁，延安在中国人心目中的地位不会改变，那就是——红色圣地。

延安，一块神奇的土地，一种魂牵梦萦的思恋。

延安，一段峥嵘的岁月，一种难以割舍的情结。

用青春留给时代一个符号

西安工程大学　于　姗

曾几何时，“80后”成为一个充满争议的代名词，独生子女“80后”，冷漠的“80后”，傲慢的“80后”，软弱的“80后”。上一辈人深深地担忧，这本是跨世纪的一代，追逐太阳的一代，如今还能不能肩负起我们的使命，走出我们自己的明天。

历史长河里巴比伦的销声匿迹，天竺国的日渐衰落，尼罗河谷地的文明式微，唯有古老东方——中国——崛起，成为新世纪的神话。60年前的那一幕还历历在目，天安门城楼上毛主席那一句“中华人民共和国今天成立了!”是多么地动山摇。新旧交替，中国自改革开放后发展之快令世界赞叹。“80后”的一代没有经过战争的腥风血雨，没有经过建国之初的艰辛，没有开拓改革的劳作。我们的幸福，来之不易，却又显得那么合情合理。

我们出生的时候，改革开放刚刚开始。

我们懵懂的时候，香港回归，澳门回归。

我们成长的时候，神五上天，北京奥运。

我们何其幸运，见证了共和国由弱变强的历程，体验着中国人逐渐在世界扬眉吐气的自豪。“80后”在长辈口中被评为蜜罐子里泡大的一代。的确，我们的玩具不再是简单的石子，不再是单一的鸡毛毽子；我们有了变形金刚，有了模型飞机，我们甚至在很小的时候就能到多少老人们向往了一辈子的北京去旅游。

可是我们也是广受争议的一代，时代的变化，中国加入WTO的经济全球化，外来的文化冲击，困惑着这个古老的中国，也更困惑着处于时代交替的“80后”。日益上升的青少年犯罪率，不断发展的青少年心理疾病问题，时代在问，我们这一代究竟是怎么了？我们在问，时代到底要我们怎么样？

我们接收着最新的信息，互联网给我们打开了前所未有的广阔视野；我们知道什么是“山寨文化”，我们知道怎么使用“火星语”，我们玩大人们看不懂的游戏，我们处在了三年一个代沟的时期。中国发展的速度之快，似乎让两代人的代沟随着时代的脚步变得越来越大。我们看风云流转，看时代变迁，多少人走在古老而又充满现代气息的长安，看着屹立千年的古老城墙，感叹年年岁岁花相似，岁岁年年人不同。

当满大街都是流行歌曲，红色歌曲是否就被忽视在角落？

当"哈韩""哈日"风起云涌，是谁在向隅而泣？

当网络文化席卷而来，我们是否就流失在多国文化的海洋里？

社会给了我们"80后"这样那样的担心，给了我们"垮掉的一代"的评语。可谁都不能忘记，2008年汶川大地震、北京举办第29届奥运会这两件事中，绝大多数志愿者都是"80后"，他们扮演了史无前例的重要角色。我们用青春铸就这个时代的符号，我们不是冷漠的一代，更不是垮掉的一代；我们对祖国的热爱藏在和平年代的帘幕下；我们被称作只愿在网络沉迷的一代，可是运用网络，我们是敢说真话、敢做自己的新时代的青年。

我们爱听周杰伦的吐不清歌词的音乐，可是我们依然会在庄严的《义勇军进行曲》中记得自己是炎黄子孙。每个人唱起《北京的金山上》时都能感受到藏族人民对毛主席的浓浓的感情和深深的怀念，包括我们；每一个人唱起《走进新时代》的时候都会想起那个在南海边划下一个圈，带领我们走向富强的老人，包括我们；每一个唱起《天路》的人都能知道这些年祖国日新月异、一日千里的发展，包括我们。

"80后"的一代处在中国经济飞速发展的时代，也许面对科技进步之快，处于其中的我们也不免有时迷茫；也许是日益严峻的就业形势让我们看着有了与年龄不称的成熟与隔阂。"独生子女"成了我们无法自强的理由，"温室花朵"成了大人们的口头禅。可是细想我们走在时代的风口浪尖，有哪一代是像我们这样一路大小考试，披荆斩棘，有各种的辅导班，多元化的选拔性考试。我们是从小接受教育的一代，新时代的优越条件，不也成就了我们高水平的文化素养；独生子女的成长环境，不也成就了我们不服输的精神。我们自我，所以我们要强，所以我们一直都在充实自己，努力成为时代的弄潮儿。这样的"80后"，不也是中华民族这些年奋斗于世界的写照吗？韬光养晦，蓄势待发。只是，和平年代，我们不能扛枪上战场，不能那么直观地表现于世人眼中。可我们的竞争是看不见的刀光剑影，我们要想成功，需要多少年的摸爬滚打，多少次过关斩将，方能在这个泱泱十三亿人口的大国有一方天地。

"80后"用青春写给时代一个符号，我们沉默着，却也时刻听从祖国召唤。

"80后"用青春谱写祖国新时代的旋律，我们用我们的方式书写不一样的人生。

"80后"用青春铸就新时代的梦想，我们特立独行，却也知道自己肩上的重任。

也许，我们还要用行动才能证明给祖国，做出成绩才能得到社会的认可。祖国六十年的建设硕果累累，是多少代人的艰辛努力，经过多少风雨里的坎坷探索。再过20年“80后”也不再年轻，“90后”正在成长，长江永远后浪推前浪。我们无比热爱这个和平的时代，我们为祖国这风雨兼程不断奋进成就辉煌的六十年而骄傲，为自己是中华儿女而由衷自豪。我们珍惜自己的青春，青春是一去不返回的列车，青春是不能彩排的节目。当那一面大旗交到我们手里的时候，世界将会看到崛起的中国，与“80后”有关。

最后一个夏天

陕西师范大学 刘旭芳

给即将在2010年毕业的我们。

——题记

大四：毕业剪影

从图书阅览室出来，溜进电子阅览室，打开电脑，挂上QQ，逛别人的空间，看他们在校内网里的动态。

“临走前收拾东西，该扔的就扔吧，我们都得开始新的生活，总不能生活在记忆里，忘了我，祝福你！”一个比我早一届的朋友改了校内心情。该扔的就扔，这是大家毕业时最无奈的表达了。

关掉电脑走出图书馆，在门口看见照相的毕业生们，对着照相机的镜头，他们能够掩饰别离的忧伤，开怀畅笑。

图书馆门前的大道两边，卖书的、卖衣服的，锅锅碗碗全部摆了出来。条幅上写着“毕业大甩卖”几个溜黑大字，乍一看，旁边立着的一块标语牌上赫然写着：“跳楼价！”

一派毕业的景象！

我们还在大三，大四一走，我们就将踩着他们的脚印抵达大学生活的最后一段路程。看他们卖掉曾跟自己朝夕相处了四年的东西，我们都像看到了自己一年之后的命运，不胜感伤。

同学跟我说她现在看班上的每一个人都很顺眼，说话时，一脸无奈，眉宇间现出忧伤，“以前我看很多人都不自在，现在不是了，忽然觉得舍不得每一个人，他们都很可爱。”她说。

宿舍有人去看了大四的毕业晚会，回来描述：领导讲话，充满深情，辅导员对毕业生们说“你们每一个人都是我的宝！”毕业生表演节目，高叫“W老师，我爱你！”将《社会主义好》这首歌改编为《文学院好》，高亢地、激昂地全身舞动着叫唱“文学院好啊，文学院好……”把郁积的感情来了个尽情释放，整得大汗淋漓也酣畅淋漓。

我们有一张自己的碟

去年秋天，院里给每个班派发经费，做一次文化考察活动，于学校是文化考察，于我们是旅游，吃到了免费的午餐。西安可以考察的地方很多，我们班去了乾陵和法门寺。

我们班独一无二地请了一个新闻与传播学院摄影专业的同学帮忙摄像，要做一张碟，留作以后的纪念。

在乾陵，见到了在高中历史课本上“见过”的无字碑，跟它合影留念。关于这块独特的无字碑，对武则天的认识，我不敢妄加评论，不说她是伟大的女人，至少该是位了不起的女性吧。

无字碑证明了武则天的远见卓识，之所以不刻字，史学家大多认为有“功过是非，留与后人评说”之意。史学研究走出阶级的樊篱，取下性别歧视的枷锁，终于还是承认了武则天是位正统的皇帝。后来我还听了一场朗诵比赛，有3名女学生着正装站在台上以武则天的口吻道：“你们男人可以三妻四妾，难道我就不能有我心仪的男宠吗?”从人们平时最诟病的那个地方为她翻案，令我流了一额头的汗。

永泰公主墓在唐高宗与武则天合葬墓的旁边，导游小姐介绍年轻公主的死因，我没听清，问边上男同学：“怎么回事?”

“她给她奶奶制造绯闻，被杖死!”他说。严肃的导游瞪大眼睛看我们，我避开她的目光，侧脸狂笑。

在法门寺外面的广场上，全班同学手拉手围成一个大圈，绕着摄像机跑两圈，然后每个人依次对着镜头说自己想要说的话。

只见一男同学慢悠悠地走到摄像机前，说道：“我，李某人，”抬着头，左手指天，“对天发誓，我生是汉四的人，”俯下身，双手指地，“死是汉四的鬼!”平行面对镜头，“你们不要忘记我，我永远记得你们!”观众热情高涨，掌声雷动，笑声搅动了空中的气流。汉四，就是我们班，汉语言文学四班的缩写。

G同学面对镜头有点羞涩，但表白心迹却毫不吝啬，她高喊道：“我爱你们!汉四，我爱死你了!”就这几个字，没有任何含糊，说完就走，这感情热烈的，跟对象表白也达不到这般境界。观众学赵本山，使劲拍手，“好!好!——”气冲丹田，声如洪钟。

M同学中午不知在哪家餐馆吃了刀削面，觉得很好吃，这时就跑到镜头前，口号一样喊：“刀削面，真好吃!”摄像机出了点小故障，摄像的同学要求她再录一遍，M同学的面部表情说有点扫兴。观众已笑得前俯后仰，她自己也笑，摄像机修好，喊开始，M同学加了分贝，强调："刀削面真的很好吃！"冲镜头点点头，离开。

有同学很官方，像在接受记者采访："今天的旅行，让我感到非常开心……"也有人向未来发出了邀请，说20年后我们再相会。

录完，大家才进到寺里面。法门寺里香火旺得很，祈福的人们虔诚得叫人感动。当时我想，堂里的金身大佛一定会让他们达成心愿的。那天天气很好，蓝天高悬，秋末冬初的气温不冷不热，有小小的微风，人感觉不到，只有塔身周围挂着的小铃铛有所察觉。我独爱风吹铃铛时它所发出的细微的清脆声响。

后来，班上有两名女同学成绩优秀获得了几千元的奖学金，各自出了一些钱给大伙刻录了CD。我是对她们感恩戴德的，庆幸有这样慷慨、豪爽的同学，使我免去了一笔小小的开销。

碟发到手上，全班同学聚在一个教室里共同观看。往事，像发生在昨天。

很想知道你会记得我哪一点

终于还是走到这一天，要奔向各自的世界。离别的钟声一旦拉响，我们说：很想知道你会记得我哪一点？

有一天，她穿着一条玫瑰色的红裙子，在夏日阳光的照耀下，闪烁红色光芒，格外的惹火。

课堂上，他将一外国文学家的艰涩理论解说得头头是道，老师惊讶地望着他，由衷感叹："呀，你真行！"

她的眼睛很大，她人很可爱，她最擅长模仿电视剧里的各种角色。当她假装生气的时候，会睁大眼睛将手举到胸前准备打人，样子酷似李逵，又像张飞，因此有同学给她取绰号叫李逵。

她用一个寒假读完了普鲁斯特的《追忆似水年华》，因此，老师把那一整套书送给了她。

大三的时候，她只有十九岁，但是她是班上的尖子。

……

年轻的故事，总是很多，很想知道你会挑选哪一点来作为记得我的理由。

孤独时候要记得想起我

孤独，属于这个年龄的我们。常常，在喧闹的人群中举目四望，望见一张张陌生的脸，有些身影，清晰了又模糊了，仿佛从前的某某，决然离去的时候，隐没在人群里，再没有回头。收回四顾的目光，内心一阵孤独和感伤。

路在脚下，当人人都在行走的时候，你站在人群里，依然要随着众人的脚步迈开向前的步伐。陌生的脸，或许有相同的心情。每个人心中，都有一份隐忍的孤单。

我们的脸像一张张等待涂抹的白纸，微笑也好，忧愁也罢，把它们涂在脸上，也就是一种颜色，永远停留在岁月流走的版画中。

我们曾在孤单的时候互相通电话、发信息，也会围着运动场来回地走圈圈，说着什么，聊着什么，空落得看得见对方心中的那片空白。

离别是孤单的催化剂，惜别的情感无声无息若隐若现。找不到话来安慰你，我只有像往常一样地对着你笑。当我们不在一处的时候，我会暗暗地想起月亮，想起苏东坡的《水调歌头》，“但愿人长久，千里共婵娟。”

水木年华的歌长盛不衰，他们的《启程》，像是安慰，也是珍惜，有迷惘，也有一种乐观的豁达：“别害怕现在的离别啊，微笑着挥挥手说再见吧。明天就等在下一个路口，再远的风景我们会到达。”“就在启程的时刻，让我为你唱首歌，不知你以后能否再见到我（孤独时候要记得想起我）。”

离别不是终结的含义，也许正如这首歌，我们走上新的路程。告别，我们要启程了。只是，今后无论在什么地方，记住我们是朋友，希望能像从前一样，孤独时候，要记得想起我。

好在曾经拥有你们的春秋和冬夏

追忆那些花儿。

“那片笑声让我想起我的那些花儿
在我生命每个角落静静为我开着
我曾以为我会永远守在他身旁
今天我们已经离去在人海茫茫。
他们都老了吧？他们在哪里呀？
幸运的是我曾陪她们开放。”

——朴树《那些花儿》

离别后的某一天，听这首歌，都会牵出相同的感受。我们都一样，一样地喜欢听歌，一样地喜欢将自己的心情在歌词中对号入座。喜欢朴树的《那些花儿》，喜欢这份流连徘徊的感伤，更喜欢听着他的歌，追忆逝去的流年与芳华。

回忆是一份美丽的心情。那一片又一片或清脆或爽朗的笑声，当我们再度想起的时候，又清晰地在耳畔回响；伴随那些笑声所存在的快乐和时光，像槐花蜜一样，清新，淡雅，宛如幽涧里的湲湲流水与林间吹着的丝丝微风，常常在不经意的时候走入我们紧张的生活，轻轻拨弄回忆的那根弦，带来一份宁静，几分安谧。

假如我们每个人都是一片飞花，终有一天我们会被风吹走散落在天涯。但是，我们曾在一起开放过，一起美丽过。纵使我们从今以后永远分别，我还是会说“好在曾经拥有你们的春秋和冬夏”。

后记：最后一个夏天

我们在大学四年里的最后一个夏天说再见，送走一片祝福，未来的生活——“如果努力一点，将来也许很有钱，那时候，什么愿望都能够实现。”(金莎《最后一个夏天》)

这里有我们的希望

西北农林科技大学　李　振

离乡，怀抱对未来的憧憬，背负亲人满满的期望，我来到了这里——历史教科书供奉了千百遍的地方。

两千年，曾经的汉土，峥嵘岁月换走金戈铁马，不变是雄浑的腰鼓；八百里，依旧是秦川，物阜民丰挥别兵戎相争，故我是高亢的秦腔。黄河饮马，不再枕戈待旦，不是鼓角争鸣，依旧在革命，却是没有硝烟的战争。时代的海洋，有科技作浪潮，予干涸千载的隋唐故都满灌生机。腾飞的中国，将开放化翅膀，使沉睡良久的西北黄土迅速崛起。

沉舟侧畔，已是千舟扬帆，竞逐潮头；风口浪尖，早有勇士弄潮，恐后争先。象牙之塔，集千年积淀，育复兴希望；莘莘学子，承众师造诣，创明日辉煌。大学，寄予学子所托，承载民族希望，汇四方精英，强国兴业，不可谓之不大。

大学之大，在于大师。春风化雨，点滴入土；桃李无言，下自成蹊。大师之美，自然汇成大学最美之风景；大师之德，自然彰显大学最具价值之魅力。春蚕无悔，千丝吐尽，编织锦绣河山；蜡炬有情，热泪灼干，照亮辉煌华夏。大师之美，因其授人以鱼；大师之德，在其授人以渔。大学给大师以舞台，大师还大学以世界。

大学之大，在于大业。十年树木，百年树人。良玉不琢，终究非器；仲永不学，泯然众人。复兴大计亟待才子，四化事业尤需学识。大学育大才，心存国家社稷；大才兴大业，功在百姓苍生。潜心学术者，经营科技领先世界以报效祖国；心系黎民者，献身改革造福一方为服务大众。

大学之大，在于大志。三更灯火五更鸡鸣，勤学者废寝忘食，慕鸿鹄高飞振翅千里；冬寒抱冰夏热握火，宏志者焚膏继晷，欲鲲鹏展翅扶摇九天。东方未晓，早读等待黎明；灯火未央，伏案别离星光。国之大器尤需坚忍不拔之志，材成栋梁先就艰苦奋斗之风。千里途，始于足下路；百丈堤，汇于嵝上土。步虽小，我有青云之志；路虽遥，我存坚毅之心。

大学，你我施展的舞台，你我生活的世界，经年花开，四季如画，不可谓之不美。

大学之美，在乎充实。没有温室娇花，唯有风雨劲草。公平竞争，适者生存，考验自我得失成败，品尝世事苦辣酸甜。少年自立，寒门贵子多；自强不息，富贵三代传。贴近现实，且将当下自我做好；聆听智慧，宜把未来人生规划。

大学之美，在乎浪漫。是兼葭苍苍，白露为霜，抑或缤纷英落，鸟语花香，有缘邂逅美丽，执手勾勒人生。洋洋流水之情描绘风韵，巍巍高山之志挥洒钟情。山有棱，江不竭，冬无雷鸣，夏未雪。蓬山无路，青鸟殷勤；彩凤齐飞，心有灵犀。情之真切使生活美丽，爱之理智对未来负责。

大学之美，在乎成熟。告别叛逆，体恤天下父母；挥手偏激，领悟世事和谐。走出家门，体验独立之辛苦；融入集体，学会宽容亦幸福。站上讲台，真诚博得掌声；走出校园，知识收获喝彩。昔日笑和泪渐成历史，曾经荣与伤都在慢慢离开，年轻的我们在成长，正迎接建设祖国的未来。

离乡，我没有惆怅，满怀着期望，在曾经无数次播种历史的地方耕耘未来。秦川腹地，在腾飞，也伴有我的梦想，这孕育历史和未来的黄土地俨然已成为我的家乡！这里有我们的希望！

周公庙

西北政法大学　宋玉文

要解析中华文明，要从周公庙开始。

因为年代太久远了，我们找不到那个时代真正留存下来的遗迹，但是我们却记住了历史，记住了功德，记住了一位远古时代伟大的政治家的雄才大略。于是，3000年过去了，在他封地的地方，香火不断，一座座庙宇昂然挺立。他就是周公，他辅佐建立的周朝持续了近千年；他又影响了一个人，而这个人足足影响了中华民族两千多年，至今我们依然看得到他的影子，这个人便是孔子。

清明节，周公庙，祭祖追源。我为老祖宗烧香磕头。3000年前，周朝对嫡亲和功臣进行了分封，周公的封地在鲁国，姜太公的封地在齐国，齐国和鲁国也便是今天的齐鲁大地。3000年后的清明节，来自齐鲁大地的我来祭祀他们，又怎能不虔诚！2000年前，孔子一生崇拜周公，甚至以梦见周公为荣，后来竟慨叹："甚矣，吾衰矣！久矣吾不复梦见周公！"于是也便有了周公解梦的典故。2000年后，作为孔子的多少代外甥，来祭奠先秦外公崇拜过的周公却也应该。

行者。余秋雨曾说过，行者总体上是一个优秀的群体，因为要远行必须具有一些人类终极关怀的情感，而这是在世界每一个角落的通行证，高尚是高尚者的通行证。怀着一颗无比虔诚的心，我决意做一次行者，一步一步找寻先人走过的足迹。

我一步迈进了远古的周朝。

我感受到的是无比厚重的历史，似乎我的心脏此时此刻已经超负荷，喘息不过来：我太淡薄了。在茫茫的历史洪流中，在中华民族纵横八万里的疆域上，我似乎感受到当年苏轼在赤壁的心境，"寄蜉蝣于天地，渺沧海之一粟"。苏轼是来过周公庙的，也不知道他有何感想。

"凤鸣岐山，龙腾周原"，一座周公庙顶起的是整个中华文明。

中华文明的雏形在周朝形成，周公种下的是中华民族的文化基因。我不能否认这种文化基因曾在一定程度上阻碍中国社会的进步，但我们也应该看到"千古文明未绝者，唯我无双"，只有中华民族饱经风霜却留存至今，这与周朝不无联系。

周公，姓姬，名旦，周文王的儿子，周武王的弟弟，周成王的叔叔，牧野之战辅佐武王让商朝再无还击之力，在此基础上扩展疆土，开始了一代政治家的远大抱负。

“普天之下莫非王土，率土之滨莫非王臣”，周公一改商朝内外服制度，大举实行分封，把血缘关系与政治隶属关系结合起来，改变了商朝时部落联盟之间的松散状态，于是便有了“我有嘉宾，鼓瑟吹笙”各诸侯王之间其乐融融的场面。而这种宗法分封制对中华民族的影响更是非常深远，也即是后来费孝通所说的差序格局。即使现在的中国，宗法制度依然大行其道。有没有益处？有，它可以稳定家庭，重亲情重伦理，稳定社会秩序。有没有弊端？有，中国也因此缺少民主思想与民主精神，尤其是近代社会，连至圣先师孔子也被批斗，“打倒孔家店”的声音响了近百年。不过，先师终究没有被打倒，“孔子学院”也已经遍布世界。

我所站立的脚下是渭河平原，八百里秦川创造了中华民族的奇迹。中华民族是以农耕文明发展起来的，后稷作为农神是农耕文明的始祖，而后稷就是周人的祖先，多少年以后，周公还去祭奠他。后来周公实行井田制，大力倡导发展农业。因此，周人对农业特别钟情就不足为奇了。于是，中华民族一度成为世界上农耕文明最发达的国家，自给自足的小农经济一直延续到现在，竟然依然有着比较旺盛的生命力。于是中国人养成了勤劳的习惯，用世界上7%的土地养活了21%世界人口；于是，我们不能不再次仰望老祖宗，仰望那个朝代，仰望一个民族走过的艰辛历程。

“一公制礼千秋仰，万民思贤九域兴”，制礼作乐，周公一改蛮荒，让中华民族向文明迈进一大步。由此，那样远古的一个朝代竟然有了秩序，而且是秩序井然，把偌大的领域连接得那样紧密，即使现在，我们或许也应自叹不如吧！以至于孔子大力宣扬“克己复礼”，是何礼？周礼也！于是周公封地——孔子故里——齐鲁大地——被称作“礼仪之邦”便不足为奇了。

周公一生，堪称完美。不仅军事上、政治上大有作为，个人品行更令后人景仰：“一饭三吐哺，一沐三握发”，是说周公勤于政事；“三笞诫子”，为后世教育儿女做出表率；辅佐称王七年，主动让位，为后世表率，令后世政治家顶礼膜拜。

周公庙始建于公元618年，李渊修建，其目的也非常明显，自己夺了隋朝的江山与周公一样，纣王无道，炀帝残暴，夺天下乃替天行道，不过是为自己做舆论盾牌罢了。曹操的《短歌行》云“周公吐哺，天下归心”，的确说出了周公的功德，非常羡慕周公贤才，当然曹操的目的与李渊异曲同工。后世来此的大人物还是不少的，确有追慕贤才之意，包括苏轼，凭古吊今，感怀身世；国民党元老程潜亦在此修建别墅；直到清朝，朝廷仍然派人维修周公庙，现在的很多建筑即为清朝遗留。

拜过了太公，拜过了后稷，拜过了程潜，最终拜过周公墓、元圣殿。磕头，上香，系一根红绳。

沿着陡峭的山崖前行，仿佛走进了那段历史，满心沉浸其中，不知不觉到了凤凰脚下。《诗经·大雅·卷阿》曰："凤凰鸣矣，于彼高岗。"就是这里了，周朝人是崇拜凤凰的。该凤铜制，屹立在山之顶，仿佛从远古飞来，落在此，又遥望远古。

还是听到了很多喧嚣的东西，现代文明的冲击，不知道老祖宗是否承受得住。宣传周文化，请不要打扰老祖宗休息，因为他们见过了太多喧嚣，经历了太多风霜，此刻他们需要安静。

山环水绕，庙宇肃穆；古木苍翠，清泉石流，或许老祖宗需要的就是这些。

追火车的孩子

西安科技大学 张 义

还记得那个画面：铁路上，一列火车疾驰而过；火车身后，一个五六岁的小男孩，激动地挥舞着小手，朝着火车远去的方向，追赶着，呼喊着……像是梦境，却依旧那么清晰。

我很小的时候就喜欢火车。一声悠长的鸣笛，长长的巨龙就驶向了无限延伸的远方，也留给我无限延伸的思绪。记得我5岁那年爸爸带我到城里的表姑家玩。爸爸说表姑家附近就铺有一条铁路，听罢我便急不可待地拉着爸爸的手去看火车。我扒在围杆上兴奋地数着过往火车的车厢数：一、二、三、四……我惊奇地发现有的火车竟然有五十多节车厢，我还发现有的火车行驶的速度没有想象中快。爸爸松开我的手笑着说："小飞，试试看，没准你能追上那列火车呢。"我半信半疑，使劲眨了眨眼，转过身，欢快地朝着火车远去的方向追去……

当然，我没能追上火车，但那时起我就对远方产生了兴趣，因为爸爸告诉我火车的终点就在远方。我不知道远方是哪里，远方有多远，有没有尽头。那时起，一长串的问号就深深地扎根在我的脑海里。

于是我就尝试着走向远方。我离开家门，走出村子，走向原野。道路两旁是整齐的农田，而脚下的路曲曲折折延伸到远方，或许再远一点就是火车到达的地方。累了我就静静地望着老树上孤零零的喜鹊窝发呆，偶尔也会蹲下来听草丛里的蛐蛐弹唱。天黑了我也不会感到害怕，因为远远的，总能望见村子里淡淡却温暖的灯光。

如今，我长大了，来到了爸爸妈妈所说的远方城市读书，这里也是曾经我心目中火车到达的远方。远方没有穷尽，因为远方的远方还是远方。但我知道，一串串的脚步走下去就会接近梦想。于是，空闲的时候，我就会骑上自行车，奔驰在校园外更广阔的天地间。每当这时候，我的心就如我的车子一样，能轻快地飞起来。我沿着火车奔跑的方向而奔跑，翻山跃水，穿隧道，过架桥，我的心也会莫名地激动起来。

校园外是另一番广阔的世界。城区里的高楼在机器轰鸣中拔地而起，高档酒店门前仿秦兵马俑"威武"迎客来。贯穿这座城市的铁路无疑给这座城市灌注了鲜活的血液，四通八达相互交错的铁路和公路昭示着它蓬勃发展的后劲和潜力。而在乡间，随处可见的石榴树上坠满了青里透红的果实；树下，老人怡然自乐，孩童左右嬉戏；齐齐的屋檐下挂着串串鲜红的辣椒，显示着农家生活的殷实富足。若是赶上饭口时候，常常能看见三三五五的农家汉子捧个老碗蹲在门前，一边大口大口吃着面条，一边天南海北谝着闲话。他们的怀里都揣着满满的阳光，像揽着金元宝似的叮当作响，像极了记忆中某个镜头里的地主老财。

于是突然就有一种似曾相识的感觉，比如一个冷峻的秋天，阳光很温暖，空气如滤过般干净，人就会自然而然地回味一些值得回味的东西，思考一些值得思考的事情。

小时候的夕阳，田间小路，装满玉米的牛车，村庄上空袅袅升起的炊烟，都早已在记忆里定格，成了逝去的远方，而即将到来的日子也是未知重重。人生何尝不是一段遥远的路，我们探索未知，走向远方。这就是真实的生活，体验生活也就是真实的成长。

于是，每当心中苦闷或是压抑的时候，我都会出来转转。累了的时候，我就会停在铁路边，像小时候那样，数过往火车的车厢数。或呼啸而过，或姗姗来迟，偌大一个舞台，它们独自为我一人表演。我倾听它们有力的心跳，感受它们厚重的呼吸，体验大地的颤动，享受心灵的震撼。

火车是孤独的。在漫长的旅途中，从没有伙伴与它同行。它只是从一个远方，行驶到另一个远方，默默地，尽它的义务，履行它的责任。我想，奔跑在人生的道路上我们也不应畏惧什么。我们需要的只是信念、勇气和责任。在人生的道路上，最后的辉煌或许并不重要，体验过程才是人生真谛。

我常常会想起小男孩追赶火车的镜头。我想有一天，那个小孩能够追上火车，一起来到更加遥远的地方，那里一定会有更大的舞台和更好的风景，或许那个地方已经穿越了太空。

优秀奖

父亲·我·这片黄土地

陕西邮电职业技术学院 邸 晗

时常寻求平静，渴望一个人独处的空间。待在家中，渐渐热起来的天气让我越发浮躁，于是只身踏上了通向田间的小路。落日的余晖已渐渐消散，绿海也隐约变得浓重，我的心情此刻也变得异样沉重。注视着田间那条小路消失在我目光的尽头，我陷入了深深的沉思之中……

昨天，我还依稀记得在这片茫茫的土地上坐落着古老村庄。土地上的房屋是土制的，黄土地一样肤色的人群在这里奔波着。贫穷和落后像烟雾一样笼罩着村庄，笼罩着勤劳的人民。

从小生活在这片土地上，因为父母的农民身份，注定了我要努力。面对贫穷，我要为自己踏出一条属于自己的路来，求学的路迈得太艰辛。它就像这条田间小路，给了你希望，给了你前进的方向，却无法告诉你它延伸的尽头。同样是在这条坎坷而又崎岖的路上，破碎了太多人的梦想与渴望。

当年的父亲也是迈在这条求学路上，能读高中，说实话在当地也的确令人羡慕。可他的身上背负着太多重压，压力给了他动力，他艰难而又努力地在这条路上跋涉着。可是，汗水的背后他尝到的依然是苦涩。是啊，他刚站在“春风”拂面的大地上，可是春风却没给他迎接的机会。高考，他落榜了。他奋力而拼命地学习日语，而考的却是英语。就这样，他与梦想失之交臂，面对家境，他放弃了补考的机会。

他的希望与梦想这样破灭了，如同含苞欲放的花蕾遭到了霜打，就再也开不出明艳的花朵。带着遗憾、失望而又夹杂着羞愧回到家中，好久好久，他都不出门。爷爷奶奶怕他呆出什么毛病，就送他和一位亲戚学了木匠。

几年以后，他成家了，他的另一段人生开始了。曾经的执著被永远埋藏在了心里，成为过去。

昨天，他是父母的孩子，今天他依然是父母的孩子，可他也是孩子的父亲。记得儿时，总爱跟在父亲身后，穿梭奔走在这片黄土地上。他的身影就是我儿时躲避骄阳的一把大伞，一天又一天，一年又一年，昔日的孩子也已经长大。可是，双鬓已有白发的他却依旧在这片黄土地上耕耘着，耕耘的不仅是这片土地，同样也耕耘着自己的历史。

人都说孩子是父母生命的延续，在给了我生命的同时，父亲也在我身上倾注了极大的热情与希望，他希望我能走出这片贫穷的土地，不再重复祖祖辈辈困苦的生活。然而，对这片土地我却有着难以言说的痛与爱。我爱这片土地，爱这里民风的质朴，爱这里人民的厚道，爱这里泥土的气息；但我又惧怕这片土地，害怕他像吞噬了祖辈一样，吞噬掉我。我不甘心这样的生活，不甘心像麦田一样，一季一季地沦守在这片土地上。为了改变命运，我载着自己的梦想，也带着父亲的希望，走在父亲当年走过的路上。

父亲对我有太大的期望，我不忍心父亲的希望在我身上也破灭。在这条求学的路上，我努力着，也奋斗着，可面对高昂的学费，我的心异样沉痛。清贫的家庭，更让我体会到了生活的艰难。

上高中以后，我过着留宿的生活。说句实在话，我畏惧周末的到来，我惧怕从父亲手中接过那折皱而又略带体温的人民币。每每这时，泪总流在心里。我总这样告诉自己，要走的路还很长，我必须学会坚强。但我也清楚地明白，折皱意味着贫穷，体温示意着珍贵。

记得有一次父亲病了，而且病得很重，可那时我又要开学了。面对生病的父亲，面对学费，我在父亲的病房门口徘徊了很久很久。我知道，学费对于此时的家境来说，无异于雪上之霜。也不知道哪来的勇气，也不知道是怎样走进了病房，当我抬起头来看到父亲那苍白的脸，到嘴边的话又咽了回去。我慢慢走到父亲的病床前，父亲也知道该交学费了，他示意母亲从床底下取出那用手帕包裹的学费。这时，泪水在我眼中打转，我清楚原本留有的学费，父亲看病早已花光。我不知道，我那要强的父母，从何处，向何人，经过多少周折借来了钱。看着手中的钱，看到病床上苍老而衰微的父亲，我再也控制不住，泪如潮水怒涌而出。父亲拉着我的手用微弱的声音说了这样一句话："孩子，树枝不枯，大树依然挺拔。"我再也控制不住自己竟哭出了声。多么沉重的一句话，一句堵住我退路的话，一句足以让我背负一生的话。但更让我明白了，人活着是一种面对死亡的存在，而父母活着，是为了孩子为了希冀的存在。

求学的路上有一句话一直激励着我，它是一句让所有穷孩子长志气的话："我是穷人的后裔，但我要做富人的祖先。"这句话总在我最苦最累的时候，激励我时刻不忘沿着父亲的路继续走下去。

我爱这片黄土地，为了父亲脸上布满的沧桑，为了这肤色比黄土地色更深的人们，为了跟随身后而来的后辈，我必须走出这片黄土地。这是我今天的梦想，也曾是父亲的希望，可我还要说：

今天，我要走出这片贫穷的土地，明天，我还会回到这片土地来。

用艾青的话说就是“因为我对这片土地爱得深沉”。

父亲节，父情结

西安体育学院　何鹏飞

一直都以为男人是冷酷、冷峻、冷漠的代言，而尤其是人到中年脾性依旧不改，但现实告诉我，改变只是因为时间的长短而已。

我一直都在错过父亲节，而唯独今年没有，因为我有我深爱和深爱我的爸爸，不，确切地说是父亲。说实话我一直逃避用“父亲”这个词，因为在我的脑海里“父亲”就代表着衰老和没落，或者是饱经风霜后的呆滞木讷。而现在我用“父亲”这个词，却因为有太多的情感在喷薄。

父亲节，我发了一条短信：爸，今天是父亲节，儿子祝您节日快乐！没有您的陪伴，我会想念您，会好好照顾自己；没有我的日子，您要保重身体，少抽烟、少喝酒，祈安……

放下手机，我有些莫名。父亲不会发短信，尽管有高中文凭，这次也不例外。记忆里，这也是我给父亲发的为数不多的一条短信，而唯有这次，我好想好想流泪。倏忽间，父亲四十多岁了，人到中年，他依旧精神焕发。是农民，但父亲的衣服从来没有太脏过，那个父亲就是干干净净、一尘不染的父亲。

父亲做得一手好饭，炒菜更是一流。厨房是他发挥的最好舞台，而母亲总是注视着父亲忙碌的身影。这几年，我才真正明白，一个男人的真正蜕变不是结婚生子，而是对生活的真真理解，父亲做到了。年轻时的父亲和我们这些孩子一样，有过对梦想的狂热追求，但改变父亲命运的机会破碎在了那个时代。20世纪80年代，处在改革发展大潮中的中国等待着又一次的腾飞，父亲在电学方面成绩突出即将进入电力系统工作。爷爷说是他害了父亲：那一日，爷爷在浇灌自家农田时淹没了田边小道，村主任不小心滑倒在水里，起身后便和爷爷扭打在了一起。再后来爸爸即将工作时收到了一封信，意思是我家祖辈均为贫农，根正苗红，组织上要求父亲扎根基层，为农村做出更大的贡献。于是作为农民的孩子，父亲依旧是农民。后来父亲笑着说：一切皆是命运。

小时候学校离家很近，父亲就用那辆加重的“红旗”自行车接送我。我坐在前梁上给父亲讲学到的东西，给他背唐诗，和他玩成语接龙。那时候家里是那么穷可我又那么单纯而幸福。夏天很热，傍晚父亲烧好绿豆汤盛在我们姐弟仨面前，把小黑白电视机放在窗台上，全家坐在院子里享受着温馨和甜蜜。母亲曾给我们讲过生我时家里的境况：在农村没有男孩别人是看不起的，于是赶在20世纪90年代计划生育严查之前，母亲忍着生下二姐的疼痛在月子里又怀上了我。那段日子家里一贫如洗，最艰难的时刻家里连父亲理发的5毛钱都没有。那一次母亲含着泪给父亲理了光头，母亲说她能感受到父亲作为一个男人的耻辱。那是一段心酸、父母也不愿再提及的日子，而生活的改善也正是从那时起。

我看过父亲如我少年时的照片，和当下的我一样懵懂无知，然而父亲古铜色挺直的脊梁告诉我，是男人就什么都能扛得起。

父亲依旧是农民，应着农村的好政策，家里的条件一天天好起来，然而父亲从不曾有过多闲暇。夏日，坐在教室里自习都感到燥热的我，田地里的父亲又该如何？时下正是农忙季节，父亲还有充足的时间考虑自己吃什么好吗？

这个父亲节我真的没有错过，不只是一条简单的短信，还有让我再多想想我深爱的父亲。我从农村走出来，还会回到农村去，那是我的根，因为我对那土地爱得深沉……

我一直以为没有时间为父亲写下什么，事实上我有。朋友，如果你有深爱你和你深爱的父亲，请记得，那个小时候曾驮过你的父亲，如今你只能默默地看到他的背影，因为真正成熟的背后，也隐藏着时间对老去的写照。现在他们还“年轻”，因为我们正处“幼稚”。

我曾看见过父亲落泪，那是在初中毕业前冲刺阶段的家长动员会上，我作为学生代表发言，我为父亲唱了歌：“父亲是儿那登天的梯，父亲是那拉车的牛……”那一次，唯一的一次。尽管父亲不曾说，但我知道，他爱我，我亦爱他。

我的父亲，我的父亲节……

古都的路

西安医学院 牛 欢

西安是个极富特色的城市，繁华自不必说，这座“文明古都”曾是丝绸之路的起点；秦始皇的十万铁骑曾在这里横扫六合，统一中国；盛唐文化曾使这里成为沟通世界的枢纽；几千年之后，这座城市风采依旧，像所有现代化的城市一样，高楼林立，车水马龙。

我是一名医学生，在离市中心不远的一家医院实习。医院的工作环境相对其他单位严格一些，工作时清一色的白大褂，脱掉它，很多熟悉的人竟觉得有些生疏，眼球需要一段时间适应。

市中心的街道宽敞，街道两旁是各种专卖店。每天走在这条繁华大街上的人不计其数，他们也和我一样，需要适应每一个店里的新产品，适应每一个从自己身边走过的人，适应这个纷繁多彩的世界。脚下的路也需要适应，适应每一个走在自己身上的人的脚步轻重，承受高跟鞋的刺痛，接受鞋子发出“当当”的响声，感受运动鞋的平坦和悄无声息的安全感。

医院门口的这条路刚刚铺过，贴着崭新的瓷砖，而中间的盲道上却沾满了水泥，一直没有人去处理它。

一个晴朗的早晨，我照例乘公交去上班，下车走到医院门口时，看到一对中年夫妇手里各拿一把铲子蹲在地上铲盲道上的水泥，边铲边用笤帚扫走铲起的水泥，然后用湿抹布把瓷砖擦干净。我没有在意，瞅了几眼，然后离开了。

中午，我和同学一起从医院出来准备吃饭，发现他们仍旧蹲在那里，不到一米的地方已经干净了。我吃过饭回来，他们坐在台阶上吃馒头，身边多了一个十一二岁的男孩儿，孩子的小手握着铲子帮父母干活，我想那应该是他们的儿子。

夕阳西下，六点钟了，他们还在。我在离他们不远的地方站了很久。那天的温度很高，汗水湿透了他们的衣裳，滴在灰黑色的水泥地板上，立刻蒸发了。他们是被雇来干这些活的吗？他们能挣多少钱？他们家庭状况怎样？难道以前都这样维持生计吗？……繁华的街道、熙熙攘攘的人群，他们被淹没在川流不息的人海中。

西安今年的天气有些异常，隔两三天会下一场雨，还比较凉爽。他们干活的第二天下雨了，早晨雨下得很大，一把破烂的雨伞挡在两个人头上。雨顺着伞的洞钻进衣服，直到把全身都湿透。他们似乎对这个并不在乎，边干活边说着什么，偶尔会听到一阵笑声。我的眼睛模糊了，不知道是感动的泪水还是冰冷的雨水，一起划过面颊……

接下来的一周，他们都在做着同样的工作，五十多米的脏水泥路变得干净了，他们也消失了。从此以后，每次走在这条路上，我就会想起他们，有时候不忍心去踩这一段路，怕把它弄脏了。但是，即使我不去踩，总会有人踩，这是路的职责。那对夫妇也有自己的职责——擦路。每个人都有自己的职责，就像一个生命在开始孕育的时候就带上了父母的遗传密码一样自然。

城市的生活像公园里的过山车，节奏快得生活久了就会觉得头晕。而生活在西安这座节奏中等的城市中，有多少每天为生活奔波而头晕脑涨的人，我不清楚。医院的很多病人30岁就患了高血压，其中很大的原因就是压力大，工作忙，生活不规律。社会发展到今天，有太多的东西我们想去追求，而我们真正能够抓住的有多少，谁也没有把握。努力工作是必须的，然而适时放松也是必要的。我们划船的时候，可以尽情欣赏两岸的风景，但坐火车却很难有那样的心境，因为火车的速度太快。适时地停下脚步欣赏路旁的风景，也许会有意外的收获。

一条街道像一本影像簿，记录着不同人的生活。走过这条街的人，有打扮得珠光宝气的阔太太，有坐在石狮塑像上吆喝着“缝针，缝针”的老太太，有偎依在恋人怀里满面笑容的美丽姑娘，有胸前挂着牌子上面写着“好心人请自助，为父治病”的满脸尘灰、头发散乱的女孩子，有西装革履的成功男士，也有见人就塞传单的帅小伙。街道也像一座露天的舞台，每个人都是演员，为自己演一台人生戏。不同的是，若干年以后，有的演员成了导演，开始导演别人的人生；而有的导演却沦落成了演员，被他曾经认为永远不会有建树的人导演着自己的人生。看似有些滑稽，但却很真实。

身边的很多人说，自己的生活条件好了却感到幸福离自己越来越远了。生命有限，欲望无涯，适时追求与放弃，也许这样才能获得幸福。幸福没有确定的标准，它只在每个人的心中。如同那对夫妇，我想他们一定没有太多钱，但是有健康的身体，在为生活、为儿子努力着。

城市的路依然笔直而安静地躺在那里，高跟鞋和运动鞋同时从上面走过，不同的压力和响声会相处得越来越和谐……

很爱很爱你

陕西师范大学　任　艳

刘若英有一首歌，名字叫《很爱很爱你》。它讲述的是一个女子，为了自己心爱的人，放飞了爱情的风筝。我也很爱很爱你，虽然我知道，这不是爱情。可比起飘摇不定的爱情来，你更值得我珍惜。我的一生，可以穿越在多段变幻莫测的爱情中，而你——陕西师大——在我生命中，只有一个，不可复制，无法超越。

第一次见你，是在装着大学录取通知书的信封上。我被典雅的你深深吸引。我开始遥想，古都有一座爬满常青藤的图书馆，一座拥有西北最大藏书量的图书馆。你在我心灵的湖面划过，激起阵阵波澜。我看着你，充满了向往和期待。

第二次见你，我真的来到了你身边。一直以为，那是上帝给我的恩赐，一份珍贵的礼物。我与银杏坡的你做伴，与庄重气派的你做伴。我来对了地方，只因遇见了你。平静，让我远离了尘嚣。我的心，沉浸于你。

我真正被你吸引，却因你丰富而包容的内心。从如诗如画的校园到各具魅力的恩师，从典雅优越的图书馆到热情上进的同学，你用你独特的美吸引着我。透过大气的你，我分明看到了一个新奇的世界。那是一种无需言说的默契，好比一个眼神，一个微笑。你像一股清泉，缓缓地滋润着我的心田。

在你面前，我学会了勇敢，勇敢地找寻知识的魅力。在你那里，我像个孩子，贪婪地吸收着营养，咀嚼着知识。你引领我在知识和青春的长廊里尽情遨游，处处留下了我追寻你的脚印。

因为你，我开始在学术的道路上蹒跚学步；因为你，我找寻着大学的价值和知识的魅力；因为你，我明白了什么叫真正的成长和坦然。我一直把跟你的这份缘，当作一份礼物，用心珍藏，不敢挥霍；作为一种力量，鞭策自己，不敢懈怠。

四年前，只因仰慕十三朝古都，我带着年轻的冲动选择了你；四年里，我没被古城深厚的文化底蕴打动，却与大气包容的你相识相知。四年后的这个夏天，我就将结束这段充实快乐的大学生活了。每个人都有属于自己的大学记忆，而你，将成为我这份记忆的美丽底色。因为有了这份底色，我用努力和执著的画笔，将描绘出五彩的未来。

离别，永远是6月的关键词。我知道，行囊里装不下和你的所有记忆。我只能把太多美好的情愫珍藏于心，带着依恋平静地跟你道别。与你牵手的四年，无悔……

下一个夏天，我会更加惦记你——陕西师大。

华清·雨荷

西安工程大学 杨 洁

在江南，5月是一个梅子黄熟的季节，天空时时也会飘起富有诗意的“梅子雨”。没有去过江南，但我想那梅雨一定是轻灵而飘逸的，还会淡淡地透出些许梅子的妩媚来。此时的西安也飘飘洒洒地下起雨来，不过少了江南烟雨的那种轻盈朦胧和暧昧。西安的雨来势有些凶猛，并且可以连续下好几天，带着北方特有的剽悍与刚劲，这雨没有造就出雨巷般的诗意，却也凉爽了渐次炎热的天气。

和朋友约好了去朝拜我心中向往已久的圣地——华清池，但那天的雨一直下个不停，而且有越下越大的趋势。朋友不禁有些沮丧，说雨下大了就改天去。可我的兴致却没有因为下雨而有丝毫的减退。我总觉得雨中去更有朝圣的感觉，雨中的华清池会更富有神韵。虽然不是晚上，无法体会到唐明皇深夜独自一人听雨打梧桐的那份相思的寂寥，但也能感觉到历史湿漉漉的真实。在我的坚持下，我们撑着雨伞，没有坐车，徒步向华清池走去。

在5月潮湿的雨中，我们走进一个烟水朦胧的梦，轻轻揭开历史一角，偷偷窥见绝世佳人的身影。

雨中，我们走进华清宫，玉环也向我们盈盈走来。

那天的华清池真的没有让我失望，游客很少，只有偶尔的几个撑了各色雨伞从朦胧暗碧的楼阁树丛中悠悠穿过。没有了平时的喧哗，让人恍然觉得那是穿梭的宫娥们正要去扶起娇无力的太真。

少有的静谧，一抬头便可以看见不远处的骊山半罩在轻柔的烟云中，是贵妃刚出浴吗？那么的害羞，便随手抓了几缕白云遮住了身体。丝丝缕缕的白云围绕着了翠色欲滴的山体，仿佛撕扯不断的梦。华清宫内那些远远近近被绿树掩映了的重重楼阁也笼在了这一帘淡淡的雨雾中，一幅烟锁重楼的动人景象，看上去是那么美，走进去有时又那么的甜蜜。

一路顺时针地游览，看尽了楼阁重重。我没有带相机拍照，我不想破坏这里的神圣与静谧，也不想让闪光灯刺伤了宫娥们的眼睛。我要把这一片山光水色、重楼叠宇一一收藏在心底，用脚步去寻访千古奇情的爱情故地。走过重重宫殿，依次摸过门上的铜环和朱漆大柱，我设想太真是不是也曾在这里或那里停留过。

走过池边，正望着水面出神，朋友忽然惊呼："荷花，你看那些荷花，好美呀!"顺着她的手指看过去，靠近岸边的角落里果然有那么一小片荷花。小小的叶子，小小的花朵，小小的花骨朵儿。花儿不多，只有两三朵，浅浅的粉和柔柔的白；荷叶那么小，只有汤碗那么大，荷花也只有那么一点大，小得让人心疼，又精致得让人叹息，好像是江南的那些高过人头的莲花的微缩版。

这一丛荷花开在靠近岸边的那个小小的角落里，上面有一棵垂下的柳树，你不注意也许根本就感知不到它们的存在。它们不知是被刻意栽种在那里，要营造一种若隐若现的诗意，还是被无意遗忘在了那里。雨下得有些大，那些细细碎碎的花瓣儿在雨中微微地颤抖。

我完全被这丛遗世独立的荷花吸引住了，便蹲在被砌成参差不齐的岸边细细欣赏它们。这丛花中只有两朵盛开的花，它们开得那么精致，那么认真。一朵是纯白的，不沾染任何的尘泥，花瓣向四周肆意地张开来，对着天空下个不停的雨没有任何的卑怯；还有一朵是粉红的，颜色含蓄而深沉，如同立体彩绘一般。最好看的要数那朵半开未开、似开还闭的荷花，它处于整个花丛的外围，就那么婷婷婉婉地浮在水面上，旁边点缀了两片碧绿带水珠的荷叶。这朵花儿也是白色的，不是刺眼的雪白，而是温婉的乳白，其间似乎还掺杂了些许红；它中间的花瓣还没有完全打开，松松地团在一起，犹如深闺中的羞涩少女一样，红了两颊，轻轻地掩面，却又忍不住偷眼看外面的世界；它外围的花瓣依次地张开，每一片花瓣都有一条优美的弧线，弧线错落有致，开得恰到好处。还有一朵是紧紧包裹的花骨朵儿，颜色很深，高高挺出水面，刺向天空，接受雨的洗礼。

一花一世界，荷花也有自己的世界，它们没有因为被人遗忘就遗忘了自己。他们那么小，那么娇弱，可还是认真地按时节开放，哪怕是在雨中，开得那么认真，那么竭尽全力，不管有没有人看到。

雨小了，几缕阳光终于挣出了云层的束缚，那一丛荷花便在阳光中惬意地舒展身躯，轻轻摆动，精致的花瓣和碧绿的荷叶微微浮动。"咕咚"，一只小青蛙跳在了那片小小的荷叶上，"呱……呱……"

华夏民族之魂

陕西师范大学 陈怡宇

十六岁坐火车去上海，当火车终于翻越完秦岭，离开蜀地，途经这个曾是十三朝古都的西安时，在火车缓缓驶过的几秒里，包围着这座古城的古老而雄壮的城墙突然让我震惊了。在这个万物复苏、蠢蠢欲动的年代里，这座城市却仍用它古老的筋骨屏障城外的风浪。虽然这一刻对它的印象仅仅停留在火车停靠时的那惊鸿一瞥，但冥冥中这是留有前生记忆的城市，这个古老、厚重、质朴而又脉藏着华夏千年文化的地方。于此，这份对西安的感情已扎根于心中。

经历过高中的身心混战后，终于来到了这座让我魂牵梦绕的城市——西安。在这里度过的大学生活比梦更美，一边在大学里接受最前沿的科学知识，一边沉浸在古都深厚的文化底蕴中。书中文化与历史的痕迹开始一个个展现在眼前，曾经的梦想一个个实现。这是一个随手能触到往事的城市，扑面而来的是十三朝风尘，历史博物馆不失时机地撩拨着你的心扉，书院门的书香墨迹星月流转，城墙灯会光影暧昧，回民街的繁华如天上街市，秦始皇墓的地宫日复一日神秘……这城市有太多的地方适合感喟和留恋，唯独钟鼓楼，上承星月流转，下启暮鼓晨钟，在不知疲惫地延续着它的单纯与清净，成为大是大非中不可多得的净土乐园。在这座跌宕沉浮的城里，一日间苍穹回望星空，秦时章法汉时笔，魏武诗篇盛唐旗；一年里东风满载雪花，庄生的蝴蝶飞进了，杏花和春雨；李白的明月映入了，动人的华夏韵。寂静山林是谁在独唱，如今王维的红豆播撒到了海内与天涯。西安这个属于我的永恒月光水岸，染涂了民族的颜色，印刻了民族的骄傲。

八百里秦川，奇峰争险，历经兵戎相见，如今秦腔依旧，唱响的是不变的民族魂；曾经的秦地汉土唐乐，鼓角争鸣带来峥嵘岁月，虽历经改朝换代，却为民族魂灌满生机。经历了史上最耻辱的侵华战争，清朝柔靡颓废的衰气还没有消失殆尽，才萌生不久的资本主义还没来得及发展壮大，却不想一声响彻云霄的霹雳，振奋了这只早已伤痕累累躲在黑暗里流血流泪的巨龙，共产之火开始燎原，炯亮的火眸在中华大地上驱赶那些罪恶的漆黑。当嘹亮的号角吹到了人民心里，源源不断的英勇生命开始汇集到这股民族伟大的力量里，麻木的民族意识开始复苏，冷冻的血液开始沸腾，终于这场红色革命换回了国家主权与民族独立。新中国成立了。

经历了外辱，你深深地明白了一个道理："落后就要挨打!"于是从毛泽东在天安门城楼上向全世界宣告中国人民从此站起来了那一刻起，你无时无刻不在为国家的强大、人民的富足辛苦奔走。从"发展才是硬道理"到"三个代表"再到"科学发展观"，正是你的不断探索与不断实践，让祖国的面貌和人民的生活在短短60年间发生了翻天覆地的变化。从1949年到2009年，你让一个积贫积弱、百废待兴的国度一跃成为国内生产总值和综合国力均位居世界前列的社会主义强国，也是你把中国人民从饥寒交迫、水深火热之中解放出来过上幸福的小康生活。这一点一滴的进步，都在向全世界证明中华民族正在崛起，虽然在探索前进的过程中也经历了文化大革命那样的严重曲折，但是1978年12月召开党的十一届三中全会，确立了中国以经济建设为中心，全面改革对外开放的正确道路，从此中国社会加速发展，人民生活水平迅速提高，中国有如一轮旭日，在东方冉冉升起。

六十年，岁月如歌。滚滚长江，聆听过祖国铿锵前行的脚步；巍巍昆仑，见证过祖国日新月异的面貌。六十年，逝者如斯。每一个中国人都不会忘记，当SARS来袭时隔离区域时刻不忘消毒的日子；也不会忘记，当雪灾肆虐时共和国的总理代表党和政府八天之内三赴江南为受灾地区人民送去的温暖；更无法忘记，公元2008年5月12日14时28分，这个令中国及世界震惊而难忘的时刻，祖国的大半个身体在颤动，美丽的城镇、迷人的乡村顷刻间化为了废墟，数万鲜活的生命被狰狞而疯狂的大地吞噬，无数的同胞在砖石瓦砾中挣扎，呻吟，流血……我们依旧清晰地记得温总理在灾区的奔走与哭泣，那句感人肺腑的话语"孩子们不要怕，我是温家宝爷爷"依然在我们耳边萦绕……在2009年明亮的春天里，看那如风消失的灾难与痛苦，我们没有理由不看到希望，没有理由不为自己生活着的国度而自豪。

六十年，万众一心。2008年，北京的夏天，我们用自豪的欢笑和幸福的泪水，庆幸自己不曾错过。在不断超越的体育运动精神引领下，中国人圆了百年的奥运梦想，也成功地向世界展现了中国的精神与力量。在这一年里，我们的祖国经受住了大风大浪、大劫大难的考验，每个人也感受到了作为一个中国人的快乐与自豪。

无论冰雪地震还是金融危机，无论神七飞天还是圆梦奥运，每一个华夏儿女都在惊心动魄中空前地团结在一起，与民族同命运，与国家同呼吸。

悠悠百年，沧桑巨变，回顾中国百余年的变迁，我们不禁感慨万千。中华民族是一个值得我们骄傲的民族，虽然曾饱受苦难和磨砺，但没有人能忘记她所创造的辉煌文明，那血浓于水的情感使得无数中华儿女为她奋勇向前。爱恋自己生于斯、长于斯的故土，是所有炎黄子孙忠贞不变的情感。这种情感赋予我们民族特有的精神力量，塑造出了勤劳朴实、自由勇敢、坚韧不屈的华夏儿女。每一个中国人的心中，都有对新中国缔造者们无限的敬爱。曾经的艰难与辉煌，让我们真正懂得了没有共产党，我们将无法告别苦难深重的昨天；没有党我们就无法拥有幸福美好的今天；没有共产党，我们更加无法迈向辉煌灿烂的明天。没有共产党就没有新中国，只有共产主义才能救中国。

荆棘上的舞者

陕西中医学院　冯方园

这片黄土地上，生长着这样一种植物，于崖边与贫瘠中起舞；这片黄土地上，生长着这样一群人，于荆棘与烈日中起舞。

早在《诗经》中就有“椒聊之实，繁衍盈升”的描述，“椒”即花椒，品种以陕西、四川等省的大红袍、小红袍、大花椒驰名，而韩城则是陕西花椒生产重市之一。“秦椒，花椒也。始产于秦，今处处可种，最易蕃衍。”载于《本草纲目》，实为说明花椒历史悠久、易种耐活的品性。而韩城，这座古老而优美的城市，载着花椒，历经汉月清霜，一步步走到现在。这是载着乡魂的城市，这是载着梦想与汗水的城市，即使短暂的相离，依旧不能把我的灵魂与她的荣辱兴衰永久地分开。能明白吗？这是怎样的一种爱念与牵绊！只为那片土地，那群人，那一种可爱的植物。

生长于花椒之乡——韩城，从小耳濡目染。回忆，儿时于晨曦微露之时，提着篮子和兄弟姐妹于一片鸟鸣啁啾中，嬉笑打闹着奔向那一片散发着古老而辣香的土地，不禁笑噙嘴边。说实话，小时候我并不认为花椒的味道好闻，特别是到花椒熟透的时节，刺激而浓烈的味道，人一靠近就不停地打喷嚏。外婆有一次那样慈爱地说：“花椒味儿是多么香啊！”才让我对这植物重新审视起来。那样的味道，就如从历史的门缝中溢出来的，带着不可抗拒的诱惑。

花椒成熟于七八月份，正是骄阳似火的季节。特别是平原地的下午，去早了，那可真是活受罪，汗雨涔涔，身上的衣服是干了又湿，湿了又干。一天下来细看，衣服上绝对给你落下祖国的美好河山，像随时背着的活地图。花椒，本身就是捉弄人的道具。小时候，边摘边和弟妹拌嘴，拌到打闹起来的时候，就一个捉住一个，用刚摘过花椒的手，涂到对方的嘴唇上。这一涂可了不得了，霎时，嘴唇火辣辣的，像过电似的。但得逞的人可别高兴得太早，那花椒树上浑身是刺，一不小心刺到指甲缝里，可有的受，十指连心的疼，不可名状。有一次，年幼的弟弟捉弄爸爸，把花椒水涂到爸爸的烟蒂上，爸爸抽了一口，立马吐了出来，带着笑骂道：“哪一个死娃，捣蛋鬼，把花椒水抹到我的烟上？快说！”我到现在都不知道，那辛辣的味道混着烟味一起到肺里，是一种什么样的感觉，或许那样特殊的体验，只有爸爸一个人知道。

与平原相比，山地的花椒质量普遍要好一点。我总认为，那种大红中稍带浅色的花椒是其中的上品，就如血一样的颜色。这血一样的颜色，汹涌着，激励着这里的人们。花椒的贮藏也是一个极其精细的过程。只有在一天的暴晒中，收获的干椒色泽才会好。所以，收椒的人不得不在正午一两点钟把花椒的籽拍打下来。可以想见，烈日喷火，那黑黝黝的背上挂着的汗珠在强光下折射出七彩光芒的样子。有时，一连十几天阴雨，收的湿椒都捂得发霉发黑，那时大有"心忧椒贱愿天热"的心态。

花椒树说好养活也好养活，说难养活也难养活。有时，花椒树会成片成片地死亡。开始的时候，会有一两枝的叶子枯萎，可一两年之后整棵树都会死掉，所以通常采用的方法是把整枝或整棵的树锯掉。唉，花椒树的这种病难发现，一发现都是致命的。诸如此类的问题好多好多，但找遍大大小小的书店，只找到一本可供参考的资料——《花椒丰产栽培技术》。花椒的贮存、收购、加工……其中种种，都有待有心的人去研究。

所有的这一切，只因我对这片土地爱得深沉。我衷心地希望，这座古韵盎然的小城能够繁荣兴旺，这座小城上所有的人们都过上劳有所获、劳有所得的生活。

站在毓秀桥上，望着波光粼粼的椝水河，河边繁花灿然，杨柳依依。头顶的天空，透着难得的蔚蓝色，心绪畅然。可爱的家园啊，带着我的祝愿，在那青石板道上留下温暖的记忆吧！我相信，一切都会更好的，因为有着那样一种强劲的植物，有着那样一群在阳光下生活的人们！

跨越秦岭，跨越时代

西北农林科技大学　刘冬梅

窗外雨下得像断了线的珍珠，绵绵不断。天虽是灰色的却透明，蕴着一种无声的期待。

我泡一杯茶，坐在西北农林图书馆，托腮远眺，思绪像烟雾般缭绕在空中，回到了过去，回到了家乡。

虽无“大漠孤烟直，长河落日圆”的壮阔，但漫天黄沙飞舞的情景苍凉而悠远，这就是我待了六年的地方——陕西毛乌素沙漠的边缘。方圆几里只有两户一家，其中一家就是外婆家。我们犹如在孤岛上的小鸟，看不到沙漠外的世界，没有电，点的是一盏小煤油灯。那时我喜欢看一些过旧而发黄的小故事书，与做针线活的外婆坐在小煤油灯的两边，经常我会跳起来惊叫：“哦，外婆，外婆，焦了！”再看时，我和外婆的头发都烧黄了许多，空气中弥漫着一种焦糊味，似乎那就是幸福的味道吧。这时，外婆就会亲昵地拍拍我的头，笑笑，说：“就你精哦！”外婆她从不抱怨，反而总说现在好了，如果没有毛主席，我们的日子可就悲惨了。年幼的我以为这就是幸福：一家人日出而作，日落而息，在沙漠的中央与日月为伴，贫穷而满足。窗外雨渐小，已滴滴答答，如同我心底的困惑，赤裸裸地躺在了地上。

七岁时我被接到了榆林市神木县和爸妈居住。一瞬间，外界的繁华与春意晃得我眼睛都睁不开。有了新家，有了新衣服，有学上，一切是那么美好。很多个傍晚，就有很多爷爷叔叔聚集在我们家的小院里，听爷爷——这位老生产队队长——讲现在的形势。他们抽着旱烟，讨论着农村的发展、社会的变化、政策的倾向，等等。时不时他们还会有精辟的讨论：“哎哟，长江后浪推前浪了！我们老头子们过时啦！”“不晚不晚，毛主席说得好，轰轰烈烈闹革命，咱呀，轰轰烈烈大发展。”“哈哈哈……”不时，头上包着白毛巾的张爷爷还会来几段陕西民歌，信天游什么的。年幼的我拿个小板凳乖乖地坐在爷爷旁边，疑惑地看看这个爷爷，望望那个爷爷，心里嘀咕：“将来我也要干大事业！”那时，幸福的味道有点像阳光的味道，充满希望和温暖。爸爸、妈妈、爷爷他们似乎不跟外婆一样，爸爸总说：“自己的世界是打拼出来的，要不断进取，赶上时代。”懵懂的我记住了爸妈的名言：要进取，要赶上时代，要干大事！

十二岁的我随爸爸工作的调动来到了风景迷人的安康城区。在安康上初中、高中的我看见了与贫穷格格不入的繁荣，看见了人们的欲望与忙碌，看见了贫富的落差。安康市汉滨区依山傍水，汉江河水清澈透亮，滚滚流入长江，犹如这里的经济，繁荣，一片春意。有高耸的国贸大厦和酒店，有衣着时髦的亮丽的摩登女郎，有先进的教育、医疗设施，当然也有一贫如洗的山里农民。多少个除夕夜，酒店的喧嚣与在街上流浪人的寂寞形成的反差打湿了我的眼，我的心。我从来不曾懂得为什么生活不平等，我更不明白怎样的社会发展模式才是合理公正的。老师总说：我们是幸福的一代，世界是我们的。也许吧，我相信这一点。

从陕西最北的毛乌素沙漠到陕南，我跨越的不仅仅是秦岭。我，一个又瘦又小又黑的灰姑娘慢慢成长为坚强勇敢的大学生。我只有19岁，却似乎穿越了时代的长廊，见证了中国建设的成果，体验了新生活的甜美，当然，更体会到了地域的差异、人性的不同、贫富的悬殊。

如今，我已长大，我相信世界是我们的。作为一名陕西的学子，我们需要铭记使命，改变现状。所以你会在早晨的晨读队伍中发现背诵英语单词的我，上课认真听讲的我，同学中你也会看到全神贯注的我。

身处西北农林科技大学幽雅的校园中，体悟着杨凌农耕文明热土的厚重，领略着诚朴勇毅校训的博大。我在时代的大潮中很小很小，如沧海一粟，但我愿做家乡发展、社会进步的一个阶梯，从小事做起，从身边做起。与风雨同行，与奋斗为伴。

愿我的家乡越来越好。

离开你，不能生病

西北大学　高　莺

（一）

我虽是一个感情细腻的人，但却不是一个习惯将感情外露的人，你亦然。因此，在我18年的人生里，我们并未谈及过爱或不爱。

直到今年，我读了大学，第一次离家那么远。我们打长途电话，每次都是你打过来的。我总是执拗地以为你要是惦记着我就应该主动给我打电话，而我只是等着被爱的感觉。

那次，你在电话中问我想不想你。我记得，你在电话那头听到的应该是我俏皮的声音，说着每当自己洗衣服时就特别想你。你不曾知道，电话这边的我其实哭了，第一次离家那么远，岂会不想家。我没有表面上看上去那么坚强，但是即便是想你我又不敢启齿说：我好想你。我就是如此的胆小。

（二）

在我之前，你已经有了一个儿子。在那个时代看来，你无论是出于什么考虑，都不应该有我。可是，我还是在那个计划生育搞得极其严的年代出生了。而你们为了留住工作，养活那个上有老、下有小的家，很决然，或许还有些不舍，把我送回老家由祖父祖母抚养。直到我六岁，祖母已经过世，或许是计划生育较为宽松了，或许是重额罚金已经交过，你们把我接回家中，再无顾忌地承认我们的关系。那时，你总是说我特别向着爷爷，不亲你们；而我觉得，你不疼我，总是偏心地疼哥哥。偶尔会因为你打骂我而记恨你。此时，我早已明白你当年为了管教好如野小子般的我是多么的不容易，而我能有今天的成绩也多亏了你那时的严加管教。庆幸的是，那时的恨早已烟消云散。

我们总是在互相试探，互相伤害着。高二开家长会时，班主任要求我们每人给父母写一封信。我小心翼翼地将感情写给你，却在你读后说非常感动的时候，很淡地回了一句：“随便写的，文笔不错吧。”丝毫没有信中那份热烈的情感。虽然我在背过身时看到你脸上闪现的失望，虽然那封信是我花了一个晚上一边哭一边用心写成的，只是我依旧无法说出自己的情感和对你的爱。

你总以为我不放你在心上。在我高三那年你生日时打来电话试探地问我是否记得你的生日，可你却没有在那天早晨收到鲜艳的康乃馨时辨认出是我写给你的那句“老妈，生日快乐!”我就是总在以这样的方式爱着你——在逢年过节或过生日的时候送上我独特的祝福，我以为你可以明白我的爱。

（三）

2004年冬天，似乎是一个寒冷的冬天，我在西安市第五医院被确诊为强直性脊柱炎（风湿的一种）。病情严重的话，会发展为无法行走。那一整个冬天，伴随我的总是尾骨的阵阵发痛，但我不曾听你说起你的担心，反到总是告诉我：这没什么大不了的。因为从小被忽视，我害怕没有人关心的时刻，尤其是我在乎的你。直到次年，我的病情稳定，你在与我无意中的谈话时说起，其实那时你都急坏了，但害怕加重我的心理负担，所以一直都不说。只是，暗地里不知流了多少泪。我才发现，其实你也只是一个脆弱的女人，其实你是关心我的。

我也曾在感受不到你的爱时想过或许离开你我会过得更好。可是你不知道，没有你的西安，没人经常与我吵嘴，安静得让人害怕；没有你的西安，没有你做的家常菜，那种清淡但回味无穷的口味，连吃饭都索然无味；没有你的西安，秋天已经变得有如冬天般寒冷。在这里，我没有家，没有人可以让我管她叫妈。

我打电话告诉你我脚疼的时候，是我唯一一次对着你哭了。我才发现，你不在的时候，是不能生病的。病了，没有人会像你一样给我打针、拔罐、喂药，没有人故作轻松地告诉我“没事，只是小事罢了，没有什么大不了的”。我对你深深地眷恋着，而从前我不知道。

（四）

在上次通电话时，我告诉你西安的拖鞋好贵。昨天，我收到你捎来的棉拖鞋，是你在家乡买的，大红色青蛙头的。我发短信给你说：“拖鞋好可爱，我很喜欢。”其实你不知道，西安的拖鞋不贵，是穿着你买的鞋我会觉得你就在我身边，我不会孤独，拖鞋也可以变得暖和。

迈步时快乐将至

西安美术学院　吕志会

西安的春天美好但很短暂，在忘情之时却悄然走开。空气的温度决定了我们的夏天，又干又热的窗外世界一直躺着不敢去招惹，生怕被晒到一脸汗珠地抱怨着。躲在屋子里，赶紧打开空调或风扇，足不出户地熬着每一天，不禁感叹这就是我的大学生活。

待在屋里总会有无聊的时候，特别是没课的周末，所以想出门走走。在对朋友的哀求妥协中做了决定，晚上去南湖游玩。心情一下子明朗起来，这是快乐降临的前兆。

6点，太阳还有点热的时候就结束了晚餐，向着目的地出发了。步行，没有谁要坐车，尽管那不是一段很近的路。轻松和快乐地扫视路上的一切，看着匆匆过往者的行装：撑遮阳伞的，戴遮阳帽、墨镜的，还有一些出门前可能擦了几遍防晒霜的，更甚的出门就打车的。这让我怀疑太阳是不是犯了什么罪。这时阳光已不是很强了，何况多数时间我们走在楼群的影子里。

我们走得很慢，偶尔停停，到南湖边没多久太阳就下班了。半灰色的湖面吹来微凉的风，热气也散得找不到呼吸。蹲下来轻触水面，依然挡不住生成漪涟，一圈圈地走远。不远处灰绿色的水草中传出水鸟们快乐的交谈，大概在说着彼此白天里遇见的新鲜事，好让那些整日待在巢中不敢出去的伙伴们羡慕。刚刚告别未成年的我们童心未泯，大家不约而同去寻找地上的小石子，抛向声音飘出的地方，坏坏地打搅一下那些快乐的小东西。可它们似乎并不害怕，没有哪只飞出草丛，安静不到一秒钟就再次恢复了欢乐的气氛。快乐是难以阻挡的，只怕我们不愿走出门去。的确，从出门的那一刻快乐就降临了，并且一直没有停过。

湖里很多鱼。色彩斑斓的锦鲤一点也不怕人，它们沿湖游动，等待人们抛下的美味。隔着半透明的湖水，看见一条白色的锦鲤，大约半米长，沿着湖边的长廊一直游着。我跟着它走了很远，它一直向前，没有停下或回头的意思。一路上有许多人抛下食物，都挡不住它的脚步。注视着它心里莫名地感动着，跟着快乐走是一种幸福。如果走就是快乐，那就别停下来，不需要看别人怎么做，快乐是由自己主宰的。那些堆着鹅卵石的浅水区聚集着数不清的野生鱼儿。路灯照射的水面荡起的不是层层的细波，是它们快乐的表演。游人伸手想去抓它们，惊得它们四散开来，水面的波纹也变得极度不安，甚至发出了声响。这些可爱的家伙可能出生在春天，还那么瘦弱，禁不住让人怜惜。但它们不乏灵巧，它们活得无忧无虑；它们不会乞讨游客的食物，而是自己寻觅。胆小的它们在鹅卵石间嬉戏，在光与影中游玩。它们不拒绝与你分享快乐，只要你静静地观赏不去打扰它们。或许有时候快乐是安静的，一份与自然的和谐。

风带来的淡淡腥味也变得舒服起来，因为我知道那里面洋溢着鱼儿的欢乐。走这么远了，该歇歇了。

一条木质的休息椅就在不远处。抚摸木质的靠背，想像它承载的欢乐有多少。曾经有一群朋友在这里开心地谈笑，也可能坐过一对恋人，他们甜蜜地依偎……

仰头看见明月挂在天空，银色的月光滞留在半空中，霓虹灯光照亮了下边的世界。现代生活里的自然之光显得那么苍白，然而却始终没有什么可以将月光取代。平静的湖面上依然倒映出它的影子，那么安详，那么温柔。它知道有一天我们还会回到它的身旁。

不知道还有多少人一直待在家里，习惯了在别人编好的程序里敲着键盘，点着鼠标，瞬间改变着脸上的表情。室内的娱乐永远满足不了我们对于新鲜感的追求，迈步出门，户外有你找不尽的乐趣。由衷地想对所有人说：“迈步时快乐将至，有空多到户外走走，外面的世界才是最美好的。”

夜深了，我们意犹未尽，只能带着不舍离开。

梦寐延大

延安大学 周晓娇

火车一路北上，出了平坦开阔的渭北平原便渐渐驶进这绵延不断的山区，远远近近，目光所能触及的除了眼前这不断向后退却的青山，便是夹在山涧中蜿蜒清碧的河流。思绪随了眼前一闪而过的景物，踏着列车的步伐提前驶进了我的目的地——延大。

大脑深处仍保存着对她最初的记忆：蔚蓝的天空，轻的风淡的云，一片青山绿树的拥合下，她置身于这座平实古朴的城市中，远离繁华，远离喧嚣，犹如一位闲云野鹤者的居所。提着简单的行李，我就这样站在她的面前，望着熠熠生辉的"延安大学"四字，看着进进出出的莘莘学子，那一刻，内心充满了难以名状的复杂。从此，我也要在这里开始和他们一样的探索。

漂流的浮萍不得已时终要学会随遇而安。如果只想安身立命，那么沉默也许是最好的选择。

不能不说来到这里是个意外，至少梦里的大学曾在繁华的都市驻扎停留。但是，如果你按着命运的轨迹搜寻它的规律的话，便不难发现它的踪迹是何其诡秘与难以捕捉，所以我依然保持了那个姿势，用了那种心情，固执地望着她。父亲说："进去吧，这里同样能让你收获一箩筐硕果，只要梦想还在，只要你肯努力……""只要梦想还在"，我不断地重复着这句话，然而面对着阻隔了视野的大山，内心依旧怅惘迷茫。

火车穿越了长长的山体隧道，满耳灌了呼呼的风声，眼睛一时无法适应这样的黑暗，便觉得自己似乎掉进了漫无边际的深渊。也许正因为这样的黑暗，才让我期待光明的再次出现。

幽幽的校园小径，我带了一丝浅浅淡淡的落寞，徘徊于各个园林小榭，竟意外地发现了那么多手捧着书本勤学苦读的身影。当我提出同样的疑惑，而答案却是娓娓道出的一段历史，记忆悠然飘进了那样一个久远的年代。此时，我因为自己对她那辉煌历史的无知而羞愧不已：这里曾经燃烧着革命的圣火，这里曾孕育了无数仁人志士的希望；这里曾诞生了"毛泽东思想"，这里也有丁玲、周扬、何其芳等文艺英杰激扬文字；这里是知青们永远难忘的故乡，这里更有延大的学子们继往开来的梦想。有一个声音飘至耳畔：

“同样为了梦想。”是啊，因为梦想所以努力，既然命运将我抛到了这一方贫瘠的土地，那么我就应该努力抓住它的手臂，与之抗争，去完成生命的一击，把无悔的青春在这里书写并记忆。

梦想始于脚下的路，几曾迷失在梦里，一度万般无奈地寻找，直至聆听了这苍茫的黄土地上大风的怒号，目睹了生命最初的历史画卷，这般的凄凉悲怆，一时竟让我感动得泪流满面。一路的沧桑，从孕育着希望到执著地追求，多少人为了梦依然在不懈地奋斗着，只因为他们的身上继承了这片土地的不朽精神。而此时，梦想的船已扬起了远航的帆。

春天的风沙遮挡了纯净的天空，狂风怒号般横扫过各处的浅绿。一次远行，只身来到山村，所到之处满目苍凉，天地昏黄。却在这样的节气下看到一群皮肤黝黑的农民，扬着高原红的脸庞，站在风里憨厚地微笑。我不能再说什么，因为这一刻已经凝固成了永恒，在我的记忆里，它将永不退色。

我惊讶于生命能在这苍茫荒凉的天空下自由地生长，而他们对生存的信仰，对苦难所表现出来的乐观态度让我震撼。将心比心，他们是否也曾如我一样想过永远地逃离呢？直至那包含了全部情感的信天游从口中奔放而出，我的热泪才滚滚而流。“信天游呵不回头，回回唱起热泪流。”那朴实的人民唱出了舞台上永远唱不出的东西，那东西表达了一种信仰，传递了一种心声；那歌声苍凉而忧伤，却有一种让人撕心裂肺的坚强，浸染着黄土文化深沉不变的精髓。

谁说苍茫的大地没有信仰？谁说失去了就再也找不回？梦想依旧在，心情却早已“物换星移”。面前的延大，我感谢你，感谢你把我带到你的身边，让我体验了生命中不曾有过的深刻，让我知道了自己的价值取向与人生选择。

身边依旧发生着让我感动的事情，尽管伴随了诸多的困难和一丝深居简出的落寞。试想生命轻轻滑过天宇的痕迹也不过如此，而一年的旅历却足以让我忘记曾经那无关痛痒的回忆，取而代之的是如何在这片黄土地上尽情挥洒青春的汗水，如何让生命在这里感触最深刻的精魂。

“延安车站到了，请您做好下车准备……”外面早已落下了小雨，没有撑伞，便提着简单的行李直奔我的目的地。不知是天空潮湿了我的心，还是我的心情感染了天空，在这初秋的季节，我如久归的孩子回到了母亲的怀抱，一头向她扎去。

那些美好

陕西师范大学 张 燕

大学生活像一支美丽的舞曲，有过翩然而起，有过进退自如，有过华丽转身，也有过磕磕绊绊。弹指间，曲终人散，有惆怅，有不舍，当然也有欣慰，因为舞曲旋律最美好的时候，我们在一起。

拉着重重的行李箱走进同一所学校，我们一起军训，开始大学的第一堂课；训练场上，站军姿，打军拳，踢正步……洒过汗水流过眼泪。九月的太阳下，我们穿着绿色军装，像真正的战士一样迅速成长。

开始熟悉学校的每一个饭堂。知道了吃包子要去墨香斋，吃面条要去溢香楼，吃米饭要去学子食府，并把这样的经验不知厌倦地一遍遍传授给越来越多的人。

开始喜欢学校的每一棵树木。经过槐园，抬头仰望，天空被槐树繁密的枝叶割成一块儿一块儿的，温和的阳光穿过罅隙，洒下了一地的流光溢彩；图书馆外借部前的玉兰树，挂着不多的花朵，纯白，无瑕，和五号楼前的玉兰树比起来，这儿的有些瘦削，花也没有那么繁盛，却多了几分优雅和清爽；还有那些女贞、木香、冬青、松树……

课堂上，偷偷地记下高数老师的经典话语，犹记得他说："每一次考试，考的不是学生，而是老师的良心。"逻辑课上，那个总是笑眯眯的可爱老头儿会指着你，用正宗的陕西口音说，"女子，你来回答这个问题"或者"小伙儿，回答正确，老师给你加两分"。偶尔，在课上，会望着窗外的树木发呆，想想自己到底得到了什么，失去了什么，又在追求什么。继而觉得时光易逝，流光可惜，一切必得珍惜才对。于是飘散的思绪立刻收拢，又对讲台上孜孜不倦的老师产生了内疚兼敬爱之情。

图书馆里，流连于浩瀚的书海不能自拔，因而在这里总是能忘记时间，一直到闭馆才意犹未尽地走出来。外面或是微凉的风，或是滂沱的雨，或是纷扬的雪，都能让充实的心多上一些情趣。在这里，为四六级忙碌过，为考研奋斗过，为梦想拼搏过。

"卧谈会"时，天马行空，古今中外，小草森林，蚂蚁大象，男生的女生的，熟悉的陌生的，无关痛痒的切肤之痛的都可以成为谈资。"卧谈"到忘了时间兴奋地难眠，也可能没有开头不知结尾地沉沉睡去。大学生活，从开始到结束，最不会缺少的也许就是“卧谈会”了吧。它带来了很多笑声，偶尔也会催生一些忧伤，到最后都成为一种无比温馨的记忆。

去积学堂看电影、参加社团活动、爬学校后面的小山、在操场散步、一起唱歌、一起逛街、一起过生日……那些五颜六色的水壶，那些干干净净的石凳，那些曲曲折折的小道，那些女生院里飘扬的裙裾，那些足球场上的欢声笑语，那些草地上的爱情……

还记得入学第一天我们的自我介绍么?

还记得我们的“新生杯”篮球赛么?

还记得我们一起过中秋节吗?

还记得第一节游泳课的担心和恐惧吗?

还记得我们自发组织的英语角吗?

还记得运动会结束我们一个班的人躺在田径场聊天吗?

……

那些美好已渐渐远去，留下的将是一份弥足珍贵的回忆，一种割舍不掉的友情，一段终生难忘的经历。“时光的河，入海流。终于我们分手走，没有哪个港口是永远的停留。脑海之中，有一个凤凰花开的路口，有我最珍惜的朋友……”就把这些美好酿成一种回忆的酒吧，不管多久，隔着时光的杯，仍然会闻到它的甘洌芬芳。

你是我永恒的“根”

陕西师范大学　项海娟

晴天，傍晚，我在美丽的师大校园里徜徉。夕阳从树叶间斜泻下来，微风轻轻拂过，我走在树下，阳光洒在身上，风儿从指缝间吹过。此时此刻，我有太多的感想，我的思绪跳动着。

我想起了那个美丽的陕南小镇，我永远的港湾，我永恒的“根”，那里有我太多的牵挂与回忆。那里有疼爱我的外祖父、外祖母，外祖父的风湿还会再犯吗？外祖母的腰还疼吗？他们对我的疼爱几乎可以说是溺爱：小时候，他们会在野草莓成熟的季节里把能找到的野草莓都摘给我这只“小馋猫”；他们会在夏日的夜里为我赶蚊子，教我数星星；他们会在冬天的火炉里为我烤红薯；早上闻着外祖母的香飘飘的荷包蛋起床，晚上在外祖父的精彩的故事中入睡。那里有我亲爱的爸爸妈妈，爸爸还经常上夜班吗？妈妈天天干活很辛苦吧！他们从小对我很严格，对我的生活习惯，对我的学习习惯都这样，但对我的爱却是那么的真切。每一句叮嘱，每一个动作，甚至是对我的批评都让我觉得暖暖的。那里还有我可爱的弟弟，弟弟的个子长高了吗？学习有进步吗？我们姐弟俩，从小就没怎么吵过架。我们既是姐弟，也是朋友，我们一直很珍惜这份感情。更主要的是那里有我美好的童年，那里的每一寸土地都曾有过我的脚印，每一个山谷间都曾有过我的回音，每一条小溪边都曾有过我的身影。在那里我学会了唱国歌，知道了要热爱祖国；在那里我戴上了红领巾，知道了自己是祖国的未来；在那里我知道了雷锋、董存瑞，知道了解放军是伟大的，要向他们学习，为祖国效力；在那里我成了三好学生、优秀少先队员，知道了要靠努力学习来改变自己的命运；在那里开始有了懵懂的理想，年幼的我常常热血沸腾。

后来，我离开了小镇去县城上初中，去市里上高中。在刚离开家到新环境的日子里，不成熟的我常常想念小镇，常常打电话回家撒娇，常常哭着不愿离开家去上学，闹得家人都不得安心，时时担心我。不过，慢慢地，我喜欢上了我的校园，习惯了“学校——家”两点式的生活。很幸运，我和很多老师、同学都成了好朋友。不仅在学习上、生活上我们互相帮助，而且我和他们在一起的时候，心情轻松、愉悦。我们谈论生活，谈论未来，谈论时事，发表自己的见解，等等。在这过程中他们给了我很多意见，我受到了很多启发，在各方面都有了提高，最重要的是明确了自己的奋斗目标。那是我第一次深切体会到有“国”才有“家”，“国强”则“家兴”，“少年强”则“中国强”。我的目标就是当一名教师，教书育人。从那以后，我开始为自己的理想努力。渐渐地，学习压力越来越大，在学校的时间越来越长，想家是必然的，但我学会了权衡轻重，学会了转移重心。但同时我也更加珍惜，更加享受在小镇、在家里的时光，那里是我永远的港湾，在那里我身心放松，养精蓄锐。

经过“寒窗苦读”，我顺利进入了大学。在大学这个梦想的天堂中探索着，前进着。从讨厌老校区的陈旧，到喜欢它的古朴、典雅；从上课找不着教室，到熟悉校园的每一个角落；从喜爱青山绿水，到喜欢黄土沙漠。渐渐地，我习惯了这里的生活，爱上了这里的风光。早起晨读、锻炼，有空泡在图书馆或是去上自习，参加多姿多彩的活动，做自己想做的，做自己喜欢做的。在周末或是假期和同学聚聚，聊聊彼此的近况，倾诉自己的心情，交流彼此的心得体会，每一天说不上精彩，但是充实且快乐。光阴荏苒，我已经是一名大学三年级的学生了。我是第一批免费师范生中的一员，我是沐浴着党的阳光走进大学校园的。在逝去的大学时光里，我有过收获的喜悦，也有过跌倒的痛苦；有过为理想奋斗而激情四溢，也有过因失去方向而意志消沉；有过随波逐流，也有过冷漠孤僻。痛苦过，才能铭记；磨砺过，才会成长；思考过，才能升华。我常常抛下那些所谓的名和利，跟自己的心灵对话，听听我心里的声音。现在每一个青年人都想报效祖国，为建设祖国奉献力量，但是报效祖国的方式很多，贡献也不分大小，只要尽力就好。未必留在大城市就是最好的选择，我清楚，我放不下我的“小镇”，我的家，我永远的港湾，我永恒的“根”。落叶归根，知恩图报，我要回去，我要去“教书育人”，让“小镇”“根粗叶茂”，为祖国的繁荣贡献自己一份微薄的力量。

“铃铃铃……”，我已走入教室，上课的铃声打断了我的思绪。老师在讲台上激情昂扬，我不禁想：也许老师也是尊重内心的选择，在默默地为祖国奉献自己吧。也许周围的很多人都在这样默默地奉献着……

贫困生，站起来吧

延安大学 王 露

我们是大学校园里一道色彩暗淡的风景线，我们是曾经躲在大学校园墙角边偷偷抹眼泪的伤心儿，我们是面对餐厅里那美味佳肴的徘徊者……其实，我们也不想这样，我们也不想因为自己的存在而为色彩斑斓的大学校园留下那挥之不去的阴影，我们更不想在自己的心里留下那道永远也抹不掉的伤疤。然而，面对惨淡的现实，我们确实无可奈何。谁让贫困总是萦绕在我们身上呢？谁让我们是不堪一击的贫困生呢？也许只有用这些方式，我们的心才会豁然开朗起来，我们才不会在贫困面前丧失自我。

社会的关心，学校的倾囊相助，为我们这些贫困生带来了继续求学的希冀。当拿着学校发给的助学金时，我万分感动。可是感动过后，我心里油然而生的是更多的惭愧与自责。虽然贫困确实存在，虽然贫困并不是我们自己、也不是我们的父母造成的，但是我们不能总停留于此而寄希望于他人的同情与援助，我们不能以贫困自居却不知道用自己的头脑与双手去改变这一状况，我们更不能容忍别人在背地里指着我们的脊梁骨骂着类似于“贫困就是资本”那令人寒心的话语。因此，在贫困面前，我们不能躺着，也不能坐着，而应该挣扎着站起来，用自己的能力去抗衡贫困——物质与精神的仇敌。

作为一名当代大学生，我们的力量确实有限，但只要我们竭尽全力用好这有限的力量，它也将绽放出无穷的魅力。在学习上，我们应该比其他同学更加努力，当以优异的成绩拿到奖学金时，我们便可以自豪地说，在战胜贫困上，我向前迈进了一大步；在课余生活中，我们可以踊跃参加各种活动，以此先在精神上战胜贫困；在学有余力的情况下，我们还可以抽出一小部分时间做一些力所能及的兼职工作，这样在锻炼自己的同时，在战胜贫困这个问题上也多了几分胜算的把握。

贫困生们，贫困并不可怕，可怕的是我们在它面前束手无策，我们会被它所击败。试想一下，面对贫困，我们若整天怨天尤人，以泪洗面，从不在自己身上找问题，从不想方设法去战胜它，我们算得上是一个合格的大学生吗？我们称得上是一个有骨气的人吗？

俗话说，我们不能选择出身，但是我们却可以选择自己的人生道路，选择活着的方式。贫困于我们而言，也是如此。没有人会希望自己贫困，但既然现实注定了要让贫困陪我们走一段人生征程，我们何不换一种思维方式，将贫困看作是一份上帝赐予的礼物呢。只要我们在它面前毫不畏惧，勇往直前，它于我们而言难道不是一份难能可贵的人生财富吗？我们又何乐而不为呢？

贫困，一颗苦柚，只要细细咀嚼，百般滋味皆上心头；贫困，一杯浓茶，只要认真品尝，一切芳香扑鼻而来；贫困，一潭死水，只要尽力搅拌，万物生灵无所不有。贫困生们，让我们携起手来，以一种雄赳赳、气昂昂的姿态去面对暂时的逆境吧。我们应坚信：风雨过后终将见彩虹！

青春随想

西安美术学院 赵 文

伴着清爽的风，踏着希望的路，带着青春的追求与不渝的理想我们终于步入了大学的校门。一切的一切都是那么清新与鲜活，充满了青春的激情与不竭的活力。这里的草是生命顽强，这里的人是踌躇满志，这里的希望是希望中的希望。或许曾在花季里百无聊赖，也曾因前面看不清的路而感到迷茫，但是现在的我们犹如凤凰涅槃，获得新生。

成长是怀念和憧憬的天称，那些夹杂着悲欢，为了曾经的理想而努力奋斗的青涩回忆如今已被明天的又一个理想替代而装入布满岁月尘土的箱子里。校园的小路上充满阳光，积蓄温暖，积满力量。我们在如诗的青春年华里放飞美丽的梦想，用最美的嗓音唱起青春之歌。但是走过多情灿烂的白昼，就注定要走过黑夜，罗兰告诉我们："智慧友爱，这是照亮我们黑的唯一光亮。"在大学的校园里我们不仅收获了智慧，还收获了师生间的友爱，更加懂得了去接受生活的不如意甚至人生的苦难，并且学会了去总结它带给我们的经验教训，最后在去享受这一路上的人生百态。或许只有这样才算是完整的青春，才会更好地去感受生活，也让我们更加成熟起来，所以青春才是最美丽的。大千世界，芸芸众生，各以自己的方式拓荒，各有感慨万千，闲愁无数。每一次新感觉，每一次新经历，无论欢乐也好，悲伤也罢，都会在内心泛起层层波澜，促使我们用真实的笔调记下这些青春的印记并且更加热爱生活。

虽然我们有年轻作为资本，但是谁知道生命有多少春天，它给予每个人的时间都极其有限，匆匆而来又匆匆而去。或许有人会把一切寄托在时间上，"明日复明日"在脑海里生根、发芽、滋长。可是春夏秋冬，周而复始，有多少个明天在等待我们，又有多少个昨天值得回味。趁我们还有资本，趁我们还年轻，舞动青春的旗帜，驱散心中的迷雾，播下希望的种子，用汗水去努力浇灌。想着毛毛虫在变成蝴蝶前的默默酝酿，昙花一现前的悄无声息，不都是为了在展翅飞翔或夺目绽放时的辉煌灿烂吗？正是因为它们各自都有自己的奋斗目标，才会生生不息，执著奋斗。所以生命的出口要自己找寻。蓦然回首时，才会发现走过的不是一串串浅浅的脚印，而是自己趟过的条条泥泞，深深凝聚着艰辛的成功，往日的遗憾才会被自豪所替代。因为青春无价，又因为青春易逝，所以不能轻易妥协。有梦就要追！

生命是一曲壮美的歌，青春是其中华美的乐章。微笑着对待生活的每一天，对待你身边的每个人，你的青春必定灿烂。因为微笑像是一朵永不凋谢的花，无论何时何地都会绽放。永远微笑的面孔是年轻的，永远微笑的人是快乐的。我们要用这种快乐感染身边的每个人。更有人说人生的乐趣莫过于微笑着面对一切，它缘自佛祖拈花微笑的智慧，于是佛教便有了无语的禅宗。从此，微笑便成了一种态度，一种领悟，一种修行，只要你可以自信而不自负，悲伤而不颓废，古老而不僵化，青春而不轻狂。

稠密的人群中，青春的身影最显。因为那杨柳飘飘的摇曳，是希望长成栋梁；那流水叮咚的作响，是希望大海容纳；那春风绵绵的吹拂，是希望温暖人间。而我们的希望也已经不再是幻想，现实已不再空荡，雪地上的脚印就是我们走向春天的路。我们的共和国已经迈着坚定的步伐跨入了新的时代，而年青的我们就是它史诗的续写者、画卷的描绘者。拜伦曾说“保持一生健壮的真正方法是延长青春的心”。祖国富饶强盛的中坚力量正是我们青年一代。大学则是我们充实完善、吸取力量的能量场。我们要用旋转的舞步和未来争议，永远带着快乐欢迎雷霆与阳光。因为人只要不失去方向就不会失去自己。或许前方道路坎坷，但我们一定要坚信有理想在的地方，地狱就是天堂；有希望在的地方，痛苦也成欢乐。和普希金一起大声地呐喊：“我要把心灵里美丽的激情献给祖国！”

倾听脚步声

西北政法大学 宋玉文

有时候，人确实应该停下来，听一下自己的脚步声，听一下鸟声啁啾，看一下菁菁草木。只是我们的生活太忙碌了，竟然忘记了生活本身；原本为了追求美好的生活，却往往忽略了生活中最美好的东西。

不要因为走得太远而忘记了当初为什么出发，如果真的忘记了，不妨停下来。因为只有知道停止的人才知道如何加快速度；只有矢志不渝、始终坚守信念的人，才能到达最光辉的顶点。只是太多的人总沉迷于沿途的夹岸桃花，沉迷于沿途的花好月圆，沉迷于无意义的纸醉金迷。玩物必丧志，我们总是在无意识中蹉跎了青春，虚度了年华。

蓦然回首，竟发现我们在一块石头上跌倒了一次又一次。不是我们没有能力，而是我们一次次无所谓的放纵，一次次在不在乎的心态里执迷不悟。于是，我们情愿不到黄河不落泪，不撞南墙不回头。当我们真正失去时，又后悔不已，黯然神伤，可是一切都晚了。

因此，停下来倾听一下自己的脚步声。

记得初中的时候，读过一篇文章《脚步声》，依然可以感觉到作者行走于寂静山林时树叶沙沙的清脆声，是“明月松间照，清泉石上流”的恬淡，是一种远离世俗与喧嚣的心安理得。仿佛一阵清风拂过脸颊，阵阵清爽，无限惬意；又令人想起陶潜“悠然见南山”的从容淡薄。这才是生活，这才是生活的心态。必要的时候让自己知道要去哪里，自己都不知道去哪里，如何能到达远方？

倾听脚步声，就是了解自己内心的声音：我从哪里来？我要到哪里去？如果真的忘记了自己何去何从，我们的旅途便没有意义了。因为人生的旅途从来都不是一条笔直的道路，而是在一片茫茫荒原，你的人生坐标只能你自己确定。彷徨，因为你要以一颗年轻的心，去征服那片荒原，留下一段人生的轨迹；挣扎，无数次你心灰意冷，在朝阳初起的早晨，你擦干泪水，收拾行囊，一步一个脚印继续走向远方。一个人不能知道自己内心的真实想法，要么他的浮躁之气遮住了他的眼睛，于是他只能游戏人生；要么他是一个懦夫，生活在别人的世界里，自欺欺人，最终一事无成。

“人能走多远？这事不是要问双脚，而是要问志向。”其实，内心最重要的想法就是你一直坚持的理想，人生可能会失去很多东西，但志向不能丢。唯有志向，才会有坚持下去的勇气；唯有志向，才能意气风发；唯有志向，才不至于平庸。

那天，晴空万里。从食堂走出来的一瞬间，阳光洒满一身，遮住了我的眼睛。闭上眼睛，静默中一阵惬意袭上心头，我听到了久违的脚步声，脚下徒然踏实起来，掷地有声。我低头看了看日光下的身影：我还是我。心跳的声音，不，那是青春的旋律，其实那旋律一直在演奏，只是有时会被遗忘。

不为苍天，不为黎民，只为一颗心，仿佛担心脚步声会戛然而止，生活的旋律霎时重新紧张。我尽量放慢速度，悄无声息，只为那脚步声，只为体验一种真实的心境。

眼界突然开阔了，花园里早已姹紫嫣红，只是从前我遗失了那样一份欣赏的心情。花儿很美，只是我们的心不够美，开不出一朵美丽的花。突然听到了鸟的声音，记忆中熟悉的声音，亲切得仿佛看到了故乡的云。鸟儿依然，只是我们淡漠了，忘记了那些曾经伴我们成长的东西。

走到校园的那片林荫大道，一片阴凉让我若有所触，仿佛隐隐触动了记忆深处的某些片断，那沙沙的树叶声，那篇《脚步声》——曾经熟悉而今逐渐陌生的感觉。

一直以来，都喜欢行走在寂静的山林，行走在那片深爱的土地。

因为寂静，所以我不曾忘记脚步声，不曾忘记内心真实的声音。还记得寒假时重新漫步在故土，遥望远方，几天之前还远在他乡，如今却又在他乡千里之外。遥望远方的地平线，总有一种冲动，拥抱地平线处的天空，拥抱天边冉冉升起的朝霞，穿越那地平线。从小的记忆竟然不曾褪色，在岁月红尘之中，越发清晰。

还记得小时候，每次照相总是在一片田野，或是站在一片玉米地里，或是在一片麦田上，做麦田的守望者。这是从来没有离开过的那片田野，一直留恋的那片田野。有时为自己庆幸，能够留下那么多的脚步，那片田野，那些脚步声，那远方的地平线。田野，注定在我的生命中留下或深或浅的烙印，我注定要在那片田野留下或轻或重的脚步声。

虽然身在他乡，流淌在血液里的东西没有改变，只是没有那样一片寂静的山林。

一个下雨的日子，一个人一把伞，在雨中漫步校园。偌大的校园，满眼的绿色，寂静地行走……记忆之窗一下子打开了，不再是隐隐的回忆，而是身临其境，摄魂动魄，脚步声渐渐清晰起来，内心竟然晴朗起来。蓝蓝的天，飘着几朵温柔的白云，一种想拥抱蓝天的感觉。

这才是我，我应该是这样的。

一个还能够倾听自己脚步声的人，一定还坚守着内心的坚守，一定不曾忘记那地平线的渴望；一个能够倾听自己自己脚步声的人，才能走得坚定，最终走得更远。

现实不免喧嚣，不免忙碌，只是我们也需要给自己点时间，拾掇一下心灵仓库，让其坦荡开阔。有时候，最原始的行走，最原始的脚步声，往往最接近真实，因为我们脚踏实地，一步一步在大地上留下清晰的脚印。脚步声不是不食人间烟火，而是一种理性，一种睿智，一种从容。

行走于寂静，寂静地行走，听一下久违的脚步声，收获久违的真实与感动。

清正散淡的学子园

西安工程大学　郭琦瑞

一切都在静谧中孕育。突然间……

“越单纯，越幸福，心想……”这是歌曲，也是闹铃，神情恍悟间有人从床上坐了起来，下床、穿衣、洗漱、拿书、背包等一系列动作一气呵成，然后迎晨风而去。

清早的风如此凉爽，吹得人睡意全无，楼层间传来嘈杂声，“唰，唰……”的竹地摩擦声也在扫地大妈的手下轻松响起。“小伙子，都大学了，还起这么早!”“读英语去，人家都早。”“大妈，您早上好!”矫健的身影擦肩而去，留下的只是那清健与爽朗。“哎，哎，好……”

多少年黎明学路，只为今朝。凉风阵阵，没有了清晨的催促，却仍存留着当初的信念，永恒的精神和早晨的气息一样清爽。

朗朗的读书声不时传来，都是些复杂的音符。哎，这边怎么是另一种完全不合拍的声音，“12……14”很吃力地增加着这种简单的阿拉伯数字，有人手抓单杠一上一下，矫健的身躯彰显着青春的活力。“铃铃铃……”，一阵令人振奋的声音传来结束了这清健的文字音符和咬牙切齿的身体呐喊。

空间的魔法玩弄着世界，天空以最辽远的蓝色贮满云朵；人声鼎沸的世界瞬间变成了杳无声响的荒原，只传来阵阵高亢嘹亮的一人声音。向那儿窥视，一人站三尺讲台，台下尽是虎目圆睁，任何人都能听到来自于心灵深处的话语：“向着知识的天堂迈进吧，我伟大的事业!”时间继续在前行，但这时超光速似乎在许多人的精神上发生，只为那一寸光阴。

铃声一阵，花花彩彩的人流涌出教室，看似杂乱无章，实则秩序井然，瞬间寂静的世界又被燃得沸沸腾腾。不久，音源之火又被拉进了“钢铁夹层里”——属于他们自己的地方，在那里才能尽情宣泄青春。

房间里有几人坐在那儿，口中尽是风生水起，时不时还响起一阵穿透力极强的朗笑。这边又有人围成一团，博弈之场杀得如火如荼。“吃饭去。”一声响起，便是一群人相随而去，欢欢笑笑，青春的风姿全都有了。

规章制度宣告了时间的空余，闲暇之际，也不可无所事事。集言语之精华，从国家大事说到家乡奇闻再到身边琐事、儿女私情，滔滔不绝的话语告诉每一个人青年的健谈特征。

“呀!”一句慌恐的话语打破了此时的欢娱氛围。“饭卡丢了。”刚才也许还有的丝丝笑语立刻消失得无影无踪，沉思的面容顷刻代替了嬉笑的脸色，而且还有人已经拿起纸笔，起草寻物启事;“你想……”“你在……”出招划策的越来越多，似有不寻得此物誓不休之势。失物能否找到暂未可知，但此时我们都看到了那精神——我们是兄弟。

神鬼莫测的苍天时不时就雨泪湿万物。朦胧的梅雨天气将校园装扮成了诗情画意的天堂，美不可言。爱美之心人皆有之，美景之美也为美之范畴。咱大学生青春年少，有感而发，也整两句:“青天一梦气蒸腾，冷风寒云珠泪清。群山踏水昔事去，意是朦胧却有情。”心中美得咯咯响。“去，去，去!别瞎叫!破坏美感知道不?”“对对对，这应该是‘水光潋滟晴方好，山色空梦雨亦奇’。”“你也别自恋了，就会整一句别人的!”“有本事，你来两句。”学子们发出一阵哄笑，一人一句，心中之乐更胜外物之奇。

夜晚，林静气清，群星璀璨;晚风轻柔而凉爽，爱抚着校园中的一对男女。双手紧握，说不尽的甜言蜜语;花前月下，走不完的曲径小路。只羡鸳鸯不羡仙的情感世界过得充实自在。冷月之下，只留下一对背靠背的身影。

朝阳吹起了一天的冲锋号，日落却未能奏响一天的片尾曲，时间缓缓推进，直至午夜使者吞噬所有。声音，一切都消失了，如此寂静。

可谁又能看得尽“如此”，真是道不尽的清正精神，唱不完的青春篇章。看吾等校园，风景如画;观尔等精髓，明日骄阳。

神秘的陕西

西安工程大学　郝书燕

在高山的怀抱之中，有一片古老而神奇的平原。这里土地肥沃，物产丰富，风调雨顺，旱涝保收。这就是神秘的文明古城陕西。

在古人眼里，陕西就是一个奇迹：七笔勾万里遨游，百日山河无尽头，山秃穷而陡，水恶虎狼吼，四月柳絮稠，山花无锦绣，狂风骤起哪辨昏与昼，因此上把万紫千红一笔勾。

也许，陕西就是用意志的血滴和拼搏的汗水酿成的琼浆——历久弥香，是用不凋的希望和不灭的向往编织的彩虹——绚丽辉煌，更是用永恒的执著和顽强的韧劲筑起的一道铜墙铁壁——固若金汤。你看，早在5000年前，炎帝和黄帝就在这里开创了中华民族最伟大的历史；武王伐纣在这里建立了周朝；始皇扫六合，在这里建立了秦朝；楚汉争霸，在这里建立了汉朝；大唐盛世，在这里把中华文明推向了世界的最高峰。这里的每一寸土地都汇聚着厚厚的历史积淀和许许多多的神奇与神秘。

你看，陕西的小吃是神奇的。用陕西人的话说就是“锅盔像锅，面条像裤带，油泼辣子一道菜”。

说起这吃，陕西一定得算上一个。说说最有特色的，算是锅盔了。做出的锅盔又大又厚，好远就能闻见扑鼻而来的一种说不上来的香，只有吃在嘴里，才能感觉到。吃起来酥酥的，在嘴里慢慢地嚼，从锅盔中渗出的油，流得满嘴都是，真是看着香，吃起来更香。还有一个神奇的东西，那就是俗称的“裤带面”，听这名字就能感受到这面不一般，就一定要去尝尝。别的地方吃面用碗，吃这面用盆，俗称“老碗”。盆中的面根根宽似腰带，根根富有弹性，一盆中面不多，就5根左右，但每根足足能绕盆子一圈多呢。说得夸张点，吃盆这，你一天不饿。这面真是经济实惠呀！

还有陕西的人也是神秘的。陕西人爱唱秦腔，尤其是老汉，在一起经常切磋，比比谁吼得好吼得妙。秦腔是吼出来的，这样才有陕西人的豪放气概。看那一个个秦腔演员，扯着嗓子，张着大嘴，光看这气势，都会令人叫绝。陕西的秦腔也开始慢慢向外发展，现在已经走出国门，走向世界了。还别说，老外就爱看这个，不时竖起大拇指。这是陕西人的骄傲，同时，也是中国人的骄傲。

另外，陕西人的神秘还在于高人都把名声埋。陕西由于具有极其深厚的历史文化积淀，埋藏着丰富的文物古迹的同时，也埋藏着众多的奇才高人。比如在华县就有一位姓吴的书法家，在他生活的几十里内没有人知道他，周围的人也只知道他能写字。小时候正赶上文化大革命，他一手提石灰桶，一手握刷子，沿墙写标语，谁也不知道他的写字水平有多高。直到文化大革命结束后，某市书画收藏馆几名大书法家偶见吴老一条“大搞农田水利基本建设”字幅，一下子为那老道无比、具有极高造指的书法艺术所折服。几名高手专程来陕，前往吴老家，渴望能得到一幅避开政治倾向的书法墨迹，以作馆内永久收藏，可惜吴老不肯动笔。后来又有人拿着吴老的墨迹展于书市，没想到竟成了极品，就是许多一流书法家也都自叹弗如。可惜吴老却永远也不知道自己的水平有多高了，就像瞎子阿炳永远不知道他的《二泉映月》会成为千古绝唱一样。像这样的高手，在陕西简直是数不胜数。你到乡下去生活，随时都有可能遇到有极高水平的书画家、医师、工匠、文史学家、秦腔唱家，等等。他们的水平常常出乎人们的意料之外。用人杰地灵、奇才辈出来形容陕西，再恰当不过了。

总之，不管是神奇的事还是神秘的人，都是陕西的一大特色，更是中国文化的瑰宝。

红叶绚秋风，细雨润芳草，枝头金灿灿，万户阖家欢。陕西，你广袤的土地，你蜿蜒的山脉，你奔腾的溪流，你自强不息的百姓，正一路高歌走向富饶的未来，走向一个崭新的世界！

石榴·诗人

西安工程大学 吴倩倩

仰望无星无月的苍穹，我许下一个没有流星见证的愿望：成为一个浪漫抒情的石榴诗人，时而浅吟低唱地生活，一边自我，一边他我；时而放声高歌地抒情，一边向下，一边向上。

走过静谧的校园操场，穿越薄薄的晨雾，匍匐在篱笆似的屏障网旁，等待着日出划破安静的天际，挥洒下一泻暖意洋洋的光瀑。微微的秋风携来丝丝甘甜的果香，沁芳我这颗跳动不止的心灵，希冀着诗化我诗人的想象，成为漫长回忆的可触可感的温存依附。

天蓝草青，风轻云淡。我站在石榴之林的边缘，意想中渲染出一幅韵味无穷的图画，静美姣好地悬挂在那里。一切的一切，源自诗人无边的想象。放眼四看，漫山遍野的石榴树，挂满数不清的石榴，仿佛悬挂着一个个大红灯笼，在庆祝节日的欢愉。他们就如同一颗颗火红的心悬挂在山的那边。诗人的假想身份，让我插上了想象的翅膀。我似乎看到了祖国的过去与未来，她发展成长的履履足迹，隐约中将祖国比喻成了一颗颗红灿灿的石榴，心底不由得涌出一股暖流。蓬勃向上，随风飞扬。

2009 年，我们亲爱的祖国迎来了她 60 岁的华诞。光阴似箭，中国经过 60 年的建设发展，坚定地屹立于世界民族之林，成为一颗璀璨的明珠闪耀在东方。卧着的那条长龙已然成为一条腾飞的巨龙。石榴，有着火红的外表，更有着红红的内核。它容纳着饱满的颗粒，一颗颗石榴籽安然有序地融合为一个圆球状的集体。这种饱满的和谐，不就是中国正努力建设的和谐社会的象征吗？

和谐，就是和而不同，肯定多样性的同时有划于统一的范畴。中国，这个伟大的民族，有着党中央的坚强领导，有科学发展的战略观念，有勤劳勇敢的人民群众的坚定支持，各个民族各个群体，形成一股强大的合力，共同谋发展，搞建设，努力构建社会主义和谐社会，齐心协力，众志成城。他们就像石榴的子女，一颗颗大小不一。各有千秋的石榴子，绽放着火红的热情，昭显那份和谐之美。

我们伟大的祖国已变得国富力强，各项事业蒸蒸日上，经济发展突飞猛进，教育事业日新月异……这一个个分枝就像石榴籽一样，把各自内在的力量融为一体，使中国这个巨大的石榴炫目不已。

2008年的雪灾，汶川大地震带给中国人民巨大的伤痛。但是，中国人民坚强不屈，就像一颗颗石榴籽，聚集起全部的力量，紧紧地团结在一起，众志成城地挺过了那段飘摇的艰难日子。石榴般和谐的力量，让国人更加挺起民族的脊梁，迈着坚定的步伐前进。2009年，甲流H1N1、不安定等不和谐因素固然存在，但我坚信，只要我们依然保持石榴的精神，和谐社会就会长在，绽放火红的一片天。

“一方水土养一方人”，临潼是石榴的盛产地。这里的人们，质朴淳厚地生活着。他们就像石榴一样，用辛勤的汗水换来红彤彤的笑脸，如石榴般美丽动人。他们保护着历史遗留下的文化遗产，日复一日地守护这里。浓厚的历史文化积淀，使这里散发出迷人的气息。陶渊明笔下的世外桃源令人不断地畅想回味，这个地方又何尝不是呢？巍巍的骊山下，坐落着两所学校，莘莘学子感受着新时代祖国的腾飞，感受着新生活带给人们的幸福和希望，无不拥有充沛的激情，辛勤地耕耘知识的乐园，奋发向上地期待着光辉的未来。中国各族人民就像石榴的儿女们，他们正努力建设一个民主法治、诚信友爱、公平正义、安定有序、人与自然和谐相处的社会。心中蓄着饱满的热情，绽放着火红的笑脸。

站在石榴满山的背景之下，似乎看到祖国的现在和未来焕发起的火红热量，袅袅升起。亿万华夏儿女，永不停止前进的步伐，争分夺秒地创造生活的奇迹，你追我赶地竞争人生的航线。生命之行程，越走越远，越远越美，仿佛遥远的那边，水天连接，祖国的支脉架起缤纷的彩虹，横亘到一个无法企及的高度。那种由内而外的光辉，就是和谐。

我，一个平凡的人，诗化着心灵的走向，用诗化的文字符号，诗化了石榴园，诗化了祖国，表达自己对祖国的成长，以及祖国的生日发自内心的喜悦和祝福。

我爱石榴，我爱我的祖国。我愿向满山的石榴，许下一个石榴见证的愿望：愿祖国永远昌盛，一路长虹！

邮院颂

陕西邮电职业技术学院　史小强

时维九月，序属三秋。万物生辉，此乃邮院。华清之侧，骊山为伴。崛起于秦地之中心，雄踞于渭滨之河畔！昔者辉煌，传之时日。育才之重任，孕报国之栋梁，人杰地灵，亦出天下之雄才！昔担众之厚望，历久弥坚；今带邮电产业，独领风骚。

遥观悠悠之邮院，譬如众目之五色。建国九载，工业领袖，群伦省郡。景致一一，欣欣向荣。历经半百，慕邮院之美名，变更三迁，始创辉煌。值五十载，省郡重之；党校乃立，后愈重之；通信邮政，数重评之。二零零四，立院建校，其势欣欣然。谓省郡行业之首，撑一方巨擘，唯我邮院！与国同庆，共踏历史厚土；抚昔望远，尽显岁月峥嵘！

峨峨高山，泱泱流水，其景秀哉。此时邮院，据数顷之地，立千古之都。诗云：渭水流，泾水流，流到九州古渡头。泾渭分明，此状此景，邮院近也。省郡重之，亦有其理：其层次之繁多，工文与艺术并举；其文产之壮大，设备之齐全，亦其所倚也！邮院之地，以其人文之气，多育英杰之才，或为业界之精英，或为同门之支柱，此诚壮哉！

朗朗邮院，今非昔比，继往开来，前程似锦。万千学子，同心共建辉煌路；师生一心，邮院风采尽妖娆。邮政电信，科技前沿，奇葩朵朵绚丽绽放，师生托起邮电名校。借改革之东风，承西咸之一体，名校屡屡创佳绩，新新形象势如虹！三系一部，老干以催新枝，弘扬名校文化；评估过后，如虎又添两翼，再创时代佳绩。魅力邮院，世纪华章。邮院热土，青春四射。占天时，拥地利，聚人和！

今有铜川学子，借秀地之灵气，学于邮院，顺世纪之大势。3G普及，此诚大势，乃文化之交融，栋梁之孕育！

邮院历史，五十又一，而吾终要离于此地，斯人闻之，颇感伤怀。然则五十校庆，本应欢喜，便随与同乐。

榆溪河畔，流年往事换嫁衣

西安工程大学　李文博

不知名的季节里默然多了份思念，走进绿色小径，想悄悄捕捉那个最机灵的念头。绿色萦绕，才发现原来那是流水的声音，是故乡最熟悉的旋律。

想象骑着单车压过桥面的那一刻，桥下是流水，桥上是风景。随着一头乌黑秀发的飘逸，思维带回到了古老的洪荒。

滴水成河，这要多少年啊？这早已跨越了人的一生，于是混沌初来的景象就成了我们最具想象力的神话。

是一片土地，也许是一片石林。多少年后的今天，这里有一条静卧的河流，端雅而安详。想那时稚气未脱的小河流也曾饱尝探索的迷茫与艰辛。

有时候，在一个不经意的黄昏，我也会感叹时间的飞逝。自从儿时有了记忆，家乡最清脆的音色与最靓丽的画面就深藏在心底，那里空气应该很清新，能使记忆不老于江湖。

童年时代的回忆仿若放映录像，那时的我们，那时的玩伴，没有烦恼，不用担心安危。除了笑脸我们一无所有，偌大的田野，就是我们的乐园，是个充满童趣的地方。

那时家里并不富裕，没有城里人那么阔绰，不过我们欢笑未断，我们在笑声里快乐成长。

还记得，那个夏天，那个池塘。池塘里长满了芦苇，我们下池塘把芦苇扫荡一空，尽管在里面嬉戏玩闹，没有打扰，没有管束，有的只是我们自己的时光，无拘无束的日子。逢年干旱，池塘浅了大半，里面为数不多的鱼被我们追得无处躲藏，只得乖乖就范。

烟花三月，柳絮飘飞，使本来就模糊的天空多了些炫耀的舞姿。随手抓了一朵柳絮，毛茸茸的，于是我们就认定那些毛东西就是棉花。是棉花，就得忙碌。于是用了整整一个下午，夜幕降临时我们每个人都分得一小团“棉花”，高兴地捧回家向大人们炫耀，大人们惊得一时语塞，匆忙拿在煤油灯下仔细观看。

记忆里的冬天是特别的冷，漫天飘着雪花还刮着冷烈的寒风，想一下都要打一个冷战。冬天每年都来，棉花却不是每年都有。大人们只得把小孩裹得如企鹅般，这也不过就是在旧棉花与寒衣之间多下了点工夫。

稍微长大一点，才领会“塞北”的含义。塞北，边塞之北，古代边防重地，气候不是很好，在其周边发展起来的城镇就叫做“塞外之城”。

每每寒流飘来之际，黄沙也随风起舞，充分彰显了塞北之风的霸道与张狂。一方水土养育一方人，即使在如此黄沙漫卷的天气里也没有停止滚动上学的车轮，颠簸弯曲的路上展现了一幅最壮观的画面。

榆溪河畔的故事在一点点积累，里面有最美好的味道与最不舍的情结。

当收拾行囊远离故土时，才发现这里有太多的留恋。偶尔回一两次家，也充斥着匆匆忙忙。童时的玩伴都不见踪影，童时的印象却保存得完好如初。

某日兴趣盎然，去寻找童时的留恋，结果大失所望，现代化的模样已掩盖了过去的痕迹。

原来的小池塘现在已经干枯了，只在旁边发现了一座大型的抽水机站。有几株倔强的芦苇借着池底一片湿润地维系着生命，只是再也不会有顽童把它们横折欺负。现在小孩手里拿的都是玩具，一些我叫不出名字的玩具。

榆溪河水荡漾流淌，稻香麦场，谷物丰长。今时的轻巧灵活取代了往时的笨重呆板。有伟人撑天，粮民受益。

边陲之城沿河而建，如同河流形成时的境遇，这城风风雨雨走过了自己的历史，也走出了自己的辉煌。英将帅才，千古传唱。走出去的没有忘记这座城市，榆溪河水荡气回肠，绵延不绝。

亲自走进一座城市才能体味它的涵养。楼宇林立，檀木芳香。小曲之音，翠鸣鹊跃。城中蕴藏的文化扑面而来，新时代的魅音伴随着古老的钟声不绝于耳。

云端的城市

西北政法大学　长夜未央

从来认为自己是个随遇而安的人，于是在很长一段时间里，对这个城市的印象仅仅停留在火车停靠时，那惊鸿一瞥。

——题记

清晨醒来时的静谧，掺杂着她们均匀而细腻的呼吸声。推开那扇咯吱作响的门，早春的气息迎面而来。稍稍还有些刺骨的清凉，却可以嗅到阳光洒落时温暖如初的香气。习惯于在空气中还弥漫着潮湿气息的清晨早早出门，低着头沿着暗红色的甬道慢慢行走。习惯于黑米粥、鸡蛋、胡萝卜丝的搭配，营养刚刚好。正如，习惯了在这个有着灰暗的城墙、灰暗的天空的城市穿梭，用心经营着自己的生活。

在去往一个地方之前，人们总是会有很多美丽的幻想。诸如江南小镇的细雨蒙蒙，撑着竹竿伞的白衣女子浅笑吟吟；诸如丽江古城的恬适静好，将白发挽成一个髻的阿妈伏在窗前，静静地看着远处黑狗与白鹅嬉戏；诸如这个城市，传说当中肃穆而安详地伫立在秦皇汉武唐宗掀起的滚滚风沙之中。从来认为自己并不是一个挑剔的人，随遇而安的，不只是一份心境。于是在很长一段时间里，对这个城市的印象仅仅只停留在火车停靠时，那惊鸿一瞥。透过出租车布满灰尘的玻璃，灰色的城墙，灰色的天空，甚至于人们脸上灰色的表情。没来由的，开始怀念满满的日光倾城扑面而来时的那份按捺不住的喜悦。之后的心情，却很快被初入大学时的新鲜和好奇覆盖。只是偶尔会表情抑郁地抬头看着灰蒙蒙的天空，不语。

古典诗词害死人。合上厚厚的诗词集，总是会不自觉地把一些地方想象成美不胜收的天上人间。在提到一些地方的时候，脑海中便会条件反射地闪现出一些诗词。诸如“烟花三月下扬州”，诸如“一川碎石大如斗”或者是“日出江花红胜火，春来江水绿如蓝”。于是乎，你便对某一个地方充满了近乎神圣的向往。梦里想的，闲时念的，都是它的名字。等到你怀着激动不已的心情终于踏上那片土地的时候，眼前的景象却让你感到迷惑。为什么香积寺的佛门被修得富丽堂皇，还有一台21寸电视在不厌其烦地放着《半生缘》？水墨周庄的青石路两旁为何响着不绝于耳的小贩吆喝叫卖声？大明湖畔有的不只是《漱玉词》，更有碰碰车旋转木马海盗船之流……我开始相信，最美的景色，只可能存在于梦境里。

对于这个城市，我总以为连尘土都应该是有着历史味道的。岁月的重重累积或许会给这座城市带来一些仙风鹤骨，但更多的却是无穷无尽的黄土弥漫。是不是这也是一种无奈，正如自己明明爱的是江南雨巷轻灵飘逸，却来到了这个在历史的重压下步履维艰的城市。对于这个城市，总以为她的骨子里是矛盾和自责的。仿古建筑恢宏大气，近看却是赫然醒目的 KFC。是否真的像安妮说的那样："古老的文明是一把双刃剑。它太美，无法抛却。然后它又太重，背在肩上举步艰难。"对于这座城市，我总是会有太多的想入非非。

看到安妮笔下的西安，唯美的女子，总习惯于用温柔的心境来对待那些陈旧的记忆，比如爷爷用过的被磨得光亮的烟斗。唯美的善良，但却出奇地深刻。大概会明白她千山万水赶来后的那份掺杂着疲惫的欣慰吧。古老的城市，总是会给人带来安全感和归属感。在钟楼的檐角边，总是有一群夜鸟在盘旋，一圈又一圈，这是使它们感觉安全的地方。又或者，在触摸到历史划过的深深痕迹时，心里会不自觉微微疼痛。敏感而多思的心灵无法承受那些厚重的枷锁，捂住胸口，弯下腰来。

喜欢这座城市的公交车，当然，不可能是因为它龌龊的车厢卫生或者是售票员难懂的陕西话。只是习惯于在 600 路的上层朝窗外看去，观察着这个城市的边边角角，旮旮旯旯。每一个站牌下都会有着形形色色拥挤的人群，奔忙在他们各自的轨迹上。有咬着菜夹馍匆匆赶路的上班一族，有女孩挽着妈妈的胳膊窃窃私语悠闲踱步的母女，或者是神情茫然地盯着站牌、一脸手足无措的路人甲乙丙，都会被我细细地记录在这个城市的羊皮纸上。倚在不算牢固的玻璃上，看窗外飘过的关于这个城市的倒影。书院门的曲径幽深永远会吸引我的目光的停留，金花广场上的"星巴克"里有着似乎永远有空闲的小资们，晨钟暮鼓的伫立恍若这个城市不变的守候，还有东大街上一直熙熙攘攘走也走不完的人群……旁观者必自清，我以一个旁观者的身份，细数着这个城市的光影流年，看她身着流光溢彩的霓裳，在黄昏的斜阳暮色中翩然起舞。

并不是一个习惯长途跋涉的人，更多的时候，偏向于暖暖的台灯和喜欢的书。习惯于在书中找到自己向往的自由自在，而不是用自己并不强壮的身体证明。在这个城市，很多时候我会不自觉地有一种在云端的感觉。这样子想，西安算得上是一个安逸的城市吧。我看到，在那些古色古香的泡馍店里，会有客人花上一上午的时间去细细地掰馍；还有那各式各样的面食，奇怪于怎么会有那么多时间可以花费在上面，让习惯于米饭炒菜的我汗颜不已。没有匆匆的步履，让处在某个人群里的我感到安全而心安。静默的城墙，灰暗的色调，自由而不张扬地生活着。

对于那些纯粹因为记录着过往岁月的碎片而存在着的事物，我是没有太多兴趣的。而这个城市，最不缺并且引以为豪的，正是这些事物。或许是因为没有历史的价值衡量意识，实在是觉得，今天我用的普通水杯在若干年后被供奉在一个密封容器里让人们惜若珍宝是一件很搞笑的事情。又或者，若干年前的某个人生活的喜怒哀乐、酸甜苦辣，早已经风化在他的青冢旁，又何苦去苦苦探求呢？

居长安，大不易。将生活的圈子缩小，其实每天也只不过是在法桐林立和三叶草遍生的校园里游荡，在喧闹的教室里努力接受讲台上那个人的传道授业。有人说："心有多大，舞台就有多大。"我只要求，一个可以如在云端翱翔的世界，让所有自由快乐的日子里，都有幸福美丽的花朵绽放。

这年夏天，与梦有关

西安医学院　马　靓

也许曲终人散之后，离开的离开，忘记的忘记，然而感谢上天，旋律最好的时候，我们在一起。

——刘莉娜《曲终人散》

高考结束了，独自漫步在街道上，天空清澈透明，微风轻拂着我的发丝，就要开始大学新的生活了，却离不开脚下这片土地。其实，并不是离不开，而是舍不得离开。

陕西，有太多值得我留恋的。喜欢这里的人淳朴善良，真心对待身边的每一个人；喜欢这里的人耿直豪爽，一生风风火火；喜欢这里的人胸襟宽广，不斤斤计较……于是，留在这里。怀揣梦想，我，已在路上。

他们，她们，一直在默默支持我，关心我，让我在迷茫时看清方向，让我在失落时充满勇气和力量。所以，即使有风霜，也会勇敢地向梦想迈进。每当听他们向我说着方言，感觉好温暖，好亲切。留在这里，还能听到方言，就好像他们还在身边，陪伴我，完成我的梦想。于是，背起重重的行囊、重重的梦想，步入了梦中的大学校园。

走进大学，才渐渐发现，并不是我想象中的那样。以前，一直听说大学是一个完全靠自己的地方，是竞争很激烈的地方，不免让我觉得冰冷。但事实上，我觉得这里更像一个温暖的大家庭。因为在这里，我们都是独自一人离开家，所以，我们需要彼此间的理解与帮助。

宿舍是一个集体。在我们宿舍，每一个女孩都很善良，很温和。我们把宿舍称为“家”，这让人听起来觉得很温暖，即使是孤身在外，也不觉得凄凉。我们一起上课，一起吃饭，一起逛街……我们觉得我们并不是孤零零的一个人，我们还有爱，还有期盼，还有希望……我们都有自己的梦想，我们说，要一起奋斗，一起加油，一起实现梦想。我们都有该去的未来，不该停留在原地徘徊。所以，我们在彼此的青春留下一张目光坚定的明媚笑脸，手牵着手，并肩走向梦绽放的远方。

6个女生，说好了要坚强。我们共同用心底那份温暖，在宿舍营造家一样的氛围。我们的相逢，是一场没有预约的约会。为了理想，每个人都会变得勇敢。而我们，从四面八方而来，奔赴这场为了理想而勇敢的约会。我们明白，也许生命并不顽强，却因为有了期许与关爱，便拥有了无限的勇气与力量。我们相信，每一个人都是一条独特的河流，如果我们够用心，总有一天，海洋会拥抱我们；我们相信，再平凡的人，只要站在适合自己的人生坐标上，也会发光发亮。

我们有舍歌，有舍铭，有我们的信念。我们一起唱《彩虹背后》——我们的舍歌："有道彩虹一直画在我的梦中，陪伴我淋过雨水吹过风，当暖暖的阳光洒满晴朗的天空，我就会绽放笑容。总在心中有莫名的感动，有一天我会飞到最高的天空，小小的梦想在茫茫人海之中，每一天辛勤地播种。我相信在未来某一天，我会收获所有的光荣，就算我像颗流星划过夜空，至少对得起每一分钟。"我们一起背我们的舍铭："我不去想是否能够成功，既然选择了远方，便只顾风雨兼程；我不去想身后会不会袭来寒风冷雨，既然目标是地平线，留给世界的只能是背影。"我们相信，爱可以感动一切，《圣经》中说："爱是恒久忍耐又有恩慈，爱是永不止息。"所以，即使是那些对我们并不友善的人们，也感谢他们让我们了解，这个世界并不是天堂。我们也学会了珍惜生活中的每一天，因为，这每一天的开始，都将是我们余下生命中的第一天。

在这场美丽的梦里，飞翔是没有负担、没有沉重的，我们看到未来的生命在律动的青春中流转。相信大学生活会让我们学会成长，成长为一个有责任、有自信的人；会让我们懂得，真正成功的人生并不是获得很多的荣誉，而是在日后回忆起来不会后悔。

也许，很多年以后，再回想起来，会记得这个夏天，与梦有关的抉择；会记得，这些年，为梦想而奋斗的日子，充实而美好，纯洁而灿烂……

征 程

陕西中医学院 赵宏高

几乎每一年都会在这个时候踏上这一条熟悉而陌生的路，这次不同的是有父亲的陪伴，还有一个大大的皮包。有一种久违的感觉，记得上初高中时第一天去报到就是这种怀着朦胧的憧憬而思绪万千的感觉，而这时是去上大学。

父亲说要找一条小路，那是他年轻时走过的，我顺从地跟着。那条路已经被杂草埋了，而我们就必须迎着晨露还有那纠缠着无数枝叶的藤。新鞋是一定会打湿的，父亲也好像感到过意不去，说他们以前经常走这条路，挺近的，而且那时人也多，路也宽，只不过现在人们都走大道了，不过这路真的很近。我默言，在路方面我完全没有可发表谈论的资格，我连我们村的有些地方都没弄懂，对周围的地理结构啥的更是“路盲”级别的了。这条路确实很近，在一个很高很直的白杨树前我们就停下了，这里将会有车经过。

车在飞奔，车内有种沉闷的气氛，倒是那个司机为了躲交警而产生了一些笑料，但之后又是一阵沉寂。对于仅有一次外出经历的我，这次却是怀着一种虔诚的向往。半路构思着学校的模样，从那仅有的几个字的学校概况中挖掘其中的美好，甚至想象着一个浪漫的爱情等着我，一切都太美了。

车经过了熟知的县市，这算一次践行吧。听过不如亲眼看到，虽然有点走马观花，但林林总总的还是看了些东西，现实与梦境总是存在差距，无论梦想中的事物多美好都经不起现实的摧残。从那挂着的几个招牌我辨认出以前同学所在的县市，这个应该是谁的，那个应该是谁的，一些得自同学的信息得到验证，更加地欢喜。这时，我想起了我的同学，我的朋友。

我们所在的高中是一所非常普通的乡镇中学，因此升学率不高是完全正常的。就和我一起的同学朋友仅有的几个考上了大学，剩下的几乎都去复读，他们还要再奋斗一年。在还未上学前，我和几个复读的朋友通话。我就说，你们虽说是复读但何尝不是又给自己一个机会，因此你们的潜力还大着呢，不像我已经是定格在那一条路上了，无论路是宽是窄，终究是没回头的机会了。在和朋友们聊时经常会以一种胜者的口吻，好像考上了大学就成了长辈，就像学长似的懂了许多，很多时候我只会这样对别人说说，而我一个即将融入更大的染缸中的人更可能是带着些许遗憾和告诫吧。大学是我们都向往的，但是向往的往往不一定是美好的，而我们的所谓进取与向往则更多的是社会赋予的规则的体现吧。自然，人生在这世界是几乎无法脱离规则的，但是在规则中如行尸走肉一样顺时代而去，那就是人生的悲哀了。

车窗外是绿荫的地，虽说种的不都是玉米，但是绿的特性一般不会失去的，这颜色看着让人舒服。父亲就在我身旁，他没倦意，倒好像是他去上学一样。我知道，有他在就不用操那么多心了，倒是我最闲情。车内有一对父女，女儿好像也是上大学的，这倒是触发了我一些敏感的思索。

大学生在我们村是稀罕的，每年倒是都有几个考上，这就成了短时间内无法消除的村中新闻了。如果谁家出了个大学生，那我估计这家在村上的地位就会上升。确实，农村人对教育关心起来了，但更多的是关乎面子还有社会地位，好像上大学是一种无比的荣耀，能上大学是祖先积了德，这姑且可以看作是人们对知识分子的崇拜与向往吧。我更多的思考停留在我对大学的认识，我有一种感觉，考上了大学好像带给了我更多的虚荣。按理说在高考前与高考后，我的身份、学识、资历都没太大变化，而一个高考评定便好像出了问题，社会无形中给你上了个套，牢牢地把你套在了大学这个名词上，让很多人以为功成名就了，故而洋洋自得以为逍遥人生开始了。然而大学生不是一种社会地位，不是一种荣誉，更不是一种引以为傲的资本，可以说你一无所有。如果更理性点，那就是社会给予了责任，赋予了一个超越原来自我的契机。大学不是功成名就，你原来是咋样现在还是咋样，一个称谓的变化，可千万别被忽悠了。

路在往后滑去，我乘坐的车在向前。这是车在前进或是路在往后，我，没动。我自不会像那一只趴在车轮上的苍蝇一样大叫到“车的前进是我的力量”，而我只是附庸在车架上，在车往前去的同时欣然高歌“车的进步就是我的进步”，最后独享那点属于自己的自豪。

一路穿过几个县市，售票员的一声大喝打断了我的思绪，目的地到了。提包，下车，一条通天大道铺展开来。我，只是站在起点。

致我们终将逝去的青春

西安工程大学　金思彤

如果把回忆折叠起来，如果把时间倒转开去，如果把青春拉扯回曾经仓促的形状，如果把年月点燃成黑暗里跳跃的火焰，那么……

且听风吟

还记得当栀子花那离别的伤感气息渐渐消退之时，当丹桂树肆无忌惮地张扬自我之时，我扛着两个大行李箱，伴着火车车轮与铁轨接口处规律而冰冷的撞击声，经过二十多个小时分不清白昼和黑夜的颠簸之后，终于从“鸡肚子”行进到了“鸡胸处”，似乎已经跨越了中国大半个版图吧。

这个城市四季分明，夏天让人有种想去冰岛的冲动，而冬天又有想去南沙群岛的欲望。即使是这样，我依然在见到她的第一眼便喜欢上了这儿的一切。她便是有着悠久历史和厚重人文气息的十三朝古都西安。曾经有人问我为何要只身一人来到离家千里之遥的地方求学，其实我也说不清到底是为什么，或许是想看一看那气势恢宏闻名中外的秦兵马俑，想亲自登上那奇险无比的西岳华山，想听听那传说中的晨钟暮鼓，想亲身体会一下自古而来的长安帝王气吧。

和其他新生一样，我的大学生活也是在忙碌的生活和累人的军训中拉开了帷幕。紧接着便是各种社团的招新。初来乍到，高三的激情仍在。五花八门的社团活动着实让我这个大学新人兴奋不已。用学姐学长的话来说就是“你们的到来为我们注入了新鲜的血液”。的确，谁让我们是祖国的花朵呢！

大一刚开始课业还不是很重，还没全身心地投入到战斗中去，十一假期却已来临。由于家远，加之车票难求，于是我决定好好利用黄金周的时间去游历西安的名胜古迹、大街小巷。我的一个舍友家在西安。她热情地邀请我假期期间去她家做客，包吃包住外加一个免费导游。开始我婉言拒绝，可她拍着胸脯对我说：“放心吧！你只管听我的，要知道我们老陕可个个敦厚老实、人人热情好客哦！七天之内我保管让你对陕西对西安都有一种相逢恨晚的感觉。”见她如此坚定，我也只好厚着脸皮欣然接受。假期我们登了华山，看了兵马俑，游了华清池，观了大小雁塔，当然也去了回民街大饱口福，逛了书院门狂淘宝贝。我至今仍清晰地记得登华山是在晚上十点开始上山，做足了后勤工作，忍着山里的寒气艰难地攀爬，只为能在第二天一早看到那美丽的日出。西岳华山的胜景自然不用言说。从山顶下来时我那平日里娇气的双手双脚都磨出了泡，疼得我直咬牙，但我依然怀念那“无限风光在险峰”的感觉。当我看着旭日一点点跃出远处沉寂的天际时，我笑了，或许这就是所谓的痛并快乐着。几天下来我们累得腰酸背痛，但却兴趣盎然。我为祖国的大好河山感到骄傲自豪，为陕西厚重的历史积淀和飞速发展的经济建设感到欣喜，也为陕西人民的热情淳朴深为感动。在我看来西安是一所多元化的城市，她不仅有着象征现代文明的高楼大厦，也有着浓浓的人文气息以及悠久历史积淀下来的厚重感。这是西安独有的特质和内涵，完全不同于其他。曾有一位导游询问一群外国游客喜欢西安还是上海，那群老外异口同声地回答：“西安。”不错，这就是西安，一个集历史魅力和现代文明于一身的古老城市，同时也是我要度过我人生关键四年的地方。一想到这里，期待和憧憬就充斥了我整个内心。我来了，我的大学生活！

那些花儿

青春是道明媚的忧伤。没有欢笑的青春不完整，没有眼泪的青春更是一种残缺。在这伤感而优美的青春里，多情而孤独的年代中注定会有忧伤，那么，为什么不勇敢地站在风里为自己唱首歌呢？

我所就读的大学是一所偏理工的学校，加之自己读的又是一个工科专业。班里四十几号人仅有8个女生。男女比例严重失调，也难怪男生们整天感叹：“真是狼多肉少啊！再这样下去，咱们就要把母猪当貂蝉了！”于是上大学不到一学期，班里的其他7个女生已是名花有主了，唯独剩我一个名副其实的“剩女”。不知是其他同学早熟还是我过于晚熟，我总是对这些花前月下的事一点兴趣也没有。因为我每天不是图书馆就是大学生活动中心，忙得不可开交。每当舍友们瞎起哄催促我赶紧自由组合时，我总是说：“我猜那个不知是叫‘比丘特’还是‘丘比特’的小孩一定和我一样是个近视，看不见我这么一个秀外慧中的妙龄少女吧。”说完，大家一笑而散。每当看到身边的好友为情所困痛苦不已时，在安慰他们的同时我也异常庆幸自己仍然站在单身贵族的队列当中。或许幸福的爱情都是一种模样，而不幸的爱情却各有各的成因。最常见的原因有两个：太早，或者太迟。果实要熟透了以后才会香甜，幸福也是一样。不要以为骑白马的都是王子，也极有可能是唐僧。

一路上有人太早看透生命的线条、命运的玄妙；有人太晚觉悟，冥冥之中该来则来，无处可逃；一路上有人盼望缘分却不相信缘分的必要；一路上那青春的小鸟掉下长不回的羽毛……

挪威森林

是什么样的思绪在安静的夜晚里悄悄泛起，随即那一点牵挂便涨满了整个心房？是什么样的感动在一个毫不相关的瞬间突然掠过心际，让我们不由自主地回忆？那是生命里最难忘的感动——那血浓于水的亲情。父母深情，祖孙挚爱，任山高路远，弱水三千，仍然剪不断，理还乱。世事沉浮，漫漫人生，唯一可以让人不惧名利世俗，感到温馨甜蜜的地方，只有那生我养我的故乡和亲人……

我的父亲是一名普通的中学教师，母亲是一名会计。因为那个年代计划生育很严，所以我成了"独苗"。但我的家人上至祖辈下至表亲都从不把我当娇贵的千金看待，所以我有着男孩一般的性格。我从小就明白自己身上背负着许多责任，越大这种责任越沉重。所以我一直很努力地做任何事，所以我从踏进大学校门的那一刻起便时刻提醒自己要为理想而奋斗，要用青春去打拼。

虽说我现在已经是名老生了，对大学里的生活早已没有了当初那么浓厚的兴趣和热情。可是每年6月当我看到大四毕业生拉着行李默默走出学校大门时，我不禁伤感。伤感过后便痛下决心，发誓在自己踏出那扇门时一定要实现自己的理想，昂首挺胸面带笑容地离开。9月又到了新生报名的时候，当我看到那些家长们拎着大包小包，满头大汗地提着硕大的行李箱奔走于学校的角角落落之时，我就会想到自己那年报到时的景象。我跟在父亲后面，看着他的背影，看着他扛着我的行李箱一歪一扭地爬楼梯时，我突然想起了朱自清先生《背影》里的父亲。二者如此之相像！父亲不是很高，身材微胖，生活的压力和家庭的苦难让他早早谢顶，看上去如同五十几岁的人。当父亲满头大汗气喘吁吁地把箱子放下时，我的脸庞早已湿了一片。为了不让父母看到，我借口说要打水，拎着水壶一口气冲了出去。收拾好情绪之后，回到宿舍却又看到母亲在为我铺床，鬓角上的白发在阳光的照射下反射出刺眼的光芒。此刻，我再也无法控制自己的感情，泪水一涌而出，哭得像个孩子。父母被我吓了一跳，得知原因后，父亲对我说了一段意味深长同时也让我终生受益的话："理智与情感是人生最难做的一道题。用感情覆盖理智是幼稚，完全理智是空谈，成熟的标志是把两者分开。可以感性地去看问题，但必须用理智去解决问题。"那天傍晚我把他们送上了回家的列车，在火车启动的那一刻，我使劲朝他们挥了挥手，微笑着说了再见。

谁在年轻时都只想离开父母，走得越远越好，不知不觉就走出很远，跟他们隔着千山万水。有一天你猛一回头，才发现不管走了多远，始终有一根线连着你和他们，那时候父母已经变老，腿脚不再利索。于是你又得折回头，重回他们身边。跟过去不同的是，你变成了大人，而他们变成了孩子。

秋天来了，校园里的树叶红了。不知名的树，把教室外面的天空染得气势磅礴。午夜醒来时，看到窗幔被风高高吹起，有月亮，照着窗口的绿树闪着珍珠色光芒。我突然觉得，正如故乡是用来怀念的，青春就是用来追忆的。当你怀揣着它时，它或许一文不值，只有将它耗尽后，再回过头看，一切才有了意义——所有的一切都是我们青春存在的意义。我不想在幸福的金马车驶过之后，才捡起地上的一缕金鬃毛说："原来我曾经见过它！"所以我会一直奋斗下去，直到我所有的梦想都开花。我要大声地对天空说："即使折断翅膀，我也要在青春的天空里翱翔。"

这方土，这方人

长安大学 贾宝宝

有一支歌，一直想唱给这片土地，还有这片土地上世世代代劳作的乡民，却总怕自己嘶哑的喉嗓，歌不尽那最原始真纯的沧桑。

厚重朴实的一方黄土，被岁月积淀了又积淀，被水流雕刻了又雕刻，几百年，几千年。自呱呱坠地匍匐在这片土地上的那一刻起，我们就叫做黄土地的子民。没有人能确切地知道这深厚的黄土层究竟教给了子民们怎样的坚强与朴素，又接纳了他们多少欢歌与泪水。而我只知道，自懂事的那一刻起，我摇摇晃晃扑向的那个人叫父亲，身边的那些人全是我的乡亲，他们有一个共同的名字叫农民。

农民，一个鲜活饱满极富有血肉的词语，一个叫出口来就能令人禁抑不住感情的称呼。简简单单的字词，没有深邃体验过生活、理解过生命的人永远也无法体会到其中的壮丽与震撼。是的，从封建社会到今巍巍共和，这群倔强的炎黄子孙扛起了多少王朝国元，一双双粗糙龟裂的大手擎起了几多盛世坤乾。他们一生都在与命运抗争，同风雪雷雨搏斗，绿浪翻涌的稼禾滚涌着他们一生的热情、激情与诗情。翻垦，播种，施肥，收获，盛典一样古老的仪式，一季一年，年复一年地上演。一群被叫做农民的人就这样在这方坚实的黄土地上，在无痕而过的岁月里背负着那人人都要仰止的图腾，勤耕不辍地延续着这个农耕民族最古老最血缘的记忆。

夏，冬，青了黄了的麦子地头他们或欣喜或叹息着，咧着嘴或蹙着眉背手踱着。他们曾打心眼里感谢苍天，感谢苍天风调雨顺，感谢天下盛世平安，也曾流汗又流泪，辛苦又伤心，但仍没有太多的怨艾，劳苦一辈他们早就知道，这就是生活，真实不容情的生活。祖先的缄默早已深深地刻进了骨子里，磨难是应该的，是必须的，是没有任何可以怨天尤人的必然，他们认为。他们已习惯这种生活，这种平淡、简单的生活，这种渺小而又知足的生活，虽然有伤痕，有疼和痛，但所有郁结的不快只要在丰收面前便能全部冰然而释。没有太多的话语，也没有太大的期盼，那些都不属于他们，需要满足的只是那小小的一丁点。有人认为他们浅薄，他们寡陋，竟浅薄寡陋得连理想都没有，“唉，可怜的人们”，他们叹道。不，有，他们有，他们有理想！年轻时他们和你们一样，即使现在他们也有。他们渴望丰收，祈求全家生活安宁；他们盼着儿女长大成人，不让别人也瞧不起——千百年来，这群被认为最平凡最普通的人们以生生不息的血脉传延着这祖祖辈辈最古老的奢望。也许，还会有人会笑他们浅薄，笑他们无知，笑他们燕雀浅目，胸无长志，可又有谁知道，终其一生他们要揽下多少默默含咽的血泪与辛酸。

岁月不居，时节如流。也许命运真是太沉重了，一路背来，腰也弯了，背也驼了，曾经于年轻的血河中汩汩成潮的壮志也被多舛的生活扯得四分五裂。力出尽了，激情也被生活磨蚀秃了。一辈子，他们如一杯白开水，在柴米油盐的琐碎中，在日子絮絮叨叨的滴沥中平淡着。等赶在木犁后面的双脚渐渐感到吃力时，待佝偻着忙活的脊梁任凭怎样努力也不再那样挺拔时，或许这时，他们才稍稍咂出日子中一些别的滋味。于是时常在黄昏里静静地坐在村头，握一支发黑的烟杆，猛力地磕，盯视远方的眼神中常常多了一些莫可名状的东西，呆呆的，似乎被圈在大地中央，不知该走向何方，如迷路的孩子。是啊，一辈子的苦痛咸涩、悲喜欢忧，一支旱烟杆怎么能挑得动？或许，也把秦腔吼得冲天而起，可谁知道这黄土地的歌谣里有一种怎样难言的心的悸动？这样，特别恰意的希望只好等着儿孙们背负，于是，黄土地又有了梦想……

晶莹剔透的农人啊，一辈子在与命运搏斗，在与生活抗争。也许不曾完全胜过，可却真真切切地绘出了一幅永远活在后辈子孙眼眸中的壮美风景。岁月飞逝，一刻也不曾停留，可这一幅蔚然壮硕的风景，不曾也永远不会褪色！路遥说：人类最伟大的丰碑莫过于生生不息的人类自身。农民，他们是一群怎样的哀痛者和幸福者？而我们该怎样面对这“可亲的世界，可爱的生活和可依恋的亲人”？

生活到底意味着什么，生在长在这黄土地上，我时常盯着头顶那似懂非懂的天空和无穷的远方发呆。日月在身边更迭，新芽悄悄地萌生，败叶静静地飘落。田垄，小径，草香，枯藤，一种独特的气息，命运的味道，不禁泪流满面。

我一直知道，这个广袤的天地中我有自己永世不能改变的身份——农民的儿子，能诞生在这片土地上，也将是我一生引以为荣的骄傲。

艾青说：为什么我的眼中常含泪水？因为我对这片土地爱得深沉。在这方坚实厚重的黄土地上，我多想屈下双膝长跪着喊一声：“父亲！”

终南山下，梦开始的地方

西北大学现代学院　乔　林

“心若在，梦就在，天地之间还有真爱；论成败，人生豪迈，只不过是从头再来……”耳边再次回响起这首熟悉的歌，一种莫名的思绪涌上心头，在记忆的湖畔里摇曳，久久地回荡，让我有种别样的感触。

经历了那场无烟的战争以后，生平第一次感到现实的残酷，第一次感觉到天意弄人，第一次感觉到后悔与无奈，第一次客观地看待自己。回忆那走过的岁月时，徒留下无言的伤痛，是上天的安排，还是自己的无能，我曾一次次地问自己，一遍遍地咀嚼着流逝的青春年华。

带着迷茫与彷徨，含泪挥手送别故乡的亲人，我坐上来西安的火车。一路上，我都在疑惑着，我的选择是对的吗？我以后会不会后悔？我的人生之路将会怎样？

可是，当我来到西大现代的那一刻，我的直觉告诉我：这是自己无悔的选择！悠然的终南山下，碧澈的沣河水静静地流淌着，巍然挺立的西大现代就坐落在这个依山傍水的沃土上。它既有山的沉稳，又有水的灵秀；既有欧式的典雅，又有中式的大气；既有西北大学百年名校的优良传统，又透露着现代韶光的蓬勃生气；既有深邃厚重的光辉历史，又闪烁着清新祥和的时代气息。我默默地站在南大门的门口，郑重地告诉自己：终南山下，梦开始的地方。

是的，终南山下，梦开始的地方。上大学曾是我梦寐以求的事，现在终于如愿以偿，它既让我欣喜又让我忧愁，既让人兴奋又让人失落。然而，在这古都圣土之上，我扎根在终南山下的沃土里，更多的是期待，是梦想，是青春的悸动。是终南山的诗韵让我的心变得宁静恬淡，是沣河水的灵气带走了我寂寞的忧伤，迎来了新的希望。

在这匆匆流逝的日子里，我度过了大学生活的八分之一。或许这并不能意味着什么，但是我却倍感幸福，倍感欣慰，倍感充实，倍感满足。在机遇与挑战并存的2008，我们伟大的祖国迎得了奥运会的圆满闭幕，而我亦找到了自己追梦的足迹，开始向着梦想奋斗，不畏惧风雨，扬帆起航。

在这终南山下，我很忙碌，却很快乐。浩瀚的书海里漂泊着我喜欢的书籍，寂静的校园里洋溢着高雅清新、大气祥和的主流文化的诗韵，茫茫的人流中有友谊的双手陪我一起走过，莘莘学子的头上闪烁着智慧与勇敢的光环，勤劳朴素的师长们传递着文明的火炬，孜孜不倦地讲述着人生的哲理，和蔼可亲的舍友们用真诚与善良筑起友谊的桥梁……这一切的意象让我久久回味，当夜深人静时，当灯火阑珊时，当烟花灿烂时，我都会静静地回想往事，回味那些珍藏在记忆深处的感动。

忘不了在那紫香槐盛开的日子里我踏进西大现代的大门，忘不了在那阳光明媚的清晨我奔跑在空旷清新的操场，忘不了在那星光灿烂的夜晚我跳跃在月光下的球场，忘不了生病时我躺在床上咀嚼那份对家的思念，忘不了当我第一次登上演讲台时的紧张与焦虑……

回首这不凡的2008，有太多的感慨，有太多的记忆让我无法平静。可是，这是一个让我感到开心与快乐的一年，因为在这一年里，我学会了很多，成长了许多，领悟了许多，让我更加自信，更加坚强，更加成熟。同时，它也圆了我许多的梦想。

蓦然回首，终南山下，有过太多太美的记忆；终南山下，有青春追梦的足迹。我不禁默默地为自己祈祷，为自己加油，默默地念着：终南山下，梦开始的地方。

终南山下，梦开始的地方，乘着微风，携满馨香，打开朦胧的心窗，种下执著的梦想，跨越时空，穿过海洋，指引迷茫的航程，荡起奋斗的双桨。

重峦叠嶂间：那条“天路”魂

西安工程大学　陈　蔚

一个转弯，到西安的高速公汽上路了。

透过车窗，向前方望去，一条笔挺的沥青路，黑油油的，端庄肃穆地仰躺在重峦叠嶂间，正伸向那视线之外的远方。

两侧一片青山翠岭，连绵不绝。恰逢微雨轻灵之时，山色正空濛，云雾正氤氲，间或经过一两个小村庄，宁静安详的生灵正惬意地吐纳生息。那青的绵山、白的雨雾，别有一番意境，清新隽永，雅致脱俗。徜徉在这翠岭微云，诗意的“桃花源”里，两小时的车程似乎也变得如旅游般闲逸悠然。

一路走来，山势渐陡，那平和、秀丽的景致也慢慢退却，逐渐换作巍峨挺拔的风姿。崇山峻岭，山川相缪，郁乎苍苍，半腰的雨雾浩渺，浩浩汤汤。沥青路绵延其间，越发显得沉稳宽广。细细品味，犹自发觉，先前的秀美正如一个温婉细腻的女子，柔柔的，临汉江低头沉思；而现在的苍莽，恰是一个豪迈刚毅的汉子，挺拔的，立于黄土高原之上，面向世间。这两种浑然不同的气概，竟这样聚于这方土地，凝于这方人民，镶在这条刚通车的、蜿蜒在重峦叠嶂间的“天路”——西康高速公路——上。

我想，陕西（有称三秦的），这片神奇而古老的红土地，既有浩荡的汉江、温婉的母亲河——黄河，也有无边无际的黄土高原，更有那灵动的江水，将这块土地秀出雅致的江南风景，润泽出平和坚韧的灵魂。这里，有女娲补天的睿智，有三顾茅庐的执著，有孔明辅佐幼君“鞠躬尽瘁，死而后已”的忠贞坚毅。这片屹立着巍峨秦岭和苍茫巴山的钟灵毓秀之地，孕育出了充满禅意的沉默和安静平和中背战贫瘠的坚韧意志。而三秦之北，那里的人们，是黄土造就的，是巍巍的大山造就的。黄土的性格就是他们的性格，大山的性格就是他们的性格。地势高旷，道路崎岖，却民风淳朴。他们善良果敢，有信天游的直爽豪迈，有抗战时期指点江山、挥斥方遒的气概。在整个三秦大地上，似乎共通着一种精神脉隧，那就是为了理想、为了生活而奋斗、追求，与这山的沉稳、水的灵动浑然一体，生生不息，脉脉传承。

不多时，便来到了“中国第一隧”——秦岭终南山隧道。据闻，自改革开放至今，秦岭，这个陕西的脊背，早已五次通隧，而这一次便造就了全世界第二，亚洲第一的特长公路隧道。转瞬，车便湮没在隧道里黄色的光影之中，那光似黄昏夕阳投下的软软柔波。韩愈曾踟蹰行吟“云横秦岭家何在，雪拥南关马不前”的愁思与凄苦，不禁让人感慨。这条横亘在千里蜀道上的凛然威严的山脉，像一道不可逾越的屏障，将巴蜀水乡和关中平原严格地分割开来。而如今，改革开放，科技飞速发展，陡峭的蜀道已然变成坦途。回望隧道，忽见一处光影潋滟，竟有蓝天白云相映成趣，煞是喜人。好一个光与影和谐交织的世界，天上白云朵朵，地下绿树成荫，原来这隧道别有洞天，竟有一袖珍小花园。乘务员解释，这是在洞顶绘有别致彩绘，下面植入仿真林木，再配以特殊灯光打造而成的，旨在缓解司机与乘客在长距离隧道内的视觉疲劳。叹这开拓者们的匠心独运，也更加深了身为三秦人，那生命之中萦绕不开的一份欣喜与骄傲。

走完了隧道，便是古城西安了。至此，我才了解到，该高速公路踏崎岖，穿山野，过秦岭，全长57公里，历时7年，投资44亿元，方才通达，为中国国道主线的一部分。曾需耗时7～8小时的漫漫坎坷路，如今已飞速融入“西安2小时经济圈”。俯瞰三秦大地，阡陌之间，道路纵横捭阖，四通八达，全省10市1区全部通高速公路，提前两年为新中国60华诞献上一份厚礼，成为南北交流的重要通道。

凝视这一条通向远方、在重重山岚之中指引方向的路，感慨颇多。它是陕西3700多万人民智慧与奋斗的成果。我仿佛感到了，在那个天街圣火耀古城，芙蓉曲水尽朝晖的时刻，三秦展示给世人的，是那陕北革命圣地的庄严，是那杨凌中国最具影响力现代科技园的俊俏，是那中国第一帝都的风采，是那西安从唐人用砖砌成的千年古刹的神圣，还有新时期那日益现代化的大都市一路走来的风骚，怎不让人骄傲和自豪！

车到达了终点，举目四望，一片繁华盛世。三秦儿女步履蹒跚的沧桑背影逐渐淡去，给我们留下的是璀璨的历史文化奇葩：礼仪天下的大周气度，坚韧雄浑的秦汉风韵，开放大气的隋唐文化。而今天的三秦，却用古人留下的灿烂文化，携着坚韧，带着智慧，铺路。明天，它将会更加自信、更加坚定地走向世界，走向未来，谱写更加光辉灿烂的华章。

路，是到了终点。可是终点，岂不又是另一个起点？

醉绿荫

西安美术学院 赵 文

在成长的路上，在追梦的途中，在琐碎的生活里，我们或许会因世间的荣辱得失而锱铢必较，因世事的不尽人意而灰心丧气，因生活的辗转漂泊而万念俱灰。在这个繁杂喧闹的城市里，时常会感到力不从心、身心疲惫。因此，在城市灰色的调子里我喜欢追逐大自然不曾渲染和装饰的绿，粉绿、翠绿、碧绿、墨绿、橄榄绿……无论是哪一种，都会让我感到希望的萌动。在绿色的田野上呼吸会使我干涸的生命重新获得滋润，仿佛有种无穷的力量让我在不如意的时候一次次想重新站起来并且站得更高。因为只有置身于自然中，我们才会远离尘世的喧嚣，才会进行广泛的、清晰的、深刻的思考。只有此刻，才抛开了对希望的永恒等待，抛开了欺骗性的习惯和对幻想中幸福的向往，一下子看清了生活的全部，以一种全然释怀的姿态去重新审视自己的境遇，去感悟现在所经历的生活。

喜欢静静地躺在绿色的原野上，嗅着微风送来的青草气味，耳闻小草窃窃的细语，万籁的静谧。仿佛躯体下微微触动的小草，是一群群《绿野仙踪》中的古怪精灵，将你系在蒲公英的种子上，乘着风在蓝天碧野中滑翔而过。这种与精灵的邂逅是连拥有高山玫瑰的公主都会羡慕的。喜欢山涧的泉水从手中淌过的感觉，从指尖到手心，从手心到你血液所流经的每一处，充满自然的灵气与力量。拨开眼前的浮云，没有世俗的牵绊和情感的困惑，一切都没有想象的那么糟。触摸泉底招摇的水草，又仿佛一只只可爱的精灵在抓你的痒痒。山是翡翠群，水是碧螺带，绿叶在青山绿水间飘摇。在这样一种环境中，我们又怎能不练就一颗沉稳、宁静、广博、透明的心呢？不会压抑和紧张，没有烦躁和不安。有的只是如天马行空般的畅快自在和豁达淡然。更不会因外界的风声雨声而瑟瑟发抖，不会因生命的顺乎飘逝而惆怅莫名，风暴中依然使巨轮安稳如盘。

我不想向陆蠡的《囚绿记》中那样囚住我的绿，因为我们对绿的理解及赋予绿的含义是不同的。绿不是孤独阴郁的绿，它是清新自然、充满希望、给人以力量的绿。我要让它感染每一寸土地，覆盖每一片荒漠。简单的绿色覆盖渺茫的荒漠就像无限的希望占据晦涩的心情。这不正是生活中的一种暗示——甘于平淡，以艺术创作的心态去做好每一个细节，成功就会不期而至。其实，把每一件简单的事情做好就是不简单，把每一件平凡的事情做好就是不平凡。我的绿也并非英国作家理查德·杰弗里斯在七月寻得的那片五色披华、金光烨烨、日照之下流光溢彩的草地那样，它只是平凡、朴实无华的绿，是精灵们匠心采撷让人们放松心情的绿。

轻轻走过大自然的空地，用心聆听大自然最真实的感悟。石板底下歪着头冒出来的小草是在告诉我们要有顽强的毅力，因为当障碍变成风景的时候，人生的境界或许会更丰富、更豁达一些；“野火烧不尽，春风吹又生”是在告诉我们要有锲而不舍的精神，因为明天的希望可以让我们忘却今天的痛苦；落叶将身躯化作春泥滋润树根是在告诉我们要懂得知恩图报，因为幸福的人善于忘记自己给过别人什么，却永远记得别人给过自己什么。弱小的草呵，骄傲些吧，只有你普遍地装点了世界。

我时常大步流星地奔向那些修枝纤柯、错落有致的绿色，无论是暗角的一丝绿还是原野的一片绿，都是我心灵寄居的仙境。我幻想着自己的心是一颗绿色的水晶，嵌于裸露的岩石之上，能够唤醒沉睡了千百年的沙砾，使他们憩息于我的绿色之下，让绿野中的精灵多一片舞蹈之地，让奔波劳碌的人们多一些清新的空气。绿叶平平凡凡，却给大地带来一片赏心悦目，给世界增添了一道风景线。用它浓密的绿色映衬了花儿的娇艳，不需赞美，只是默默奉献它的色彩和绿荫。我愿是一只绿野精灵，永远萦绕于我所喜欢的绿，大自然的绿。因为绿是生命，没有了它也就没有了生气，是它热情地拥抱了春天，使世界多了一份鲜活，多了一份希望。

e路行

——陕西大学生原创网络散文集

责任编辑/隋秀娟
封面设计/盛　熙

ISBN 978-7-5612-3558-4

9 787561 235584 >

定价：45.00元